刘魁立文集

1

刘魁立民间文学论集

刘魁立 著 施爱东 朱佳艺 编

黑龙江教育出版社

图书在版编目（CIP）数据

刘魁立民间文学论集 / 刘魁立著；施爱东，朱佳艺
编. -- 哈尔滨 ： 黑龙江教育出版社，2023.9
（刘魁立文集）
ISBN 978-7-5709-3946-6

Ⅰ. ①刘… Ⅱ. ①刘… ②施… ③朱… Ⅲ. ①民间文
学—文学研究—中国—文集 Ⅳ. ①I207.7-53

中国国家版本馆CIP数据核字(2023)第195490号

刘魁立民间文学论集

LIUKUILI MINJIAN WENXUE LUNJI

刘魁立 著　施爱东 朱佳艺 编

责任编辑　李中苏　张　鑫
责任校对　赵美欣
出版发行　黑龙江教育出版社
　　　　　（哈尔滨市道里区群力第六大道1313号）
印　　刷　牡丹江市赢美教育印刷有限责任公司
开　　本　720毫米×1000毫米　　1/16
印　　张　22
字　　数　325千字
版　　次　2023年9月第1版
印　　次　2023年9月第1次印刷

书　　号　ISBN 978-7-5709-3946-6　　定　　价　108.00元

黑龙江教育出版社网址：wwwhljep.com.cn
如需订购图书，请与我社发行中心联系。联系电话:0451-82533097　82534665
如有印装质量问题，影响阅读，请与印刷厂联系调换。联系电话:0453-6938118　6682299
如发现盗版图书，请向我社举报。举报电话:0451-82533087

2015 年 12 月，刘魁立先生在黑龙江省牡丹江考察

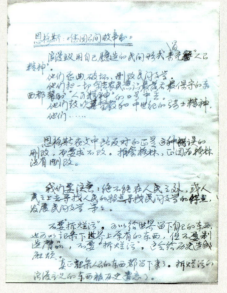

刘魁立先生"民间叙事的生命树"获得中国文联文学评论奖一等奖

作者手迹：刘魁立先生20世纪50年代的读书笔记——恩格斯的《德国民间故事书》

刘魁立先生参与"三套集成"编写组织工作，并担任《民间故事集成》副主编

编 委 会

自　序

　　这部文集选录的文章是我从 20 世纪 50 年代开始至今，特别是进入 21 世纪以来所写下的部分文章。在这篇自序里，我想谈谈我同中国民间文化的情缘，我学习、研究的历程和感受，以及文集各卷的内容和写作初衷。

　　《十兄弟》的故事和民歌《小白菜，地里黄》，是我很小的时候就听过、唱过、十分喜爱过的。可是，我知道"民间文化"这个词儿，并且认真学习和系统了解这方面的知识，却是二十岁以后的事情。

　　童年时代的生活不堪回首。我一生下来看到的就是侵略者统治的天日。家里的老人不识字，整天为生计而劳苦奔波，我不记得他们对我有过什么直接的民族主义的、爱国主义的教育，只是他们关于关内家乡的甘甜的回忆和不能归去的苦味的遗憾，有时使我感到某种困惑。身在其中的年节习俗和深感有趣的婚丧礼仪，"孟姜女哭长城""牛郎织女""嫦娥奔月""屈原投江"等传说、故事，以及说话、识字和偶尔看到但又不甚了了的几出戏文，差不多囊括了我关于祖国文化的全部知识。

　　1945 年，11 岁的我才有了祖国，之后才感受到祖国的可亲可爱。1950 年初中刚毕业，就怀着赤子之心，接受祖国的召唤，投身到一个解放军部队系统所属的学校学外语，随时准备着到炮火连天的战场上去卫国保家乡，那时才刚满 16 岁。1953 年烽火甫熄，我毕业留校，担任外语语法教员。工作不久，就被派往苏联留学。

　　正是这个生活上的转折，使我在感情深处，从感性到理性，开始热爱起民间文化。

　　一年级的课程很重很重，时间排得满满的，有的时候从早上九时到晚上九时连续上课。在所有的课程里我最爱听的是拉慈克教授的古希腊罗马文学和契切洛夫教授的俄罗斯民间文学。由于对民间文化的迷恋，因而在二年级时我坚持完成了以民间故事为题的学年论文。我还利用假期参加了民间文学考察队。这在各国留学生中也没有先例，因此在办出差手续时还出现了一些麻烦。

带领我们下乡的是年过半百的鲍米兰采娃教授。行前的准备很充分、很细致、很周详。因为中国学生的声誉好，所以她把一台新配置的录音机交给我携带、管理和操作。这台四五公斤重的机器当时算是最袖珍、最先进的民用录音设备了。我们要考察的地方是当时苏联最著名的民间故事家科洛里科娃的家乡伏罗涅什州安娜区老托以达村。

回校后，我便着手整理我在搜集工作中的体会，并参考我从出国以来就一直订阅的《民间文学》杂志上的文章，写出了《谈民间文学搜集工作》的长文。文章寄出后，很快就刊登在1957年6月号的《民间文学》杂志上。

没想到，这一篇讨论民间文学搜集工作的文章，在很短的时间内竟引发出那么多的批评，乃至形成了一场关于民间文学搜集整理的大讨论。当然也有隐约地持赞同观点的，但持反对意见的居多，以至我不得不在1960年另写一篇文章重申我的观点，并对我不同意的见解给以总的回答。虽然这两篇文章今天看来显然不乏偏颇、幼稚主观、生硬的地方，但在我本人来说，基本观点并未改变。

1957年，在一个大的政治运动背景下，在民间文学搜集问题上，民间文学界曾经批判过"一字不动论"。被当作"一字不动论"代表而受到批判的钟敬文先生后来对我说，只有你的文章里写过搜集要"一字不移"，我是代人受过。这虽是一句玩笑话，但却饱含着无数的辛酸。我当时作为一个尚未入门的学生，认为搜集与出版是两回事，出版由于目的不同又当分作若干情况。但不管怎样，在最初记录的时候，都要准确忠实，一字不移，这应该成为一条原则。此前我虽读过一些书籍、文章，但限于当时的条件，没有系统地学过中国民间文学课程，对中国民间文艺学的历史所知不多。当时，在国外，读了批判"一字不动论"的文章，还以为真有那样的应该受到批判的"反动"主张，无论如何我也没有和自己联系起来。过了很多年，知道事情是由我的文章引起，殃及一位老学者代我受过，心里有说不出的愧疚和不安。

留学期间，我多次参加考察队，到边远的农村，进行民间文学调查，搜集作品；还到过邻近芬兰边境的卡累利亚地区，寻访过接近消亡的民间史诗的踪迹。多次的下乡考察，以及我选修的托卡列夫教授的《世界民族学》、梅列金斯基教授的《史诗原理》《神话诗学》等课程，是那样强烈地吸引着我，以至使我在由大学本科生转为研究生时，选定了民间文学作为专攻的方向。1958年，我回国参加了中国民间文艺研究会第二次代表大会，看到祖国欣欣向荣、热火朝天的情景，看到新民歌运动的蓬勃场面，更加坚定了我学习民间文学专业的决心和信心。

起初，我忙于应付不易通过的副博士基础考试，对如何做研究工作，茫然不知。我曾就此请教过导师契切洛夫教授，他笑着对我说，我告诉你一个秘密——我也没有掌握这方面的诀窍。我们可以试着做，我指给你几本书，你读过一本，这一本就会引导你去读另外三本，那三本又会引导你继续向前走；当然，研究工作不光是读书，还有其他的实践活动，不过道理是一样的。

在苏联读书期间，我真的是嗜书如命。而且见了好书就买，所有的助学金，除了吃饭，其余的全部买书了。买新书自不必说，旧书店我也常去光顾。《原始文化》《金枝》《拉法格原始文化论集》《作为文艺批评家的恩格斯》《赫哲人》《历史诗学》等，乃至本专业一些十月革命前出版的旧书，都是我在旧书店淘到的。

在读书的过程中，我有时也会把中国的学术发展道路同俄国民间文艺学的历史进程进行比较。我发现，中俄两国的情况是很不相同的。俄国由于斯拉夫学派和西方学派两种思潮的激烈斗争，在民间文艺学界，神话学派和流传学派便特别活跃，但人类学派却没有得到充分的发展。中国则不然。鉴于中国文化思想发展的特点、中国的国情，以及英国学术思想的影响等原因，使得人类学派的学术观点在中国民间文化研究的各个领域大有市场，渗透广泛。鉴于这种情况，我对人类学派的原著，以及它的发展状况便十分留意，后来我还特意选定了《俄国民间文艺学中的人类学派》作为我专题论文的题目。

令人痛心的是，时隔不久，契切洛夫教授因心脏病发作，英年早逝。后来便改由民间故事研究专家鲍米兰采娃教授担任我的导师。她征求我的意见，写论文是选关于俄国文学的题目，还是选关于中国文学的题目？我想既然要学真知识就不要怕困难，要学导师最独到、最有成就的部分。于是我选定俄国农奴制改革时期的民间故事作为研究对象。最后在进行学位论文答辩时，题目便是这时期的民间故事中的现实与幻想问题。

完成答辩并获得学位后，我返回祖国，回到我的母校黑龙江大学担任教学工作。

我讲授过一年中国民间文学课，后来受全国形势的影响，这门课停授，我被分配讲授"当前文艺评论"课程。这期间使我受益终身、永远不能忘记的是，在黑龙江省文联的支持下，我多次到省内各地进行民间文学调查和搜集工作。当时我们的计划是很有规模的，我曾经设想，在若干年内，要按地区、按民族、按职业，把全省民间文学蕴藏和流传的情况都考察一遍。我们曾经对满族、朝鲜族、回族、赫哲族进行过民间文学调查，还专程搜集过抗联的传说。当时的条件很差，能够用的只有笔和纸。记得我们曾经借到一台美国20世纪二三十年代制造的录音机，是用钢丝录音的，机器有十几公斤重。扛到乡下，电压不稳，录音机快快慢慢、转转停停，几乎没法工作。于是又在专区借了一个稳压器，这个大铁疙瘩比录音机还要重。我同一位年岁比我大的先生，拿了一根四五寸直径的长木杆子，抬着这两个"宝贝"，身上还背着行囊，就这样一村一村地采访着、调查着。在我所在的黑龙江省的范围里，居住着那么多的少数民族同胞，他们的传统文化又是那样的丰富多彩，这使我非常惊异、非常兴奋，好像在我面前打开了一座收藏着无数奇珍异宝的宝库。这些调查使我实际地观察和了解到中国民间文学现实存在的状况和环境，使我更了解了创造和保存这些文化遗产的人民群众。

进入20世纪70年代，一种想做些有益事情的强烈情绪，在时时躁动，最后驱使着我仍旧回到原来钟爱的领域，开始偷偷地翻译起拉法格的原始文化论著。我在我的译稿本上写过一段感想，其中一句是："愁苦灯下译旧书，相寄难言隐。"后来，我还翻译了《列宁年谱》，车尔尼雪夫斯基描写农奴制改革前夕俄国思想斗争的小说《序幕》等著作，总共有两百多万字。

1979年春，我从黑龙江调到中国社会科学院文学研究所工作。一到北京，我就有幸参与了恢复中国民间文艺研究会、准备文代会等重大活动的部分工作。看到贾芝、王平凡、毛星等几位前辈为恢复中国民间文艺研究会而精心筹划、四处奔走，我深受感动。通过起草文件、筹备会议的具体工作，通过亲自参加"中国民间诗人歌手座谈会"和第四次文代会以及中国民间文艺研究会代表大会，我接触到了全国知名的故事家、歌手、搜集家、理论工作者。他们心中有一团火，烧得很旺；文化创造的激情，如奔腾的马群、如澎湃的春潮，不可遏止。看到这些，我感到有很多事要我去做，而且感到能够做这些事是愉快的、幸福的。

1980年我协助毛星编撰《中国少数民族文学》一书，这使我有机会较为切近而且较为深入地观察和了解生活在新疆、云南、贵州、四川、湖南等省区的民族以及他们的文化历史，特别是他们的文学、艺术。我全身心地投入到这项工作中，跑了很多地方，结识了非常多的朋友，学到了很多很多新鲜且有益的知识。那段时光是永远值得珍藏、永远不能忘怀的。通过实地调查、访谈，以及同各民族学者一起研究问题、讨论提纲和修改书稿，我的面前展现出了一个全新的天地，这比起当年听托卡列夫教授讲世界各民族文化课程时像看电影、看画图似的纸上谈兵，不知要亲切多少倍、具体生动多少倍。

在新疆，为了撰写俄罗斯民间文学概况，我们特地把俄罗斯族同胞邀集在一起，他们像久别重逢的亲人，那么冲动、兴奋，他们唱起久已不唱的民歌，跳着热烈火热的民间舞蹈，每个人都心情激动、如醉如痴。

在西双版纳，我们参加了一位傣族同胞新房落成的庆贺仪典，新建好的竹楼尚未打隔断，像是一个大礼堂。屋内摆放着十几张小方桌，周围坐了几十个人，桌上摆着酒、肉和其他傣族食品。许多品级不同、技艺有别的民间演唱家——"赞哈"，分散地坐在各自的听众中间，拿着纸扇遮住脸，为大家演唱。据说从前的听众是用投币的方式表示喝彩，所以民间艺人的纸扇以破为佳。那天，各位"赞哈"的演唱虽也有比试高低的意味，但未见有听众投币的场面了。过了一段时间又开始立灶石的仪式，所有宾主活跃而激动，虔诚而严肃……夜半之后，回到住宿的竹楼，我听着远处仍然狂放不歇的歌声，辗转反侧，思绪万千。虽然我赶了一天的路，困乏到了极点，但无论如何也睡不着。一阵无声的润雨像轻风一样飘过，空气是清新的，我的心绪也是清新的。我想，我要把世世代代流传的文化遗产搜集起来，加以整理、研究，让这些优秀的传统得以传承和发展，这也是我们共同的历史责任。

《中国少数民族文学》付排以后，我便有时间放开思路考虑问题。我感觉到，我们要运用科学的辩证唯物主义和历史唯物主义的理论和方法，深入实际，全面掌握和分析民间文化的现实状况和真实材料；同时还要总结和借鉴人类智慧之光已经照亮的科学发展道路，包括中国学者和外国学者已经走过的探索历程。有鉴于此，我开始研究欧洲民间文化研究史问题，并着手撰写这方面的系列论文。评论神话学派、流传学派、人类学派经典等文章就是这样写成的。

为了认识和分析当代国外的五光十色的新理论、新观点，我认为有必要以简捷的办法和较快的速度追溯其历史，明了其根源，这样才不至于在一些时新论调的绚丽的外衣和炫目的光彩面前感到困惑莫解。于是，1985年开始，我策划主编了一套《原始文化名著译丛》，希望能把欧洲民间文化研究最基本的理论著作介绍给国人，尽快填补这一空白，免去学人再在二三流著作上花费更多的精力和时间。我希望我国学界能在较短时间内迎头赶上，充分利用我国的优越条件，做出贡献，在广泛的国际学术对话中发出更高更强的声音。

策划和组织《原始文化》《金枝》等一系列名著的翻译，花去我很大精力，但我觉得是值得的。我还认为，我有责任把自己关于这些著作的认识和分析陈述出来，供读者参考。《泰勒和他的〈原始文化〉》《论〈金枝〉》等文章写出后便以序言的形式刊印在各部著作之前。写这些文章我是当作研究工作来做，而不是当作一般的介绍来写的。尽管这样做更费气力，而且也并不容易得到认可，但心里却是踏实的、快慰的。

自20世纪80年代开始，我国的民间文化研究事业进入了一个前所未有的新的历史发展阶段。民俗学经过几十年的消歇之后重新振兴，这是学术界一件值得庆幸的大事。顾颉刚、钟敬文等几位知名教授的大声疾呼，既是这一历史潮流的具体体现，也为这一学科的振兴提供了助力。钟敬文先生提名，中国社会科学院领导责令我协助筹备成立中国民俗学会，在不算很长的时间里，草拟章程、筹建组织机构、发展会员、制定工作规划、申请经费——一切工作准备停当，1983年5月21日在北京召开大会，宣告中国民俗学会成立。在以后的几年里，作为第一任秘书长，在学界前辈诸位理事长的领导下，我协同秘书处各位同仁，筹划并开展了一系列研究和普及、学术讨论和队伍建设等工作。陶立璠教授和已故张紫晨教授具体负责的全国民俗学讲习班活动，便是这些工作中的重要一项。后来分布在全国各地从事民俗学研究和教学工作的人员，有很大一部分是经过这些讲习班培养训练的。本文集所收的《民俗学的概念和范围》一文，就是我在首届讲习班授课的录音记录。

在我早年学习的时候，就曾利用一切机会关心和涉猎民族学、民俗学的研究和发展状况，尽量多地选修和阅读，觉得这些是认识人类文化历史不可或缺的学科。在这一学科幸得复兴之后，看到学人身上迸发出来这样高涨的热情，也使我感到有些吃惊了。

这期间，学术界的文化热来势不弱，很多人学会了从更多的角度，更宏观、更悠远地看待事物。结合人民的文化创造，我想到文化层次的问题，同时还想到各种层次之间的关系问题。作为社会文化基础的民间文化素来不被重视，没有得到很好的研究，我们虽然生活在其中，但却知之甚浅。"不识庐山真面目，只缘身在此山中"，为了宣扬优秀的民间文化，1989年我组织策划出版了一套《中国民间文化丛书》，这套丛书一版再版，颇受读者的欢迎和专家的好评。

我一直认为，术语体系的严整规范程度是学科发展水平高低的标志之一。我觉得，现在时机已经成熟，可以谈民间文化学的学科建构问题了。以往，我们也是囿于传统，把有关民间文化的各个门类统统放在"民俗学"的范畴里来观察、认识和研究，这或多或少地影响了关于民间物质文化、民间社会生活、民间精神生活中诸如民间建筑、民间技术、民间社会组织及亲族关系、传统伦理道德、民间文学、民间艺术等许多门类的本体研究，也使得对这些门类的观照多偏重"传统惯习"的侧面，而不能涵盖某一民间文化具体门类的全部本质、特点和功能等。当把一系列理应独立门户的分支学科总揽在"民俗学"的旗帜之下时，研究工作会不由自主地重视对象中的传承的因素、稳定的因素，而在一定程度上忽略创新的因素，变革的因素，时代的、因时因势而变异的因素；会不由自主地重视集体的因素、整个社会的因素，而在一定程度上忽略人的因素、每一个个体的因素。是否可以让民俗学专注于民间习俗的研究，而不使其"越俎代庖"，去统领其他学科分支呢？把涉及整个民间文化领域的所有基本理论问题交由民间文化学来研究，这样既"解放"了民俗学，也"扶正"了民间文化领域的其他分支学科。这个简单表述的学科建设的构想虽然是来自对民俗学、民间文艺学以及有关学科发展历程的观察和认识，但是这构想的科学性和现实性还需要长期的、严肃的、艰苦深入的实践活动来验证和体现。

20世纪80年代中期，我受命参加《中国民间故事集成》总编委会的工作和担任中国社会科学院少数民族文学研究所的领导工作，此外，还有许多不得不完成的其他工作。大量的行政事务和各种会议分去了我相当多的时间和精力，但也开阔了我的视野，使我在观察、分析和解决问题的方法和能力方面得到了一定的锻炼。参与中国民间文学三套集成的策划工作时，民间故事集成各省卷的初审、复审和终审以及此前编辑原则的制定和不断增补、修正，给了我极好的机会，更全面、更真实地了解了全国各省区各民族民间故事的实际状况。通过从事《民族文学研究》杂志的主编工作，我可以不断跟踪民族文学研究的发展进程。而几度为北京师范大学民俗学博士生讲授《欧洲民俗学史》课程，则逼着我重读和新读了很多书，重新认识了欧洲民俗学的历史道路，并且结合我国的实际，思考了一些问题。20世纪八九十年代，通过《中国少数民族文学史丛书》课题的启动，我们组织和团结了全国各兄弟民族的数十位学者，大家奋力攻关，撰写出四十余部民族文学史，这是一项具有历史意义的文化工程。在这项工作中，我作为课题负责人，费时很多，当然心得和收获也极多。此后所写的其他文章，如神话问题的探讨、《文学和民间文学》《历史比较研究法和历史类型学研究》《关于民族文化》《福乐智慧的象征体系》《和平与劳动的颂歌》等，也都各有各的故事，其中也不免有些"急就章"，是应各种形势之需要而赶写出来的，这里就不细说了。这期间，让我极度感念、难忘的是和叶涛、巴莫曲布嫫、尹虎彬、施爱东、林继富、张雅欣等几位青年才俊在一起切磋学问，那真是一段一心向学的快乐时光。

进入21世纪，我作为中国学者，与韩国、日本的民间故事研究权威专家崔仁鹤教授、稻田浩二教授一道，共同发起成立了"亚细亚民间叙事文学学会"，开展三国民间叙事的比较研究。三国学者的交流合作，多年来在民间传说故事的研究方面，做出了一定的贡献。

从21世纪初开始，从国际到国内，掀起非物质文化遗产保护传承的大潮，我出于对传统的民间文化的热爱，全身心地投入到这一广泛兴起的浪潮中。2003年、2004年所写的文章《培育根基 守护灵魂——中国各民族民间口头和非物质文化遗产概述》《关于非物质文化遗产保护的若干理论反思》《非物质文化遗产及其保护的整体性原则》，全是这种内心情感的积极外现。当时，由文化部的一位行政单位领导来统筹规划、具体领导非遗保护传承工作。2005年，国务院办公厅发布第一个非遗保护工作指导性文件《关于加强我国非物质文化遗产保护工作的意见》。我有幸参加了这一文件的起草工作。自此为始，我就积极参与文化部非遗司主持的国家级非遗代表作名录、代表性传承人名录、文化生态保护区名录，以及向联合国教科文组织申报人类非物质文化遗产代表作名录候选项目等的评审工作。近二十年时间所思考的问题、所写的文章，也几乎全都是以"非遗"的保护与传承为主题。这期间的思考和研究，实地调查和读书学习，让我仿佛进入了一个新的民众知识、传统文化的大课堂，让我活得饶有兴味，深受教益，很充实，很乐观，打从心底热爱中华民族的先人们祖祖辈辈留给我们的文化财富。

现在，呈献给各位尊敬的同行和亲爱读者的这部文集共分8卷。每卷各有单一书号，各卷彼此独立，以方便不同读者选择参阅。

《刘魁立民间文学论集》——本卷选录的民间文学研究文章，基于文献阅读、田野调查而撰写，意在挖掘本土文化的深厚蕴藏，借以推动学科前沿的理论构建，其中包括20世纪50年代提出的"忠实记录、一字不移"的田野考察理念，以及为关注口头叙事语境而提出的"活鱼要在水中看"的研究理念。20世纪80年代以来，结合经典案例，重新阐释和应用诸如"母题""情节""类型"等学术概念；提出"民间叙事的生命树"的理论范式；借鉴中外学术发展成果，整理和探索口头叙事作品的共时和历时研究以及类型研究、形态研究等的方法和路径；此外还讨论民间文学与民俗学的关系等问题。本卷文章，也在一定程度上约略地映射出中国民间叙事学走向现代化的发展历程。

《刘魁立民俗学论集》——20世纪80年代以来，我作为晚辈有幸协助钟敬文等学界前辈参与筹建中国民俗学会的工作，在学会安排下，担任首任秘书长，后来又相继担任过副理事长、理事长和荣誉会长。在相当长的一段时间内，推动中国民俗学的学科建设、促进中国民俗学会的组织发展，成为我的主要工作内容之一。本卷选录了我在学会成立当年举办的首届民俗学培训班上宣讲的民俗学基本原理讲稿，以及数篇有关中国民俗学会发展的报告和总结等，还有相当一部分文章，是我在民俗学领域陆续发表的专题研究成果，比如对欧洲民俗学神话学派、流传学派、人类学派等各学派代表人物、学术观点、历史地位及意义影响的梳理、分析和评论，以及涉及历史比较研究法和历史类型学等研究论文，希望这些文章能对拓宽中国民俗学的学术视域和促进本土理论发展产生一些积极的影响。

《刘魁立非遗保护论集》——作为我国非遗保护工作的志愿者，我始终要求自己能在非遗及其保护的理论建设方面有所贡献。在深度参与国家非遗保护制度建设、法规制定、项目评审和大量实地调查等工作的同时，在过去约二十年的时间里，我还尽量提炼和阐释了一些有关非遗研究的关键性理论命题，诸如非遗的共享性与基质要素守护、整体性原则、传承人问题、公产意识和契约精神、传承与传播、文化生态保护区建设等问题，希望对非遗保护的实践走向和有关非遗的基础理论建设，能带来一点积极的作用。本卷收录的文章大致勾勒出了我在中国非遗保护实践与研究中的个人足迹，同时在一定程度上也反映了中国非遗保护事业的时代剪影。

《刘魁立节日节气论集》——传统节日和二十四节气是中国人时间制度的重要组成部分。数十年来，我和中国民俗学会同仁不仅对新年、端午节、中秋节等重大传统节日及二十四节气进行了有深度的专题研究，还从中外比较、时代流变等视域出发，比较深刻地阐释了中国节日、节气体系与结构、内涵和意义等，努力推动中国生活方式中时间制度研究。我们组织完成了"民族传统节日与国家法定假日"课题，推动民族传统节日——清明、端午和中秋纳入国家法定假日，鼎力呼吁切实保护传统节日和二十四节气，深度参与了"二十四节气"人类非遗代表作申报工作，与中国农业博物馆相关领导、专家共同推动二十四节气整体性系统性保护。这本论集选录的文章，呈现了我在传统节日、二十四节气保护实践和在理论研究方面所做的一些工作与学术思考。

《刘魁立序跋集》——本卷选录自20世纪80年代至今我应邀写作的50余篇序跋，内容涉及民俗学、民间文学、少数民族文学及非物质文化遗产等学术领域。"中国民间文化丛书""中国少数民族文学史丛书"等大型学术丛书的序言，介绍了我对学科建设的一些努力和想法；"原始文化经典译丛"总序及相关中译本的序言，目的是促进中外学术对话，以助力中国本土理论的发展；《钟敬文民俗学论集》《东亚的时间：岁时文化的比较研究》等论著的序言，除了学问的探讨议论，还有尊师敬贤、虚心求教，与志同道合者的学术情感交流。这些序跋记录了我敞开胸怀与读者交流鉴赏这些作品的真实心路，也希望它们能够为亲爱的读者提供一条通往这些论著"内里"的门径。

《刘魁立访谈集》——本卷辑录的是20世纪80年代至今的部分访谈内容，主要分为访谈、发言、报道和回忆四类。这些年受相关报刊、电视广播媒体，以及高校和研究机构的邀请，做过一些涉及民间文化的采访和发言，主题相对来说比较驳杂。特别是一些现场问答或即兴发言，可能有时会显得比较随性，但大多也是我的认知和情感的自然表达。20世纪下半叶，我的精力主要是在民间叙事的理论探讨和欧洲民俗学的研究等领域。21世纪以来，我有幸参与到非遗保护的工作中来，切实感受到祖国文化遗产的丰富浩渺和价值非凡。深刻地了解了人们生动的社会生活，这让我深受感动，获益良多。这本访谈集，记录了我的一些经验总结和学术思考，也有我对于中国民俗学长者、智者、善者发自内心的敬重，以及与学界同仁和社会公众交流民间文化保护传承的个人情感和生活记忆。

《刘魁立译文集1》——本卷收录了20世纪七八十年代我的部分译作，包括恩格斯青年时代创作的《科拉·迪·里恩齐》，这部诗体剧作展现了14世纪中叶罗马封建贵族和商业、手工业平民的斗争。法国和国际运动活动家、马克思主义理论宣传家拉法格的《母权制》论文，分析了母权制在家庭范围的衰落和被父权制替代的过程，以及其引发的一系列争讧、犯罪和荒诞的闹剧。《列宁年谱》（4卷）收录了列宁革命事业和多方面生活的数万条史实，并注明事件的参加者和地点，书中仅摘录了第二卷1905年1月至5月末列宁的活动纪事。《俄罗斯民间文学选辑》概述了俄罗斯民间口头创作的各个门类，并选译若干代表作品，以供赏析；列·雅基缅科的《论肖洛霍夫的〈被开垦的处女地〉》，是俄罗斯肖洛霍夫研究的权威专家对社会主义现实主义经典作品的独到见解。

《刘魁立译文集2》——19世纪俄国著名作家和文艺评论家车尔尼雪夫斯基创作的《序幕》是一部现实主义文学作品，反映了俄国19世纪50年代末、60年代初错综复杂的政治斗争，尖锐地提出了社会改造和农民革命问题，塑造了一批优秀革命民主主义者的形象。我所译的《序幕》中译本1983年由外国文学出版社出版，包括两卷：《序幕的序幕》和《列维茨基一八五七年日记摘抄》。第一卷揭露了当时所谓的"改革"，是政府为了平息广大人民的不满情绪所作的欺骗性让步，是必将到来的伟大人民革命的"序幕"。至于国内各派力量围绕着改革所进行的政治斗争，更是"序幕的序幕"。第二卷所描绘的贪赃枉法的法庭和地主的没落中的庄园，则是农奴制行将崩溃的缩影。

以上所述，敬请批评。

这里，我要对为《刘魁立文集》的出版花费心血、竭诚相助的诸位尊敬的朋友，表示最衷心的感谢，感谢他们对我的一贯关心、呵护和帮助。生活在这些青年、中年朋友中间，时时领受着他们的深厚友谊和热情关照，我感到温馨、快乐、幸福。他们是：

叶涛、施爱东、巴莫曲布嫫、张雅欣、林继富、刘晓峰、李春园、宋颖、李瑞祥、陈华文、孙冬宁、张晓莉、陈学荣、张玮、张建军、杨秀、朱佳艺、王晓涛、萧放、高丙中、陈泳超、陈连山、陈勤建、朝戈金、贺学君、周星、张立新、刘伟波、赵婉俐、刘丹一。我还要特别感谢李春园老师，是她负责本文集各卷的繁重的后期编辑工作。最后，我还要特别感谢黑龙江教育出版社及其编辑团队为文集出版付出的关爱和辛劳；特别感谢对文集出版给予大力支持的上海世久非物质文化遗产保护基金会。

絮絮叨叨地写了上面的话，希望能为本书的读者提供一点背景材料。我冀盼于尊敬的读者的，不是对匆忙和不当之处的谅解，我虚心以待的是您的批评和匡正，以及有益的学术对话和深入的学理讨论。如蒙赐教，是我所幸。

"谁道人生无再少"，现在，继续前行的召唤，仍旧响在我的耳边。

2023 年 7 月

目录

谈民间文学搜集工作①

1957年1月寒假期间，莫斯科大学文学系民间文学教研室组织了一个民间文学作品搜集队。搜集队由参加过近三十年搜集和研究工作的爱尔娜·瓦西里也夫娜·鲍米兰采娃副教授领导，全队十四人。考查对象是伏罗涅什州安娜区老托以达村，这是苏联当代一个知名的故事家安娜·尼古莱也夫娜·科洛里科娃的家乡。②

我也参加了这次搜集工作。半月来，通过观察、和同志们交谈及亲自工作，得到了一些启示。在这篇文章里，我想就我国目前的搜集工作谈几点自己的看法。

几乎我们每个人都或多或少地受过民间文学的影响。有多少孩子是在民歌中和故事中用胖胖的小手第一次去按生活的脉搏，多少作家在这里上了第一课，在这些艺术作品中包含着多少人民的心愿、人世的哲学！通过民间文学，我们看得到劳动人民丰富的内心世界和他们无比的创作天才。民间文学除掉具有巨大的社会意义、艺术价值和教育作用之外，无疑还能够给科学（特别是历史科学）提供不可缺少的材料。

民间文学是人民所创造的文化财富中极重要的一部分。搜集、出版这一宝贵的遗产必须有珍惜的态度、科学的方法。这种态度和方法是建立在

---

① 原载《民间文学》1957年6月号。同时载于中国民间文艺研究会编《民间文学搜集整理问题（第一集）》，上海，上海文艺出版社，1962年。

② 见《苏联大百科全书》第23卷 Королькова 条。

对民间文学正确而全面的认识上的。任何对民间文学片面的歪曲的理解都会反映在搜集、出版工作中。都会给科学、给后代带来或大或小的损害。

为了方便，我把我的看法分做下面三点谈。

一

记什么？

概括说来，"凡是民间文学作品一律须要记录"。[①]民间文学搜集者应该对一切民间作品都感兴趣，应该给自己立下宏愿——记下人民所讲所唱的一切。我们搜集的材料越全面，关于今天或过去的民间文学的概念就越完整，人民的思想面貌和创作面貌就越清晰。我们并不反对专题搜集，相反的，每次搜集都应该有明确的目的，而搜集对象取决于这一目的。我们这里是谈一般原则：有没有对广大群众、对科学研究毫无价值因而无须记录的民间文学作品呢？没有。

可是，有些人在搜集工作中事先就为自己画定了一个框框，只限定某些题材的作品。例如，董均伦、江源说："在每一个庄里，都有几个善于说故事的人，即使你和他不太熟悉，他也能讲给你听。可是你得跟他说明你愿意听什么样的，或是自己先说给他听。要不的话，他会尽对你说那号中状元、考举人、清官断案一类封建迷信的故事。"[②]这些人所要搜集的，只是在他们看来是"思想性"强的作品。然而他们所理解的思想性则是非常狭隘的。似乎只有反对地主、反对皇帝、反对迷信、贫富斗争一类的作品才配记录，其他作品则尽被抛弃。其实，像他们所忌讳的进京赶考、清官断案及说狐道鬼等故事，未必记不得。这些作品在许

---

① 自然学、人类学、民俗学爱好者协会民俗学分会民间文学委员会所制《民间文学作品搜集工作纲要》（俄文版）。

② 董均伦、江源《搜集、整理民间故事的一点体会》，《民间文学》1955年9月号。

多情况下，大有仔细分析探讨然后再确定其价值的必要。从这里我们可以看到人民的思想、见解往往是通过十分曲折复杂的过程表现出来的。在许多这样的作品里，同样包含着深刻的思想、善与恶的斗争、人民的向往、人民创作的心血。比如说，像以狐、鬼为题材的故事，难道能说全都是封建迷信的吗？《聊斋志异》中的人民性大概不会有人怀疑吧？这本书中的好多故事，就是基于民间传说而再创作的。

再说，即使一篇民间文学作品有着落后的因素，我们也不能弃之不顾。几千年来，劳动人民（主要是农民）一直是处在极端复杂的社会条件影响之下，他们的思想是充满矛盾的、错综复杂的。在民间文学中得到反映的不只是他们的长处，而且也有他们的弱点。许多民间文学作品本身就是这样的混合体。如果只根据几个抽象的概念来衡量作品，那就把很多复杂的作品弃之不记、一笔勾销了。

我们必须清楚地知道：在接触每一篇民间文学作品时，我们是在和千百群众的语言艺术打交道，和劳动人民的生活、劳动人民的内心世界——他们在社会方面、美学方面、伦理方面的观点打交道（尽管是间接的）。因而材料搜集得越全面，我们对人民的过去和现在就了解得越深刻、越全面。根据片断的、零散的、偶然的材料是不可能做出科学的有概括性的结论来的。

至于不是人民创作，而属于统治阶级或社会渣滓的"作品"，不仅可以不记，而且我们有责任通过各种可以接受的方式对之加以批评，使群众也能识别它们。

已经记过的或出版过的作品有没有必要重记呢？爱尔娜·瓦西里也夫娜在给老托以达村十年制学校学生作报告时，说过："同一个故事，每个人都有自己的讲法，而每个讲法都有它的价值。因此，一个故事我们常常记十次、二十次，甚至一百次。"

有不少搜集者只设法"发掘"别人没记的东西，至于在他们看来大家都知道的，因而也就是"不重要"的作品，便不屑去记。我觉得，这样做是不妥当的。岂不知，一篇作品的每一种异文都会给我们提供许多可贵的材料。我们记录的异文越多，我们就越容易抓住作品的真精神。"有无数异文的故事远比无族无系的孤独的记录更珍贵""故事有如一条光线，由神秘的深渊射出，穿过无数时间和民族的地层，交映出虹霓的色彩，我们掌握的色调越多，我们就越容易推测出这道光的质地。"①

而且，有价值的还不单单是作品本身。观察某作品、某体裁的演变、发展过程常常比一般地了解作品内容给我们的东西更多。只有根据准确记录的各种异文，才可能看出作品的演变过程和演变原因，看出时代留下的痕迹。只有通过各种异文的比较，我们才能掌握民间作品的地方特点，观察出传统作品是如何适应每一个新的社会条件和民俗条件的，确定每个作品的传播道路，认识民间文学作品的创作方法和艺术特点，正确估价讲述者或演唱者个人在人民创作中的作用（民间文学创作中集体因素和个人因素的关系问题并非三言两语可以谈清楚，这里不拟多讲，但有一点应该指出：民间口头创作中的个人作用在我们这里还没有得到应有的注意。一个简单的事实就足以说明这个问题：在作品之后从来也没见过有介绍讲述者或演唱者的文字，搜集者和出版者通常连他们的名字都不提）。扔开各种异文，只追逐、拼凑"新"作品的做法，事实上是摒弃地方特点、社会特点、历史现实在民间艺术中的具体反映，把整个民间作品只归结为几个赤裸裸的题材，这样就阉割了每个作品的具体的思想性。

应该说明，上面所讲的这些，绝不意味着搜集者不应该优先记录在内容和形式上更完善的作品，而不加选择地碰到什么记什么。必须肯定：一

① 波次南斯基《谈搜集民间故事》载"Живая старина"1916年Ⅱ—Ⅲ期（俄文版）。

般地说来，在思想内容和艺术形式上越完善的作品，对广大群众和研究者的益处也越大。

二

怎么记？

总的原则是：以珍惜尊重的态度对待每一篇作品、每一句话和每一个词。准确忠实、一字不移，这是对科学的记录的第一个要求。不加任何篡改、歪曲扩大或缩减，如实地全面地提供有关人民创作和生活的材料，这是民间文学搜集者的基本任务。

在记录时，任何改动对民间文学搜集者来说都是不能允许的。除掉前面在谈到异文的意义时所指出的那些理由之外，还应该提到，只有忠实不苟地记录，才能使我们抓住讲述者的风格、腔调。脱离开每个讲述者原来的语言形式，只记一个赤光的内容的做法扼杀了原作品的艺术价值。在这样的"民间作品记录"里是看不出原来讲述者的真面目的。正像不能把作家的作品乱加改动一样，我们必须慎重地保持每个讲述者或演唱者的独特的语言、风格。

人民（主要是农民）长期受旧的生产方式的限制，在经济上、政治上，乃至思想上受统治阶级的压迫，在民间文学作品中我们就不免会遇到某些粗野、愚昧、文化落后的痕迹，有时甚至剥削阶级的思想意识也侵蚀进来得到反映。许多作品中夹杂着私有观念、迷信的成分，这是不足为怪的。一个真正的民间文学工作者，一个打算全面真实地认识人民生活及其创作的人，不应该在这些现象面前闭上眼睛堵起耳朵。问题不在于记还是不记，而在于如何认识这些现象，能从这里得出什么结论来。

对待残缺不全的作品，我们不要随便添补，①应当保持原来的样子。

---

① 见老舍《关于兄弟民族文学的工作报告》，《民间文学》1956年3月号。

为了使材料真实、科学，我们必须反对依靠记忆而不记录的做法。一切作品都应该从讲述者或演唱者口中直接记录下来（如果一个人速度不及，可以两个人替换着你记一句我记一句。歌曲最好是词谱全记，即使不能记谱，歌词也须在演唱时记录）。凭记忆"记录"的方式只有在万不得已的时候才能用（如走路时、天黑无灯等），而且这种记录必须特别注明。

然而，目前存在的情况（主要指记录民间故事），普遍不作准确记录，主要依靠记忆事后编写。这种现象不能认为是正常的，这样的人为的"记录"方式所找的根据也是经不起反驳的。董均伦、江源说："……在搜集的时候，最好不要用你说我记的方式。因为那样，就很容易忽视了他在说故事当中，没有用语言表达出来的部分。""假如照葫芦画瓢地记录下来，那一定使原来的故事减去许多声色。因为每个人说故事的时候，声调的高低快慢，眉目的表情，以及手势，都在帮助言语表达出故事的内容。"①看来，这些人像是在反对只记音不传神的机械的记录，但接着，他们就点明了自己的本意："在听故事的时候，往往有这样的情形，因为几句话的缘故，而使故事显得格外精彩。那你除了要记住整个故事的情节以外，还需要记住这几句话。不过，只这样做也不够，有时候也有这样的情况，主题和情节好的故事，说故事人的语言不一定美，也不一定准确。而有的比较差的故事，说的人语言倒很美，很准确。如果你要随听随记，那是来不及的，就是来得及，用这种方式也不好，因为你一记，说故事的人，无形中感到紧张，说起来就会不自然。"②可见，他们赞成的不是既记音又传神的记录，却是为了达到传神

① 董均伦、江源《搜集、整理民间故事的一点体会》，《民间文学》1955年9月号。

② 董均伦、江源《搜集、整理民间故事的一点体会》，《民间文学》1955年9月号。

的目的而否定记录。是的，民间故事不同于小说，它是一种表演艺术，然而在这里占绝对主要地位的艺术手段终究是语言。至于表情、动作、音调、情绪等则都是次要的、从属的。假若连语言表达出来的部分都没有掌握的话，还有什么其他可谈呢？纵然有某些体会，也难免是捕风捉影，缺乏根据。再说，只要我们多想办法、和群众打成一片，记录时的那种"紧张"气氛也并非不可避免。比如，这次在老托以达村，我们就曾通过联欢的方式从挤奶女工那里记了一些古老的歌曲，在人很多的时候，你找一个不显眼的地方，任你记去，人家是毫不在意的。就是在一般的情形下，老练的民间文学工作者也不会像台机器似的，让新见的人瞪着发呆。爱尔娜·瓦西里也夫娜就是这样的人：七八句话就能把人说近几层，记录时给人的印象仿佛是最寻常的听众，等听完一两个故事，她就同讲故事的和其他在场的人谈起家常，在神不知鬼不觉的时候，她的本子上又多了一些材料，如讲故事者的年龄、经历、爱好……

准确的记录当然也还要求尽可能地把那些"没有用语言表达出来的部分"（如手势、音调、表情）也标记出来。在记录时，我们还必须对听众（如果有听众的话）进行观察和研究。听众的动态、反映、议论在许多场合下是很能说明人民的好恶、人民自己的观点的。当你读到那些在这次搜集中记下的听众与主讲人的对话时，常常会情不自禁地感叹：这真是人民心灵的自白！"活鱼是要在水中看的。"我们不仅要记录民间作品，而且还要记录民间作品的"生活"。

总之，在搜集工作中必须坚持完全忠实的原则，因为没有忠实可靠的材料就不可能有任何科学。如果把搜集工作中一字不动的原则也认作是"错误的烦琐主义"或"迂腐的学院气"的话，那就给篡改留了一条生路，对科学是无益的。民间文学搜集者应该使自己具有最大限度的客观态度，给科学提供真实的民间创作材料。

若想使一篇民间文学作品发挥它应有的作用，除记录准确之外，还必须附有不可缺少的证明材料。对广大读者和研究者说来，这些材料并不比原文次要多少。当你站在博物馆中一个没有任何说明的艺术陈列品面前，你要作何感想呢？不附有必要的说明材料的作品正和博物馆中没有标签的古物一样，只能归作可疑的、最低限度是不确切的材料一类，降低了它的科学价值。这些材料包括何时、何地、从谁那里记录来的，讲述者（或演唱者）的年龄、职业、文化程度，讲述者在何时、何地、从谁那里听来的，等等。任何一个故事、歌曲都不能缺少这些最起码的材料。如果我们从一个讲述者那里记了许多材料，就应该进一步地了解他的个人经历，可能的话，最好对他讲述或演唱的技巧做些总的评述。一个人选择某个故事或某个民歌除掉某些偶然的原因之外，在一定程度上还决定于他的心理状态、他所处的生活环境，而且在转述这些作品时，常要加上许多自己的（自己听到的、看到的、经受过的）东西。搜集者记录讲述者的个人经历，就是提供材料，让读者更深刻地理解作品。只要搜集者认真严肃地做这一工作，不把它看成是简单的填表格，那么他的材料就会给读者及研究者以莫大帮助的。

有人说："搜集故事是比较容易的一步，第二步便是比较困难的整理加工工作了。"[①]事实并非如此，搜集、记录民间文学，这一步极难走，它肩负的责任也十分重，任何轻率的态度都是要不得的。尽心记录的材料常常要比某些研究论文更有价值，流传得更久。我们不仅为这一代人工作，而且也为下一代人工作，为科学工作。如果民间文学搜集者不是每次都具体地知道他的记录的可贵程度的话，那么他应该清楚一点：随着人们对客观事物认识能力的提高，科学会利用这些材料不断地提出新的问题来。

① 董均伦、江源《搜集、整理民间故事的一点体会》，《民间文学》1955 年 9 月。

最后须要指出，搜集这一浩如烟海的民间文学创作，不应该只是几个人的事。我们必须动员起一切可以动员的力量，把地方基层文化馆、图书馆、俱乐部的工作人员、地方小学教师等都发动起来，组成一个民间文学搜集网。有关部门应该印刷一些宣传材料，出版一些像工作指南一类的小册子，在方向、方法上进行指导，使这一活动得以顺利开展。在不久的将来，我们民间文学工作的花朵即将怒放，我们的民间文学工作将为社会主义文化建设做出更多的贡献，为全世界敞开一个无比丰富的宝库的大门。

三

关于如何编辑民间文学作品，这里也附带谈两句。

目前，我国出版的民间文学作品（主要指民间故事）大都是经过改写了的（至于原记录的可靠程度，我们不得而知）。在广泛开展文化普及、儿童读物不足的今天，这种集子云涌出现是可以理解的，也是必要的。但不可理解的是为什么没有或很少有以一般读者为对象的不经加工的真正的民间作品出版。

过去，民间文学不得登"大雅之堂"，今天总算熬出了头，但仍不尽然：若想见天日，尚须"脱层皮"，好像非要经过一番"整理"才能问世。如果说这对儿童、初学文化的人是必要的话，那么对一般读者说来，则是完全多余，反倒糟蹋了民间作品。

有的民间文学工作者按照托尔斯泰的改写方法[1]，来"整理"民间故事[2]，《民间文学》编者也把托尔斯泰的方法当作"整理方法的楷模"介绍

---

① 见托尔斯泰《俄罗斯民间故事》序，《民间文学》1957年1月号。

② 见董均伦、江源《搜集、整理民间故事的一点体会》，《民间文学》1955年9号。

给读者①。我觉得，这都是不妥当的。殊不知，作家托尔斯泰不是在整理，而是改写，是再创作，而且在改写这些故事时，他心目中主要的，甚至是唯一的对象是——儿童。

托尔斯泰1938年3月在给儿童出版社（Детиздат）的信里说：

"在几近一个世纪的时间里，多次有人尝试过给孩子们编写俄罗斯民间故事集，但这不计其数的版本（主要是革命前的）都不能令人满意，因而也未流行开来。它们没能像贝洛②或格林兄弟等的故事那样，成为受儿童推崇的读物。""我们的孩子有权利获得自己祖国优美的文化创造。"③

因此，他建议儿童出版社出版五卷俄罗斯民间故事集（我们现在读到的就是五卷集中的第一卷，大家所引的序，就载在这里），由他担任主编。关于出版目的，他是这样说的：

"这种版本的必要性是不言而喻的：使孩子们熟悉祖国民间文学，除此之外，让孩子们获得民间语言的无尽的富藏。"④

这两个目的也就决定了他的改写方法：为了让孩子系统地了解祖国丰富的民间文学，吸收民间语言的甘美的滋养，他手中掌握了大量的科学记录的材料（主要是出版过的）供再三挑选。他说："……这个集子要包括全部主要题材，精心改写，不载异文。""针对科学记录的民间故事需要在如

---

① 见《民间文学》1957年1月号托尔斯泰《俄罗斯民间故事》序前的按语。

② 贝洛（Perra）——17世纪法国作家，1697年出版了他所改写的民间故事集《鹅妈妈的故事》，其中包括《小红帽》《灰姑娘》等驰名世界的故事。

③ 托尔斯泰《给儿童出版社的信》，《托尔斯泰论文学》，1956年，莫斯科俄文版311—312页。

④ 托尔斯泰《给儿童出版社的信》，《托尔斯泰论文学》，1956年，莫斯科俄文版，第311—312页。

下两方面进行文学的改写：结构方面和风格方面。"①

托尔斯泰是根据民间风格，用民间的语言、民间的手法进行改写的，他把民间作品的一切清新和自然都保存了下来。尽管如此，改写终究是改写，我们不能把创作和整理混为一谈。托尔斯泰的确为我们树立了一个榜样，但树立的是改写的榜样。他改写的故事不是也不可能是"整理方法的楷模"。事实上，在苏联，除了为孩子们出的集子之外，普通版本都是以忠实的记录为准，词句（更不消说内容了）一般是不加改动的。

我曾到莫斯科国立文学博物馆手稿保存库去抽对过几个民间作品集的原记录稿，核对结果是这样的：出版材料和原记录手稿（这些记录的准确性是无可怀疑的）的出入是极其有限的。对原作品一般均不加改动，如有改动，也多属修辞性质，如将代词换成原来的词，填上或删去"他说"，剔除个别不雅的词句等。下面举一个比较典型的例子。

如"Сказки и песни Вологодской обл."（《沃罗哥达州民间故事、民歌集》）中的一篇民间故事《农夫和小鬼》，②全文300余词，改动的地方仅有九处。

经我详细对照分析，这九处改动，也都是修辞性的，改动极其细微，目的仅仅在于方便读者的阅读。大约相当于中文的将"及"改为"和"；"种庄稼的人"改为"庄稼汉"，或者是将用词次序略微调整一下，仅此而已，口述的故事仍旧原原本本地呈现在印刷出版的文字中，完全没有伤害到讲述者说故事的原有样貌。

还应该说明，上面所举的这个集子是以最一般的群众为对象的普通读

---

① 托尔斯泰《给儿童出版社的信》，《托尔斯泰论文学》，1956年，莫斯科俄文版，第311—312页。

② 《农夫和小鬼》，载于《沃罗哥达州民间故事、民歌集》，明茨、萨乌什金娜编，鲍米兰采娃主编，1955年沃罗哥达版，第68—70页。

物。至于其他有科学性质的版本则是完全保存了作品的原貌的。[1]

由此可见，托尔斯泰的改写，对苏联民间文学工作者来说并非是"整理方法的楷模"。事实上，并不是"苏联许多专家的评论整理方法的文章中随时引证着他的这本集子里的故事"[2]；认为托尔斯泰写在这个集子前面的序"更已经是民间文学整理方法方面公认的重要遗产"[3]，这是缺乏根据的。改写（不论与原作品出入多少），这是作家的路，但决不是民间文学工作者的路。

那么，除掉为孩子们出版的集子，其他民间文学材料就不需要整理了吗？我觉得，整理是需要的。不是任何忠实记录的民间作品都可以付印。选择优秀作品，这是整理的第一个重要步骤。整理的目的在于使口头作品适于印刷成书，把以听众为对象的作品"整理"得合乎以读者为对象的作品的特点、要求。整理的范围包括，规整颠倒拗口的句子，抽掉无意义的重复的词句，剔除不宜印出的句子乃至段落，修正含混不清的地方，必要时改换十分生僻而且不为作品增色的方言词汇和方言语法形式，除此之外，编写注释，提供与作品有关的材料……我觉得，在整理工作中所能做的仅止于此，而且做这些工作时，也该十分认真负责，考虑再三，断非必要决不轻易下笔。至于整理者想说又有必要说的话，不妨写在注释里让读者自己去参考好了。

总之，我们需要儿童版本和初级读物（因为我国在大力开展扫盲，作为"文学初级读物"，我认为是可以改写的），同时也需要以一般读者为对

---

[1] 许多集子还保存了原作品的语音特点，关于这个问题详见 Пропп 的文章 *Текстологическое редактирование записей фольклора*，载于 *Русский фольклор* 1. АНСССР М—Л 1956 Г。

[2] 托序前的编者按语，《民间文学》，1957年1月号。

[3] 托序前的编者按语，《民间文学》，1957年1月号。

象的不经改动的民间作品集。出版机关，特别是像《民间文学》编委会这一类有若干科学性质的出版机关，有责任选择忠实记录下来的优秀的民间作品，连同一切证明材料，如实地交给广大读者、交给科学、交给我们的后代。

应该如何记录、出版民间文学材料，这是一个很复杂同时又很重要的题目，以上都是个人粗浅的不成熟的看法，希望读者批评指正。

1957 年 3 月

再谈民间文学搜集工作^①

　　读了大家关于民间文学搜集工作的文章之后^②，得到许多启发，有了一些想法，不知妥当与否，写出来聊作大家深入讨论时参考，并希望得到大家的批评和指正。

　　搜集问题不能被看作只是技术、方法的问题。这次讨论实际上是一场关于民间文学观的辩论，里面是包含了思想斗争的。

　　真正的科学，其目的在于揭示事物的本质、事物间的内在联系及事物发展的客观规律，以利于劳动人民，利于社会发展。其对象必然是真实的客观事物。对于研究民间文学的科学说来，其对象便是劳动人民自己的口头创作。资产阶级唯心主义的所谓科学是不能也不愿意真实、客观地去认识民间文学的。是党指明了劳动人民是历史的创造者，并使民间文学得到了极高的估价和极大的重视，是党以辩证唯物主义和历史唯物主义的世界观、毛泽东同志的文艺思想武装了关于民间文学的科学，为这一科学的发

---

① 原载《民间文学》1960 年 5 月号。同时载于中国民间文艺研究会编《民间文学搜集整理问题（第一集）》，上海：上海文艺出版社，1962 年 12 月版。

② 董均伦、江源《关于刘魁立先生的批评》（《民间文学》，1957 年 8 月号）；《从"聊斋汉子"说起》（《民间文学》1959 年 12 月号）；丁雅、李林《"谈民间文学搜集工作"读后》（《民间文学》1957 年 10 月号）；刘金《试谈民间文学的记录与整理》（《民间文学集刊》第三本）；星火《也谈民间文学的搜集整理》（《民间文学》1959 年 8 月号）；王殿《也谈民间文学的记录、整理》（《民间文学》1959 年 11 月号）；张士杰《我对搜集整理的看法》《民间文学》1959 年 12 月号）等。

展创造了无限的可能性，开辟了一个新的纪元。

今天，与形形色色的资产阶级伪科学的斗争还须进一步深入，在这方面绝不能有丝毫的松懈。同时，也须大力加强以无产阶级思想为指导的科学研究工作。轻视在与资产阶级伪科学的斗争中建立和发展新的社会主义的民间文艺学的工作，①同样是不应该的。

要不要民间文学研究？我们的回答应该是肯定的。但我们所需要的决不是随便什么样的民间文学研究，我们只需要以马克思列宁主义观点、毛泽东思想为指导的服务于社会主义建设事业的民间文学研究。而民间文学研究工作又是整个社会主义共产主义文化建设事业中不可缺少的一部分。一提到科学研究，就以为这不论怎样都是"到书斋里去"，是"少数人的事"，与人民没有什么关系，即对于循着正确路线进行的研究工作也抱着轻蔑或否定的态度——这是不正确的，是对于科学研究缺乏足够的认识和估计。

无比生动的人类社会发展史，无比生动的物质文化、精神文化发展史，乃是劳动人民与自然界、与统治阶级进行顽强、残酷斗争的历史实录。而民间文学，劳动人民自己的口头文学创作，便是这宏伟史诗中极其珍贵的一章。承继它、学习它、发扬它，使它在社会主义建设中发出更灿烂的光辉，更巨大的威力，这是全体人民的事业。为了很好地完成这一事业，除开要做其他方面的工作之外，我们还必须加强民间文学研究工作。不可能设想取消了或者削弱了以无产阶级思想为指导的文学研究和文艺批评，而我们的文学事业还可能健康地、蓬勃地发展下去；同样的，力图发展群众文艺创作运动，发展民间文学事业，同时又不重视民间文学研究工作的做法，则会恰得其反的。正是为了更多更好地给劳动人民以文学的享受，正是为了更好地开展与各种资产阶级观点的斗争，正是为了更好地贯彻党的社会主义文艺方针，使群众文艺创作循着正确的路线前进，正是为了更多

---

① 上引文章的部分作者，特别是《试谈民间文学的记录与整理》（《民间文学集刊》第三本）一文的作者——刘金即有此偏向。此外，刘金对《谈民间文学搜集工作》一文的许多看法是曲解了的。

地更好地为社会主义建设服务，我们才必须加强马克思列宁主义的民间文学研究工作。

几千年的优秀丰富的民间文学遗产需要进一步的清理、发扬；和社会发展、阶级斗争的历史相联系相呼应的民间文学发展史有待于更深入的研究；研究民间文学发展一般规律，阐明民间文学本质特征的科学——民间文学理论尚需充实和丰富；尤其重要的，对于在党的领导下创造新的历史和新的文化的劳动人民在今天传颂着和创作着的作品要作很好的分析，把它一切内在的力量和内在的美展示在人们面前。我们必须逐步地做好这些工作，以促进社会主义文艺事业的繁荣，使人民更加意气风发、斗志昂扬、欢欣鼓舞、展翅高飞。高举红旗，在党和毛主席的领导下努力使民间文学事业获得更大的发展，让它为祖国社会主义建设作出更多的贡献——这是党和人民交给我们所有民间文学工作者的光荣的任务。最好地完成这项任务是我们义不容辞的责任。民间文学研究工作绝不是少数科学工作者坐在书斋里为着科学的目的所做的与人民无涉的事情，即使直接、经常参加工作的人人数不多，民间文学研究工作同一切其他的工作一样，仍然是也必须是党所领导的祖国六亿五千万人民社会主义建设事业中不可缺少的一部分。

当谈到民间文学的科学研究时，有人以为这就是研究民间文学的民族学、历史学、语言学等方面的特点、价值，实际是不然的。一般民间文学研究者虽则不能无视民间文学的这些特点，但民间文学研究毕竟是民间文学研究，不是也不可能是民族学、历史学或语言学研究。它首先是而且主要是将民间文学作为文艺现象来认识的。因而将民间文学对于听众或读者的艺术欣赏的价值和对于民间文学研究的科学价值对立或者割裂了看，论其哪方面的特点长于哪方面，我觉得这都是没有根据的。这两者是统一的，作研究工作的人也好，从事整理、创作的人也好，都是根据作品的思想内容和艺术特点和二者的统一来评价作品的。最先使我们注意的必然是具有强烈的人民性和革命性，含着浓郁的时代气息，而又运用了高超的艺术表现形式的民间文学作品。在这一点上，作研究工作的或作整理工作的同志是没有什么两样的。以为民间文学研究是把民间文学看成干瘪、僵死的材料，只有去芜存菁的整理工作才把民间文学看成是生动的艺术，这种认识是不符合实际情况的。这种认识自然会使我们把研究工作和整理工作对立起来看，对两者或其中一者作出不恰当的估计。

民间文学研究也好，民间文学的整理、改编也好，以至于援引民间文学作历史学、民族学、语言学等方面的研究也好，所有这些工作都需要民间文学作品的准确忠实的记录。

认为准确忠实的记录只有科学研究才需要，而整理工作可以脱离忠实全面的记录的看法，我觉得是值得商榷的。既然整理工作是去芜存菁的工作，而不是作家的文学创作，那就必须要以忠实的记录为基础。没有忠实全面的记录，我们便不能很好地进行整理工作。凭着每个人的记忆和片段的零散的记录，不仅整理者本人在工作中会感到有缺乏实际依据的困难，在很多情形下不得不依照故事原意进行重写，而且这种材料，这种"记录"，除掉搜集者本人，其他人是无法运用的。如果没有忠实全面的记录，人们又凭着什么来认识整理得好与不好呢？怎么可以知道我们是否忽略了、扬弃了可取的精华和全部的美，有没有还给人民以最多的营养和享受呢？此外，有人问：在中国，今天有几人积累了大量的故事异文呢？我想，其原因不在别处，正是在于我们目前还缺少准确忠实的故事记录。改变这种状况的办法，只有全国所有民间文学工作者和爱好者在党的领导下联合起来，忠实记录，使这些记录不仅可以作为整理工作的着实依据，同时还为祖国的民间文学事业积累起大量的民间文学实料（其中包括了异文），为全国民间文学工作者，为整个社会主义文化建设事业作参考。

关于记录问题，郭沫若在《答"民间文学"编辑部问》中讲得很好，他说："科学研究，要强调材料的'第一手性'。同时为了很好地加工，也要有可靠的材料。忠实的原始记录是工作的基础。原始材料应该大量保存。"[①]虽然这里是就民歌记录而言，但我觉得这原则对民间文学其他体裁同样是适宜的，搜集民歌这样做了，搜集民间故事也要这样做。民间文学

---

① 郭沫若：《答"民间文学"编辑都问》，载《人民日报》，1958-04-21。

搜集、记录工作是不宜采取"采访"方式的，记录应该力求忠实全面。

要求以珍惜尊重的态度对待劳动人民自己的创作，要求准确忠实、不随意乱改地记录人民的作品，这是否就是资产阶级的观点和论调呢？不是的。这两者之间存在着根本的区别。这区别不仅表现在立场上、观点上，也表现在态度上、做法上。看不到这两者的区别，将之混淆起来，在批判资产阶级的同时将忠实记录也否定了的做法是不恰当的，是不利于民间文学事业的。

记录只是记录，忠实记录绝不意味着全部肯定、不要分析、全盘吸收。提倡忠实记录民间文学是为了很好地分析它、发扬它，以丰富祖国社会主义民族新文化的机体；而为了做好这一工作则又必须提倡忠实记录，这是一切民间文学工作的基础。这两者是统一的，是不可脱节的。

同时，在认识民间文学时，过分强调民间文学中糟粕的态度也是不应该的。毛主席曾说：

"中国的长期封建社会中，创造了灿烂的古代文化。清理古代文化的发展过程，剔除其封建性的糟粕，吸收其民主性的精华，是发展民族新文化提高民族自信心的必要条件；但是决不能无批判地兼收并蓄。必须将古代封建统治阶级的一切腐朽的东西和古代优秀的人民文化即多少带有民主性和革命性的东西区别开来。"[1]

毛主席所说的古代优秀的人民文化不是单指民间文学而言，但这世世代代劳动人民自己创作的流传至今的口头文学无疑是被包括在内的。虽然统治阶级的腐朽东西对民间文学有所影响，我们不能对之不加分析，一概肯定，但过分强调并夸大封建落后的一面，对民间文学批评挑剔，从而不要忠实记录的态度是不对的。事实上，民间文学如民歌、民间故事等体裁中的封建统治阶级强加于民间文学的不健康成分毕竟是少数的，而民主性和革命性的内容则是民间文学的绝对的主流。因为这少数的部分而否定忠实记录，倒确是"因噎废食"的做法了。而没有忠实记录，整理工作及整个民间文学工作便失去了踏实的基础。

---

[1] 毛泽东：《新民主主义论》，北京，人民出版社，1952年。

将一篇民间文学作品根据个人忠实的记录整理、发表，使全国读者读得到，这是很好的。现在搜集记录中只为了整理发表，不合于这个要求的民间文学作品就不予记录，或不尽心记录，这就是不好的了。今天暂且用不着的，将来就可能用得着；我个人用不着的，别人就可能用得着；整理工作用不着的，进行改写、创作就可能用得着……为了繁荣社会主义的民间文学事业，全国一切民间文学工作者和爱好者应该团结一致，共同努力，发扬互助协作的精神，将分散在我们手中的用过或没用过的记录材料在各个地区、各个省份、在全国集中起来，使全地区、全省、全国一切整理者、作家、研究者，以及所有民间文学爱好者都能有机会接触并得到他们所需要的东西。这样做才能多快好省地建设我们的民间文学事业，才不至于少慢差费，这样做才能使搜集者的辛勤劳动更好、更广泛、更多方面地为社会主义建设服务。

党所领导的社会主义革命的胜利为一切建设工作开辟了最广阔的天地。不单从个人的工作范围出发，而且想到其他人的工作，想到祖国整个建设事业的共产主义精神在普遍地树立着，这是毛泽东时代的中国人民的新风格，它替代了几千年来个体生产者各自一摊的旧习气。诸如"发表归于发表、谁也没有说要研究家根据这些材料去研究、他满可以到民间去搜集他认为可靠的资料"等等的态度和做法与我们所完成着的宏伟的事业该是多么不相称、不调和！

关于忠实记录民歌，大家似乎没有异议；至于民间故事是否也要忠实记录，目前大家的认识是不尽一致的。大家讲到民间故事本身所有的特点及忠实记录的实际困难等，这里我想谈谈自己的看法。

诚然如大家所说，不是每个讲故事的人都是语言艺术的大师，更不是他们所讲的每句话都有很高的艺术价值，我们的确应该随时注意发现优秀的故事家，忠实地记录他们的故事，尤其是他们优秀的故事。但是这并不等于说我们可以忽视寻常的讲故事的人和寻常的故事了。如果没有实际记录的比较，我们（不只是搜集者个人）又根据什么来鉴别孰高孰低呢？民间文学是劳动人民的集体创作，那些看来是寻常的讲法很可能是各有特色的，而且没有这些寻常的讲法也就不可能产生更优美的讲法。我觉得，同民歌一样，民间故事也应通篇全记。如果只记录情节及"生动的语言和巧妙的比拟"之类，而不记录或不忠实记录所谓"一般的叙述、通常的达意"，那么这篇记录和民间故事会相去多远呢？且不说其他同志不能得益，就是记录者本人以后又依据什么进行整理呢？这没有记录的所谓"一般的叙述、通常的达意"，如果不借助记忆仿照故事情节重写，那又靠什么来填补这空白呢？再说，我们以谁的标准、以怎样的标准来区别"生动""巧妙"与"通常的达意"呢？怎么知道，在我们看来一般的通常的部分就不可能是民间文学所特有的人民所喜闻乐见的语言明快、内容深刻的部分呢？在搜集民间故事的工作中我们应该多想办法，跃进一步，尽量作到忠实全面，以使民间文学事业取得更大的收获。

民间故事，不论谁讲，常不是定型的，它每时每刻都在不断地变化着、丰富着，同一个人讲同一个故事，此时此地对此人讲和彼时彼地对彼人讲，讲法总不尽相同。每次我们听到的都不过是一个故事丰富多彩的生活历史的一个瞬间。但在每一个瞬间里却都是表现了这不断变化着、丰富着、发展着的生命的一般特点。我们要创造一切条件在这生命最丰富最旺盛的瞬间去记录，而不能脱离开事物的每个时期的具体表现形式去寻求事物的精神，不能脱离开对我们所听到的那一个故事的记录去掌握故事的精神。有什么理由说忠实记录了在一定时间所听到的那个故事还不能算是作到了忠实呢？不作记录，或只记录主题情节、色彩、生动之处等等，便可以算是掌握了本真，做到了忠实吗？这样做就可以得到某一故事发展过程的全貌吗？难道这主题、情节等不依然是我们所听到的那一次的主题、情节？而任何一篇文学作品的主题、情节、形象、色彩都是不能脱离了语言的艺术形式而可以表现的。要求忠实记录是要通过记录表现主题、叙述情节、塑造形象、点染色彩的艺术手法去真正地掌握故事的主题、情节、形象、色彩。我们所搜集的民间故事是人民的文学艺术作品，这一点是大家很清楚的。事实如此，民间故事总的说来确与对某件事情的叙述有着本质区别的。民间故事（虽然在讲述中可能有与故事无关的偶然的成分）不论怎样，终究是以独特的方法反映客观世界和人民思想、有自己的艺术特点、在风格和语言方面经过不断锤炼、在形式上相对固定的艺术作品。民间故事的相对固定的形式在记录民间故事时是不容忽视的。不顾及这个形式或大量改变这个形式，原来的艺术作品就没有了，如果有，则是另外一篇新的作品。忠实保存故事本貌的记录，对于从事整理工作的民间文学工作者，对于改写民间作品的作家，对于作研究工作的人都是更需要的，更有好处的，没有例外。至于怎样处理这个记录材料，各人则应根据不同的目的和要求采取自己的方法。只要我们自己不给自己加羁绊，这记录只能使我们脚踏实地快步前进，而无论对谁都不是什么束缚的。

要记录民间故事，要忠实记录民间故事，这对我们说来确是一个新课题，有许多实际的困难摆在我们面前：汉字书写困难，记录速度不快，我国语言情况复杂，讲故事的人不习惯记录等，无视于此是不对的。但是，同样是承认问题存在，对待问题则有不同的态度。有的是认识问题，目的在于解决问题；有的是承认问题存在，而目的在于回避问题，一种是认识困难、重视困难，但不惧困难、千方百计克服困难、奋勉前进的革命者的态度，一种则是知难而退、安于现状的保守者的态度。如果忠实记录确比记梗概记精彩部分的做法好，对社会主义建设更有利，那么我们做民间文学工作的和有志做民间文学工作的要选择怎样的态度，是很明白的。怎么可以借口困难，懒于前进，在障碍之前徘徊不前，而不迎着困难，寻找道路，突破障碍，昂首前进呢？毛主席在《书记动手、全党办社》一文按语中说，只要创造社会财富的工人、农民和劳动知识分子掌握了自己的命运，又有一条马克思列宁主义的路线，不是回避问题，而是用积极的态度去解决问题，任何人间的困难总是可以解决的。毛主席这一重要的论点和指示对我们民间文学工作是有着深刻的意义的。

原则——大家工作的准绳，是任何工作都不能缺少的。原则的方向错了，脱离实际，应该纠正。如果原则是正确的，只因为它和目前的实践暂时尚有一段距离，便怒目而视，斥之为"清规戒律"，不是以积极的态度提高实践并在实践中完善这原则，逐步创造条件使原则与实践统一，而要抛开原则，各搞一套，拘泥于固有的水平，这是不合适的，这实际上是散漫保守的思想表现。如果忠实记录的原则是正确的，是需要的，纵使它不完善，还有许多缺陷，但我们的态度应该是肯定它、支持它，一方面大家想办法完善它，另一方面以积极的态度改变我们的主观条件，使它逐步成为现实，将我们的工作向前推进一步，而不应该是以冷淡的态度对待它，指责挑剔，甚至最后抛开。认为过去没有这样做，今天要这样做便是标新立异，便是否定过去，便是"历史虚无主义"等，同样是不当的。过去有过去的局限性，评价任何事物都要有历史的观点，是不能站在今天的高度去对过去一概否定的。但事物是发展的，我们也应该促进事物的发展，而不能故步自封、向后看。我们要做不断革命不断前进的革命者，决不能作墨守成规不图上进的保守派。

总之，民间文学搜集问题不只是一个单纯的技术方法的问题。要做好这一项艰巨的复杂的工作，我们必须彻底改造思想，深入工农群众中去，热爱人民，彻底树立为人民服务的思想，做人民群众的学生，重视人民群众的创作，由衷地而不是口头地热爱民间文学，克服困难，努力忠实全面地记录人民群众的口头创作。

上面所谈的一些粗浅的想法都是从搜集、记录问题的角度出发的，错误及不当之处希望大家予以指正。关于整理及改写工作，因为这和搜集工作性质不同，加之牵扯到民间文学和文学的界线问题，这里便没有涉及。真正的整理工作和改写工作对我们说来是决不可少的。没有很好的整理工作、出版工作，我们便不能使广大群众欣赏、学习民间文学、受到教育，便不能更好地推动群众文艺创作运动的发展和社会主义民族新文化的发展。作家对民间文学加工改写，在民间文学的基础上进行创作，这种创作历来在文学中都占着一个相当的位置，这是沟通文学与民间文学，使文学吸收民间文学的滋养，丰富文学，同时也是促进民间文学发展的重要手段，我们是热切地希望有更多的蒲松龄和施耐庵出现的，但这些都已经是题目以外的话了。

1960年2月

神话及神话学①

一

神话就实质和总体而言是生活在原始公社时期的人们，通过他们的原始思维不自觉地把自然界和社会生活加以形象化、人格化而形成的、与原始信仰相关联的一种特殊的幻想神奇的语言艺术创作。

人类社会在原始公社时期，生产力水平十分低下，主要依靠渔猎和采集维持生存，神话即主要产生在这种社会条件之下。原始社会的生产活动是集体性的，在同自然进行斗争的过程中，氏族公社的任何个人都不可能游离于集体之外或者凌驾于集体之上，指导每个成员的思想和行为的是整个氏族集体的意志及其道德准则。处在这种原始公社的生活环境中的人们，自我意识是极微弱、极有限的。人们在意识当中不仅不能把自己同氏族集体严格区别开来，甚至也不能把自己同周围的客观世界严格区别开来。列

① 本文系作者为《中国大百科全书》外国文学卷所写的条目，原题《神话》，为纲要式文章，由于该卷性质所限，在神话研究史的部分未能将我国从古至今的学者的有关论述和研究包括进去。（中国大百科全书总编辑委员会《外国文学》编辑委员会、中国大百科全书出版社编辑部编《中国大百科全书·外国文学·Ⅰ》，北京：中国大百科全书出版社1982年10月版。）同时载于《民间文学论坛》1982年第3期；马昌仪选编《中国神话学百年文论选：全2册》，西安，陕西师范大学出版总社有限公司，2013年10月版、2018年3月版。

宁曾经指出："本能的人、野蛮人没有把自己从自然当中区分出来。"原始人不把自己与自然界区分开来的这种观念，使得他把自然界也看成同自己一样，是具有知觉和感情的，这是形成原始神话的认识论的基础。在神话中一切自然现象和社会现象都被看成是有生命的，都被赋予了人的特点。日月星辰、风雨雷电、山川树木、春夏秋冬、飞禽走兽等等，天地万物无一不被人格化、形象化了，它们像人一样生活，有人一样的情感，和人一样处于种种矛盾联系之中。

神话反映了原始人对自然界和社会的感性的表象的认识。马克思在《政治经济学批判》导言中写道，神话"是已经通过人民的幻想用一种不自觉的艺术方式加工的自然和社会形式本身"。①在神话幻想中，事物本身、形象本身同关于这些事物和形象的观念被原始人等同起来。神话中的形象是物质化了的形象。在神话中一切都是具体的，神话在表达任何一种抽象思想时都是借助于具有具体物质特点的现实事物。当然，这些具体的形象，无疑体现了对同类事物的概括。例如，树神概括了一切树，风神代表着刮风这一自然现象的一切形态。人类对客观世界的认识是逐渐由表面而进入深层，由具体而逐步学会抽象的。

正如马克思所说，"任何神话都是用想象和借助想象以征服自然力，支配自然力，把自然力加以形象化。"②想象是人的一种特殊的心理活动。人在反映客观事物时，不仅感知当时直接作用于主体的事物，而且还可以在感性经验的基础上，凭借记忆的形象及现时感知的形象，在头脑中创造出新的在现实中并没有感知的形象，进行新的组合。这种心理活动具有很大的创造性。人们要认识自然力、征服自然力，神话创造当中的想象正适应于原始人的这种需要。从这种意义上说，神话想象是一种能动的想象。

神话是原始人的自然观、社会观的反映，是对客观世界的一种不自觉的艺术加工，严格区别于后来人们的自觉的艺术创造。在这种创造中艺术

---

① 马克思：《政治经济学批判》，上海，群益出版社，1950年。

② 马克思：《政治经济学批判》，上海，群益出版社，1950年。

虚构（包括最怪诞的艺术虚构）尽管程度有所不同，但都不外是一种手法、一种比拟、隐喻，因此从本质上说来并不包含着神奇的意义，因为作者、读者或听众总可以透过比喻而探求其间接的寓意。

一般来说，民间文学都反映人民群众对现实世界的集体的认识，体现了集体的智慧，然而在民间文学的很多体裁和作品中都蕴含着一定程度的讲述人、承传者的个人因素。但是原始神话是最大限度上的集体认识的表现，其中很难发现个人的因素。这是因为社会存在决定了社会的个体成员不可能有较为明确的独立的自我意识。正如高尔基所说，在原始社会阶段，"个体是群体的部分肉体力量及其一切知识、一切精神能力的化身"。

社会的任何个体成员都不可能脱离氏族社会而单独生活，因此人们在理解一切事物的关系时，就必然地局限在氏族关系的范围之内。各种事物之间的现实的错综复杂的关系在神话中被理解为人类社会的氏族关系。天地万物、自然现象都被赋予了氏族的亲属关系或者部落间的敌对关系。不仅如此，社会关系本身在神话中也得到了反映，而且也被人格化了。但是，神话对于社会力量、社会关系的反映长期被资产阶级神话学家所忽视。恩格斯在《反杜林论》中写道："除自然力量之外，不久社会力量也起了作用，这种力量和自然力量本身一样，对人来说是异己的，最初也是不能解释的，它以同样的表面上的自然必然性支配着人。最初仅仅反映自然界的神秘力量的幻象，现在又获得了社会的属性，成为历史力量的代表者。"恩格斯还在注释中进一步指出："神的形象后来具有的这种两重性，是比较神话学（它片面地以为神只是自然力量的反映）所忽略的、使神话学以后陷入混乱的原因之一。"

应该指出，在原始社会，各种社会意识形式是紧密地联系在一起的，在很多场合下是统一的、密不可分的。然而，正如马克思所说：神话是原始人对自然界的一种不自觉的艺术加工（重点是本文作者所加）。虽然神话反映了原始人对于周围世界的观念，但它有别于科学或哲学，它仅仅是原始人对自然的感性的表象认识的反映，并不是一种理性认识的结果。人们创造神话主要不是为了要对人生存于其中的自然环境和社会环境及其奇异的现象做出某种解释。但是，神话既然反映了原始人对于周围事物的理解，如他们对于人类起源、万物生成、地貌天象等的理解，因此这些神话也具有一定的认识的功能。然而，神话创造的本初目的并不在于对不可索解的事物给予一个"合理的"解答。

同样的，神话从总体来说也不能完全等同于原始人的宗教的象征。毋庸讳言，原始神话同原始人的信仰有密不可分的联系，原始人的拟人观、万物有灵观在神话中得到了充分的反映，许多巫术活动也体现了与神话相同的内容，但是宗教作为一种独立的社会意识形式，在任何情况下总是对于某种超感性、超自然的对象的信仰和崇拜。在神话创造初期，当人们在认识当中还不能把自己同自然、同社会严格区别开来的时候，当人们还不能抽象出一个异己的力量作为自己的对立物而加以崇拜的时候，不可能设想人们会通过神话来表现他们的宗教信仰。当然，在后来历史发展的过程中，宗教思想利用了神话中的现成的形象和内容，或者宗教思想在自己的表现过程中采取了神话的形式。这种情况在大量的民族宗教及三大世界宗教当中都可以得到充分的说明。

神话并不是一成不变的，它在创作和流传的过程中始终处于变化、发展的状态。随着原始社会的逐步发展，随着人们物质经济生活条件的发展，随着人们对自然的能动作用的逐步扩大、对客观世界的认识的不断提高和人类思维的不断发展，神话也经历了一个由简到繁、由纷杂散乱到渐成体系的过程。由于父系制代替了母系制并得到充分的发展，在一些民族的神话体系中还创造出诸神之父的形象，甚至出现了由多元而变为一元的情况。如中国、印度、希腊、巴比伦、北欧等民族的历史所表明，原始氏族社会发展的鼎盛时期也正是神话创作最繁荣的时期。如前所述，"任何神话都是用想象和借助想象以征服自然力，支配自然力，把自然力加以形象化。因此，随着这些自然力之实际上被支配，神话也就消失了"[①]。

神话虽然是特定历史条件下的产物，但其中的一部分却通过口头的或书面的方式保存下来，并且成为后世不可企及的楷模，具有永久性的艺术

① 马克思：《政治经济学批判》，上海，群益出版社，1950。

魅力。中国的古籍《山海经》《淮南子》；印度文献《吠陀》、史诗《摩呵婆罗多》《罗摩衍那》；希腊史诗《伊利亚特》《奥德赛》；冰岛史诗《埃达》等，都大量地保存了各有关民族的神话资料。

神话对于各民族的文学、艺术的发展，产生了极大的有益的影响。以希腊神话为例，"希腊神话不只是希腊艺术的武库，而且是它的土壤。"它对希腊的乃至整个欧洲的戏剧、音乐、绘画、文学等都提供了滋养。

二

神话就其内容来说，大体可以分为如下几类：①创世神话，其中包括宇宙起源神话（如太阳神话、月亮神话、星宿神话、天地开辟神话等）、人类起源神话（火的发明、动植物的驯化及畜牧业和农业的起源，关于各种职司、技艺及关于工具发明的神话）；②有关自然现象及其变化的神话（例如关于昼夜交替、四季变化、岁时更迭、日月之蚀、洪水、地震、风雨雷电等）；③有关诸神在天上、地下生活的神话（实际上反映了原始人的社会生活和部落之间的关系等）；④动物神话（关于某些动物的，也包括一部分植物的起源及其特征、习性等的神话，以及关于人与动物、植物交往关系的神话），这些神话有别于动物故事，并且以其创作和流传的时间而论，可能较其他某些神话更为古远，这类神话在世界各民族中流传也较为广泛。

三

研究神话的科学称为神话学。在欧洲，有关神话问题的论述所涉及的范围，在18世纪以前主要限于古希腊罗马的神话，在中世纪前后部分地接触到圣经中所包含的希伯来民族的神话。对于东方民族神话的研究则历史较短，也较为薄弱。

古希腊的哲学家大都对神话持批评的态度。诡辩派的哲学家认为神话是现实的人为着自己的需要而假设出来的，于是企图瓦解神话；或者视之为寓言，极力寻求隐藏于其中的深奥的真理。柏拉图（公元前427—前347

年）也对神话持贬斥的态度，甚至把包括荷马和俄希俄德在内的诗人们逐出他的理想国。亚里士多德（公元前384—前322年）则认为荷马的神话史诗不过是"把谎话说得圆"而已。

在中世纪，基督教会仇视文化及文化教育活动，把神话看成是"虚伪""淫邪""异端"的东西，然而这并不能阻止广大群众对于神话的喜爱。

文艺复兴时期，希腊罗马古典文艺重新受到推崇。因此，对古希腊神话的兴趣重又变得十分浓厚。薄伽丘（Boccaccio，1313—1375年）等反对教会关于文艺创作是说谎、神学才是真理的说法，认为虚构并不是说谎，诗和神学是一回事，神学实在就是诗，是关于上帝的诗，圣经中就有大量虚构的实例。薄伽丘认为古代神话乃是一种寓言，在虚构的形象后面隐藏着真理。这时期，处于很高水平的阿拉伯、印度、中国的文化大量传入欧洲，同时美洲新大陆的发现也使欧洲人接触到迥然不同的美洲印第安人的宗教、文化和风习。因而一些著作家在论述中进行了神话比较研究的最初尝试。

18世纪的意大利学者维科（Vico，1668—1744年）认为每个民族都经过了三个发展阶段：神的时代、英雄的时代、人的时代。并且认为社会生活的这三个时代重复着作为生物体的人的三个生活阶段：童年、青年、成年。社会发展的早期阶段（所谓神的时代）即是人类的儿童期。在最初的神的时代，人类处于野蛮状态，凭着本能过活，接触外界事物全靠感官印象，所以想象特别丰富强烈。他们见到雷轰电闪，不知其真正原因，惯于凭自己的生活经验去了解自然现象，以为是某个强大的人在盛怒中咆哮，这样就凭借想象创造出了雷神。同时，维科还为神话发展划分了若干阶段。维科第一个对荷马是否确有其人提出了怀疑，他认为《荷马史诗》不是某一个人或某一时代的作品，而是全体希腊人民长期中的集体创作，反映了人民群众的意识。

启蒙运动的领袖们，如孟德斯鸠（Montesquieu，1689—1755年）、伏尔泰（Voltaire，1694—1778年）、狄德罗（Diderot，1713—1784年）等，对神话的本质及艺术价值没有进行深入的探讨并给予足够的评价。例如，伏尔泰说，《荷马史诗》和希伯来民族的《旧约》中的神话在艺术上不成熟，毫无内在逻辑，充满"野蛮气息"。德国启蒙运动的先驱者文克尔曼（Winckelmann，1717—1768年）则是欧洲认真研究古希腊造型艺术的第一位学者，他对古希腊神话和艺术推崇备至，他说："希腊艺术杰作的一般优点在于高贵的单纯和静穆的伟大。"他对于古希腊神话和艺术的热情赞赏对后来浪漫主义的作家们产生了极大的影响。

被称为狂飙突进运动纲领制定者的文学家赫尔德（Herder，1744—1803年），在民间文学的搜集和研究方面作出重要的历史贡献。他试图用历史的观点来说明文艺、宗教、语言的起源和发展，他认为人民群众才是包括神话在内的文学艺术的真正创造者。

浪漫主义思潮的兴起促使人们对神话及整个民间文学发生了前所未有的浓厚兴趣。雅各·格林（J. Grimm，1785—1863年）和威廉·格林（W·Grimm，1786—1859年）创立"神话学派"，利用历史比较研究的方法，在德意志民族民间文学资料和民俗资料当中努力挖掘远古神话的遗迹。神话学派的研究家通过民族学、历史学、语言学的研究，构拟原始印欧民族和印欧原始共同语。他们用同样的方法在民间文学研究领域内，努力发掘所谓"原始共同神话"（Umith）。他们认为，一切民间文学都来源于古神话，由古神话而衍生，包含着古神话的残留，并且认为神话反映了原始人对自然的观念："所有的神和神性都奠基于某些被置于神圣地位的元素、星辰、自然现象、力量和品格、艺术和技能、健康的或不健康的思想之上。"（雅各·格林：《德意志神话学》）神话学派研究家马科斯·缪勒（Max Muller，1823—1900年）提出所谓"语言疾病说"，认为神话在产生的当时是原始人用他们具体形象的语言对普通事物所做的简单明了的叙述，但是到了后世，由于语言本身的演变、发展，原来的涵义被人遗忘、曲解，所以变得怪诞神奇、难以为现代人所理解了。缪勒还提出所谓"太阳说"，认为人类所创造的涉及自然现象的神话，大都与太阳的活动有关。而神话学派的研究家阿·昆（A. Kuhn，1812—1881年）、威·施瓦尔茨（W. Schwarz，1821—1899年）、威·曼哈尔德（W. Mannhardt，1831—1880年）则提出"雷雨说"，认为神话都是关于风雨雷电等自然现象的隐喻和象征。

施瓦尔茨和曼哈尔德还提出所谓"低级神话"的学说，认为研究家的注意力不能只停留在大的神话体系上，还必须研究反映原始观念的处于萌芽状态的神话形式，他们认为迷信活动不是神话发展的结果，而是神话的萌芽或胚胎，关于精灵、鬼魅等的地方性的散见的传说乃是大的神话体系的先声。他们的学说为后起的人类学派廓清了道路。

19世纪末，英国人类学派崛起。爱德华·泰勒（E. Tylor，1832—1917年）著《原始文化》一书，认为世界各民族在风俗习惯、宗教信仰、艺术创作等方面极端相似，原因在于人类具有共同的本质、心理和思维方法及共同的文化发展道路。泰勒首先提出了万物有灵观的学说，认为神话来源于原始人关于灵魂的观念，以及原始人用这种观念来观察整个自然界和社会。与民间文学研究领域内一度盛行的题材流传学说相对立，人类学派的研究家们提出了"题材自生说"。

德国著名心理学家威·冯特（W. Wundt，1832—1920年）分析了拜物主义、图腾主义、万物有灵观、祖先崇拜，以及一切有关自然的神话形式，并且认为许多宗教概念和艺术概念都产生于人的特殊的非理性的心理状态（如梦、人在生病期间的幻觉等）。

本世纪初，奥地利心理学家齐·弗洛伊德（S. Freud，1856—1939年）创立"心理分析学派"，把一切文化现象和社会生活都归结为人的心理活动的结果。他认为神话、仪式活动，乃至一切社会现象都是人的所谓"潜意识"的反映。这种潜意识是以所谓与生俱来的情欲作为主要内容的。这种潜意识（所谓"id"—"它"）又与各种规范、准则所决定的意识（所谓"ego"—"我"）处于不断的矛盾冲突之中。他分析希腊神话中俄狄浦斯杀父娶母的情节，认为这是普遍存在的儿童对母亲怀有情欲、对父亲怀有敌意的反映。弗洛伊德由此而抽绎出所谓"俄狄浦斯情结"，以此来解释一切神话和艺术创作及人的一切行为活动的基因。卡·荣格（C. Jung，1875—1961年）也把神话创作归结为无意识的心理活动。但他修正了弗洛伊德的情欲学说，而着重于原始人类的集体无意识的研究。

英国民族学家、人类学家和社会学家，功能学派的创始人布·马林诺夫斯基（B. Malinowski，1884—1942 年）认为文化是为满足人的需要而存在的，是各种相互关系、各种功能的组合。他认为科学家的任务在于研究各种事物功能，以维持社会的平衡。马利诺夫斯基认为神话与原始时期的仪式、巫术密不可分，它的价值在于它具有"实用"的功能，对于原始人起着行动准则、道德规范的作用。

法国社会学派的代表者之一，吕·列维-布留尔（L. Levy-Bruhl，1857—1939 年）认为在原始思维中集体表象占有重要的地位，并且受所谓"互渗律"的支配。列维-布留尔认为原始神话是"前逻辑思维"的产物。

法国民族学家、社会学家克·列维-斯特劳斯（C. Ievi-Strauss，1908—2009 年），是文学研究中的结构主义的主要代表人物，他通过对美洲印第安人神话的语义结构的研究，创立了关于原始思维的新学说。他认为原始的神话思维不仅是具体的感性的思维，同时也具有综合、分析、分类排比的能力。他认为神话创作的过程是原始人不自觉地运用一成不变的结构进行闭锁运算的过程。讲述者并不了解神话的结构，但人们可以通过研究现存的神话类型对其结构进行分析。

苏联神话学家阿·洛谢夫（А. Лосев，1893—1988 年），谢·托卡列夫（С. Токарев，1889—1987 年）、叶·梅列金斯基（Е. Мелетинский，1918—2005 年）等，则从分析原始社会的历史条件、人类早期思维活动的特点及神话本身所具有的内容和形式方面的特点入手，研究神话的本质、起源、结构，以及和宗教的关系等问题。近年来有的学者还运用符号学的方法进行神话研究。

芬兰、美国、日本等国的学者在神话研究方面亦有重要的科学著作问世。

1982 年

神话研究的方法论①

　　人类对客观世界的认识，不论从空间和时间、内容和形式、质和量，还是从其他范畴的角度来看，都是朝着两极方向不断向前发展的：一方面不停地向着宏观方向扩展，另一方面不停地向着微观方向扩展；一方面越来越深入到事物的本质、深入它内在的结构和规律，另一方面越来越多地分析事物和事物之间的广泛联系、分析事物的功能和价值；一方面预测客观事物的发展趋势、客观事物的未来，另一方面又努力追溯事物的历史，探寻它的源泉，考察它的原始状况，等等。

　　在当前学术思想十分活跃的时期，人们对神话的兴趣越来越浓厚，从发展前景看，这种兴趣将在一段时间内保持它日益增长的势头。随之，这种研究也会越来越深入，越来越取得有效的成果。

　　在这种形势下，方法论问题显得越来越重要了。虽然有人把方法比喻为工具，然而方法绝不是人类为了认识的方便而随意想出来的一套规矩。正确的方法决定于对象自身的规律。理论作为已经被认识的规律，是方法的基础。从这一点看，方法总是受着某一学科各个时期理论水平的制约。从人类认识的全局角度看，各学科的方法还受到其他领域的，以及整个科学的理论水平的影响。面临科学技术革命的形势，社会科学要取得重大的发展，必然要不断提出新的问题，不断开拓新的领域，并且在方法论问题上不断地作出新的、深入的思考。

---

① 原题《神话研究的方法论问题》，原载刘魁立、马昌仪、程蔷《神话新论》，上海，上海文艺出版社1987年2月版。

以往，在叙述神话研究的历史道路时，总是把不同的观点、不同的学说，按照时间先后的顺序加以排列。我想，如果运用共时的方法，从方法论的角度加以认识，那么就会看到如下几点情况。

第一，从神话的功能的角度，来阐述神话的特征。我们姑且称它为以功能为中心的研究方法。运用这种方法进行研究的学者、流派及著作是很多的，其中最引人注目的是侧重神话同原始宗教的关系的研究，以及关于神话在原始社会的价值和地位的探索。之所以称它为一种方法，不仅在于它以此作为研究的重点和主题，而尤其在于它把功能研究视为神话研究的全部，视为这一学科的生命线。因此，也可以称它为功能中心论，或功能决定论。

第二，在全世界具有不同程度的广泛影响的心理学派，专门研究神话创造的心理机制，似乎这里蕴藏着神话和神话创造的全部真谛。他们把生活在原始社会的人民群众的思维方式和心理活动，作为神话研究的最根本的问题。这种研究方法，可以作为以神话"作者"为中心的研究方法的代表。这里或可简称它为以神话创作的主体为中心的研究方法。

第三，以神话客体为中心的研究方法。这里我们可以举出某些研究家关于《山海经》、关于《穆天子传》的史实考辨，以及古史辨派的研究家们所作的许多探索，为这种方法的例证。他们最关心的是神话所反映的客观现实。当然，并不是所有从这个角度出发的研究家，都把神话的对象坐实为具体的历史事件。许多研究者把原始时期的社会生活、家庭制度、劳动生产活动、人和人的关系作为研究的中心，并且取得了许多极有价值的成就。

第四，以神话作品作为研究的中心对象，最为典型的是结构主义的研究。这些研究家们，力图探求超越创造神话的人民的认识之上和之外的（既不受神话创造的主体的制约，同时也不受神话创造的对象制约的）神话内部结构，他们认为神话的秘密尽在于其结构之中。当然，以作品为中心的研究，绝非只此一家，例如，还有关于神话自身形态变化的研究、神话形象的衍变的研究等等。结构主义仅是这种研究的一个最足以说明问题的典型例证而已。

我们看到，在进行神话研究时，不论从上述任何一个角度出发，都还有许多具体方法的运用。例如，比较研究法、历史研究法、地理研究法、类型研究法等，以及这些方法的结合利用和综合利用。

历史唯物主义和辩证唯物主义，既是科学的世界观，也是科学的方法论，它为社会科学的发展开辟了伟大的前景和无限的可能性。正像历史所表明的，在马克思主义深入神话研究领域之前，研究家虽然偶尔也有兼顾到他所选定的中心以外的某个方面的个别情况，但从总体说来，并没有把神话作为一种社会意识形式、作为一种复杂的文化现象，对它进行探索。神话作为人所创造的"第二自然"对于客观世界的反作用，也不是直接实现的，而是通过人来实现的。因此，研究神话，当然要结合研究神话创作的思维方式。神话是社会意识形式之一，这个命题就要求我们对人类思维发展的历史有一个明确的了解。但是我们看到，思维科学的研究（不论是哲学的，还是心理学的、人类学的）给我们提供的基础，还是不够深厚的。还要求诸多学科，其中包括神话学在内，合作攻关，以取得新的成果。然而，脱离开其他有关因素，只把神话当作是一种思维方法的体现，当作是一种孤立的心理机制的产物来认识，那也是不会达到预期的目的的。

还应该顺便提一下，神话作为一种艺术思维形式和神话作为人类发展一定阶段的一般思维形式的一种反映，这两者之间是有差异的。我们看到在讨论神话问题时，有时把这两者完全等同起来。我想，这种等同模糊了两者的层次差异，因而便抹杀了神话思维本身的更为丰富的内涵，甚至否定了神话的艺术特征。当然，也必须深刻地把握这两者之间的有机联系。原始思维是神话思维的灵魂。神话大抵不是人类在随便一个历史发展阶段所具有的社会意识形态，神话是和人类一定社会阶段相联系的文化现象。

一般地说，关于环境的研究是潜在地包含在整体性原则当中的。如果把神话作为一个系统来认识，那么它就必不可免地包括在依次处于更高层次的各个系统之中（比如原始文化、原始社会等）。同样的，某民族的神话作为一个系统，对于从属于它的许多子系统（如创世神话、动物神话等）

来说，可以说是高一层次的系统，也可以理解为是一个环境的因素。这样看来，神话研究脱离开对神话与周围事物本质联系的研究是不可能很好完成的。

我们看到，分析的方法在很长的一段历史时期内，曾经是科学方法中的一个主要特征。系统原则所确定的综合性原则指出，把一个整体分解成若干部分，然后再把它们重新合成一个整体，这种分析方法具有很大的局限性。事实上，整体之中的各个部分，不是简单地加和就构成了整体，而是处在辩证的关系之中的。神话系统中的部分和部分、部分和整体、整体和环境的关系，也不是简单的线性因果关系，而是一种复杂的相互影响、相互作用的关系。因此，各个部分的特征总汇在一起，还不能得出整体的特征来，同时还应该说，每一部分的孤立的特征，脱离开它在整体中的地位，也无法认清。

应该看到，任何一个民族的神话系统，都不是一些杂乱无章的、偶然的、孤立的材料的堆积。它们通过各种方式（不一定只是通过统一的情节结构）有机地联系在一起。它们的任何发展变化也都是合乎这一系统所固有的规律的。因此，在研究中（包括专题研究在内），要运用综合性的原则，把各个部分的相互作用，尤其是这些相互作用的独特性和随机性综合起来，全面研究。当然，综合性原则并不排斥分析方法，而是把分析方法同综合有机地结合起来。重要的是，综合性原则要求不把神话看成是僵化的、机械的、孤立的事物，而要求对它的主体和客体成分、结构、功能、各种相互作用关系，以及历史发展等方面，系统归纳，进行综合的考察和探讨。

恩格斯在《费尔巴哈和德国古典哲学的终结》一书中，极为深刻地指出，世界不是一成不变的事物的集合体，而是过程的集合体。

任何事物都处在运动之中，都具有历时性特点。神话的主体和对象在不停地变化，神话的要素、结构、功能也在不停地变化，一切都随着时间的推移，处在动态之中。这就要求我们在研究中贯彻动态性原则，不仅要认识神话各要素的状态，尤其要透过状态的形式，深刻把握神话创作各个要素的过程。

在运动中把握事物的本质，这对我们说来是极为重要的。以神话创作的主体为例。恩格斯称思维科学是一门历史的科学。人脑作为思维的器官，是逐渐发达完善起来的；思维是人脑的机能，人类思维能力的提高和意识的发展，是由低级阶段到高级阶段，经过了漫长的历史，才达到今天的水平。对于神话创作思维方式的研究，也要探寻它的生成和演进发展的过程。与现代思维方式相比较，指出神话思维的原始性，相对说来要容易一些，但是要探索神话思维生成的过程，说明它在人类早期的"革命性"的意义，那就很困难了。而这一点对于神话研究说来，却是更为重要的。

就神话本身而言，它的产生和发展及它的衰亡，也是经历了一个漫长、复杂的历史过程的。当粗略地了解世界各个民族及其神话，以及我国各民族的神话时，会很惊异地发现，凡有神话的民族，其神话除掉在题材上有雷同的一面之外，还有在体系上大相异趣的一面。例如，澳洲神话同印度神话，印第安神话同希腊神话，珞巴族神话同白族神话，等等。它们之间不仅在题材方面、形象体系方面，以及其他方面有所不同，而且在思维方式上也有一定程度的差异，甚至同一民族的神话的各个部分也存在这些不同和差异。这些不同和差异向我们揭示：

首先，神话作为一种社会意识形式，在人类历史中并不是从来就有的，它的产生是经历了从无到有、由简到繁的复杂过程的。

其次，神话的发展经历了一个相当长的历史时期，它流传的时间，以及在各民族中间的影响大抵不短于和不小于现知的许多民间语言艺术样式，或许是更长久些、更大些。

最后，神话在发展过程中不是一成不变的，不仅不同的形象、题材、作品产生的时间不同，而且同一作品、同一体系，从内容到形式也在不断地变化着。

这一生成演进的过程及其原因，正是需要研究的历史课题。其他社会意识形态，如文学、艺术、政治思想等，在彻底独立之后，它们还在很长的时间里对神话进行改造和利用，袭用神话的资源，甚至20世纪的某些作家、某些文学流派，还在追求所谓艺术地再现神话思维，主张在自己的作品中要像神话一样，综合地感知世界，在超个体的整体性中感知世界（例如，美国作家福克纳的艺术神话、英国作家乔伊斯的《尤利西斯》、法国戏剧家阿努伊的戏剧等），这些当然也是需要很好研究的，只是它们已经属于另外一种性质了。

在我国民间文学研究当中有"流传"一词，这是不见于其他许多语言的一个涵义极为深刻的术语：它把信息横向传递（流布）和纵向传递（传承）的动态辩证关系融于一身。民间文学正是这种社会意识形态的信息纵向传递和横向传递综合形成的结果。人脑是信息的存储器和加工器。记忆和语言使信息的纵向传递和横向传递成为可能，但是生物遗传只有信息的纵向传递。一般说来，社会信息传递的情况较之生物遗传的基因信息传递要复杂得多。民间文学是一种流传的语言艺术，但是在整个民间文艺学中关于流传规律的研究，还显得极为薄弱，关于神话信息传递过程和特点的研究尤其如此。其困难的原因，不仅仅在于对大多数民族说来时代相隔过于久远，那种初始的过程难以追视，而且这种过程（包括体现在现存的某些原始部落中间的这种过程）具有很大的复杂性。但是，动态研究、关于神话发展过程的研究必须成为我们神话研究的重要的课题。

当我们在马克思主义世界观和方法论的指导下，充分运用系统性原则，对神话进行全面的、辩证的、历史的研究时，神话学肯定会赐予我们以更大的丰收。

1985 年 4 月

关于防风神话①

　　防风氏是中国神话中一位顶天立地的巨人，一位大英雄，治水的大英雄。当然，他的业绩不只限于治洪一项，他还被世界神话学概括为"文化英雄"。这是近年来新发现的群众口碑中鲜活的神话资料，向我们透露出了宝贵的历史文化信息。

　　这古老的信息涉岁月之川，被"遗忘"、被"藏匿"得那么久，今天才得以重现于世。

　　客观事实、实际材料对于科学工作者说来，是极为重要的，是一切研究的出发点，离开事实材料将寸步难行。但是占有材料仅仅是认识事物的第一步。客观事实往往把自身本质的奥秘隐蔽得很深很深，并不将之浮现在外表，让你一目了然，有时甚至会给你某些假象，使你一不小心就误入迷津。企望轻易地完成认识过程或者企望一劳永逸地一次就彻底穷极事物的真髓，那只不过是一种美好的理想而已。为揭示客观事实的真面目、发现和理解其深藏的底蕴，需要在研究中付出艰苦而持久的努力，需要一种百折不挠的精神。在口碑之中保存了防风神话历史信息的历代人民大众和他们的语言艺术家，是值得我们及我们的后代永远敬仰和赞佩的。为挖掘和深入研究防风神话而孜孜进取、努力不懈的专家们，为我们做出了发现、提供了滋养、廓清了道路，号召我们朝着理想的境界继续迈进，他们同样

---

① 本文系作者为《防风神话研究》所作的《序》。（钟伟今主编《防风神话研究》，合肥：安徽文艺出版社1996年12月版。）

值得我们称赞和钦敬。

有的人在比较中会钦羡古希腊罗马神话的恢宏和华藻、古埃及神话与古印度神话的体系繁复和气势磅礴。我则不以为然。从认识论的角度来说，中国神话，包括汉民族及各少数民族的神话体系在内，其自身蕴含的文化奥秘是极其深邃的，向我们展示的历史画卷是极其悠远和极其宏伟的。至于从价值论的角度来说，这神话对于我们每一个人及整个中华民族，则更是无比亲切、无比珍贵和无可替代的。

从现在记录的防风神话资料看，最为突出的是防风擅理洪水、受赐封山、禹山、身材硕大、著《地隐伐萧》和《夏律》、被禹斩杀等为数不多的几个母题。但随着研究的深入，这些资料及将来还可能继续发现的资料向我们揭示的文化史方面的内涵，却是大量的和深刻的。

每当对某研究对象有新的挖掘、新的发现时，人们往往会返回到元科学的角度，重新反问，关于学科本身的基础性认识及研究对象的原有定义等是否继续正确、是否继续适用。面对防风神话的新资料，我们也会向自己提出这样的问题。

神话究竟是什么？这个问题，历代各国学者不知向自己提出过多少次。子贡曾经向他的老师孔子提出过这个问题，鲁哀公也曾经向孔子请教过。外国的"圣人"亚里士多德也在这个问题上伤过脑筋。直至20世纪50年代中期，法国结构主义学派领袖人物克劳德·列维－施特劳斯还说："在宗教人类学的所有领域中，没有一个领域像神话学那样停滞不前。从理论角度来看，情况差不多同五十年前一样混乱。人们仍用互相矛盾的方式把神话笼统地解释为集体梦，或是某种审美游戏的产物，或是宗教仪式的基础。神话人物被视为人格化的抽象观念、神化的英雄，或者是沦落的神。不论何种假设，不是把神话归为消遣，就是把它说成是一种原始的哲学冥想。为了理解神话究竟是什么，我们是否只能在陈词滥调和 诡辩之间作选择呢？"①

---

① 克劳德·列维－斯特劳斯：《结构人类学》，陈晓禾、黄锡光，译，第43页，北京，文化艺术出版社，1982年。

防风神话新资料的发现，再一次地为我们进一步思考这个问题提供了有益的启示。

以往，我们多从内涵的角度取向来定义神话，说明它的基本性质。这当然有一定的道理。这次在防风神话发现的同时，许多研究者还连带地考察了浙江封山、禹山及其周边地区，探讨了所谓"防风故土"同防风神话的关联，并且考察了始建于晋元康初距今一千七百余年的防风神祠遗址、"封公石窟"，以及与防风神话有关的吴越民俗。这说明，这些专门家不再满足于把神话仅仅看成是一种语言艺术，仅仅从内涵的角度出发来观察它，而是另辟蹊径，多方面地研究神话的外延、神话所涉及的范围及神话的复杂多样的载体等等。

事物总是处在不停的发展、变化当中。从新发现的防风神话有关资料来看，防风氏的本质、功能，以及人们对他的态度已经有了许多变化。至于与这神话相关联的其他载体，包括对防风氏的信仰和祭祀活动及其他民俗事象等，同样发生了很大变化。以今天的变化后的资料来描摹、重构和复制古代某个历史时期的神话这一幻想的现实，正需要有追求的科学态度、求实精神，还有坚韧不拔的毅力和足够的耐心。

我们对于古籍资料进行历史考据，似乎更驾轻就熟、得心应手。而在剖析人民的鲜活的口碑方面，好像还缺乏足够的手段和方法，以便能尽多地掌握一把钥匙，打开这座丰富宝库的一道道紧封的门。

《国语·鲁语》中的一句话："昔禹致群神于会稽之山，防风氏后至，禹杀而戮之……"在民间口传神话中就有了若干不同异文或新的演绎。也许在这里使用"异文"或"演绎"这些字眼都不很恰当，因为从这则神话发生发展的历史来看，我们现在还不能确定地说，今天的记录就一定比《国语》的"记录"反映了和代表着更晚的时代。很多传统的口头作品，穿过"时间的隧道"，为我们保存了极为古老的历史信息，这一点已是不争的事实。于是就产生了一个在研究过程中的出发点问题：是以古籍为先、为准，还是以口传资料为先、为准？当然，根据实际情况还有另外一种可能，即不应成为机械的"一元论"者，而要用更复杂、更多元的眼光来看待问题。

不论怎样，防风氏之被杀，在多种文本中还是一致的，而且其原因也大抵是属于社会性质的。这使我联想到恩格斯在《反杜林论》中所说过的一段话："除自然力量之外，不久社会力量也起了作用，这种力量和自然力量本身一样，对人来说是异己的，最初也是不能解释的，它以同样的表面上的自然必然性支配着人。最初仅仅反映自然界的神秘力量的幻象，现在又获得了社会的属性，成为历史力量的代表者。"恩格斯还在自己的注释中进一步说明："神的形象后来具有的这种两重性，是比较神话学（它片面地以为神只是自然力量的反映）所忽略的、是使神话学以后陷入混乱的原因之一。"我觉得，在防风氏这一神话形象身上，这种自然力量和社会力量、历史力量的双重性特点体现得十分鲜明。

防风神话的发现者是幸运的：历史为他们的发现，潜埋了一些可贵的线索。或者也可以说，防风氏是幸运的：他的神格的雄风在逝川中荡漾，他的形象和事迹在历史的记忆中、在人民的记忆中淡出淡入，时隐时现，最终还是保存了许多端倪，让我们透过时空的轻纱，能够依稀揣摩出、辨识出这位神祇的面目和行状。虽然在一定程度上不乏水月镜花之感，但那毕竟是古老神话的真实的映象。美国著名民俗学家弗朗兹·博厄斯说过一句颇富哲理意味的话："好像神话世界被建立起来就是为了再被打碎，以便从碎片中建立起新世界。"有些民族的神话被打碎得那么彻底，至今再难以拼凑出它当初的模样了。我们的古籍在涉及神话资料时，也有甚多语焉不详、晦暗不清乃至被阉割、被改篡、被删除或回避之处。而人民的口头传说在人民当家作主人以前的长期历史过程中，不是处在被打压的地位，就是处于自生自灭的境地。所以我说，防风氏是幸运的。

防风神话的搜集和研究为我们重建"神话世界"提供了范例和借鉴，给了我们很多有益的启示，当然，也向我们提出了一系列并非容易完成，而且并非在短时间内可能完成的课题。防风神话的深入研究必将促进神话学及整个民间文化学的基本理论的建设；必将对吴越文化的研究提供有益的滋养；必将为民间信仰、地方民俗、古代历史、文化传播等方面的研究提供有力的支持。从另一角度看，相关学科的发展和前进，反过来也将会帮助我们更真实、更清晰、更深刻地认识和理解防风神话的本质和历史、意义和价值。

1997年2月8日

孟姜女传说的学术价值与现实意义①
——学术研究与社区建设相辅相成

首先，请允许我代表中国民俗学会，向山东省民俗学会和淄川区委区政府主办、淄河镇政府承办的"中国孟姜女传说学术研讨会"表示热烈的祝贺！淄川地区人杰地灵，资源丰富，特别是文化方面的资源特别丰厚，齐长城就在我们身边，淄河沿岸孕育了非常丰厚的文化，在这一带流传广泛的孟姜女传说其实是我们每一个中国人精神血肉的一部分。大家都知道，芬兰是一个小国家，资源也不算丰富，但就因为有了一个《卡勒瓦拉》史诗，居然在世界文化之林有了非常重要的地位，他们也把《卡勒瓦拉》看成了自己的非常重要的文化品牌，甚至于在某种意义上成为其民族精神的代表。从这样的意义上来说，在淄博等地流传的孟姜女传说，也是这样一个非常宏大、非常重要的文化作品，是我们非常重要的精神财富。这个传说经过一个多世纪的研究，应该说现在已经到了一个新的历史时期，它不仅给我们学术界带来很多新的思想，同时在这样的研究过程中也会丰富我们整个民族的精神世界。

在我国第一批非物质文化遗产代表作名录里，淄博孟姜女传说就已名列其中。它具有非常重要的象征性，应该是一个全面的系统的工程，比如说相关的学术研究、博物馆建设、传习所建设，以及文化生态保护区的建设等工作，对于现在全国的社区建设工作来说也具有同样重要的作用。在

① 原载《民俗研究》2009 年第 3 期。

社区文化建设中，当我们将自己的情感投放在这样一个传说当中，它就变成了我们情感世界中的重要组成部分。在这样一个将对象自我化的过程中，通过一个传说可以将我们凝聚在一起，提升我们热爱乡土的真挚情感。

如果说，过去顾颉刚先生在研究孟姜女传说的时候，还是把它当作历史研究课题来对待的话，那么在以后的过程中，许多学者已经从不同的角度进行挖掘。比如说大家都熟悉的李福清先生，他是俄罗斯科学院在文学领域里面仅有的四个院士之一，其博士论文就是孟姜女研究。当年他在研究的时候，我们曾一起讨论过。我说，顾先生在20世纪20年代的研究，代表了中国民俗学研究最前沿的一种成就，你无论如何也是做不过顾先生的，是不是可以另辟蹊径，研究孟姜女传说在每一个时代不同题材中的反映。他最终做的是孟姜女传说在不同时代多个文化领域的影响，包括讲唱、年画、戏剧等等，这样的研究到现在为止仍然还有意义。我知道，现在许多学者已经开辟了一些新的途径，如今又能得到地方政府领导的关注，正在努力使它成为一个地方性的名片。我非常赞赏这样一个宏大的志愿，我相信这会促进我们在一个新的高度上对于孟姜女传说的新开掘，那将使得民俗学甚至整个文化研究能够走上一个新的台阶。谢谢各位！

梁祝传说漫议①

摘要：目前，有关梁祝传说的讨论在很大程度上属于民间传说发生学范畴。民间文艺学领域里关于发生学的研究非自今日始。神话学派、流传学派及历史学派等所主张的大都是一元发生论。人类学派、心理学派、功能学派等学派的学者，则主张传说是多元发生的。民间传说是虚构的民间叙事，属于口头艺术范畴。虽然有时也依附于具体的人物和具体的事件，假托具体的时空，但与作为口头的历史记忆的口述史，有本质的不同。口述人和口述史家所追求的是历史原貌，要回答的是真假、对错的问题。民间传说的本质是审美虚构，价值观在其中起着特别重要的作用。民间叙事作品中的人物和事件与其说有真实依据，莫如说它有典型意义，而这些典型意义除了是民众的价值观的体现之外，更重要的是具有象征含义。它要满足和能满足的是心理的诉求，而并非要回答真实现实的认知问题。传说的发生历程并非有一个固定的模式，而可能有多种途径。诸多非物质文化的成果不同于物质产品，可以同时为多数人所占有、所享用。共同创作、共同认同、共同占有、共同享用，是民间口头叙事文学的重要特点之一。在参与和享用的过程中，往往也会贴上自产的"标签"。传说的"人人共爱、处处为家"的特点，或许正是它巨大而深刻、广泛而恒久的

---

① 原载《民间文化论坛》2006年第1期，第83—86页。

魅力之所在！梁祝传说是一部宏伟的交响乐，奏出了自由的颂歌、爱情的颂歌和生命的颂歌。

关键词：传说；传说与口述史；传说的发生

人民是真正意义上的伟大的造物主，人创造了丰富的物质世界，同时也创造了整个人类的绚丽多彩的精神世界。

单就民间叙事来说，人民群众所塑造的脍炙人口的艺术形象就有成千上万。这是留给后世继承的一笔宝贵的文化遗产。

这些形象虽然是艺术虚构，却使我们的世界变得更加丰富多彩，使我们的现实生活变得更加充满意趣。

现实中不曾有过牛郎和织女，也不曾有过王母娘娘用金簪划出的天河，但在七夕的夜晚，仰望星空，这些形象便如同真实的历史人物一样出现在我们的意象当中，这星空也就活了起来，变得更贴近我们每个中华子民的心。

在一定意义上说，民间叙事所创造的虚构的艺术形象比真实存在的人更"真实"，他们的生命比许多实际存在过的历史人物的生命更久长，更有影响力。孟姜女自秦汉以来历经无数春秋，始终活在每一个人的心目里。她爱情忠贞，不畏艰险，不惧权势，在传说中虽然投海自尽，但这形象却是永生的，永远高傲地活在我们的心里。

有悠久历史的中华民族，创造了无数民间口头叙事的传说。中国是一个诗歌的国度，更是一个传说的国度。一个时期以来引起广泛讨论的"梁山伯与祝英台"传说，就是中国民间传说海洋中的一颗璀璨明珠。

传说的发生学问题

两年前，有关梁祝传说的一次较大的讨论是由所谓"邮票原地"的议题引起的。而就其实质而言，却是属于民间传说发生学的范畴。

民间文艺学领域里关于发生学的讨论和研究非自今日始。说得夸张一点，传说诞生之日，就是传说发生学议论开始之时。许多传说本身就包含了关于这一具体传说源头的说明，而学者则不断提出种种学说，从自己的角度总结他们对民间叙事的观察结果。

神话学派的学者们认为，原始初民把自己对于自然界的认识及同它的关系形象地体现在、熔铸在神话里。神话"破碎"，衍化成为传说。比如，牛郎织女传说就是由牵牛星和织女星两颗星的名字增润演绎、渐次丰满起来的。

流传学派的学者们认为，一个口头叙事作品一旦在某处诞生，便会像蒲公英的种子一样随风飘荡，散播四方。比如，有学者说孙悟空的形象是印度史诗当中的"哈努曼"形象流传到中国来的。

有的学者考据历史，在各种史实当中找寻传说的最初影像，学术史称这一类学者为历史学派。在文学研究领域，关于《红楼梦》的研究，最初一段时间，索隐派就大行其道，说《红楼梦》是描写某某家族、某某人物的真实历史和具体身世，一时成为众口争说的话题。在传说学领域，关于穆天子拜谒西王母的传说，就有人根据《穆天子传》考察"现实存在"的地理路线图，力图将两者完全对应起来。

上述各学派的学者，所主张的都是一元发生论，仿佛每一个传说，都只有一个源头，散布在其他各地的异文都不过是这一宗祖衍生的支脉。

另外，也还有许多学者主张多元发生论。

相同的社会文化历史背景，会产生基本相同的观察现实和艺术再现这一现实的精神产品。散落在地球不同角落的人群，在大体相同的发展阶段，会产生相对一致的信仰及其相应的仪式活动，也会产生相似的神话和传说。持这种学术主张的学者被学术界统称为人类学派或文化学派。

心理学派则认为人类共同的心理催生了艺术创造的共性。例如，有的学者说，世界各民族老年人的共同心理孕育了他们的共同情节类型的民间故事。

功能学派认为一切文化创造都是为了满足人类这样那样的需要。民间艺术创造的雷同性，根源在于对它们的相同的功能诉求。世界各民族都流传有弱小的、被侮辱、被损害的人物形象最终取得胜利的民间故事，这是因为广大底层民众要翻身、要改善自己命运的愿望使然。

……

学派林立，学说杂陈。细细想来，这些学术观点和我们今天的讨论也不无关系。看来，传说的发生，并非一件容易扯得清的事。

历史与艺术

很少有人去考察"老鼠嫁女""猫狗结仇""田螺姑娘""呆女婿拜寿"等民间故事的实际时空定位和现实历史依据问题，因为那是明明白白的幻想和虚构。很多地方的民众就直接把民间故事称作"瞎话"。

民间传说作为有别于民间故事的口头叙事作品，其特点之一在于它往往要依托一定的人物、事件或具体的地方和物件来展开叙述。即使再夸张、再离奇，也常常以"真实历史"的面貌出现。讲述人为了使自己的讲述具有可信性，为了取悦和征服听众，每每把群体创作、世代传承的口头叙事作品，说成是自己亲眼所见、亲身经历的真实存在："我告诉你，这是真事！"然而，不论做什么样的"历史化"的乔装打扮，都改变不了民间传说的艺术虚构的本质。民间传说的这一外在形式给听众带来了许多现实感和亲切感，但也给后世的观察者带来了一些"麻烦"，他们不得不把赋予叙事作品的某些"历史现实"因子同艺术的虚构成分互相剥离开来。但这项操作由于时代久远、多层累积和传承过程的复杂多样，实在并不容易得出明晰、具体而又确切的结论。孟姜女传说、牛郎织女传说是如此，董永和七仙女传说是如此，梁祝传说也是如此。

民间传说和民间故事都是虚构的民间叙事，都属于口头艺术范畴。但在相信的程度、崇敬的程度上，两者却有很大的区别。从这个意义上说，传说同神话较为相近。然而，在演述的时空安排上，传说又与神话不同：神话演述的是笼统的远古时代的事，而传说则往往依附于具体的人物和具体的事件，假托具体的时空。正是这一特点使民间传说与口述史有了一定的瓜葛。

口述史是口头的历史记忆，其本质同历史一样在于重现曾经存在过的现实。口述史创造了一个新的平台，使普通的民众、使一切访谈的对象都能成为历史的主体；口述史还以访谈对象为中介，通过他讲述自己看到听到的往事，把历史同访谈对象及他所处的当下的现实时空联系了起来。口述史总不免包含着访谈对象的主体视角及它的价值判断。但不论这种成分有多少，口述人和口述史家所追求的乃是历史原貌。他们要回答的是真假、对错的问题。

民间传说是广大民众的口头艺术创作，其本质是审美虚构。尽管假托了具体的时空或实有的名姓，有一个似乎真实的表象，但演述的终究是虚构的情节。传说并不回答真假、对错的问题，它的诉求在于表达什么是好什么是坏、喜欢什么憎恶什么。价值观在其中起着特别重要的作用。

如果让假托历史的表象模糊了我们的视线，让我们把民间传说同口述史混淆起来，在认识和研究民间传说的过程中，不恰当地捡用在史学领域才有效的方法和手段，其结果很可能是渐行渐远，似是而非。

在民间传说研究领域，前辈顾颉刚有最为出色的成就。他是著名历史学家，也是最有影响的传说学家。他通过自己的研究严格区分历史和传说，他把传说时代遗留下来的诸多资料，属于历史的归于历史，属于传说的划为传说。他主张用历史的眼光看历史，用传说的眼光看传说。而在运作中，则是用历史的方法研究历史，用传说的方法研究传说。他研究孟姜女传说，就这一传说形成和演变的发展进程勾勒出一幅清晰的图画。他没有用史实的考据来代替和混淆传说的研究。

1969年，人类登上月球，第一次揭开了它的神秘面纱。这一次伟大的科学活动，不是去探索和论证我们心目中的广寒宫的存在。如果带了这样的任务，那岂不成了对科学的亵渎和对传说的误读？反言之，并不因为人类有了这样一次科学探险，世界各民族所创造和享用的无数的关于月亮神话和月亮传说会变得黯淡苍白，甚至再也没有生存的空间。登月后30余年的今天，我们仍旧高高兴兴地欢度中秋佳节，仍旧怀着特别美好的情感品尝着作为节庆食品的月饼。入夜，我们神州大地的亿万子民仍旧望着圆月，堕入关于嫦娥、关于吴刚和关于兔儿爷的温馨的遐想。而且可以预见，今后仍然年年岁岁不改此俗。

传说"原地"费推敲

现在再回到"邮票原地"的话题。发行邮票，要举行首发式。举行首发式就必须选择适宜的地点，找出"原地"。上文说到，民间传说不同于历史：历史人物、历史事件、名山大川、出土文物等，都可以找到确切的、独一无二的具体地点，而传说却很难甚至不可能找到这样具体确切的、独一无二的原发地点。于是，在必须和不能两者之间就产生了一个悖论：似乎这是一个二律背反、不能两全的命题。面对这种情况，我们只好理清思路，找出事物的内部逻辑，走出悖论。

如果宽泛地理解"原地"一词，我们并不认为传说是不可能有"原地"的。只是这"原地"同历史事件、真实人物在确定不二的时空里发生和进行实际活动的那种原地有本质的区别。

传说的发生历程并非有一个固定的模式。有的传说，先有一个简略的"原型"，经过许多年代、诸多人群，逐渐完善、渐次传播开来，形成后来的面貌。传说人物又往往有名有姓，而这名姓有时是虚构的，流传日久，时代相隔，仿佛变得曾经真有其人一般。有时确曾有过此名此姓的历史人物，然而这名姓附丽于作为口头艺术的传说，不论在先在后也都是移花接木、借题发挥。用《红楼梦》里的一句话来说，就是"这鸭头不是那丫头，头上没有桂花油"。广大民众在这个真名实姓下，演述的是自己虚构的叙事情节。

名字在这里更多的是具有符号意味，叙事作品的情节与其说有真实依据，莫如说它有典型意义。而这些典型意义除了是民众的价值观的体现之外，更重要的是具有象征含义。而象征只是取原来事物的部分侧面，有时甚至是不重要的非本质的表象的侧面。祝英台在梁山伯墓前祭吊投身墓中的情节，以及化蝶的情节，除掉其是民间叙事的艺术幻想的产物之外，同样具有象征的含义。我们过年，在除夕过后新春初始的一段日子里，按传统习俗是不宜将垃圾扫出屋外的。如果要扫，也只能向屋内扫，这时的垃圾在保持这一习俗的社群民众的心目中所具有的含义是象征性的：是财富的象征。这一象征含义又有一定的时限性，"破五"之后，垃圾就丧失了这一象征含义。当然，也有许多事物仿佛同它的象征含义结下了不解之缘。对于我们中华民族来说，喜鹊和乌鸦，虽然它们的形象、叫声彼此很相像，然而在我们的心目中却大不相同。"喜鹊叫，喜事到"，而乌鸦叫，则被理解为不祥的征兆。

不宜把民间传说的情节看实、看死。不论是传说人物的名字、传说情节发生的时间、地点，还是叙事的内容，都是艺术虚构的产物。传说的时间和空间是虚拟的，虽然在作品中可能设定得非常具体、非常确定；人物形象也是虚拟的，虽然在历史上或许真的存在过其人；这些人物的行事、作为、举止言谈，同样是虚拟的，尽管可能有这样那样的真实作为它的某些脉络和基础。这些民间传说虽然在讲述者和听众心理上，在某种程度上是信实的（没有这种信实的心理，传说也就不成其为传说了），但这种信实相对于口述历史的信实又是不一样的。那种信实是可以拿去验证的，而对于民间传说的信实颇有些像信众在寺庙中跪拜、祝祷。它要满足和能满足的是心理的诉求，而并非要回答真实现实的认知问题。

涉及广大人民群众的口头和非物质文化的发生问题，不宜像对待具体人的具体行为那样，坐实在确定的时间和确定的地点。能划定传说发生的一个大致的范围，就已经是极为难得的了。过去，曾经把民间叙事文学称作"风"，风起风落无定处，欲求源头难上难。对于像梁祝传说这样的民间口头艺术创作，更重要的是从传说的视角、用传说研究的方法来推演作品多层积累、世代衍变的历程。这当然需要做大量考察和探索的工作。我们殷切期待专家们在这方面有更重要的成果贡献于世。

非物质文化的成果不同于物质产品，它可以同时为多数人所占有、所享用。而像传说这样的民间口头叙事，则更是广大民众无时不在讲述，也就是时时都处在参与创作、润饰、发展的动态过程。共同创作、共同认同、共同占有、共同享用其成果，是民间口头叙事文学的重要特点之一。在参与和享用的过程中，往往也会贴上自产的"标签"。记得二十多年前，我和已故常任侠先生接待过日本麒麟公司的两位工作人员。他们所提的问题是中国是否有与日本的"麒麟"相类似的虚构动物。我和常先生听了都哑然失笑。不过，仔细想想，我们先祖创造的象征性瑞兽作为人类文化成果被其他民族所吸纳和享用、成为他们民族文化的一个有机组成部分应该是值得高兴的事。梁祝居然在全国各地有不下十座坟墓、六个读书处，同样也是这种共同享有的结果和最好证明。

在这样的情况下，或许找出一个或几个有更多理由的"代表处"，要比"断定"一个确切的"原地"更为符合历史的逻辑。分析既有的大量文献资料，使我越加坚定地认为，最早盛传这一叙事作品的地方，大抵是江浙一带和黄河流域的一个广大地区。例如，其中之一的浙江省宁波市鄞州区就极有代表性。梁祝传说在这里流传久远，家喻户晓，而且演变的踪迹斑斑可寻。这在周静书主编的《梁祝文化大观》中及麻承照的有关论文中都有明晰详尽的反映。尤其是鄞州区先民为梁山伯建庙一举令人深思，这不仅是梁祝传说在鄞州区一带极度兴盛的结果，而且为梁祝传说的进一步散播和传承提供了更有利的契机。梁山伯庙区的晋墓的存在（发掘情况见钟祖霞的论文），更加张扬了建庙的含义。民间传说升华、熔铸为地方信仰，同时还融入民间习俗当中；信仰和习俗又为传说的流布助长了势头、增添了翅膀。所有这些条件都使我们有理由认为宁波市鄞州区是梁祝传说的一个很好的代表处。

当然，这绝不是说其他盛传梁祝传说并且认为它是在当地发生的"史实"的那些地方不可以，或没有资格同样成为梁祝传说的"代表处"。两年前，浙江省宁波市、杭州市、上虞区和江苏省宜兴市、山东省济宁市、河南省汝南县在宁波就梁祝传说问题达成共识，并成立了联谊组织，进行协作交流。这既是一个具有特别意义的创举，也反映了传说自身的学理本质。同时，我们还高兴地看到，在2005年12月31日向全国公示征求意见的第一批国家非物质文化遗产名录推荐项目名单中，上述六个地方组织均作为申报者提出相应措施，加强了对梁祝传说的保护。梁祝传说会更加香溢华夏，远播五洲。传说的这种"人人共爱、处处为家"的特点，或许正是它的巨大而深刻、广泛而恒久的魅力所在！

匈牙利伟大诗人裴多菲写过一首脍炙人口的短诗："生命诚可贵，爱情价更高。若为自由故，二者皆可抛。"反其意而用之，我以为梁祝传说是一部宏伟的交响乐。在这里，自由和爱情融为一体，化蝶使生命升华为永恒。这部宏伟的交响乐奏出了自由的颂歌、爱情的颂歌和生命的颂歌！享有这样美好的梁祝传说，是全国各地诸多民族亿万子民的共同荣耀。

文学和民间文学①

　　语言艺术究竟是怎样产生的？产生的时代、条件和原因如何？最早从事语言艺术活动的人，即鲁迅在《门外文谈》中所称的"杭育杭育派"的情况如何？这些被划归所谓"艺术发生学"范畴的问题，一直占据着许多学者的头脑，关于这些湮灭不彰的问题，正用得上一句常用的话：众说纷纭，莫衷一是。但是，语言艺术在文学发明以后，逐渐与广大民众的口头叙事传统慢慢疏离，形成了它的独立的一支：文学——形诸文字的语言艺术。此后，这一部分的发展过程，虽然也存在史料有间的情况，但总体说来是清楚可考的。尽管文字不是为了或者不是特地为了文学而发明，但发展到今天，早已不能设想文字可以不承担作为一种语言艺术载体的功能。倘若真是那样的话，那么文字在我们的心目中就会失去它相当一部分光彩和魅力，而变得十分苍白、干瘪了。从另外的角度说，"文明时代"②以后的人类社会怎么可以不发展自己的文学呢？

　　文学既经产生，同原有的及后来与它并行发展的口头文学相比较，它不仅仅是获得了一个新的存在形式，而且还在长期的历史发展中逐渐形成了它自己独具的许多新的特点。考察民间文学和文学的异同，对于探求民

---

① 原载《文学评论》1985年第2期，第120—125页。
② 这里是借用摩尔根在《古代社会》一书中所使用的关于原始社会分期的术语，摩尔根把字母的发明和文字的使用看作是人类社会进入文明时代的重要标志。

间文学和文学的本质特征，当是不无裨益的。

　　鲁迅先生在俄文译本《阿Q正传》的序及著者自序传略中，写过这样一句话："看人生是因作者而不同，看作品又因读者而不同。"[1]在鲁迅先生的这句话里包含了文学的艺术过程的四个因素：人生、作者、作品、读者。文学艺术作为一种社会意识形态是社会存在的反映，作者作为这一反映过程的主体，把自己对于"人生"的认识，体现为、熔铸为文学作品。作者完成自己的作品，还不等于完整的艺术活动过程的完结，因为文学作品总是要拿给读者去阅读的。而读者在这一过程中又是一个不可忽视的积极的因素，他不仅要根据自己的思想基础和美学原则去能动地接受作品，而且还会把从作品中得到的艺术感受化为某种力量，在一定程度上作用于他本人的社会实践，影响于"人生"。这样说来，完整的艺术活动过程便包含了五个环节：人生（或者说现实生活）—作者—作品—读者—人生。[2]这些环节构成了一个统一的相互联系的整体，任何一个环节都不可能脱离这一完整的过程而孤立存在。我们看到，如同书面文学一样，口头文学的艺术过程也是由这些环节组成的。然而，这些环节和各个环节彼此的关系，在这两种语言艺术中都有着许多不尽相同的特点。过去在谈到民间文学的特征时，通常归结为口头性、集体性、变异性等特点，如果从艺术过程各个环节及其彼此关系的新的角度进行挖掘，是否可以得出深入一步的认识来呢？

一

　　语言艺术创作是通过人的头脑来反映现实的社会生活，而"记录"这种反映从而形成作品却是一个特殊的复杂的思维物化的过程。一向说，思维同语言有着密切的联系，语言是思想的工具，是思想的直接现实。可是近来，语言学界又有人著文讨论思维是否可以脱离语言而存在，以及在认

---

[1] 人民文学出版社编辑：《鲁迅全集》，第77页，北京，人民文学出版社，1958年

[2] 苏联文艺批评家鲍列夫在其《阐释和评价的艺术》（1981年）一书中，认为艺术过程的这五个相互联系的环节构成了完整的"艺术创作系统"。

识过程中思维和语言是否互为表里、同时存在，抑或有先后之别的问题。①不论这些问题最终如何解决，口头文学也罢，书面文学也罢，总是要形诸语言的，离开了语言，这种艺术本身也就不存在了。为叙述方便起见，这里还是运用抽象的方法，暂且把作者头脑中的形象和它的外在语言形式当作两个阶段来谈。这样，口头文学的思维物化的过程便可以简化为一个两项的公式：形象→语言；而听众则相反，是通过接收讲述人的语言，在自己的头脑中"复原""再现"为"语言→形象"。书面文学的写作过程则不是两项的，却是三项的，即形象→语言→文字；读者的艺术认识的过程也正相反，是文字→语言→形象。尽管作家写作并不是在记录自己的朗读，读者的阅读在大多数情况下也是只阅而不读，但文字仅只是记录和传达有声语言的书面符号，脱离开语言基础的文字便不成其为文字了，所以作家写作并不可能把形象不经语言的中介而直接表达为文字。在我们的实践中，写作和阅读总是伴有一定的默诵的成分在内的。

民间文学借助讲述和演唱，体现为有声语言；作家文学形之于文字，体现为符号，这种极明白的事实本来不须多说，但是由此却可以去进一步了解这两种语言艺术的某些特点。

这两种语言艺术的物质存在形式的不同和创作过程的不同，使作者与读者、讲述人与听众的关系的性质产生了差异。

在民间文学领域，讲述人同听众直接接触，听众的反应（所谓"信息反馈"）立即传达给讲述人，同时又影响着他的演述过程。听众的情绪高昂，讲述人在演述中便眉飞色舞；听众无精打采，他便会草草收场。听众的好恶褒贬直接影响着他的演述。在一些情况下，听众的评议和补充还可能促使讲述人对作品进行一定程度的改动和加工。从这个意义上说，听众在"讲述人—（作品）—听众"这一系列环节中绝非单纯、被动、消极的因素，相反地却是他在一定程度上参与了演述活动。

书面文学的作者和读者的关系，则与民间文学的情况有很大的不同。

---

① 伍铁平：《思想和语言孰先孰后？》，载《北方论丛》，1980年第1期。

诚然，作家甚至包括标榜"表现自我"的作家在内，在写作过程中总有读者的身影浮现在他的眼前，特别是被誉为"人类灵魂工程师"的无产阶级作家，更把为人民服务、为社会主义服务，看作是自己从事创作的出发点，因此他在创作中总是"面对"读者的。尽管如此，读者并不像在民间文学领域听众对于讲述人那样直接参与作家的创作活动。作家把完成的作品奉献在读者面前，读者对于作品的倾向、主题、人物的纠葛和命运等等，赞成也罢，反对也罢，都已无法改移了。据彭乘《墨客挥犀》载："白乐天每作诗，令一老妪听之，问曰：'解否'？曰'解'，乃录之；不解，则又复易之。"俄国作家果戈理也曾把自己的作品读给茹可夫斯基听，但见这位老作家不知为什么，听着听着昏然入睡了，于是果戈理便把所读的手稿付之一炬。中国和世界文学史中诸如此类的实例所见多有，这些不也可以说明读者对于作家创作的能动的影响吗？但是我们看到，即使在上述从个体发生的角度看来较为特异的情况下，作家的具体创作活动也是在这些个别的读者接触这些作品之前，便已经完成了。从系统发生的角度来认识，在作家的创作过程中发挥作用的仅仅是作家心目中的读者，而不是读者本身。形之于文字的文学作品（以出版物的形式出现）像一间屋子中间的玻璃隔扇一样，夹在作者和读者中间，使他们眼相望、心相通，但手足不相及。从直接意义上说，作家提供给读者的是现成的作品，而作品传到读者手里，他也仅仅是在想象中对作品的形象、冲突等进行"加工"和"改造"，如鲁迅所说，"作品因读者而不同"，但直接影响作品却无能为力了。文字的特长在于它在时间和空间上极度地扩大了语言的交际功能。而在扩大的时间和空间范围内，这种影响就更是不可能的了。比如，一个当代读者怎么能参与某个古代作家的创作活动呢？或者，一个古代作家又怎么能根据当代读者的审美标准来修改他的作品呢？如果用一个示意图来说明作家同读者、讲述人同听众的关系，那么是否可以这样表示：

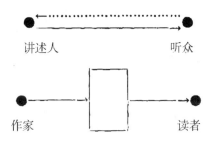

讲述人　　　　　　　　听众

作家　　　　　　　　　读者

当然，读者在阅读作品之后，还可以以各种方式，尤其是通过文艺批评的途径，促进作家进一步修改他的作品，但那仿佛已经是创作活动的另一个新的单元了。而且，如前所述，从扩大的时间角度来看，这种修改在多数情况下是难以进行的。

二

作家创作文学作品和讲述人演述民间文学作品，这两种语言艺术成品的"生命"特点的差异，不仅表现在一个直接体现为语言，一个体现为文字，而且还可以进一步分析：文学作品是以静态的形式出现的。这里所说的静态，包括两种含义：第一，作者提供给我们的是创作过程完成后的结果，而创作过程本身却是隐蔽的，隐蔽在完成的作品之中；第二，这个作品是定型化的，人们对它的理解可能变化、可能发展、可能深入、可能背离甚至超越作者的主旨和作者所反映的生活，然而作品本身作为已经完成的创作过程的结晶，却一成不变，再也不会改移和发展了。一位作家对于一定的社会现实可以进行反复的观察和认识，还可以多次修改他的形象反映的方法和方向，但是一俟作品"杀青"，这一具体创作活动也就随之完结了。

民间文学的创作则是动态的。一般说来，讲述人所讲的口头作品，都是经过多次流传的作品，他听来、学来，现在重新讲给新的听众，这本身就是一次对作品的再创作、再加工。关于这一点，我们在下文还要谈到。民间文学创作的动态特点首先表现在：这种再创作的过程和讲述人演述的过程是同一的，这一过程直接呈现在听众面前。这也是我们通常说的即兴特点。民间文学创作的动态特点的另一个表现是：一篇民间文学作品的任何一次讲述，都是它丰富多彩的生命的一个瞬间。民间文学作品一直处在不停地发展变化当中。一位古代哲学家曾经说过：任何一个人都不会两次走进同一条河水里，因为河水总是不断地向前奔流。如果不借助现代的录音、录像设备的话，我们恐怕也很难听到在完全相同的思想和激情支配下，用完全相同的语言手段重述的民间文学作品。一部作品在条件迥异的时代和环境中，经具有各种经历、各种生活感受、各种艺术素养的讲述家不断加工、口耳相传，它就获得了像悠悠长江一样的流动的、丰满的、绚丽多彩的、充满了活力的生命。

文学和民间文学的生命的体现也有所不同。文学作品的外在形式自然是书：手抄的、木刻的、铅印的，各种各样的书。语言艺术借助于文字，借助于书，在空间上和时间上得以广远流布，存之永久。然而作品的生命，并不体现在纸张的坚实和印工的精细上，也不体现在书本身，印成了书并不等于获得了生命，书的存在并不意味着它的不死。它的生命决定于读者是否还在阅读。读的人少，意味着它的生命力的微弱；它为广大的读者所欢迎，不胫而走，百世流传，就说明它具有旺盛的生命力。从这个意义上可以说，作品的生命是体现在读者身上的。《红楼梦》为中国和世界的广大人民所珍爱，一代又一代读者的浓厚兴味经久不衰，《红楼梦》一直活在读者中间，所以它是永生的。许多皇帝的御制诗集，向来都印得极为考究，但是读者很少。人们早已抛弃了它们，所以它们的生命也早就停止了。有道是历史无情，一个富有讽刺意味的实例正恰是：不久前发现的一部清代的《石头记》抄本，偏偏就写在纸质精良、印装俱佳的《清高宗御制诗集》的衬纸上，而御制诗反倒成了这抄本的衬纸（潘重规：《读列宁格勒〈红楼梦〉抄本记》，见南京师院编《〈红楼梦〉版本论丛》）。

文学作品流传于后世，虽然不能有所发展和改移，但读者却是活动的变化的因素，不同读者对同一作品可能有不同的领会，新的时代可能发掘出作品的新的意义来。文学作品的历史影响，历代读者关于作品的多种多

样的理解和感受，也应当成为文学的历史研究的课题之一。基于这种原因，才有所谓"接受美学"的兴起，

民间文学作品与作家文学不尽相同，它的生命在于流传。前面已经提到，任何民间文学作品的流传都意味着在一定意义上和一定程度上的再加工、再创作。所以从这个角度也可以说，民间文学作品的生命在于广大人民群众的不断创作、加工。有的作品的生命仅只体现在若干次的流传过程中，然后便如烟云一样消散了。而有的作品则可能流传若干时代，甚至经过千百年，其旺盛的生命力仍不稍减。然而，一旦失去了存在的基础，即使是极富于魅力的作品，也会停止其口头流传的生命。这些作品只能以其他形式，作为优秀的文化遗产，受到后世的尊崇。

探讨民间文学的生命的历史，观察并阐明民间文学作品的发生、演变、衰亡的具体过程和基本规律，是民间文学研究的重要课题。有人把这种研究称为民间文学生态学。一般说来，探讨某一民间文学作品的历史发展道路包括两方面的含义：首先是社会生活对民间文学作品的决定性的作用和影响；其次是民间文学作品本身所特有的规定性的发展规律。把两者孤立起来或割裂开来，都不可能达到预期的目的。研究民间文学作品，不仅要注意产生的时代，注意促发作品出现的历史因素，在当时的历史环境的总体中研究作品和现实的关系，而且还要注意流传的时代，演变的过程，注意提供民间文学作品生长温床的各种历史条件和促使作品不断发展变化的诸多客观因素。由于客观现实的和作品本身的规定性的相互作用，因此民间文学作品演变的特点和过程都是具体的，复杂的。只有综合大量实例的研究，才能概括出具有共性特点的规律来。

三

文学是社会生活在作家头脑中的反映，而民间文学作品则是集体和历史反映现实生活的结晶。集体创作的过程可能是多种多样的，比如在某些对歌活动中，若干男青年和若干女青年各成一组，每组在集体切磋之后，推出一位青年作为代表，与相对的一组青年进行对歌，这是一种集体创作

的形式。前面所谈到的听众对于讲述人做出种种反响，从而在一定程度上参与创作活动，这当然也应被看作是集体创作的方式之一。上述两种情况，在时间上说来，都是横向的。更常见的形式，是在纵向的历史发展中对一个作品不断地进行累积加工。这种源远而流长的接力赛式的集体创作过程，为我们提供了优秀的民间文学作品，同时也提供了这个作品的历史发展脉络，但问题在于要善于在具体作品中发现不同时代的历史沉积，以及当代社会的现实反映和艺术革新。当然，集体创作的方式是极为多样的和复杂的，远不止上面所谈的这几种情况。

既然民间文学作品不是一成不变，而是不断发展着的，既然每一个具体的讲述人并非一个独立的创作者，而是无数创作者中间的一个，是长期历史创造的链条中的一环，那么在民间文学研究中，便可能存在不见于文学研究中的两种考察途径。一种是"作品A——作品A"。通过同一作品的异文的研究，可以考察作品的传统和演化，可以考察作品的变化发展的生命的一般特点，可以考察在作品变异的过程中各种历史现实因素通过讲述人所发挥的作用。另一种途径是"讲述人a——讲述人b"，通过考察不同的人的讲述，可以认识讲述人的师承关系、风格特点、继承和革新，以及整个人民群众的高超的艺术才华。

民间文学和作家文学反映客观现实，在根本上性质是相同的。社会生活是民间文学和作家文学的唯一源泉，这两者作为语言艺术通过作家的或以一系列讲述人为代表的人民群众的头脑来反映现实生活。任何情况下这种反映都不是一种消极的摄像，创作过程就是反映的主体对社会生活的艺术再现和艺术加工过程。即使是原始社会的神话，它也是"通过人民的幻想用一种不自觉的艺术方式加工过的自然和社会形式本身"（马克思：《〈政治经济学批判〉导言》）。既然文学是社会生活在作家头脑中的形象的反映.那么作家的世界观便对他的创作具有很大的意义。反过来，我们在文学作品中也可以看到作家的思想、风格等个性特点的体现。

民间文学作品不是一个时期、一个讲述人对于社会现实的艺术反映，而是用群众的眼睛看世界。高尔基说过："语言的形成和发展是一种集体创造的过程，语言学和文化史都无可争辩地证实了这一点。只有依靠集体的巨大力量，神话和史诗才能具有至今仍然不可超越的、思想与形式完全和谐的高度的美。而这种和谐也是由于集体思维的完美而产生的，在集体思维过程中，外在形式是史诗思想内容的一个主要部分。"[1]在长期的历史发展中，民间文学形成了自己的一系列独具特色的反映现实的艺术方式和艺术手段。但我们在这一方面还缺乏系统的研究，在个别情况下还不适当地借用分析作家文学的特有的手段，来说明民间文学的艺术创作。特别应当指出的是，民间文学作品是在长期历史中的集体创作，所以在这些作品中人民和历史的印记便表现得十分鲜明，作品的思想倾向性也十分鲜明。劳动人民的爱和恨、理想和追求，他们的喜怒哀乐和阶级意识，都表现得十分明朗而突出。民间文学所反映的美学原则也具有十分广泛的代表性。

四

文学和民间文学，作为形象反映社会生活的社会意识形态，对于经济基础都具有一定的反作用，都对现实生活产生着积极的影响。比较而言，民间文学同广大人民群众的生活和劳动，具有更为密切的联系。民间文学活动在许多情况下是和其他社会活动结合在一起进行的。人民群众在劳动中，在日常生活中，在婚丧嫁娶活动中，在仪式活动中，在一切民俗活动中，都不可缺少地要进行民间文学活动，这说明了这种语言艺术具有广阔的天地、重要的社会价值和强大的生命力。但是我们看到，民间文学活动在一切情况下，就其本质而言都是，而且首先是一种艺术活动。在认识民间文学现象时，不能由于民间文学活动与其他社会活动的结合，而混淆了民间文学同其他社会意识形式（如宗教、民俗等）的根本区别。例如，神话同宗教活动有着相当密切的联系，但并不能把这种联系归结为神话的本质。神话的本质和神话的意义，远远超出了宗教活动之外。恩格斯曾经在《致瓦·博尔吉乌斯》（《马克思恩格斯选集》第四卷）说过："政治、法

---

[1] 高尔基：《个人的毁灭》，见《论文学》（读集），冰夷等评，第55页，北京，人民文学出版社，1979年。

律、哲学、宗教、文学、艺术等的发展是以经济发展为基础的。但是它们又都互相影响并对经济基础发生影响。"不能只看到作为语言艺术的民间文学同其他种类的意识形态的密切联系和相互影响，而抹杀了他们各自的本质和彼此的界限。民间文学同一般的民俗活动的关系大致也与此相类似。民间文学只有在成为一种高超的语言艺术的前提下，才能在丰富多彩的现实生活中发挥着各种不同的作用。

民间文学确实同人民的生产活动和实际生活有着不可分割的血肉联系，甚至某些题材的作品，竟成为人民生活不可缺少的组成部分。然而民间文学的社会价值，绝不能局限于它和这些生活活动的联系和它在这些活动中的地位，民间文学通过艺术形象深刻而独特地反映了人民群众对于现实世界和社会生活的认识，反映了人民群众的世界观、历史观、他们的政治理想、道德标准和美学原则。

民间文学首先是一种语言艺术，但它又不同于后起的文学，它曾经是而且仍然是一种综合的艺术。在这种艺术中，语言因素、音乐因素和表演因素，相互作用，在不同的体裁中各有消长，但是在大多数情况下，语言的因素总是占据着决定性的地位。在我们的研究中既不宜夸大这一或那一因素的作用，也不宜把这一或那一因素孤立起来，要使我们的认识尽量全面地反映客观现象的真实面貌。

语言艺术创作过程的研究。应该以认识语言艺术的本质为最终目的。但要认识语言艺术的本质，仅仅依靠发掘艺术过程的特点，还是远远不能完成的。为此，需要我们对文学和民间文学的反映现实生活的特殊的艺术方式和各具特色的艺术手段的体系等进行深入的探索。

关于民族文学研究问题的断想①

一、观念转变

"世上本没有路，走的人多了，也便成了路。"这是鲁迅先生的话。然而，自从有了路，有的人便习惯于跟在别人后面，亦步亦趋，墨守成规，不愿再另辟蹊径、从事新的开拓，这也是很常见的事。锐意求新的愿望同因循守旧的惰性始终处于矛盾之中。在科学的领域，已知未必是旧，而是征服未知的出发点，但固守已知，满足于已知，必然会禁锢我们的思想，使我们裹足不前，妨碍我们向未知的王国进军。

近十年来，在民族文学研究领域，步伐甚快，成果颇多，这是有目共睹的事实，大家都很为这种进步所鼓舞。但是，大家也痛感一些陈旧的观念在束缚着我们，使我们难于更迅猛地奋进。这些陈旧的观念集中地表现为，我们在认识上，特别是在具体的研究实践及采用的研究方法中，把民族文学当作是一个单一性质的、孤立的、封闭和静止的现象来对待。这种观念的具体体现是多方面的，至少我们可以看到下列三种情况：

首先，把民族文学仅仅看成是民族作家创作实践的结晶。这样看本来并不错，但仅仅这样看就不够了。

其次，把民族文学的发展过程看成是游离于社会历史、民族文化之外的自我运营的封闭的过程。

第三，很少注意各民族文学间的交流和影响，往往把它们当作各自独

① 原载《民族文学研究》1988年第1期。

立彼此无涉的泾渭分明的发展过程来对待。

针对这几种体现，我们的观念似应有所转变，否则民族文学研究工作将会原地踏步、停滞不前，较难有新的开拓和大的发展。至于如何转变，应当树立哪些新的观念，这是一个大题目，需要广泛讨论，集思广益，特别是需要大量有成效的研究实践来具体解决。这里我只谈谈个人的浅见。

首先，文学活动是一种社会性的活动，不仅包括作家的创作活动，而且也应当包括读者的阅读欣赏。这一点，由于接受美学在我国的时兴，已为大家所重视。但是，扎实的研究成果并不多见，这一问题的具体解决还有待于今后的努力。把作家和读者作为一个统一过程的两个方面有机地结合起来进行研究，不仅要进行共时的研究，而且还要进行历时的研究（把两者跨越各个时代的联系在一起），这是需要经过长期不懈的探索才能解决的课题。各民族民间文学的研究为这一课题提供了最好的资料和场地。通过这种研究可以使我们更充分地阐释民族文学在各民族社会历史中的后期效应问题，更深刻地揭示民族文学在民族性格的形成方面，在提高一个民族的文化素质方面的意义和作用。

其次，民族的社会生活是民族文学形成和发展的滋养、环境，也是它产生影响的用武之地，离开了民族文化的背景也就无所谓民族文学。正如大家所知道的，对于某些民族的某些历史阶段来说，口头文学活动不仅是他们文艺活动的主要内容，而且也构成了他们社会生活的一个不可或缺的组成部分，口头文学是他们的实践活动的经验总结，是他们的历史教科书、伦理教科书，还是他们的不成文法汇编。既产生于社会生活，又作用于社会生活；既构成民族文化的一部分，又影响着民族文化，并在这过程中不断丰富，不断发展演化。作家文学何尝不是这种情况？也许只是程度不同而已。仅仅把民族文学看成是单纯的艺术的意识形态，认为它只是和作家有关系，只是自行运营、封闭发展的孤立现象，这种认识已经开始局限了我们对于民族文学的社会历史价值的开掘。在转变我们的观念时，应多视角、历史、系统性地阐发民族文学的社会内涵和社会功能。

最后《中华人民共和国宪法》（序言）的第一句就说："中国是世界上

历史最悠久的国家之一。中国各族人民共同创造了光辉灿烂的文化，具有光荣的革命传统。"中国文学发展的实际状况同这一历史的总结和高度概括是完全一致的。中国文学的历史发展不是靠单独哪一个民族的文学来构成和决定的。同样的，任何一个民族的文学，也不是不受其他兄弟民族文学的影响、不参与交流的、孤立隔绝的封闭系统。我们大家已经多年有感于这样一个令人遗憾的状况，即我们通常所谓的中国文学实际上更多的是在讲汉族文学。这种状况的造成当然有其历史原因，但迄今未能根本改变，除掉需要有一段努力的过程之外，部分的原因可能还在于大民族主义和民族虚无主义的残余影响仍在作怪。汉族文学研究的专家对于其他兄弟民族的文学成就注意不够，不仅影响了对中国文学的全面正确的理解，也局限了对汉族文学历史发展过程的科学阐释。从事少数民族文学研究的专家，虽然有时注意到了汉族文学或其他兄弟民族文学对他所研究的某个特定民族文学的影响，但却很少深刻地展示这些民族文学对于中国文学发展所作出的独特的贡献。我在过去的文章里曾经谈过这样的意见：应当通过小学、中学、大学的课堂，来普及和推广民族文学的知识。我想，改变对于民族文学认识片面或无知的状态，已经是时候了。这需要教育部的努力，但首先需要文学研究界的努力。我们要树立一种观念：应把祖国民族大家庭中任何一个民族的文学都看作是整个中国文学的一个有机的组成部分（尽管它们所做贡献的分量和特点各不相同），从中国文学的更大视角来观照包括汉族在内的每一个民族的文学。这不仅仅是一个视角问题或方法问题，更是一个根本观念问题。

二、三个台阶

真实描叙在中国文学的大系统中各个民族文学的实际状况，探求多民族文学发展的脉络特点和规律，谈何容易！若想一步到位，怕是不可能的。这或许不是一代人可以完成的大业，然而必须首先从我们这一代人开始努力。从开始到基本完成，我想可能要登三个台阶，逐步拾级而上，最后才能到达理想的高峰。这是我在1986年11月全国少数民族文学史学术讨论会上提出的初步设想，在许多细节上还要进一步思考，并且通过实践使之更臻完善。具体是哪三个台阶呢？

首先，通过族别文学史的编撰工作，把各个民族的一切重要文学现象、民间创作家、作家、作品……基本的发展脉络、流派、思潮等诸多文学现象（例如，体裁、主题、形象、艺术手法等）发生、演化的大致过程等，都搜集起来，加以描述、说明和条理化。材料要准确、要翔实、要全面，对于这些材料的条理化和阐释要实事求是。如果我们最终撰写出全部或者大多数民族的文学史或文学概况，较好地完成全面发掘材料、阐明发展过程的工作，那就是登上了第一台阶。这第一阶段是最根本的，它将为今后的工作打下坚实的基础。作为完成国家"七五"规划哲学社会科学重点课题，各民族的文学研究者正在从事各族文学史的编撰工作。这将为我们双脚登上第一台阶创造极为有利的条件。

其次，在这个基础上，继续探索各民族之间双边或多边的文学交流和影响的情况。一般地肯定交流和影响，或者用图解的方式认定交流和影响的普遍存在，是比较容易的，但没有什么实际意义。最重要的和最困难的却是具体真实地发掘和阐明一个作家、一部作品、一种体裁、一个母题、一个形象、一种手法等在两个或多个民族间的实际影响和交流的具体过程及其性质和意义。两个民族之间，多个民族之间，一个语族、一个语系的各民族之间，同一地域、同一信仰的若干民族之间，在文学艺术乃至整个文化的发展过程中有着千丝万缕的联系，存在着多种形式多种性质的错综复杂的交往和影响。对于这些交往和影响的探索和研究也要在不同范围、不同层次和不同角度上分别进行。积累的材料和具体过程的发现和阐述越多、越全面，我们对于规律的探求便越易于进行，越有更坚实可靠的依据。当我们通过长期的大量细密的研究探索，终于有了为数很多的各民族间的比较文学史或文学交往性质的文章或著作时，我们便可以算是登上了第二台阶。那时，我们再回过头来去看某一特定的民族的文学现象或文学过程，就要比原来更加清晰、更加接近实际得多了。

最后，在前两个阶段的基础上再来认识、清理和阐明我国多民族文学发展的真实脉络。当我们终于双脚踏上第三台阶，终于有了一部或多部比较理想的多民族文学史的时候，我们将会欣慰地对自己，并且也对过去和未来的历史说，我们文学研究工作者用自己实实在在的工作，对《宪法》中的关于"中国各族人民共同创造了光辉灿烂的文化"这句话，做了最坚实有力的说明。

我想，这三个阶段并不是截然分开的，工作会交叉进行。对一个民族的文学现象全面深入的认识，必然会给探求民族间文学的交流和影响奠定基础；反过来，真实地理出文学交流和影响的实际状况，或者我们能站到多民族文学发展史的高度，这对更深入地理解一个民族的文学发展规律，起到了很好的促进作用，很多问题将豁然开朗，正所谓"众里寻他千百度，蓦然回首，那人却在灯火阑珊处。"到了新的境界，我们又会向着更新、更远的征程进发。

三、独特贡献

毋庸讳言，有些同志是不大重视甚至是小视少数民族文学的。这在很大程度上是对少数民族文学了解得不够。但是进一步追究，造成这种状况的原因之一是我们的少数民族文学研究仍然处于比较落后和比较封闭的状态。少数民族文学就总体来说，有着光辉灿烂的历史成就，近年来的少数民族文学创作也一日千里，让人们刮目相看。摆在我们面前的重要任务之一，是研究者、评论者如何能不只在自己的角落里议论评说，而要迅速登上国际国内的文学大论坛，在前台对话。

为了这种对话，需要有多方面的基础条件，我想较为重要的首先是观念的转变。倘使我们能冲出自我界定的藩篱，能站在世界文学进程和中国多民族文学进程的角度来深入地认识和论述民族文学的现象和规律，那么参与大的文学论坛的前台对话，广泛宣传少数民族文学的成就，提高少数民族文学的地位，便易于进行了。

我觉得，少数民族文学的研究者和评论者在许多方面有自己优异的条件，可以发出自己独特的声音，可以做出较为特殊的贡献。举例来说。

1.各种文学过程的初始阶段的研究

有一些民族的文学，第一位作家就在我们眼前诞生。在一些民族的文学中，各种各样的体裁、题材正处于萌发阶段。文学领域的许多新生现象仍在我们少数民族文学当中活跃可见。文学领域的发生学的研究在我们这里有着极为广阔的天地。我们的工作可以为世界文学进程的说明，提供极有价值的参考意见，

2.文学发展衔接部的研究

神话与故事两种性质截然不同的文学现象的杂糅、讲述家民间歌手与作家诗人的一身二任、谚语和故事的交互演化、民族神话与史诗的融入作家创作等，这样一些极为有趣的现象在少数民族文学当中，随处可见。这种文学过程的动态研究势必给文学论坛吹进一股新鲜的空气，不仅在具体结论上而且会在方法上给整个研究界和评论界以有益的启迪。

3.比较研究

在汉族文学研究界，这种研究是近年才变成了一个热门的领域，而在民间文学和少数民族文学研究当中，很早就曾进行这方面的尝试和探索了。在少数民族文学研究的范围内，比较研究大有用武之地，并且可能取得很大的成效。我觉得少数民族文学在发展过程中较少有封闭性，各族间的交流和影响频繁而多样，这就给比较研究提供了最广阔的天地和各种各类的课题。

4.文化历史研究

在很多民族当中，文学审美功能凝重化的程度不及在另一些民族当中高，也就是说，在这些民族当中，文学同其他意识形态、同整个人民生活处在更紧密的联系当中，文学发挥着多方面的社会功能。扎实的、高水平的少数民族文学的文化历史研究肯定会对深入理解文学的本质和价值做出实际可靠的贡献。上面仅是举例。当然，最重要的贡献仍还在于少数民族文学的本体研究自身。

又是断想，又是举例，自然免不了零碎和片面。新春伊始，唠唠叨叨，不外是希望和祝愿少数民族文学研究有一个很快的很大的发展！

《福乐智慧》的象征体系①

历史有时喜欢同我们玩一下捉迷藏，把一些具有重大意义的创造暂时隐匿起来，使我们不自觉地处于晦暗之中，然而一旦我们发现了这些伟大的创造，就会感到我们再也不能离开它们，甚至会惊奇地问自己，怎么可能在没有它们的情况下生活得那么久。

《福乐智慧》经过八百年的辗转曲折，才使世人得以广泛地仰慕和受惠于它。它不仅是维吾尔族人民的珍贵文化遗产、中华民族文化宝库中的明珠，也是世界诗歌艺术的历史高峰之一，更是人类哲学思想史、社会思想史领域的难得的伟大成就之一。

一部作品可以从不同的层面来分析和理解。只要我们的分析和理解是符合原作精神的，那么这些层面便不应被看成是彼此相悖、彼此排斥，而不能共存、不能互相促进、共同发展的。

关于《福乐智慧》的研究，概括地说，曾经在如下几个重要层面，进行过许多出色的工作。从历史的角度出发，找寻这部作品及其中众多形象和情节的事实依据和历史根源，这一类的研究成果帮助了晚世的读者，在感受这部作品时，把长诗同它创作时的历史时代拉近，增强了读者的历史感。从广泛意义上说的哲学层面的研究，使我们对这部伟大作品的多种多样的丰富深刻的内涵，有了更加广泛、更加充分、更加透辟的理解，对于

① 原载《西域研究》1994年第1期，第21—24页。

伟大诗人的"修身、齐家、治国、平天下"的诸多箴谕，增加了更多的理性思考。文学的、美学的、诗学的、语言学的研究，提高了我们对伟大诗作的本体认识，使我们更强烈地感受它的艺术魅力，使作品同我们的情感有了更和谐、更强烈的共鸣。

在《福乐智慧》研究领域，国内外学者有了许多新发现，对这部长诗的高超艺术、深刻的哲理和丰富的文化内涵，进行了令人折服的研究和揭示。阅读这部长诗，使我最为惊奇和赞叹的，是伟大诗人的娴熟的象征手法和他所构建的象征体系。精湛而独特的象征手法和象征体系，或许是它最为精彩、最为迷人，同时也是最为难以索解和难以穷尽的特色之一。对优素甫的具有深刻意义的象征体系的研究，应该成为《福乐智慧》研究的一个重要课题。

黑格尔在他的《美学》一书中说："象征一般是直接呈现于感性观照的一种现成的外在事物，对这种外在事物并不直接就它本身来看，而是就它暗示的一种较广泛较普遍的意义来看。因此，我们在象征里应该分出两个因素，首先是意义，其次是这意义的表现。意义就是一种观念或对象，不管它的内容是什么，表现是一种感性存在或一种形象。"[①]

关于《福乐智慧》第十二章以后中心部分特别是四个主要人物的象征意义，许多研究家都有过开掘（例如，郎樱女士所著《福乐智慧与东西方文化》一书）。在我看来，优素甫·哈斯·哈吉甫在构建他的象征体系时，是把全部长诗都容纳于这个体系之中的。

前十一章有时会给人造成一种印象，被认为是与本书的主要情节无关。在我看来，这十一章是诗人严整象征体系中的一个重要组成部分。

打开长诗，首先接触的是两篇序言，一切迹象表明，这两篇序言可能是他人所作，因此我们可以姑置不论。

前三章对真主、对先知、对先知四同伴的赞颂，是一种程式，是在伊

① 黑格尔：《美学》（第二卷），朱先潜译，第10页，北京，商务印书馆，1982年。

斯兰宗教思想影响下的文学著作或其他著作都不可缺少的程式。类似的程式，在中世纪受基督教思想熏染的著作中，也同样存在着，只是赞颂的对象各有其主而已。中世纪的欧洲的美学家们大都认为，艺术应该是上帝和真理的象征。这种美学思想和作家们的创作实践是一致的。一种艺术表现，一旦成为程式，就必然要减少甚或丧失它的本初内涵，文字直接表达的内涵。换句话说，也就增加了它的象征的特色，更突出了它作为一种符号的功能和特点。这三章，当然显而易见地象征着作者的虔敬，同时也象征着献诗人和受献者，作者主体和读者客体的和谐和思想一致。或许更重要的是，这种程式象征着神圣、崇高和庄严，真主"万能"，真主"至尊"，真主是"自在真理"。对具体的真主的赞颂，象征着对于一种精神和情感的肯定。全书将在这样一种气氛中展开。

象征有诸多分类，但就它使用和理解的广泛程度（长期历史过程中所形成的广泛程度）而言，可以分为集体象征和个人象征，或者说民族象征和私设象征。上面尽说的这种程式正是一种民族象征，它是维吾尔族人民共同的文化传统中的大多数人都能领悟其深刻意义的象征。这种象征的意义和表现意义的形象手段两者之间的联系，是在这个民族的诸多文学作品乃至其他思想的和语言的诸形态中经过长期积累而形成的。

第四章，对明丽的春天和伟大的布格拉汗的赞颂，从象征角度说来，是极有意趣的篇章。优素甫·哈斯·哈吉前的整部长诗，以论辩、说理、叙事见长。但这一章，却在景物描写之中，寄托着极富色彩的抒情，使我们不禁发问：春天如果不是象征，它和布格拉汗同在一章里有什么关联？如果它是象征，它又指示着什么样的抽象意义？

这一章显然是一篇献词，很类似于17世纪英国著名哲学家培根所著的《论说文集》开卷之前的呈给英吉利海军大将巴金汉公爵的《献书表》。但优素甫·哈斯·哈吉甫的献词是诗，是比"表"更富于情感、更富于内涵、更富于普遍的概括能力的艺术构思。所以，绝不可以用一般献词的功能，来小视它和圈限它。

春天，明丽的春天，向来是生命的象征、光明的象征、繁盛的象征、和谐的象征、幸福愉快的象征，一切美好事物的象征。这一象征不仅有民族的特点，甚至有全人类的特点。具体在这部长诗来说，这一象征的普遍含义，还在相当的程度上保留着，但当它的外延所指更具体化了的时候，它的内涵就增加了自己的特殊的成分。如果把这春天和诗人期望于布格拉汗应该有和可能有的像春天一样美好的政治建树，看作是诗人的理想国的象征，或许离作者的创作主旨相去不会太远。

我们是否可以像诗人的题目所指示的那样，把这一章视为直接对春天和布格拉汗现行政治的肯定和赞赏呢？大概是不成的。倘若把这一看成是直接现实的描写和肯定，那么这一章的两个部分便成为不相干的两种事物的机械的拼凑，同时更重要的，全书的劝谕、论辩、正面意义的说教，便都没有存在的价值了，从逻辑上说，也和这一章相矛盾了。

往往妨碍我们把象征当作象征来理解和认识的，是存在于象征本身的间离性特点。我想这一特点至少有这样两层含义。一层是：像黑格尔所说，象征首先是一种符号，任何象征都有意义和意义的表现这样两个因素或两极。在象征中，这两种因素或两极之间的关系是复杂的。在作为符号的象征中，现成的感性事物的本身就已具有它们所表达的那种意义。从这个角度说，象征就不只是一种像"×"这一符号表示否定、欧洲人的伸开两个手指表示胜利一样的简单的符号，而是一种在外在形象中就已暗示要表达的思想内容的符号。这种象征要使人意识到的不是形象本身所表现的具体事物，它要求通过这种个别事物去领悟和意识它所暗示的抽象的、普遍性的意义。诗人对春天和布格拉汗的英明伟大的描写，作为一种象征，像一幕色彩绚丽的轻纱，一方面诱惑着我们、把我们拉近、激发着我们的情感；另一方面又推开我们，告诫我们不要沉湎于此，迷恋于此，要我们拉开这层轻纱，去探寻它深深隐含的内在意义。由于在象征中存在两极化的特点，因此在阅读时就往往出现取向的不同，有时一些人在一些场合，较多地采取形象直接表述的部分，另一些人在同样的场合，则可能较多地采取象征所体现的抽象的普遍的含义，或许还有一些人，会兼取两种因素，同冶于一炉。不论怎样，在我们阅读长诗这一章的时候，都不能不考虑到这种可能性，即它是诗人艺术手段武库中的一件运用娴熟的兵器——象征。

这一特点的第二层含义在于：一种形象既然是象征，它就不可能与它表现的抽象意义完全相吻合，如果完全吻合，象征就难以成为象征了。也就是说，具体事物总有一些与它的象征意义不相干的特性。所以黑格尔说，"象征在本质上是双关的或模棱两可的"。然而，这些不相干的特征仅只是对于要表达的那种抽象的意义而言的，但是对于形象本身的存在和发展，又是合乎逻辑的必不可少的。春天，千种万种的鸟禽，千啭百鸣，从象征意义的角度来看，或许对于作者的理想国并非重要，或者说并不相干。但是从形象的角度来看，如果没有千啭百鸣的飞鸟助兴，春天也就不那么明丽了。所以我想，在阅读、欣赏这部长诗的时候，过多地和刻板地拘泥于文本的字面，而不照顾到象征的间离特点，会限制我们对象征的探求和理解。

第五章论七曜和黄道十二宫，冷眼看来，似乎与全书有些游离和隔膜。这里诗人展示了他对于当时天文学成就的理解和概括及诗人的丰富见识，但是这一章给我的强烈感受是，作者关于苍穹和诸星的形象化的描述，象征着宇宙的秩序和规律，矛盾与和谐。

任何象征的设定和解释，都不可能是超经验的和唯心的。象征既然要在思想交流中存在，那就必然要求它具有一定程度上的为大家所周知的比喻形象和相对稳定的所指意象。天地宇宙向来是秩序、和谐、规律等概念的常用象征。

诗人象征体系的严整特点还表现在，这一章里关于太阳的描写（光辉灿烂、万丈光芒普照宇宙），关于月圆的描写（脸儿正对太阳，浑圆如球），同后面各章关于日出与月圆形象的描写，浑然一体。这一章的基本思想，同全书的基本思想浑然一致，即真主创造了宇宙，安排了宇宙的秩序，宇宙的秩序正合于诗人理想国的秩序：和睦、亲善、井然有序、按道而行。

这一章的最后两行双行诗，不仅仅是思绪的一种过渡，文章的一种衔接，而且是明确地揭示了作者的深刻思考：宇宙秩序是理想的人类社会的一种模式。

第六章至第十章详尽地、富于情感地解释和论证了诗人的深沉思考，以及人类社会的和谐所必须具备的条件和基石。诗人形象而又富于哲理地叙述了善行、语言、知识、智慧的益处。伟大诗人的哲学家思想家的本色在这里突出表现出来，他把全书的主题点明在这几章里，让我们在欣赏和感受这部伟大著作之前，预先得到一个关于主题的提示，他给了我们一个门径、一把钥匙，使我们便于领悟他在这部艺术杰作中所想表达的一些重要的思想意义。

第十一章论书名的含义和作者的晚景，统领全书，伟大诗人把他的象征体系的奥秘，明明白白地展示在读者面前。歌德说："如果特殊表现了一般，不是把它表现为梦或影子，而是把它表现为奥秘不可测的东西在一瞬间的生动的显现，那里就有了真正的象征。"[1]优素甫·哈斯·哈吉甫在这一章里，把那生动的显现（特殊）和奥秘不可测的抽象的、普遍的东西（一般），以及这两者之间的联系，向我们和盘托出，既展示了他的诗人的艺术才智，也体现了他作为哲学家和思想家的循循善诱的品格和胸襟。他在对日出、月圆、贤明、觉醒作了说明之后写道："我对这四者进行了阐述，用心去读，自能明了其意义。"关于这四个人物的象征意义，由此而联系到全篇的象征特点，很多研究者都根据作者的提示，做过探讨，这的确是一个值得深入研究探索的课题。不仅这些人物的名字和性格、品德，具有象征意义，就连他们的关系（君臣、父子、亲友），以及他们的行为脉络、思想演化，也都可以从象征的角度做一定的观照和分析。我这里仅想简要地指出这些形象作为象征的多义性和多层次性特点。

象征的意义有别于它的外在的形象体现，只是客观地存在于人们的交

---

① 转引自朱光潜：《西方美学史》（下卷），第416页，北京，人民出版社，1979年。

际之中，即诗人和读者，或者说象征的设定者和接受者，在"对话"中仿佛有一种默契，这种默契不管是明言也罢（像《福乐智慧》第十一章），或者在大多数情况下不必言明也罢，都不可能是吻合一致的。优素甫·哈斯·哈吉甫明白地指出，觉醒的象征意义是来世，而且还强调说："让我在今天看到来世的信息。"但是，可能与他生活在大体相同时代的另两位作者，在序言中却认为，觉醒的象征的意义在于知足。这绝非长诗在流传过程中所造成的误会或异文，很可能是象征的多义性在这里获得了一个极好的例证。鲁迅说："看人生是因作者而不同，看作品又因读者而不同。"这就使问题扩展到了象征的解释（语义学）的和接受美学的层面。这些人物所体现的象征的多义性，更因时代的变化，在历时的发展中变得更加复杂了。

就一个象征本身来说，即使没有诸多读者的多种解释，它也具有多层次的特点。如日出虽经作者说明是公正法度的象征，但他又多次被描写成是聪明睿智的、幸福的君王。

多义性和多层次性并非读者或时代外加于象征的，它们是象征本身的内涵丰富性和复杂性、历史感受的变异性等等特点所决定了的。

伟大诗作《福乐智慧》是一部百科全书式的鸿篇巨制，是一座无比丰富的宝藏，哲学、社会科学各个领域的专门家，都可能在这里发现难得的珍宝。作为一部艺术珍品，它尤其是一个象征体系的奥堂，只要我们不断地探索，总会有新的发现。

继往开来——全国少数民族文学史学术会上的发言片段①

对于学术研究进行规划，是一件很"危险"的事。做得不好，就会影响学术研究，而要做得好，又绝非容易。科学是对于未知世界的征服。研究工作是对未知领域的探索。对于不知道的事情，要正确规定它的发展方向，这似乎是很矛盾的。然而实际上我们看到，现代科学研究离开规划，不只是工作规划，而且还有学术方面的要求，几乎是寸步难行的。

编写文学史包括两方面的工作：一是总结前人在这个领域所取得的一切成果，二是踏进前人未曾涉足的领域。对于我们来说，这个未知的领域既有材料的发现，也有对于这些新材料以及原有材料的思维加工。文学史是文艺学领域中的一个特殊门类，也是史学领域中的一个特殊门类。史学不能脱离开史料学，但又不能简单归结为史料学。历史应该是关于事物发展过程的一种真理性的认识。我们编写文学史，就是要全面地、大量地掌握文学史料，用马克思主义的立场、观点和方法，去认识和分析这些史料，总结出文学运动发展的特点和规律性的东西。自1958年提出编写文学史的任务以来，许多老同志及现在仍从事这项工作的中年同志，在这方面都做了大量的工作。今后就是要在现有的基础上更上一层楼，在总结已知和探索未知两个方面作出新的努力。

基于以上的认识，关于当前编写少数民族文学史的学术要求，也想谈几点个人的粗浅意见，供大家参考。

---

① 原载《民族文学研究》，1987年第2期，第3—6页，第12页。

第一点，史料要准确、全面、丰富。对于我国大多数少数民族来说，过去没有就本民族的文学及其发展的历史进行过系统的总结，我们现在所做的工作是开天辟地头一回，所以具有开拓性的意义。在整个学术界和整个人民当中，对这个领域所知不多，因此我们所做的工作，还带有一定的启蒙的意义。一是过去没有做过，二是要广泛宣传。这样两个方面就给我们提出一个要求，那就是材料必须是准确的、全面的、丰富的。

关于全面和准确，同志们谈了很多，比如说对一些材料不能只看到一个方面而忽视另外一个方面，有些材料可能经过了加工，或是伪造的，因此必须进行深入细致的科学鉴别。有关这方面的问题，不多说了。下面主要谈材料丰富的问题。

我们要尽量地使我们的文学史成为这一领域的百科全书，凡是在这个领域里碰到的重要问题，在我们的书里都应该找到线索，都可以按图索骥，从而进行进一步的深入研究。我们编的是文学史而不是文学论纲，假如没有翔实的材料怎么可以呢？我们编的是历史著作而不是普通读物，假如没有详细的引证和注解怎么行呢？过去我们编的文学史有一些就有这样的不足，材料不多、史料不丰富、信息量不大，感到很干瘪，很贫乏。有些作品、有些作家没有得到很好的挖掘，或者只挖掘这一侧面而没有挖掘另外一些侧面。假如我们掌握的史料不全，那么我们就只能在这几个作家、作品上翻跟斗。还有一些史料是孤立地摆在那里，没有辅助的说明材料和背景材料，使人感到非常瘦弱。我们阅读一些有分量的短小文章，有的只有几千字，而它的注释却有几十条上百条。这样的东西如果有发明发现，那就是实实在在的发明发现，因为他已经把前人所做的工作全部做了总结。有些论述为什么比较平淡？就是因为没有把所有的材料都看过、都消化。有时引用别人的观点材料，连出处都不加，这种状况应当加以改变。

材料的丰富性不光指作家或作品本身，还有其他方面的辅导材料，如社会历史、民俗、宗教等方面的材料。作品本身，也有多方面的辅助材料，比如有的一部作品有几十种异文，假如我们只介绍其中的一种，就不能把这部作品的全部生命展现出来，也不能反映出它各个方面的特色，那自然就会显得干瘪。有些作品，有很多艺术家演唱它，而且又各有特色，假如在我们的书中只介绍一个或连一个也不介绍，那自然就忽略了它所特有的价值。我们看前人编的许多文学史，史料都非常丰富。凡是好的文学史，无不是史料丰富、翔实，这一点应该特别引起我们的重视。这里需要特别强调一下，当然不是对所有的材料都要一律详列、平分秋色，要有主有次，有的可以一笔带过，有的甚至只需放上一个注释就够了。

对文学史料，有的早就有人在研究了，在我们的书里，将有很多结论是重复别人的。我们应该不掠人之美，应该指明，谁曾经得出过什么结论，这是一种为文的道德。有的问题有五种或十种意见，这五种或十种意见也应该在我们的书中有一定的反映。当然，这种反映不是洋洋洒洒，把细枝末节全写上去，而是要通过归纳或用注释加以说明，分清主次，分类排比。吸收合理的有益的部分，对于错误的、反动的观点要进行必要的分析和批判。我们自己或择善而从，或另辟蹊径，或述而不作，或在旧有结论的基础上更有新见，都是可以的。但不能自我作古，认为什么话都是我第一个说的，前无古人，后无来者，仿佛书里的一切结论都是我们自己的创见。不能把不是创见说成是创见。所以，我们要把国内外的有关材料搜集齐全。比如关于哈萨克族文学，我们关起门来说话行吗？我看不行。苏联已出过许多种哈萨克文学史。关于维吾尔族、蒙古族、藏族等民族在国外也有很多文学史著作，而且有他们自己的结论。东北、西北、南方一些民族的文学，国外也有人研究。我们应该把世界各国的情况，研究的成果紧紧掌握在自己的手里，运用马克思主义的观点重新审查和分析，只有这样，才能做出我们自己的发明发现来。这个清理工作一定要做。我们讲，要经过一段努力双脚踏上第一台阶，这就是要把底清理出来。是不是所有的民族都已经把这个底清理出来了呢？要努力争取。有句俗语叫"竭泽而渔"，我们就是要捞干了看，这当然很吃力，但为了今后的发展只能做好这一步工作。

只有通过这种办法，我们才能更快地前进。什么叫灵感？我认为灵感就是在广泛阅读、广泛掌握材料、进行深刻观察分析的基础上的一种联想，通过这种联想就能产生一种飞跃，一种飞升。只有全面掌握材料，才能探索未知的领域。发明、发现也是这样，它绝非是异想天开、灵机一动的产物。在前人的终点上向前跨进一步，这就叫做发明、发现。假如连前人的终点在哪里我们都不知道，那怎么能发明、发现呢？如果我们在史料的丰富性上不能超过国内或国外的有关著作，人家知道的我们不知道，人家看到的我们没看到，人家掌握的我们没掌握，那自然就会贻笑大方。材料要全面、准确、丰富，这是我们这套丛书的历史地位所决定的。假如做得好，那就可以说我们做出了一定的贡献，如果对于这丰富全面准确的材料进行了符合客观实际的马克思列宁主义的分析和研究，那就是双脚已经登上了第一台阶，为了今后的发展已经站稳了脚跟。这就是我们在这五年中要努力做到的。

第二点，从实际出发。弗兰西斯·培根曾经在他的《新工具》里说过："人类的理解力根据他的本性来说，容易倾向于把世界的秩序性和规则性设想的比看到的要多一些。"用通俗的话来讲，就是容易有成见，容易用自己的概念、框框去套现实，像套圈那样，套得住，就算是我的；套不住，再去套更容易套的。把世界看得非常简单，好像一切都应按我的设想而存在。培根在另外一个地方又指出："我们必须把人们引导到特殊的东西本身，而人们必须强制自己把一些概念暂时撤在一边，开始使自己同事实熟悉起来。"马克思主义的经典作家曾经教导说，具体问题具体分析是马克思主义的活的灵魂，这是很重要的。从实际出发这一点，一定要在我们的写作过程中努力贯彻。

从实际出发，首先就要搜集资料。在这一点上，比编写《汉文学史》和《外国文学史》要困难得多，因为我们是在开辟一个新的领域。搜集工作、调查工作，一定要有计划地进行，防止出现那种"熊瞎子掰苞米，随手用随手扔"的现象。以前在人员上有一走一过的现象，在资料的搜集上也有一走一过的现象，不系统，也没有长远打算。今天要用，今天顺手搜集起来，明天任务完成了，这些材料也跟着不见了，这些都是应当努力克服的。我们必须建立一些档案，必须让这些材料成为一种永久性的社会性的财富。比如，对一些作家、作品及民间艺术家，都要在可能的条件下建立专门的档案，要有翔实的记载。我们要立志成为这方面的专家，就要有长远的打算。民间文学作品浩如烟海，异文也特别多，要进行搜集，逐步积累，国内外的有关论著、有关机构、有关专家也都要有所记录；友邻民族的有关文学情况，也要搜集和掌握。你研究维吾尔族文学而不了解哈萨克、乌兹别克、柯尔克孜等民族的有关情况，那怎么行呢？还有搜集各民族的文化背景材料，也要做长远安排，这方面的工作量也很大。总之，从实际出发，首先就要做这方面的工作。"实事求是"，得先有"事"，若没有"事"，哪来的"是"可求？又到哪里去求"是"呢？要用事实说话，多叙述史实，少在空泛的形容词上兜圈子。我们是科学工作者，就要有这样一个做科学工作的尊严，把确确实实存在的客观实际描绘下来，不用想象来代替科学，也不用感情来代替科学，不因为我喜欢就把它写得好得不得了，也不因为我对它在某方面有反感，就采取不切合实际的态度，这都是不科学的，也是不能长久的。还是要从实际出发，还历史以本来面貌。用感情代替科学，不能长久。王平凡同志在发言中说道："布鲁诺被宗教法庭处死，但他坚持真理，宁死不屈。你处死我，地球也还是照样在围着太阳转。"这就是一种科学态度。从实际出发，体现在一切方面，如曹雪芹、纳兰性德、老舍、李准等人的作品，有些外国人认为他们的作品没有少数民族的气质，仅仅是汉族的，我感到值得商榷，我说：那只是你的一种理解。但假定我们只是将这些作品从汉族文学史中照搬到我们的文学史中来，那也确实意义不大。假如我们能从另外一个角度，一个新的角度、民族的角度来认识这些作家、作品，那么，我们对这些作家不是有了新的发掘，新的认识吗？对玛拉沁夫、乌热尔图的作品也是如此。他们用汉语进行创作，这是一种很复杂的现象，这种现象不是越来越少，而可能是越来越多，我们用旧的观念去认识它是不行的，一定要从实际出发，要在客观实际中认识它所固有的那些性质。

第三点，希望在一些环节上阐明文学与政治、历史、文化背景及整个环境的本质联系。或者说，希望能够在编写文学史的过程中从马克思主义的系统性原则出发来观照和把握文学现象和文学过程。我们在这方面要做出一定的尝试。

少数民族文学有许多自己的特点，而且各个民族的文学也都有自己的特点。比较共同的是民间文学特别发达，民间文学与作家文学的关系特别密切。同志们提出这样一个思想，即要使文学成为我们论述的主线，或叫论述的中心线。这点完全正确。我想把这个题目再伸延一下。什么是文学？文学就仅仅是我们看的书本吗？文学的创作过程算不算文学？算不算文学过程中的一个组成部分？作家认识世界，并通过他的头脑创造出"第二自然"，前面这个过程算不算文学过程当中的一个部分？有了本文，即有了"第二世界"，这"第二世界"又被读者接受、欣赏，并发生社会效益，这个过程算不算文学？我们所分析研究的作品，它实际上是把两个过程具形化了、定型化了，或者叫作凝固化了。通过它把前后两个过程连接起来，但也通过它把前后两个过程割裂开来，这是一种什么现象？现在在文学领域中有了一些新的开拓，比如像接受美学。对于民间文学，可能更为复杂一些。如果没有这些过程，也就没有民间文学自身了。本文是整个文学生命活动的瞬间静态化，在我们研究本书的过程中，通常是把这生命发展演进的过程"黑箱化"了，或者说是把它当成"黑箱"来处理了。这一点在我们的研究过程中，在缩写文学史的过程中，在编写文学史的过程中在适当情况下要有所揭示，有所描述。另外，传统和创新、变与不变也有许多矛盾的关系，所以我们对各种异文的研究就显得特别有意义，而且特别容易出成果。这样的分析研究可能成为我们对文学史的一种贡献。在我们这个领域里，生活、艺术和文学常融为一体，这和作家文学的情况不尽相同，如果没有具体环境，也就没有了民间文学，所以我们在写文学史的时候要有对于文学环境的研究和交代。假定我们把一部分与人民保持最密切联系的少数民族作家和民间演唱家做个比较，就会发现他们之间并没有什么不可逾越的鸿沟。在这里，我们会得出我们自己的见解来。

以往，我们通常把民间文学当成文学的史前史来认识，实际上并不是这样，民间文学有一个与作家文学长期并存发展的过程，这个过程所产生的特点，也应进入我们的研究视野。在这些环节（不是一切环节）我们可以阐明文学与文化、历史背景的本质联系，要能够从马克思主义的系统原则出发去观照文学现象和文学过程。我们应当做这样的尝试。

第四点，希望在各民族之间的双边或多边文学交往方面做出一些探索。也就是说，通过我们的写作、研究，能够阐明不同民族的文化交往、文化影响的实际过程。

问题不在于一般肯定具有普遍意义的交流和影响，问题在于要具体阐述它们互相交流和影响的具体过程及其性质和意义，这是比较难的。要达到这个目的，大家要多方面寻求途径。我们各民族的文学史，从长远看来，应当成为多民族文学史的基础部分，所以我们在这方面的任何发明发现，都会有长远的历史价值，由此，就进入比较研究的领域了。

以上四点，前面两点应该成为我们对自己的要求，后面两点则是希望。贝尔纳在《科学的社会功能》一书里曾经提到科学发展的突出地带。刚才的后两点希望或许就是我们这个学科的突出地带。在规划课题的时候，应当从实际出发来寻找我们学科的生长点。

总之，我们应当努力学习，大量地积累资料，力求创新。假如我们的每一本文学史有三点或五点新的研究成果，有比较深入的规律性的发现，那五十几本书集中起来就是几百条，当我们迈向第二台阶、第三台阶或更宏伟目标时就有更多的依据和比较成功的经验了。

畅想一下，什么是第二台阶？我以为就是进一步完善和补充我们现在的工作，使各民族文学史更具有理论研究的性质，更全面深刻地反映各民族文学发展的实际状况。在这个基础上，我们再对各个民族文学的双向或多向的交流和影响的关系进行研究，写出比较文学史或文学关系史，最后再产生一个多民族文学史这样一个比较理想的成果。到那时，我们对中华民族的文学及其发展演进过程的认识就比较全面了。那时中国文学史的面貌在一些重要的发展关节上就可能发生某些新的改变。这大概不是一代人的工作，但是我们这一代人应当为此而努力。

我们正在从事一项具有历史意义的工作。这是一项重大系统工程的基础部分。历史在注视着我们的工作，各族人民在注视着我们的工作，国内、国际学术界也在注视着我们的这项工作。所以我们要扎扎实实地工作，尽可能好地完成国家的"七五"规划，完成这样一项重点工程。

"寻找自己"——关于民间文学研究的若干思考[1]

中国民间文学工作者是非常幸运的,用我们的话说:那就是我们"得天独厚"。

我国各民族民间文学的丰富和可贵是难以估价的。仅在最近这三五年里我们就经历了许多像在化学领域里发现新的元素、天文学领域里发现新的星体一样的重大事件。尽管我们已经在一定程度上习惯于这种状况了,但仍然感到应接不暇、惊奇不已。例如,1979年,新疆柯尔克孜族著名的"玛纳斯奇"到北京来,演唱记录《玛纳斯》。新疆江格尔工作组记录了大量的《江格尔》口头异文,他们在1980年到1981年用一年多的时间跑遍了二十多个县,有近九十人演唱了《江格尔》,其中发现较为优秀的"江格尔奇"二十余人。云南各民族叙事诗的发掘工作不断传来使人振奋的消息。特别是傣族叙事诗,丰富而瑰丽,使人感到这里是一个无际无涯的叙事诗的海洋。英雄史诗《格萨尔》的发掘和记录工作,成绩尤为突出。扎巴老人已经演唱了十九部(他会唱三十余部);从年仅二十五岁的玉梅口中记录了将近三部(据她本人讲,能够演唱70部)。江苏七十九岁的汉族歌手陆阿妹,会唱万行左右的吴歌。至于这几年在各民族中间发掘出来的神话、传说、故事、民歌等作品就更是不胜枚举了。约而言之,中国民间文学作品

---

[1] 本文系作者1982年访日期间,在日本民间文学学术会议上所作的专题报告,原题《中国民间文学研究的若干问题》,以日文发表,载日本《中国民话之会会刊》1984年。

的丰富可贵体现在以下六个方面：①来自众多的民族；②体裁形式丰富多样；③这些作品具有很高的艺术水平和科学价值；④这些作品反映了包括原始社会在内的人类发展的不同历史阶段；⑤在长期历史过程中保存了大量的文献资料。⑥我国各民族的民间文学作品（包括某些民族的神话在内）仍然在人民群众当中广泛流传，仍然活在人民的口碑之中。民间文学仍然是活的艺术、发展中的艺术，在人们的现实生活里仍然发挥着重要的作用。

以上所谈的几个特点，为我国的民间文学研究提供了极为有利的条件。当然，这些特点也向我们提出了许许多多重要的课题。这种宝贵的环境是我们的幸运，同时也加重了我们的责任。我们要珍视这种优越条件，充分利用这些条件，努力完成客观现实向我们提出的各项任务。

一、寻找自己

我们对民间文艺学这门学科如何理解，对它的任务和方法如何确定，主要取决于我们对研究对象的本质如何认识。从"五四运动"以来，我国的民间文学工作者，因时而异，因人而异，或者努力阐发民间文学的民俗涵义；或者侧重强调民间文学的文学特性和教育功能。这样就使我们对民间文学本身的特点注意不够，随之而来的是在一定程度上影响了民间文艺学这一学科的建设。尽管民间文学的各种体裁与其他的社会意识形式，如文学等的关系密切，但就总体说来它不是文学发展史的某一个阶段，也不是从属于民俗或文学之下的一个"类"的概念，而且民间文学也不是"民俗性的文学"或者"文学性的民俗"。它有它独特的认识和反映客观现实的角度、方法、手段。它应该被看作是与文学、音乐、戏剧等相平行的一种独立的艺术。它有自己不同于其他艺术种类的审美特点和内在规律。民间文学对现实的感受和反映是与文学有一定区别的，作为一种艺术，它的物质手段也是独特的。十分遗憾的是许多美学和艺术论的著作都没有给民间文学以应有的地位。而我们作为民间文学工作者应该根据我们自己研究对象的特点，确定我们这一学科的独特的研究方法的体系。在天文学的发展过程中，有相当长的一段时间，人们对许多星体运行规律已经基本掌握了，但对这些天体的构成、本质等却了解甚少。我们对民间文学的认识是否也有与此相类似的情况呢？我们从微观的或者宏观的角度努力研究民间文学作品的创作和流传过程，这使得我们对它的运动特点和规律有了一定的了解，但是目前我们对它的本质还是认识得很不够。我们过去的和现在的许多讨论在很多情况下都反映了我们对民间文学本质的理解存在着枝节的或者原则的差异。不论从解决我们的具体工作问题这一角度来说，还是从学科发展方向和长远建设来说，我们都需要较快地和较好地解决这个可以称之为"寻找自己"的课题。

二、更上一层楼

我国民间文学工作者对民间文学的创作和流传过程的特点，如口头性、集体性、变异性、传承性等，有过较多的阐述。但是这种阐述还有待于进一步和探讨民间文学的本质结合起来。

民间文学的口头性是它表现方式的特点之一。我们经常可以读到对这一特点十分精彩的描述。但这一特点与民间文学本质的关联如何、对它的影响如何等这些都涉及较少。文学是语言艺术，民间文学也主要是用语言作为物质手段来反映客观现实。但文学却是用语言的符号——文字作为媒介，把作者和读者联系起来。民间文学则不需要这个符号的"中介"，讲述者和听众直接进行"对话"。在这种"对话"中，讲述者占据着主动的地位，听众是消极的。在文学领域里作品可以引起读者的这样那样的强烈感受，但反过来读者对所读的作品不可能有任何影响或改变。而在民间文学领域中，听众对讲述者和他所讲述的作品发挥着一定的影响作用。听众用各种方式（表情、评价、修正、热情或冷淡的态度等）影响着作品的讲述过程，甚至还影响着作品的内容（情节的发展趋势、人物形象的感情色彩等）。我们像文学工作者研究文学作品一样，对于民间文学作品的记录从各种不同角度进行过大量的静态研究，但对于民间文学的动态的研究却是不多见的。文学工作者对作家的研究，包括对他生平、历史环境、思想发展道路等等，和对具体作品构思和创作过程的研究已经达到了相当严整缜密的程度。但是，我们作为民间文学工作者，对民间故事家、歌手对民间文学作品口头流传的具体过程、讲述过程对讲述者的制约情况，特别是对听众的作用还缺乏深入的研究。对于民间文学作品的流传环境（包括历史环境、社会环境、地理环境、文化、民俗环境等）及其对作品的影响的探讨，也很少见。而这种探讨对民间文学研究说来是很重要的。有时（例如在传说研究方面）甚至是不可或缺的。当民间文学还以旺盛的生命力活在人民口碑之中的时代，我们在民间文学的动态研究方面应该而且能够做出应有的成绩来。

关于民间文学集体性的探讨也有与上述情况相类似的地方。我国很多民族都有自己的歌唱节日，这为我们对民间文学的创作过程进行实际的观察和研究提供了极为有利的条件。我想，我们对民间文学集体创作和流传这一特点的阐述不应局限于抽象而空泛的议论，而需要对集体创作的实际过程、个人和集体在创作过程中的关系、讲述人在流传过程中的作用等，进行深入细致的探讨和研究，通过大量实例的分析，对集体创作、集体流传的具体过程给以明晰的阐述。就某一个具体作品的创作和流传而言，集体并不是一个模糊概念，也不是某种抽象精神的代用语，它应该是范围相对明确的具体人群，它既是一定个体讲述者的"对立面"，同时也是若干个体讲述者的组合。大抵，个人和集体在民间文学的创作和流传过程中的地位和相互关系在不同的历史时期是不相同的。然而对现实的研究一定会给追溯历史情况提供重要线索。例如，如果我们能对一位歌手在若干次唱歌活动中（如壮族的"歌墟"，回族、土族、撒拉族的"花儿会"等）所演唱的作品，按照时间发展的顺序从形式到内容都进行系统的比较分析，并且参照赛歌对手的作品、群众的干预情况（参加共同创作、模仿、修改、局部吸收等等）进行对比研究，同时还能把这位歌手的作品同传统作品进行细致的比较，或者我们能有大量类似的调查和研究，那么，我们对民歌创作过程的集体性的理解就会深刻得多、明晰得多了。这种研究成果当然给我们启示，使我们在认识故事或神话的创作和流传的集体特点时有所借鉴。此外，创作和流传的集体性特点同民间文学的本质有着十分密切的关系。

研究这种关系一定可以帮助我们更深刻地认识人民群众在特定历史阶段用语言艺术手段反映现实的本质特点。

民间文学的变异的特点是很明显的。我们通过异文的比较研究对这一特点有了较多的认识。但是这种异文研究可能是历时的，也可能是共时的。因为有时异文彼此相对而言并不带有历时的性质，也就是说并不是任何几个异文都代表了同一作品的不同历史发展阶段。特别是不同民族的同类型作品尤其可能是这种情况。我觉得，问题常常就出在我们进行的是共时研究，但企望从中引申出历时的结论来。

关于某些具体作品的变异的实际状况，我们可以读到很多水平很高的论著。关于变异的原因和趋向，针对具体作品也有不少论述。但就某一种体裁或就整个民间文学而言，这种变异的原因和动向问题由于研究较少，并不十分清楚。我国社会主义事业蓬勃发展，各族人民处在急剧变革的时代，我们常常用"一日千里""一天等于二十年"这样一些比喻来形容这一时代特点。这给我们研究民间文学的变异、演进提供了极好的条件。我们只有在深入地了解了大量作品的、各种体裁的乃至整个民间文学的传承和变异、淡忘和增补、萎化和萌发、呆滞和发展的过程和势态之后，并且在深入了解了促使这一过程和势态出现的诸多客观因素之后，才能对民间文学的演进前景做出有科学价值的推断来。一个时期以来，我国民间文学工作者就社会主义时期民间文学的现状和前景展开了讨论。这一讨论也推动着我们必须对民间文学的变异特点及其与社会发展的关系进行深入的探讨。当然，这种探讨不能只局限于分析个别的具体的民间文学作品，而应该在更广泛的范围内取得哲学、美学、心理学、民俗学乃至统计学等学科的协助。

以上例证说明了我们民间文学工作者应该把流传特点的研究工作提高到一个新的水平，同时还应该把这一研究同探讨和认识民间文学的本质结合起来。顺便说一下，我们在研究流传过程中的特点时有时把这些特点割裂开来，不考察这诸多特点之间的辩证关系；有时又把不同的特点混同起来，缺乏细致缜密的研究。在对待流传特点和民间文学的本质的关系问题上也有类似的情况。

三、民间文学的诗学研究

我国民间文学工作者在民间文学作品艺术方法的分析方面、在人物形象的分析方面，写了大量的研究文章，取得了不小的成绩，但在民间文学的诗学研究方面却注意不够。例如，对于作品结构特点的研究、艺术技巧的研究、语言的声学特点的研究等等。在民歌体裁中涉及较多，而在叙事性的作品（特别像神话、传说）方面就涉及得较少了。至于民间文学作品的创作者、演述者个人风格的特点，他在传承过程中的技艺特色，就涉及得更少了。

民间文学研究从语言学、民俗学，特别是从文艺学领域引进了大量的概念和术语，我觉得这是无可厚非的事。何况文艺学曾经在一定的时期先借用了我们民间文学的许多概念。我觉得问题并不在是否借用了术语，而是在于在借用这些术语的过程中，有时不适当地套用了文艺学的、民俗学的研究方法。在民间文学的整体研究方面有这种情况，在民间文学的诗学研究方面也有这种情况。应该说，在科学研究工作中，"移植"其他领域的原理和技术已经成为科学发展的一种重要方法。这种"移植"方法往往可以取得意想不到的效果。但是也应该看到，移植并不是替代。任何研究方法的确定首先决定于研究对象本身的内在特点。民间文学是一种独立的艺术样式，它当然有它自己的不同于文学的独特的诗学。

民间文学是一种综合的艺术，它自身内还包含着音乐的、戏剧的，有时还有舞蹈的成分。但民间文学的这些成分的艺术特点，同音乐、戏剧、舞蹈作为独立艺术样式的特点█████有本质的不同。这就要求我们不能简单地套用音乐、戏剧、舞蹈的研究方法，而要从民间文学本身的特点出发，探求自己的具体研究方法。

四、工欲善其事，必先利其器

随着时间的推移和科学的发展，我们对于方法论在民间文学研究工作中的重要性，认识越来越明确了。辩证唯物主义和历史唯物主义的思想体系和方法论，是我们一切研究工作的基础和出发点。当然，涉及我们民间文学领域时，重要的是具体运用的问题。

现在我们越来越多地谈到了比较研究法的问题。有人把比较文学说成是"国际间的文学关系史"。民间文学作品最具有广泛的"国际性"，同一个民间文学作品在不同民族、不同地区、不同国度、不同时代都有所流传。这一特点就使得比较研究法在民间文学研究领域占据了极为重要的地位。比较，作为一种认识事物、分析事物的手段，作为一种方法，在一切领域里都广泛运用。欧洲的民间文学比较研究家曾经把比较研究划分为若干种类。其中有：①历史源流比较；②历史类型比较；③因袭关系比较。这三种比较研究当然都是很重要的。根据不同的任务，正确地选择和运用不同的比较方法，可以帮助我们发现事物的规律。我们从民间文学的空间流布、时间演化、类型变异的角度研究民间文学作品，在这方面对于作品的变迁和方式有了很多极有价值的论述和发现，很多朦胧不清的问题都有了较为明晰的答案。我们希望今后在研究作品变迁的原因、根据方面有更多的论著出现。

我们在进行比较研究的时候，大都从时间和空间这两个角度出发，而这两个范畴又是彼此相联系的。在分析材料的过程中，我们常常以作品记录的时间作为衡量的依据来确定它在该类型作品发展史中的地位。这在许多情况下是合适的，但也不是对一切情况都合适。因为在甲民族中先记录的作品，有时并不比在乙民族中晚记录的作品流传得更早或者代表更早的发展阶段。由此我想到，是否可以在时、空两个角度以外，按照作品内容和形式所反映的不同的社会历史发展阶段来对民间文学进行比较研究呢？此外，我们已经通过作品的比较研究，关于讲述者对现实的态度的变化有了较多的了解。但是我们却很少知道听众对作品反响的历史变化情况，更广泛些说，我们对变异的作品所处的不同的社会环境了解得还是很不够的。

1982年

民间文学研究的光辉前景①

近十年来，在科学技术革命的影响下，我国社会科学的发展出现了一些新的特点，其中特别引人注目的是社会科学的综合化趋势。社会科学各学科之间的相互渗透，以及社会科学和自然科学之间的相互交叉和渗透，许多边缘学科和横断学科的出现，都给科学的发展带来了新的生机。

这种新的形势，向民间文学研究提出了更高的和更紧迫的要求，促使它取得更多的借鉴，走入更广阔的天地，开拓新的领域，进行多侧面、多角度、多层次的探索。

就世界文学研究主要潮流的发展历史来看，有一个非常有趣的现象，不能不引起我们的注意和深思：首先许多流派都是在语言学研究中兴起，随之便很快地进入民间文学研究领域，尔后，经过民间文学研究的中介，转向文学研究，形成泱泱大潮，而盛极一时。神话学派、流传学派、比较研究、心理学派、结构主义、接受美学等等，在不同程度上都经历过这样一段历史。

今天，不但文化史研究、人类学研究、民族学研究、宗教学研究、文学研究……都殷切地期望着民间文学研究会继续成为它们的强有力的友军，而且人民群众也强烈地要求自己的科学工作者能对他们的口头创作的历史、

---

① 原载《中国文学年鉴1985》，北京：中国文联出版公司1986年版，第18—20页。

现状和未来，有更全面、更深刻、更科学的认识，他们期待着马克思主义的中国民间文艺学的腾飞。

中国民间文学工作者是非常幸运的、非常光荣的。我们所面对的民间文学的丰富多彩，我们所处的环境和时代的弥足珍贵，是任何其他国家都无法比拟的。我国有五十六个民族，每个民族都有悠久的历史和丰富的民间文学传统。民间文学的各种体裁样式不仅十分齐备，而且都得到了充分的发展。这些民间文学作品反映了包括原始社会在内的人类发展的不同历史阶段。此外，一些民族在长期历史过程中还保存了有关民间文学的大量的文献资料。尤其重要和可贵的是，我国各民族的民间文学作品（其中包括某些民族的神话在内）仍然在人民群众中间广泛流传，仍然活在人民的口碑之中，民间文学仍然是活的艺术、发展的艺术，在人们的现实生活里仍然发挥着重要的作用。

中华人民共和国成立以来，我国的民间文学工作者做了大量的工作，取得了丰硕的成果。工作的规模和成绩的显著，是前人所不能相比的，甚至也是前人所不能想象的。为了完成历史所赋予的光荣使命，民间文学工作者正在付出满腔的热情、全部的才智和最大的努力。展望民间文学领域的繁荣发展，将给我们带来极大的喜悦、振奋和信心。

民间文学工作者不同于一般文学研究工作者，他们需要进行大量的田野工作，即要把口头语言艺术作品在人民当中流传的真实情况，通过文字、声音（录音）、影像（摄影、录像）的手段搜集记录下来，存之永久。

1984年，中央有关领导部门相继发出通知，要求加强民间文学和少数民族文学的资料搜集工作和研究工作。中共中央宣传部2月发出通知，指出认真搜集和研究我国少数民族文学和民间文学的丰富资料的重要意义，要求加强国家重点科研项目《格萨尔》的抢救工作，并力争在几年内将其他一些濒于失传的有价值的民族文学资料全部搜集起来。

《格萨尔》篇幅宏伟，史所未见。荷马的两大史诗和印度的两大史诗历来以其规模宏大为世人所称道，甚至还获得了世界"最长"史诗的美誉。

《伊利亚特》约15700行，《奥德修斯》约12100行，《罗摩衍那》约24000颂（每颂两行），《摩诃婆罗多》10万余颂。而我国藏蒙古族英雄史诗《格萨尔》的篇幅远在其上，仅目前搜集到的抄本、刻本便有40余部，总数约在50万行以上。况且还发现有许多民间说唱艺人，他们根据自己所知的口头流传情况，对于《格萨尔》的规模说法各异，大致有7部"首部"，18部"大宗"，140余部"小宗"，总行数更在现有抄本、刻本之上。《格萨尔》以其宏大的艺术构思，以其深邃广泛的内容，作为我国民族文化的瑰宝，当之无愧地列于世界史诗宝库之首。可以毫不夸张地说，最近数年内要完成这部史诗的搜集和出版工作，将可成为世界文化史上的一件盛事。

1984年5月文化部、国家民族事务委员会、中国民间文艺研究会联合发出通知，在全国范围内组织力量，编辑和出版《中国民间故事集成》《中国歌谣集成》《中国谚语集成》。这是一项史所未见、世所未有的十分宏伟的工程。高质量地完成民间文学三套集成的编辑出版工作，必将对汇集和保存我国各民族的民间文学财富，继承和发扬我国优秀的民族文化传统，推动我国民间文学工作的发展，产生重要的、深远的影响。

搜集工作的发展必然会促进研究工作的繁荣。民间文学研究工作在原来的基础上于近年内也将会有长足的进步。中国社会科学院少数民族文学研究所已作出规划，组织全国人力编写各少数民族文学史，其中民间文学将占有相应的地位。中国古代、近代和现代的民间文艺学史也在筹备或编写之中；欧洲民间文艺学研究史的撰写工作也在进行中。其他如民间文学与作家文学关系史，汉族民间文学史，中国神话史，中国神话学史，中国歌谣史等历史类的著作，都已经有人在着手编写。认真清理历史遗留给我们的民间文学遗产和理论遗产，正确总结我们的历史经验，对于我们今后的理论建设肯定会发生良好的影响。

近年内可望在民间文学专题研究方面、民间文学各体裁的研究方面及各民族民间文学的总体研究方面，取得可喜的收获。

有全国各民族民间文学工作者的努力，我国民族的民间文学将会得到较为全面而详尽的阐述。

神话研究是近年来许多研究工作者颇为瞩目的项目。预料在不久的将来能有一批较为重要的专著问世。目前，有几位研究工作者在专门从事创世神话的研究。我国古代神话在现今河南人民当中仍有流传，这种现象引起了有关同志的注意，他们正在利用搜集到的实际资料，对中原神话的流变进行深入的探索。女娲、盘瓠等形象是汉民族及许多少数民族神话中的重要形象，我们的研究工作者正在深入地分析、考稽、诠解这些形象，这将会对认识神话中的其他形象具有举一反三的借鉴意义。其他涉及神话的课题，如白族神话"本主"崇拜、中国仙话等，也被列为有关同志的研究对象。

中华人民共和国成立以来我国各民族史诗和叙事诗的卓有成效的发掘工作，为这方面的研究打下了坚实的基础。不久的将来，在史诗和叙事诗研究方面可望出现具有一定水平的研究成果，这是本学科历史发展的必然趋势。有许多同志已经在《格萨尔》《玛纳斯》《江格尔》的研究上投入了自己的全副精力。关于傣族、哈萨克族、瑶族、苗族、赫哲族等民族的民间叙事诗的研究，也会出现令人注目的成绩。汉民族吴语地区最近发掘出若干长篇叙事诗，这一事实纠正了流传已久的"汉族缺少长篇叙事诗"的旧说。吴歌的研究和吴语地区民间文学的总体研究，将可能就这一问题取得某些突破性的进展。

中国是传说和故事的海洋。一山一水，一石一木，无不有传说流传。各族人民喜爱讲故事，喜爱听故事，这种艺术活动至今仍保留在许多地方。丰富的资料和宝贵的现实环境，不仅为传说和故事研究提供了有利的条件，而且也向研究工作者提出了艰巨而紧迫的研究任务。孟姜女、梁山伯与祝英台、白蛇传、牛郎织女、鲁班等传统的传说故事研究课题仍在继续进行。机智人物故事、革命传说、风物传说、动物故事、寓言、笑话等专题研究也必将有可喜的成果贡献于世。

民歌的研究在原来的基础上不仅涉及的范围将有所扩大，许多新的领域会得到开拓，而且理论水平将会有较大的提高。民歌诗学问题、民族特点问题、歌手问题、民歌和现实生活的关系等问题，将会引起研究者更多的注意。

随着上述历史性研究和专题性研究的不断深入，一般理论研究也会不断有所提高。民间文学研究的方法论问题也愈来愈引起广大研究者的重视。反过来，一般理论研究的深入开展和方法论方面的成就必将给整个民间文学研究带来新的生机和更大的进步。

最近的十余年，将是我国民间文学工作的关键时刻，我们正经历着一个伟大的历史时代，民间文学工作者充分认识到自己肩负责任的重大，力争做好记录和研究中国各民族人民伟大艺术的光荣的史家。让我们举起双手，迎接中国民间文艺学的春天的到来。

关于中国民间故事研究[①]

中国民间文学的搜集，特别是其中民间故事的搜集，近年来取得了很大的成就。关于这方面的情况，各位先生想必有所了解。作为参与其事的一名中国学者，我想在这里介绍一些情况。1979年末，中国召开第四次文代会，中国民间文艺家协会正式恢复工作，各地的分会也相继恢复，并开展了搜集、出版、研究等方面的组织工作。在以后的四五年间，在有关出版物上，发表了7000余篇民间故事。1984年春天召开民间文学工作者会议，商定编撰中国民间文学3套集成问题。但是这项工作在全国范围真正开展起来，已经是1985年的事了。《中国民间故事集成》的第一卷，吉林卷，出版于1992年，共收集民间故事和神话传说595篇，另附异文41篇，共计636篇，约120万字。1985年吉林省开始培训集成工作者，举办300余次讲习班，培训集成工作骨干3000余人。在3年的普查工作中，全省有三四万人参加了实地搜集工作。搜集作品总字数约一亿字。在这期间出版了64册资料本，约两千余万字。这些市县集成所收的不全是民间故事，但是民间故事占了相当大的比重。这仅仅是一个省的情况，其他省区的情况也大致相仿。就全国而言，截至到1990年为止，各地共搜集民间故事183万篇，民歌302万首，谚语748万条，总字数约40亿字。目前编印出版的仅为其中的

① 原载《北京师范大学学报》（社会科学版）1994年第6期。本文是在"亚洲民间故事学会第一届国际学术研讨会"的报告。

一部分作品，全国近3000个县，出版了约4000本县卷本。

请宽恕我的孤陋寡闻，对台湾地区的民间故事搜集情况我所知不多，但不久前我很荣幸地收到台北清华大学胡万川教授寄赠的《台中县民间文学集》，先后8卷，内中有石岗乡的故事集两卷，这种搜集如能继续推广开去，坚持下去，收获一定十分可观。

目前，中国大陆各省区围绕编辑三套集成而开展的普查工作，基本告一段落，有近10个省区已经编完了省卷本，其余大部分省份都在紧张编撰之中，由于经费的原因，出版工作可能还要拖一段时间。

我个人以为，这是中国有史以来最大规模的民间故事搜集活动。为了这项工作的开展，各县、市、区都成立了民间文学集成工作领导小组、办公室、编委会等组织。因为对参与工作的人员作了一定的培训，所以所搜集的资料就总体来看也是较为扎实可信的。通过搜集，积累了大量的手稿和录音等珍贵资料。我想，过去一些学者的误解和怀疑是应该得到解释了。

对于这些珍贵资料的编目、分类，需要有比较长的时间和投入相当多的人力，当然也需要较大的财力（到目前为止，我们还没有一个全国性的资料馆，以便集中保管这些珍贵的资料），至于说对这些材料进行科学的分析和研究，那就不只是两个十年、三个十年的事情了。

这期间的中国民间故事的研究工作，也蓬蓬勃勃地开展起来，我个人认为这些研究不论从立论的角度，还是从方法的角度来说，都空前地多样化了。研究的范围和对象，较以前的任何时期，都更广阔了。研究著作，也从来没有像现在这样与民间文学的现实情况和实际材料结合得这么紧密。在我看来较为突出的几个方面是：①某些类型的故事及与故事相关的传说，得到较为深入的挖掘，例如，孟姜女的传说、牛郎织女、梁山伯与祝英台、白蛇传、刘三姐、问佛祖（AT465）、狼外婆（AT333）、蛇郎（AT433）、机智人物故事等等。学者对大约20个以上的故事类型进行了程度不等的专题研究，对"机智人物故事"的主人公也有较为深入的类型学分析。②从比较研究的角度入手写出的论文也很多，钟敬文先生、季羡林先生、刘守华先生等在这一方面，都有研究文章问世。对一些民间故事在中国不同民族间的流传情况，以及中日、中印等国际间的流传情况，也有一定的探讨。③对于民间故事家的研究，应该说是近年来一直引起广泛注意的课题。不仅有一些著名故事家的一些故事专集出版，而且还有关于这些故事家的较为深入的研究（刘德培、金德顺、满族四老人等）。④对于讲述环境的全面分析和研究，也有尝试性的著作问世（如《耿村民间文学论稿》等）。⑤有的学者从接受美学、原型批评、结构主义、文化人类学分析等角度，观察和研究民间故事，许多有趣的和颇有新意的文章不断出现。⑥对少数民族民间故事的注意，也是这一领域近年来颇为重要的新特点。

应该说明，相当一部分从事研究的人员是在中央和各省区不同程度地担任着民间文学集成工作的同时，进行研究工作，贡献出自己成果的。总的说来，民间故事研究领域，人手甚少，而要求学术研究回答的问题又不胜其多。这些年来，神话领域、史诗、叙事诗领域及与民间文学有关的民俗学、文化人类学领域都开辟了新天地。相当多的同志学术兴趣较为广泛，这在一定程度上分散了民间故事研究的注意力。所以，时代所期待的那种和现实的民间故事蕴藏情况相匹配的鸿篇巨作，尚未出现。集成工作的行将结束和全国各省卷的陆续出版，盼望着有更多的新生力量充实到民间故事研究者的队伍中来，而且也将成为对故事学方面重要理论著作的一种强有力的呼唤。

面对浩如烟海的民间故事资料，中国的研究者痛感有建设一个好的分类系统的必要。早在半个多世纪以前，钟敬文先生就曾进行过具有历史价值和开创意义的中国民间故事和传说的类型归纳。此后我们又有了两种域外学者所编的较为全面的索引：艾伯华索引（FFC120）和丁乃通索引（FFC223）。前者虽然以德文出版了半个世纪以上（1937年），但十分遗憾，在中国中文版至今尚未出版，自然就谈不上它的广泛应用了。丁乃通索引是 AT 系统的索引，在 1986 年和其前两年，先后两次译为中文出版。但是，同样应该承认，AT 系统到目前为止还没有成为中国大多数民间故事研究者所熟练掌握和经常运用的一种索引。至于 Thompson 的 Motifindex 则更是较少有人使用了。

每个国家的民间文化研究，立足点首先要放在本国学术力量的基础上，这是毋庸置疑的。像中国这样的历史悠久、民族众多的国家，民间故事资料丰富、极具特色，中国学者自当做好中国的事情，以无愧于伟大的民族、伟大的文化，也不辜负国际学界的殷切期望。

随着国际交流的日益扩大和深入，随着民间故事研究者的研究视角从一个民族、一个国家向更远、更宽的地域向其他民族和国家不断扩展，编纂涵盖多民族、多国家民间故事资料的比较索引的必要性与日俱增，学者们的呼声也越来越高。

12年前我曾在《世界各国民间故事情节类型索引述评》中写过这样一段话，当时所表达的心情如今变得更迫切了：

我国与许多国家接壤或隔水相望，文化的相互交流和彼此影响具有悠久的历史。对我国和日本、朝鲜、越南、印度、泰国、缅甸、蒙古国等国家以及阿拉伯国家的民间故事作比较研究，可以帮助我们探索出各民族文化交流的历史规律，同时也可以帮助我们更深刻地认识我国民间故事的特点和本质。因此，编纂各国民间故事比较索引，将是一项很有意义的工作，对于世界民间故事研究来说，也是一种有益的尝试和有价值的贡献。

编纂比较索引的想法，虽然是中日两国许多学者80年代初提出来的，但当时中国的条件尚不十分理想。如今有了大量的新的扎实可信的民间故事资料，这项工作应该说是具备了良好的基础。比较索引对世界民间故事研究，当然是功德无量的事，尤其是有关国家的学者将更加受惠良深。

我想针对学界前辈编辑索引的历史经验，谈一谈个人的体会。

Aarne1910 年编纂情节类型索引，虽然主要建筑在芬兰民间故事的资料基础上，但是他大量引用了丹麦等北欧国家及至德国的资料，所以它一开始便具有一定的国际性。在它刚一出版时，似乎没有引起学术界的特别注意，而只有在许多国家相继接受 Aarne 的体系，依照他创立的体系编制本国的索引时，这部索引才彻底站稳脚跟，并充分显示出它的国际性特点。到 Aarne 逝世为止，大约在十三四个年头里，出版了将近十部类似的索引。

这部索引进一步走向世界，功绩在于美国学者 Stith Thompson。他将欧洲各民族的民间故事资料，以及亚洲部分民族的资料，尽量包括在内。以当时的条件来说，这当然是难能可贵的了。经过大半个世纪的实践，应该承认，AT 体系确实对世界民间故事的发展起到了极大的推动作用，对世界民间故事资料的整理编类，提供了一个便于操作的或者可以借鉴的方法和原则。对观察分析不同国家、不同民族的民间故事的一致、相似或相异，开辟了一个简便的门径。这部索引大大地促进了民间故事的比较研究和类型研究。当然在比较研究中就更有助于发现某一民族的民间故事的诸多特点。这些历史功绩是应该予以肯定的。

但必须看到，AT 体系也有许多的局限和不足。我认为很重要的一点是，Aarne 和 Thompson 的指导者、芬兰学派的创始人 Karl Krohn 有一个基本的指导思想，即民间故事的一元发生论。在这些学者看来，一个类型的所有故事相互间总是存在着一定的遗传关系，这种根本性的观点在编者划分大小类别时，特别是在提炼每个类型的基本情节时乃至在整个索引的编辑方针上，都明显地反映出来。这在客观上就影响了类型索引的"全面"和"公正"，因此也缩小了编者初衷所要追求的国际性特点。以往人们常说的"欧洲中心主义"，以我个人的理解，不一定就是社会政治观点的体现，而可能更多的是一种学术方法在一定历史阶段所导致的客观结果。在 20 世纪初叶，欧洲民间文学界的学者，除对印度和阿拉伯各民族的民间文学有一定的研究之外，对欧洲以外各民族的情况实在是比较陌生的。

我们接触包括 Aarne、Thompson 在内的一系列学者的索引，似乎谁都没有给故事类型下一个明确的定义，好像这是一个不言而喻的对象。Aarne 说，"一个完整的故事为每个类型提供了一个依据。"然而，"完整"的标准是什么呢？我们看到，对于一个民族说来是"完整的"故事，在另一个民族当中有可能从来没有当作独立的故事讲述过。

Thompson 说："一个类型就是一个独立存在的传说故事，它所讲述的是一个不依赖于其他故事而有完整情节的故事，当然也可能碰巧带有另外的故事，但这种可能出现的事实也证明着它的独立性。"这个俨然是定义似的论断仍然有其含混之处。情节的中心要素是什么？主人公？行为和事件的过程？整个过程的语义内涵？还是所有这些要素的统一？在划分类别的过程中又以何者为主呢？由于这些问题及类似的问题没有得到深入探讨和及时澄清，因此在 AT 的编制原则上就产生了某些不统一甚至混乱的情况，有时人们不得不把索引当作字母表一类的事物，只取其实用的侧面，而搁置它理论的侧面。

俄罗斯学者普罗普在《故事形态学》一书中，就从理论的角度对 AT 体系的基本原则，提出了许多质疑。然而当他重新编辑出版阿法纳西也夫的俄罗斯民间故事集时，又反过来借用 Aarne 和俄罗斯学者 Andreev 的成果，编制并附录了 AT 体系的故事索引。

我们看到，在诸多民族运用 AT 体系的原则和编码，编制该民族的民间故事类型索引时，总是要结合本民族的特点，对 AT 进行一定程度的改制。我甚至认为，这大概是一个不坏的惯例。

在归纳类型的过程中，异文的作用是十分明显的。我想可以极而言之地说：没有异文也就没有类型。我们对一个民族的某一民间故事的异文把握得越全面，对这些异文所反映的民族传统体会越深刻，我们在一个民族、一个国家的范围内所概括出来的类型也就越全面、越完整、越能体现出它的"独立性"，越有其科学的生命力。这一观点如果不错的话，那么在编制区域性的比较索引时，它就同样也应该是适用的。

我就要结束这篇讲话了，最后我想概括地说：我认为，编纂亚洲有关民族的比较索引不仅是必要的，而且也是适时的。我希望在编制之前能通过一定方式对从理论到实践的一些原则问题，进行比较深入的讨论，或许还有必要进行一定的也可能是不同性质的实验。我希望这种索引既能真实地、科学地反映有关民族的传统特点，也能同世界民间故事研究接轨，不仅施惠于有关国家的学者，而且也便利于整个世界的民间故事研究界。21世纪行将到来，东方文化将对世界文化做出更大的贡献，东方各国的学者将在这伟大的文化发展活动中显示自己出众的才华。最后我要感谢稻田浩二教授和崔仁鹤教授有如此宏大的学者胸怀，主持召开这样的学术研讨会，我愿为亚细亚民间故事比较研究协会取得伟大的学术成就而衷心祝福，也愿为亚洲有关民族民间故事类型索引早日成功而衷心祝福！

谢谢各位！

1994 年 3 月 23 日

民间叙事机理谫论①

以往我们对日常叙事和民间艺术叙事之间的差异问题，对民间叙事的流程、民间叙事的层次、民间叙事的视角、民间叙事的时间和空间等问题，似乎都没有专门的、细密的、深入的关注和研究。在这篇文章里，我想就其中的两三个问题，谈谈自己的浅见，以引起大家的注意，并就教于各位方家。

我的这项工作的总体思路是这样的：民间叙事作为一个研究对象，我们对它的意义、内涵、形象体系和情节的演进，以及社会的、历史的、文化的背景的分析等等，过去多有探讨和论述，有比较多的成果供给我们参考。然而关于它形式特征方面的研究还很不够，或者说这还是一片可以继续开垦的、很肥沃的土地。以我们对人的认识为例，关于人的认识机能、思考的机能，也就是说处理外来信息的机能，以及人的心理活动等方面的机能，都有专门的学问去研究，但是我们却还不能够打开这个脑壳儿，深入地了解它的活动机制。大脑究竟是怎么工作的，怎么去思考问题、发生情感变化等，这些问题对于我们仿佛还是一个"黑箱"。我们只知道它是在工作着，至于具体如何工作却不十分清楚。关于民间叙事机理的探究，目的是想弄清楚民间叙事是如何进行的；民间叙事机理的问题应该不是一个打不开的脑壳，而应该是打得开的。比如说民间叙事的流程是怎么样的？

① 原载《民俗研究》2004年第3期。

它的内部的层次是怎么样的？民间叙事在演述事件和过程的时候，它的视角是怎么样的？以转播一场足球比赛为例，用一个机位去拍，还是用三个、五个机位去拍，给我们的印象将是完全不同的。那么，民间叙事的视角是什么样的呢？另外，它的时间的和空间的维度如何？它的类型和异文之间的关系如何？文本的生成机制又如何？……此外还有类型、母题等等问题，都是我们应该进一步思考和研究的课题。这些问题概括起来，我想可以将它们统称为"民间叙事的机理"问题。

先来看看日常叙事与艺术叙事（或者叫做审美叙事）二者的差异。

我们张嘴说话，往往是一种叙事，当然，并不是所有的口头表达都是叙事，但当我们在讲述一件事件的过程的时候，我们就是在叙事，其中有纠葛、有人物、有事件的来龙去脉，它是按照时间的错落来安排的。但是，严格地说，日常的叙事和现在作为我们研究对象的审美的叙事，或者叫做艺术叙事，如神话、传说、民间故事等民间叙事形式，还是有严格区别的。先来看两个例子。

我举的第一个例子是受到巴赫金的启发。

比如，我们头顶的天花板上有许多灯，突然有一个灯泡，由于短路，一下子爆了，这时，某一个人说"哎呀，你看，怎么搞的！"我们说，这句话就是一个叙事，而这一叙事对于我们在场的每个人来讲，不必解释，大家都非常清楚，知道说的是什么事情，也知道说话人所表达的是什么感受。

再举另外一个例子。前些天我们到山东开会，余暇时间，包括地方的文化人和一些官员都放下了架子，说起笑话来。他们讲到一位非常有意思的、箭垛式的人物。

一个村里有位书记姓辛，叫辛登攀。他搞了很多活动，比方说评选最不孝顺的儿媳妇，在报上、在广播里大加宣传，还敲锣打鼓，登门报喜，说"你荣幸当选最不孝顺的媳妇"。广播站是村里自办的，一打开，全村家家户户的喇叭就都响了，这样一来，弄得那些不孝顺的媳妇们无地自容。很快，村里的风气就变好了。

就是这一位书记，带着一批新党员到北京去参观访问，他说咱们到哪儿去举行入党宣誓呢？想了想，最光辉的地方是天安门，最庄严的时刻是早晨升旗的时候。这天，大家起了个大早，迈着整齐的步伐，"一二一"，就到了天安门广场。在升旗仪式之前，维持秩序的人不断地盘问他们，一会儿要他们的证明，一会儿让他们说明来意。弄得他们没法回答，非常沮丧。他们往前挤，人家也不让。最后，垂头丧气地回到家乡。

天有不测风云，一下火车，下起大雨来，倾盆大雨，一个个浇得落汤鸡似的。书记带领大家来到办公室，他打开扩音器，和村里的秘书联系。他是书记，给自己起了个代号叫零零幺，给秘书的代号是零零三。他用山东地方口音喊秘书，全村各家都听得见：

> 洞洞三（003），
>
> 洞洞三（003），
>
> 我是辛登攀。
>
> 我们从北京回来了，
>
> 快来迎接新党员。
>
> 多着红糖，多着姜，
>
> 一人两碗热姜汤，
>
> 多着葱，多着蒜，
>
> 赶紧准备鸡蛋汤。

所有在座的人，包括已经多次听过这段叙事的人，大伙儿都哄堂大笑。大家看，这就是在我们聚会的过程中，讲述人完全放下了领导架子，给我们实际讲的一段艺术叙事，或者咱们叫做民间叙事。我想，大概民间故事的讲述，往往不会像在舞台上的表演，说是请某某讲一段故事，这样的情况会很少很少，除非我们做特别的田野采访。而在一般情况下都是这种即席的、即兴的讲述。我认为，这才是民间叙事的典型场景。

前面两个例子，是完全不同的两种叙事。

日常的叙事，比如刚才我们说的"哎呀，你看，怎么搞的！"，除了这个文本之外，还有一系列背后的东西在帮助这个文本说明问题，而从这个文本本身看，意思是不清楚的，甚至都算不上叙事。假定你把它写在书面上，然后请别人来分析，"哎呀，你看，怎么搞的！"是什么意思？谁也不会明白。文本解决不了问题，它需要提供几个非常重要的东西，第一是大家共有的空间，这个空间是现实的空间。只有我们大家都坐在这里，看到这个灯爆了，我们才了解这句话的实际意义。第二是我们要知道它的内涵，这个内涵是包括事件本身，不只是空间，而且是这个事件的实际过程。第三是我们所共有的一种评价，共有的价值观，或者是我们可以理解的评价。这几个都是语言文本之外的东西，但是它们又同时都是文本的内在成分。这就是日常对话。日常对话、日常叙事不需要辅助说明，你绝不会在"哎呀，你看，怎么搞的！"之外，再加上这个灯原先是怎么样了，现在又怎么样了，它爆了，所以我说"哎呀，你看，怎么搞的！"前面这一切都不必要，这就是日常叙事。

但是在我刚才所举的第二个例子中，这些都有交代。你讲述一个事件，不把前因后果介绍出来的话，就不是一个完整的审美叙事。日常叙事和审美叙事在语言本身，好像没有太大的区别。这不同于书面语言和口头语言之间的区别，你能说故事里面讲的那些话我们平时不讲吗？平时也讲。所以就语言分析来说，两者没有本质的区别。如果一定要在语言中间去寻找它们之间的差异，那找到的就可能未必是本质性的东西。在日常叙事中，很多东西都被省略了，在艺术叙事中，就不能省略。你必须把具体的场景、具体的人物、具体的事件，和对于事件的评价，全部都交给我们。

现在，再来讨论民间叙事的流程问题。

我们对民间叙事的流程可以做什么样的分析呢？

我们通常在讨论民间叙事的流程时，只看到了讲述过程的两极，即演述人和听众。为什么叫演述？因为叙事的时候，可能伴有许多表演、动作、表情等等，有声语言本身，包括声调、口气、抑扬顿挫等，也都具有十分丰富的表演内涵。演述人和听众这两极是实实在在存在着的，我们看得见，摸得着。以田野调查时的情况为例，我们通常直接面对的就是民间叙事活动的这两极人物，一极是讲述人，另一极就是听众。我们的许多研究也是围绕着这两极来做的，有时还是借鉴文学的研究视角。比如从文学理论那里借鉴了接受美学，我们就研究听众的反应；我们研究传承人的身世及世界观对叙事作品的影响等，似乎也有模仿文学研究方法的嫌疑。那么，只注意到这两极行不行？我以为，这些关注当然是必要的，但是还不够。缺了什么？我想应该对这两极有进一步的分析，将它们之间的过程再做细密的解剖，看看这两极中间究竟还有些什么环节，还有些什么因素对叙事发生作用和影响。

布奇在他的《小说修辞学》一书中，曾经提出过一个重要的概念，叫"隐在作者"。虽然有人对此提出异议，但我觉得对于民间叙事研究说来，这却是一个值得我们认真思考的、很有意思的创造。我称它为"隐在的演述人"。"隐在演述人"概念的提炼，对于我们理解民间叙事的流程会提供很多的启示。

我们再回到刚才关于辛登攀的民间叙事的例子。讲这个故事的是一位宣传部长，他在讲述另外一些事件时，完全不是幽默搞笑的口气，而是非常严肃。仍然是口头叙事，但他却是一本正经。在余兴场合，特别是他还略微地喝了一点酒，就完全是不一样的口气。即使是同一个人，在不同的场合也扮演着非常不一样的叙事角色，那么我就感觉到在这两个叙事文本的背后，仿佛存在着不同的"隐在的演述人"，他不是宣传部部长，而是宣传部部长的替身。隐在的演述人在给每一次的叙事定调，对于这个定调的人，我们既听不见也看不见，我们所能听到的叙事文本仿佛不是发自真实的讲述人——这位宣传部部长，而是发自另外一个人，一个被隐藏在演述人背后、为他的讲述定调的人。所以我们说，在真实的演述人的背后，在不同的叙事演述中都有一个隐藏在的演述人无形地控制着或操纵着每一次的演述。好像是看傀儡戏、看皮影戏，我们看到的是小舞台上的人形、布幕上晃动的皮影，它们在演述故事，可是真正表演这些虚拟的场景和故事的，却是后面艺人的两只手。我们在幕前是看不见这两只手的，我就把讲述中的这"两支手"叫做"隐在的演述人"。真实的演述人和隐在的演述人之间是有差异的。一个真实的演述人，如某个讲故事的人（不管是哪位宣传部部长还是哪个著名的故事家），在各种场合下都有不同的角色期待，并在整个叙事中通过各种形式加以体现。既然隐在演述人只是在场，而并不出场，那么每一次演述的具体体现者是谁呢？我们将他称为"文本演述人"。于是，这里就仿佛存在着三个人，它们三者之间存在着有机联系。

举这样一个简单的例子，一个妇女，在给她孙子讲某个故事的时候，她所用的口气，她的视角，她的一切演述方式，全不是妇女本人平时的口气、视角和演述方式，她变成了一个特定的演述人了。而在一群同年的妇女当中讲故事，她又会变成另外一个特定的演述人。再举一个例子，各位都打电话，当你面对一个小孩的时候，你打电话是什么口气？反过来，假定你接到你上司或者父母的电话，是不是又有所变化？

同样，对于"听众"部分的认识也是一样的，作为受众同样有三种情况，有所谓"文本听众""隐在听众"和"真实听众"。

这样，我们对于讲述人和听众的两极的认识已经得到了进一步的加深，有了更加细致的分析。由此，我们对文本的认识也就不一样了。比如比较两个异文之间的差异，我们的认识就可以有所突破，不仅仅停留于原有的理解，仅仅归结为讲述人的不同，而可以去寻找和探究不同异文背后隐藏在演述人的差异了，同样也便于理解为什么同一个故事家在两种场合演述同一个故事会有所不同。

据上所述，我们似乎就有了下面这样一幅民间叙事的流程图：

　　（隐在演述人）　　　　　　　　　　　　（隐在听众）

真实演述人——文本演述人——文本——文本听众——真实听众

或许有人会说：这样一个隐藏在后面的角色，不应该放在流程里面，因为他应该算是一种角色规范，而且仅仅是一种规范。但我以为，虽然他不在流程中间真实出现，但是他实际上在起作用，而且其作用非同小可。

我们把它人格化，更便于理解。开个玩笑，就好像在《伊利亚特》或者《奥德赛》史诗当中一样，我们看到的是地上的战争和纠葛，但实际上是天上的那些神在那里争斗。所谓隐在演述人是一种角色规范，文本演述人才是实际的角色扮演，而表演出来的便是文本。或者说，隐在演述人是真实演述人对角色的理解，文本演述人则是真实演述人依据某种特定的角色规范而"生成"的具体现身。

关于民间叙事的层次问题，我们先看下面这样一个图：

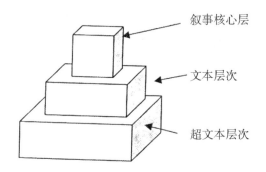

在讲述者和听众这两极之间，我们看到的是一个语言演述文本。对于这一个文本，过去我们在很多情况下是把它当成一个自足的系统，很少对其进行解剖；或者说我们做了解剖，但只是解释它的情节是怎么样发展的，故事里的人物形象体系是怎么样的，人物之间的矛盾纠葛又是怎么样的，或者还包括社会背景怎么样，历史背景怎么样，其文化内涵怎么样，等等。当然，这些问题是非常重要的，甚至在有的方面，比如关于文本内涵的研究，还应该下更大功夫。现在，我们考虑是否可以对文本的形态总体做另外一种更深一层的分析呢？我觉得是可以的，而且是应该的。就此，我画了一幅图，三个立方体，一层裹着一层，呈宝塔状，不同的立方体分别代表文本的不同层次。这里不便展示，我就想到用另外一个比喻：鸡蛋。鸡蛋中间有一个蛋黄，蛋黄之外围绕着它的是一些蛋清，蛋清外面是一个壳。那么我就把鸡蛋这样的一个层次结构视为一种模型，用它来说明文本的层次。我觉得文本可能有三个层次。

先说"蛋黄"这一部分，这是"叙事核心"，是非常重要的层次。"叙事核心"指的是那些人物、行为、事件、演述程式等，是那些在传承过程中最稳定的东西。我曾经请教过一位专门研究戏曲的老先生，他告诉我，北京的戏曲和曲艺艺人传习技艺，通常是口传心授，但有时也有一种写本，这个写本他们叫"册（读"柴"chai，上声）子"。这个册子里记什么？记的是情节、基本的人物结构，再有一些重要的唱段、唱词，仅此而已。册子并不是一个完整的脚本，如何表演，什么话接着什么话，张三进李四出等内容，册子上都没有。再如，我也请教过一位著名评书艺术家，我问她怎么能记得住这么多书？她回答说，有些是我需要背的。哪些需要背？许多程式套路需要背，什么刀枪剑戟斧钺钩叉这些，另外还有整个的发展脉络。他们说的这个意思很好理解。如果要全部记的话，怎么可能把一年半载才能讲完的书，一字一句地背下来呢？做不到。由此，我就把像戏曲表演和评书表演中要记下的部分，称为"叙事中心"，就好比鸡蛋的蛋黄部分，它包括整个情节的基本脉络，人物之间的关系网络，同时还包括一系列传统的表现手法等等，而这一部分正是传承的核心。

其次，第二个层次叫做"文本层次"。这个文本层次，当然也将刚才说的"叙事核心"囊括在它自身。此外，如果联系到刚才对叙事流程两极的解剖，所谓隐在听众和隐在演述人发挥影响而产生的那些成分，都会在这一层次里展现出来。比如读《孙家香故事集》，我看在采录本里有好些处括弧，里面的内容是记录现场她自己对于讲述内容的看法。体现演述人本人特色的描述成分、评价、议论等都属于这一层次。比如说一位老人在给孙子讲"老虎向猫学艺"，说到学艺当中有人挑拨关系，老太太就加了一句话"你说它坏不坏呀？"那孩子回答"坏！"这段对话就是文本层次里面的东西，也正是出现在讲述过程中间的重要内容，而不是所谓传承的本质性的东西。

最大的、最外面的这一层，或者说是"蛋壳"，我们把它叫作"超文本层次"。真实的演述人和真实的受众都"出席"在这里。讲故事的整个过程，整个周围环境、氛围、场景、演述过程的全部空间和时间，都包容在这一层次里。

这三个层次对于任何一次讲述来说，都同样在发生作用；或者说对于每一次讲述来说，它的"整体文本"都是具有这样三个层次的。当我们把关于这几个层次的认识提出来之后，我们再接触任何一个文本，心目里就有了一个新的结构概念，从而对民间叙事的分析，就有可能在一定程度上深入肌理里面去了。

以上提纲式地谈了我们关于民间叙事三个问题的初步认识。

我觉得，我们过去搜集民间叙事，有时并没有提供出令大家满意的理想的忠实记录。有些记录的文字文本，失掉了太多的东西。这样一种记录给我们的东西实在太少，我们不仅看不到超文本层次的内容，就是在文本层次里也有许多遗漏，很不全面。口头语言是民间叙事交流的一个根本手段，如果连语言部分也未全面保留，被我们部分地弄丢了或者改造了的话，那我们接触到的这个具体文本就已经不是原来的文本，而是另外一个文本了。用我们现在常用的话说，实际上就是一个格式化了之后的文本。各位都知道什么是"格式化"。一格式化，原来的东西就都抹去了，就重新给了它一个自己的格式。所以我想，我们对民间叙事的分析要能够深入它的肌理里去，这需要我们做出更多的努力。那些看似简单明了的地方，往往正是我们应该深入进去反复捉摸的地方，用一句老话来说，叫"于无声处听惊雷"，不断地在那里发现强有力的声音，捕捉这声音，玩味、分析这声音，然后把这声音作为体验和认识的结晶，留给后来人。

民间叙事的生命树——浙江当代"狗耕田"故事类型文本的形态结构分析①

摘要：本文对浙江省当代流传和出版的"狗耕田"故事类型的全部二十八个文本，运用类型学方法，进行了共时性的比较研究，对这些文本的形态结构进行了梳理和归纳，并对这些文本的形态结构的规律有所总结。经过分析认为，在一个类型下可以划分出若干类型变体，同时在同一类型中可以划分出中心母题、母题链等一些重要单元，并且通过具体分析，就类型、类型变体、母题等的性能和机制问题，做出了若干理论性的推断。

关键词：民间故事；形态结构；情节类型；类型变体；母题

"狗耕田"故事是中国汉族乃至各民族地区最广泛流传的故事类型之一。我国学者钟敬文教授、刘守华教授等就这一故事类型进行过专题研究。韩国的崔仁鹤教授和崔来沃教授，日本的关敬吾教授、稻田浩二教授和伊

① 原载《民族艺术》2001年第1期，获中国文联2001年度文艺评论奖一等奖。同时，载于中国文联理论研究室编《迈入新世纪的中国文艺——中国文联2001年度文艺评论奖获奖文集》，北京：中国戏剧出版社2002年12月版；刘守华、白庚胜主编《中国民间文艺学年鉴.2001年卷》，武汉：华中师范大学出版社2003年10月版；刘魁立等著：《民间叙事的生命树》，北京：中国社会出版社2010年12月版。

藤清司教授等，都发表过颇有学术价值的论文。中日韩三国学者针对这一故事类型的许多问题都有不少发现。

20世纪80年代后半期至90年代初，在中国大陆进行过一次规模空前的民间文学搜集记录活动。工作地域之广、动员人力之众、记录忠实程度之高，以及所获成果之多，均为前所未有。其中狗耕田故事类型的记录也极为丰富，如四川省所出版的各县卷本就收录有79篇之多。

本文拟就浙江省在这次民间文学普遍调查搜集中新记录的狗耕田故事文本，从形态结构的角度进行若干分析，我把这里的研究仅仅限制在共时的范围内，并不期望得出关于这一类型作品历史发展过程方面的结论。我们在浙江省约100个地县行政单位所出版的99卷民间文学卷本中，寻捡到28篇。这28个文本隶属于24个县区（详情见文后所附本类型作品地区分布示意图）。我将这28个文本罗列在本文末尾，并将五个属于同一类型的20世纪20年代记录的文本一并列出，统一编号。①

中国汉民族及其他少数民族狗耕田故事的情节基干是极为简单的：兄弟分家，弱者得狗；狗耕田；弱者由此得到好结果；强者仿效，得恶果。这一情节基干在每一次具体演述中呈现出丰富多彩、千姿百态的形态。

同时应当指出，每一个文本都有它自己独特的文化内涵，都有它充分的存在依据，都有它实实在在的内在逻辑。

一

浙江省这一故事类型的所有文本，都是以兄弟分家作为开头的。伊藤清司教授曾经就这一母题的社会历史根源发表过很有见地的学术观点（他认为，这一故事在中日韩三国流传的不同情况，与三个国家在一定历

---

① 在本文的叙述中，凡是论及具体文本的，均指出其文本编号，不再重复注明其出处。本文是亚洲民间叙事文学学会第六次学术研讨会，韩国汉城，2000·10·28－29

史时期所推行的不同的遗产分割制度有关。日本是长子继承制；韩国为长子先分得五分之一遗产后，所有继承人再平均分配；中国则是平均分配）。[1]另外，正义要伸张，弱者应该得到同情，不公应该得到纠正。这一类的文化历史内涵的研究，当然是很重要的，但这不是本文所要注意的问题。

从形态的角度看，弱者没有分到应得的财产，没有分到农民赖以为生的牛，而只得到了无足轻重的狗。由此而引出了整个民间叙事作品的话题。牛，只相对于狗来说，是重要的，但也并非永远如此。例如在牛郎织女故事类型中，兄弟分家，弱者仅分到一头牛。而在20世纪20年代末、30年代初所搜集的民间故事文本（文本23）中则为三兄弟分家。"大哥分的骡子马，二哥分的驴和牛，小三分的猫和狗。"在这一文本的情节发展中，大哥几乎没有任何作用，全是二哥和小三推进故事情节的发展。从这个意义上说，在所有文本中，在分家这一母题里，分牛的情节并非是主要的，而得狗才是主要的。因为情节发展的后续阶段是狗耕田。

我很赞同崔仁鹤教授在《故事与民俗——狗耕田故事的民俗学考查》一文中所阐述的观点：狗是否确实耕过田，作考查并非是讨论的要旨。[2]在本文进行的研究中，这种考查或许是完全不必要的。在某种意义上说，狗可以耕田，树上可以掉元宝，吃豆可以放香屁治病等几个命题都具有相近的性质和相近的功能。如果狗耕田是一种现实，而不是一种不寻常的奇异现象的话，那么狗主人同其他人打赌赢得重要资财的情节，就不合故事的逻辑了。

狗耕田故事类型的所有文本情节繁简不一，但是不论它怎样发展都脱离不开兄弟分家，狗耕田（或从事其他劳动：车水、碓米、捕猎等），

---

① 伊藤清司：《中国日本民间文学比较研究》，辽宁大学科研处编印，1983年。

② 崔仁鹤：《故事与民俗——狗耕田故事的民俗学考察》，沈阳，民间故事研究，第76页，新文社，1994年。

弱者得好结果，强横者得恶果这一情节基干，也脱离不开狗耕田这一中心母题。所有文本都是围绕情节基干和中心母题而展开情节。如果脱离这一情节基干或中心母题，那么这个文本就应该是划在其他类型下的作品了。

在分析浙江省的28个文本的过程中，我发现，这几个或那几个文本有更多的相似之处，于是我在这一类型中便划分出几个分支，并把这些分支定名为类型变体。属于同一变体的各个文本相互之间在母题以及母题排列顺序方面，都有极多的相同处，同时又和其他文本有所区别。

二

经过详细的抽绎和梳理、归纳和分析，我把浙江省流传的狗耕田故事类型的28个当代文本（同时又吸收了20世纪20年代所记录的五个文本，一共33个文本），按母题，绘制了一幅详尽的比较表，由于篇幅过长，不便印制。在对所有上述文本进行类型学比较研究的过程中，我发现，可以划分出九个类型变体（如果考察其他地区的其他文本，或许还能划分出更多的类型变体，也未可知），下面则分别缕叙之。

狗耕田故事类型变体之一
①兄弟分家，弟得狗；
②狗耕田获得好收成；
③哥哥借狗，狗不耕田，被打死；
④狗坟上长出（或种上）植物；弟弟摇之得财富；
⑤哥哥仿效，得恶果。

20世纪20年代末发表的一个文本（文本33：《狗尾草》）说，哥哥打死狗，埋于地下，谎称狗钻进地里，留在地上的狗尾巴变成了狗尾草。这一文本虽然有一个像是物类起源传说的结尾，但那只是附会的一句话，与故事情节的总体内容并无实质性关联。这一文本中，弟弟以狗耕田获得丰收，哥哥则毫无所获，落得一场空。从本质意义上讲，与其他文本里的哥哥被严惩，或哥哥受到惩罚而致死，几乎是等价的。坟上长出狗尾草，与此类型故事的绝大多数文本中狗坟上长出（或种上）竹或树等植物的情节遥相呼应，似有异曲同工之妙，尽管从植物上落金银，以及落狗粪、毒蛇的母题，但在这一文本中并未得到发展。

我所分析的33个文本，有一个文本说狗葬于树下（文本30：《两兄弟》（一）），这实际上应该被看作是狗坟上长出植物的一种变异。其余的都是在狗坟上长出（或种上）植物。[①]这样看来，狗坟上长树的母题对于狗耕田类型来说，是仅次于狗耕田这一中心母题的第二个重要母题。它衔接着后续的弟弟得好结果、哥哥受惩罚的情节发展。这类文本最常见的情节是弟弟摇树（或竹）落金银、落元宝、落铜钱，在33个文本之中属于此类情节的就有27个之多，其中在当代的28个文本中，它们竟占了25个。其余的三个当代文本中，有一个文本（文本9：《耕田犬》）没有狗被打死，狗坟上长植物的情节，而是狗在弟弟处屙金子，在哥哥处则屙毒蛇，咬死哥哥。其余的两个文本，一个是弟弟在树下乘凉，可以长力气（文本7：《一只牛虱》），另一个是弟弟砍了坟上的竹，用来编鸟笼，鸟笼中得了很多鸟蛋（文本8：《两兄弟》）。

哥哥的惩罚通常是植物上落下狗粪，也有的落毒蛇、毒蜂、毛虫（如文本3《兄弟分家》，文本6《兄弟分家》，文本30《两兄弟》（一）），哥哥（或嫂子），非死即伤。

---

① 只有一个文本是狗坟上没有长植物。弟弟上坟祭奠，碗中的三荤五素变成五金三银。见文本5：《水牛与牛虱》。

狗耕田故事类型变体之二

①兄弟分家（分牛），弟得牛虱；

②牛虱被鸡吃，弟弟得鸡；

③鸡被狗吃，弟弟得狗；

④狗耕田……（下略）

在浙江省的当代28个文本中有10个文本（占总数的35.7%）是弟弟直接分到狗（个别文本是弟弟养狗），其余的18个当代文本（占总数的64%）是弟弟在分牛的过程中得到最微不足道的，甚至是算不上物产的牛虱（或牛蚤、牛草蜱、蟋蟀等）。

我把分到牛虱、进行交换（换鸡、换狗）这一个"情节段"称作是"母题链"，从形态学的角度看，是兄弟分家弟弟得狗这个母题的扩展。这一母题链（或称"情节段"），在某些故事类型索引专著中，被看得过分重要，甚至有意将狗耕田故事类型划归到"有利的交换"这一类型中（AT1655）。我以为这样的划定值得商榷，理由有三：第一，这一情节段并非属于狗耕田类型的情节基干；第二，分得牛虱及进行交换的母题，并非属于这一类型的中心母题；第三，在下文论述中我们还会接触到若干个性质上与此相近的母题链，如果上述划类可作通例的话，那么狗耕田类型的许多文本同样也就可能划归到"偷听话""猴洞得宝""卖香屁""山魈帽"等故事类型当中去了。

牛虱换鸡、鸡换狗，实际上是交换母题的两次重复，而获得的对象（牛虱→鸡→狗）则是三项的，这是否也可以被看作是民间故事中的三重复手法的一种表现呢？交换母题具有极活跃的变异性，赔鸡、赔狗的物主，在不同的文本中各有不同，或为娘舅和姑母，或为左邻右舍，或为弟弟两次打工的东家，甚至可能是面目模糊的鸡的主人和狗的主人。根据无数类似实例的分析，我以为可以概括地说，民间故事作品的变异性是体现在母题的活跃性和变异性上的。

狗耕田故事类型变体之三
①兄弟分家，弟弟得狗；
②狗耕田；
③弟弟打赌获利；
④哥哥仿效失败；
⑤哥哥将狗打死……（下略）

路人不信狗可以耕田，于是以自己的财产设赌。打赌的母题有时只出现一次（文本4《神狗树》，文本8《两兄弟》，文本9《耕田犬》，文本17《兄弟分牛》，文本24《狗耕田的故事》，文本26《哥弟分家》，文本27《黄狗耕田》，文本32《三兄弟分家》），赢得的物品也多有变异：米、棉、马、盐、木材、银两等。另外的文本中，打赌的情节则重复两次（文本7《一只牛虱》，文本15《黄狗耕地》，文本30《两兄弟》（一）等），赢得的物品分别为：米和棉，田亩和盖房的材料等。从文化内涵的角度说，这些物品都是封建社会农民生活中最不可缺少的衣、食、住等物质及赖为生的土地。

狗耕田故事类型变体之四
①兄弟分家，弟弟得狗；
②狗耕田，弟弟获利；
③哥哥仿效失败，打死狗；
④狗坟上长出植物，弟弟因之获利；
⑤哥哥仿效失败，砍伐植物；
⑥植物制成的器物具有神异的能力，弟弟致富；

⑦哥哥仿效，失败而终。

如上所述（见类型变体之一），一些文本的情节是狗坟上长出的植物惩罚了哥哥，情节发展至此戛然而止。而有的文本（文本7《一只牛虱》，文本23《两兄弟》），弟弟得好结果，哥哥仿效受惩这一母题得到扩展，仿佛是深化了的重现：弟弟用被砍的树做成船，船可以自动漂泊，并且发出音乐，使鱼自动跃进船舱；兄驾船，船翻，被淹死（文本7）。或者弟弟用被砍的树做成臼蓄水，流出来金银；哥哥仿效，流出毒蛇、蜈蚣，咬死兄嫂。

坟上长出具有神异性能的植物这一母题，在这一类型中具有极强的黏接能力，它像生物体上的肌腱一样，链接其他的肢体，如果把有关的文本放在一起看，这个肌腱式的母题又是多歧性的，它可以循着许许多多不同的道路向前推进情节。被哥哥伐掉的植物，可以用来编成淘米的箩，淘米多得米，淘钱多得钱；可以编成鱼篓，捕很多的鱼；可以编成锅中的蒸架，生出米饭鱼肉；可以编成鸡笼、鸟笼，得鸡蛋、鸟蛋。由此可见，母题具有极为活跃的变异性，同时具有极强的黏着性，极强的链接能力，具有组织和推进情节的机制。在链接时，母题又是多歧的、多向的，它可以做出多种选择。母题的这些性能，在我们举出的这一细节里表现得十分鲜明。

狗耕田故事类型变体之五

①兄弟分家；

②狗耕田，弟弟获利；

③哥哥仿效失败，得恶果；

④狗被打死，狗坟上长出植物，弟弟因而得福；

⑤哥哥仿效失败，砍伐植物；

⑥用被砍的树做成器具为弟弟带来福利；

⑦哥哥仿效失败，并毁之；

⑧弟弟得豆（或种韭菜），吃了放香屁，卖香屁得利；

⑨哥哥仿效失败而受惩。

　　放香屁、臭屁的情节段（或称母题链）在狗耕田类型的故事文本中多有所见。在当代浙江省流传的28个文本中有6个（文本8《两兄弟》，文本27《黄狗耕田》，文本12《狗耕田》，文本20《分牛》，文本17《兄弟分牛》，文本28《两兄弟》）。在本篇论文所引述的二十年代末发表的五个文本中竟占了三个（文本29《兄和弟》，文本31《两兄弟》（二），文本32《三兄弟分家》）。这一母题链在不同时代文本中所占比例多寡是不同的，当代文本的记录晚于20世纪20年代的记录近半个多世纪，我不敢判定，时间的推演是否产生了某种影响。这一母题链（或称情节段）在各个文本中与情节基干的连接也是多种多样，或近或远。有的文本是树木被砍，烧成灰烬，种出豆子，吃豆放香屁（文本27）；有的文本在这中间还插叙了一个或数个情节段，此种情形在这里就不加详述了。

　　狗耕田故事类型变体之六

①兄弟分家；

②狗耕田……（下略）

③狗坟上的植物被伐……（下略）

④焚烧被哥哥毁掉的器具，弟弟得利；

⑤哥哥仿效失败，失火烧掉房屋（或烧死自己）。

　　焚烧植物的细节，在类型变体之五当中，已经出现过。弟弟用哥哥砍伐的植物生火，烧出一粒豆子，吃豆卖香屁得福。

　　类型变体之六中，焚烧器具已经"生发"成为充分展开的母题。弟弟捡回被哥哥具有神异能力的器具，用来生火，得到好处，哥哥仿效，烧了房屋、烧死自己（文本10《两兄弟和狗的故事》，文本13《两兄弟》（人烧伤）；文本16《两兄弟分家》；文本21《二兄弟》）。此外，失火母题链在下面将谈的三个变体中也都存在，而且这种情况似乎是必然的和必不可少的。这样看来，这个母题链的附着性和牵动情节发展的链接能力是相当强的。

狗耕田故事类型变体之七

①兄弟分家；

②狗耕田……（下略）

③狗坟上长植物……（下略）

④弟弟因焚烧被毁的器具而得利；

⑤哥哥仿效失败，失火烧屋；

⑥弟弟救火后遇猴获宝；

⑦哥哥仿效失败被惩。

文本11《兄弟分牛》说：弟弟救火脸被熏黑，在休息时被群猴看见，当成菩萨，送来金银财宝。文本18《两兄弟》说：弟弟救火后在树上休息，树下来了一群猴、熊等动物，饮酒戏耍，弟弟在树上撒尿，猴、熊等说天漏了，四散逃去，弟弟得了它们留下的饮酒的金壶、金杯。

狗耕田故事类型变体之八

①兄弟分家；

②狗耕田……（下略）

③狗坟上长植物……（下略）

④弟弟焚烧被毁的器具，因而得利；

⑤哥哥仿效失败，失火烧屋；

⑥弟弟救火，休息时因偷听话而获宝；

⑦哥哥仿效失败受惩。

文本19：《两兄弟分家》说，弟弟救火后在崖壁上歇息时，无意间听到两个老人（土地公、土地婆）说出藏金库和藏钥匙的地方，弟弟获得财宝，而哥哥仿效被惩。20世纪20年代流传在浙江省奉化的一个文本（文本29《兄和弟》）说：哥哥意欲加害弟弟，骗他到山中，弟弟听到虎、狗、狼、猴说出哪里是风水宝地，弟弟因此而得利，哥哥仿效，被群兽吃掉。

狗耕田故事类型变体之九

①兄弟分家；

②狗耕田……（下略）

③狗坟上长植物……（下略）

④弟弟焚烧被毁的器具而得利；

⑤哥哥仿效失败，失火烧屋；

⑥弟弟救火后休息，吓走山魈，得山魈帽，由此致富；

⑦哥哥仿效，被山魈吃掉。

文本22《两哥弟分家》：山魈是民间传说中的山中灵怪独脚动物。山魈所戴的帽子——山魈帽，是神奇的隐身帽。关于山魈和山魈帽在民间有很多传说和故事流传。

有人把类似的包容了其他情节段的故事文本称为复合故事，仿佛是不同类型故事的拼合。这样做是便当的，过去采用过，今后仍然会不断地这样采用。但像狗耕田故事中的"山魈帽""遇猴获宝""偷听话"等情节，都已失去了独立的意义和形态，如果用加减法的方法来演绎和理解这样的文本，不做深入分析，就不免有些机械了。对于这一或那一情节被组配到为数众多的故事文本中去的具体情况，应该得到深入的和系统的研究。

以上九种类型变体是从现已出版的当代流传的全部28个浙江省"狗耕田"故事类型文本中归纳概括出来的。如果从全国的范围来看，从汉族以外的各兄弟民族当中所流传的文本来看，或许还会增加若干变体。当然这些话已经是超出本文研究的范围了。

三

在我们分析的所有文本中，不论是简单的，还是较为复杂的文本，其情节发展的脉络都可被视为是线性的，而且是单线性的，即由一个端点沿着直线向另一个端点发展，一个母题接续另外一个母题。事件是单一的，事件的发展也都在一个时间轴线上演进。

例如，文本11《兄弟分牛》：兄弟分家，弟弟得牛虱→牛虱被鸡吃，店主赔鸡→鸡被狗吃，狗主人赔狗→狗耕田，成效比牛好→哥哥借狗，狗不犁田被打死→狗坟上长竹，弟弟摇竹落下金银，哥哥摇竹落粪便→哥哥砍竹，弟弟编成鸡窝，获得鸡蛋，哥哥借鸡窝得鸡屎→哥哥砍烂鸡窝，弟弟每次以一根竹片烧好饭，哥哥仿效，烧掉房子→弟弟救火熏黑脸，猴子当他是菩萨送给金银，哥哥仿效，受到猴子惩罚。

若用线条来绘出故事进程，那么它将会是一条笔直的单线条的直线。而如果照这样来分析，其他所有文本也无一例外地将呈现出这种情景。

但是，我在分析的过程中，将这28条横绘的直线纵向地竖立起来，让它们呈现出一种向上方生长的趋势，并用共时比较的方法，将之重叠起来，于是一幅奇异而有趣的图画就展现在眼前！原来一条条像电线杆似的线条，如今则变成生长着许多枝丫的丰茂的树。

下面就把用共时方法绘成的这一故事类型所有文本的形态结构示意图，附列于后，供各位批评：

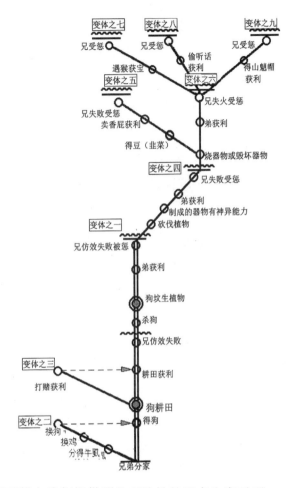

这个示意图可能向我们提供哪些理论性的思考和启示呢?

第一,最能引起我们注意的是构成本类型主体的情节基干。这一基干包含着两个母题链(情节段)。这两个母题链分别以"狗耕田""狗坟上长出有神异能力的植物"作为内核,它们同时也构成这个故事类型的两个中心母题。这个情节基干是本类型的所有故事文本都具有的。

第二,我们看到,在这个基干上,还可能"生长出"其他一些母题链。这些母题链的含义和基干中的某一个阶段处在一个高度上,从一定的意义上说,它们是替代情节基干的这一或那一情节步骤的。由于这一类的母题链(情节段)是和情节基干中的某一个步骤等价的,所以它没有结束或发展情节的功能，我称这一类性质的母题链为消极母题链。在文本的叙述中这些母题链必然地还要返回到情节基干上来。在图表中这一层意思，我是用带箭头的虚线来表现的。

第三，我把一些可以推进故事情节的母题链定名为积极母题链，它们是在用来作为比较的那些文本的情节关键处（或可能成为结尾的地方）"生长"（"链接"）出来的，以构成新的文本。这些积极的母题链可以作为该文本的情节结尾，也可以再链接其他母题链，再构成新的文本，获得新的发展或新的结尾。

第四，新母题链的链接和新母题链的性质和内容，都是和前一母题的最终状态发生关联的，甚至可以说是由这一状态决定的。狗坟上长出植物，弟弟获利而哥哥被惩，这里的重心在于坟上的植物，因此新的母题链的链接在于这一植物，这是两个母题相衔接的肌腱。被伐植物制成有神异能力的器物，弟弟因此得利，哥哥被惩，新的母题链将在这一器物处"生发"。其他母题链在这一文本和那一文本的链接情况也大致如此。此外，还有一点值得注意，有的肌腱链接空间相对地说比较小，因此新的母题链的性质和内容就受到一定的局限。而有的肌腱部分，提供了更多的可能性，也就是说，前一母题的结尾处有一个比较大的工作平台，它会提供更多的机会，便利于各种各样的演练操作。哥哥受惩，房子失火之后，造成了一个仿佛是真空的状态，弟弟在这种状态下（救火熏黑了脸），可以有各种各样的情节发展前景：可以遇猴获宝，可以得到秘密信息致富（偷听话），可以获得神奇物件（山魈帽等），得到完美结果。

第五，在绘制这一形态结构图之前，我们感觉到狗耕田类型的每一个文本，都仿佛是单线性的情节结构，但是当我们运用共时的类型学比较方法，将所有文本的仿佛是线性的结构叠印在一起之后，我们再重新观察这一或那一文本的形态结构，在包括本类型其他文本的总体背景下，这一或那一文本的结构就成为树形的了。这也许有些像我们进立体电影院看电影：用肉眼看，得到的结果是平面的，戴上特殊配制的眼镜再看，一幅幅画面就变成立体的了。当我们看到这一或那一文本的情节结构不是线形结构，而是树形结构时，正是本类型全部文本的共时比较研究向我们提供了这样一副眼镜。

现在我们再重新绘制上文所述的文本11的结构图时，大致可以是这样的一种模样：

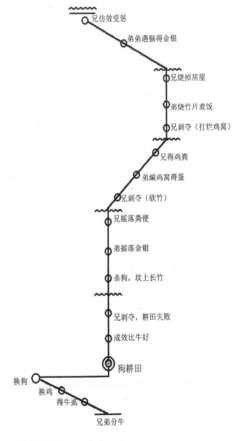

在这里我不能不做些说明：我们前面所画的本类型的树形结构图，只是一种虚拟，故事类型在现实中并非具体存在的，它是在科学研究过程中对诸多现实文本进行概括和归纳的结果，它的现实性体现在一个个具体文本中。我们是依据这一虚拟的总汇狗耕田类型所有文本的形态结构图，才描绘出文本11的树形结构图来的。毋庸讳言，这一结构图对于理解文本11

的结构不一定会起到什么举足轻重的作用。然而，我以为，这种故事类型的比较研究，对于理解故事形态的组织结构，对于理解故事发展的内部机制和生成过程，或者更扩大地说，对于理解民间故事变异性的特点和机制，会提供有益的视角和思路。

树干上有树芽，树芽长成枝，枝上再生枝，于是我们就有了一棵鲜活茂盛的树。探寻民间叙事的生命树的奥秘虽然艰难，但却是十分有益趣的事！它对于我们理解世世代代的劳苦大众的心灵，该会提供多少帮助啊！

第六，我们从这幅图上还可以看到，本类型的全部文本无一例外地都以哥哥的被惩告终，只有文本33略有异样，不过哥哥借狗耕田的失败，也可以看成是哥哥被惩的变异。所有文本都是以两兄弟的矛盾纠葛及其不断反复作为情节发展的线索轴心，偶尔出现的其他角色，都是陪衬的。

如果从深层结构的角度看，情节的核心在于二元对立。哥哥要压制弟弟，剥夺弟弟，不分给他财产，使他穷困，但弟弟终于由此而获利，处于更有利的地位，而哥哥反遭失败，这样就完成了第一次循环。哥哥再次破坏这种局面，使弟弟丧失这种有利地位，使弟弟仍旧处于不利状态，弟弟在这种现状中再次得利，哥哥再遭失败，于是又完成了第二次循环。

这里要说明的是，哥哥的失败，并非指剥夺财产、剥夺狗、剥夺宝物的失败，而是完成这种剥夺后反倒使弟弟处于有利地位，恰与哥哥的愿望相反。哥哥想再次剥夺，让自己处于弟弟的这种有利的地位，但其结局却是失败的。而弟弟仍然是因祸得福，证明哥哥的伤害无效。

从哥哥的角度看，是剥夺、失败、再剥夺、再失败……在我们所见的文本中除文本33是一次循环即告收尾之外，其他所有文本都是经两次或两次以上循环后才结尾的，最多的竟可达到五次循环。

如果要以图表的方式来绘制这种二元对立，即弟弟不断被剥夺、不断胜利、哥哥不断剥夺、不断失败的深层结构的图像，应该是什么样子呢？它可能是不断上升的折线，也或许是不断上升的螺旋线，还或许是一个圆圈之上再画一个圆圈？我真的不知道，怎样才能把这种二元对立结构的深层涵义更准确地表达出来。但是这种分析已经不属于本文所选定的故事类型形态结构的研究范围了。

末尾我想说，我确实是深深地为民间叙事的万古长青的生命之树而感动、而折服。

附录：

兹将《中国民间文学集成》浙江省各县卷本收录出版的当代狗耕田故事类型文本28篇，以及20世纪20年代末收录出版的五篇，一并统一编码列录于下：

文本1：《兄弟分家》，杭州市，《萧山市故事歌谣谚语卷》，第260—261页，萧山市民间文学集成办公室编，1989年6月；

文本2：《两兄弟分家》，杭州市，《富阳县故事歌谣谚语卷》，第425—426页，浙江省富阳县民间文学集成办公室编，1988年10月；

文本3：《弟兄分家》，《嘉兴市故事卷》，第582—583页，浙江文艺出版社，杭州，1991年；

文本4：《神狗树》，嘉兴市，《嘉善县故事歌谣谚语卷》，第295—299页，嘉善县文化局文联文化馆编，1989年3月；

文本5：《水与牛虱》，嘉兴市，《嘉善县故事歌谣谚语卷》，第300—302页，嘉善县文化局文联文化馆编，1989年3月；

文本6：《兄弟分家》，嘉兴市，《桐乡县故事歌谣谚语卷》，第306—307页，桐乡县民间文学集成办公室，1989年2月；

文本7：《一只牛虱》，嘉兴市，《海盐县故事歌谣谚语卷》，第462—465页，海盐县民间文学集成办公室编，1989年10月；

文本8：《两兄弟》，嘉兴市，《海盐县故事歌谣谚语卷》，第466—468页，海盐县民间文学集成办公室编，1989年10月；

文本9：《耕田犬》，嘉兴市，《海盐县故事歌谣谚语卷》，第469—471页，海盐县民间文学集成办公室编，1989年10月；

文本 10：《两兄弟和狗的故事》，湖州市，《德清县故事歌谣谚语卷》，第334—335页，德清县民间文学集成办公室编，1990年1月；

文本 11：《兄弟分牛》，湖州市，《长兴县故事卷》，第404—405页，长兴民间文学集成编纂委员会，1990年7月；

文本 12：《狗耕田》，宁波市，《宁海县故事歌谣谚语卷》，第252—253页，宁海县民间文学集成办公室编，1988年9月；

文本 13：《两兄弟》，宁波市，《象山县故事歌谣谚语卷》，第263—264页，象山县民间文学集成办公室编，1989年10月；

文本 14："附记"， 宁波市，《象山县故事歌谣谚语卷》，第265页，象山县民间文学集成办公室编，1989年10月；

文本 15：《黄狗耕地》，舟山市，《嵊泗县故事歌谣谚语卷》，第198—199页，嵊泗县民间文学集成办公室编，1989年2月；

文本 16：《两兄弟分家》，温州市，《瓯海县故事歌谣谚语卷》，第271—272页，瓯海县民间文学集成办公室编，1989年12月；

文本 17：《兄弟分牛》，温州市，《永嘉县故事卷》，第508—510页，永嘉县民间文学集成办公室编，1989年9月；

文本 18：《两兄弟》，温州市，《洞头县故事歌谣谚语卷》，第236—239页，洞头县民间文学集成办公室编，1988年4月；

文本 19：《两兄弟分家》，温州市，《平阳县故事歌谣谚语卷》，第277—279页，平阳县民间文学集成办公室、县文联编，1989年6月；

文本 20：《分牛》，温州市，《泰顺县故事歌谣谚语卷》，第325—326页，泰顺县民间文学集成办公室编，1989年6月；

文本 21：《二兄弟》，丽水地区，《缙云县故事歌谣谚语卷》，第293—294页，缙云县民间文学集成办公室编，1988年11月；

文本 22：《两哥弟分家》，《云和县故事歌谣谚语卷》，第334—336页，云和县民间文学集成办公室编，1989年3月；

文本 23：《两兄弟》，金华市，《婺城区故事歌谣谚语卷》，第275—276

页，婆城区民间文学集成办公室编，1990年12月；

文本24：《狗耕地的故事》，金华市，《永康县故事歌谣谚语卷》，第244—246页，永康县民间文学集成办公室编，1992年5月；

文本25：《两兄弟》，金华市，《东阳县故事卷》，第370—373页，东阳县民间文学集成办公室编，1987年4月；

文本26：《割地分家》《磐安县故事歌谣谚语卷》，第306—307页，磐安县民间文学集成办公室编，1991年1月；

文本27：《黄狗耕田》，金华市，《义乌市故事卷》，第366—368页，义乌市民间文学集成办公室编，1991年10月；

文本28：《兄弟俩》，衢州市，《开化县故事歌谣谚语卷》，第162—164页，开化县民间文学集成办公室编，1988年12月；

文本29：《兄和弟》《菜花郎》，第82—109页，林兰编，上海北新书局印行，1930年；

文本30：《两兄弟》（一），《渔夫的情人》，第83—99页，林兰编，上海北新书局印行，1930年；

文本31：《两兄弟》（二），《渔夫的情人》，第93—99页，林兰编，上海北新书局印行，1930年；

文本32：《三兄弟分家》《金田鸡》，第75—81页，林兰编，上海北新书局印行，1930年；

文本33：《狗尾草》《相思树》，第9—11页，林兰编，上海北新书局印行，1930年。

《民间叙事的生命树》及有关学术通信^①

稻田浩二教授来函（一）

尊敬的刘魁立先生：

您好吗？北京是否快到很冷的冬天了？

在韩国，能听到您发表很动人的论文，又有了在饭店里跟您好好谈话的机会，日子过得很好。

我在11月7日研究生的课上给学生介绍了您发表的论文《民间叙事的生命树》，同时与大家一起学习。我已经拜读过好几次了，每次都有新的发现和该学习的地方。

您的文章从AT1655的分类批判开始，这一点和我完全一致。再者，对您的"情节基干"和"中心母题"的想法，我基本上也有同感。但您对"中心母题"第一个列举的是"狗耕田"，而将"狗的坟墓上长出植物"放在其次的位置，对此我有些不同的看法。因为"狗耕田"的重要性不如"已死的狗转生于树木"，即我认为：①"狗耕田"母题是预告这只狗的神性（灵性或超自然性？）而已。（再说一个小问题：是否应该说"在狗的坟墓上长出狗转生的树木"，而不应该仅仅说"在坟墓上长出树木"？）②我认为狗是这个故事的主角，两兄弟是主人公。作为主角的狗惩罚哥哥的情节

---

① 原载《民俗研究》2001年第2期。

在它转生为树木后才正式展开的，而生前的"狗耕田"是预告此条狗具有神秘的功能而已。

其次，我认为您作为"中心母题"举出的"狗耕田"与"在坟墓上长出具有神秘力量的植物"，基本上与我所提出的"核心母题"很接近，也可以说是同一的。但我不把它们分开，把生前的"狗耕田"看作死后转生为树木具有神秘作用的预告或前提，即我认为死后的功能比生前的行为更重要。这是从我所举东亚的几个例子思考的结果。

您的《民间叙事的生命树》的把握方法，特别有魅力，又有本质性。它对于我们理解世世代代的劳苦大众的心灵，该会提供多少帮助啊！我也完全赞成这个观点。我一直被您将"民间故事变异性的特点和机制"以图表的方式来绘制的《民间叙事的生命树》所感动着，这就是民间故事的真正价值。我认为您的"中心母题"（我的核心母题）是这个类型群的最初面貌，而发芽，长出树枝的部分是由后来的世世代代的讲述者生育的。因此，我设想东亚各民族共有这"中心母题"，并在很古时代（我估计开始稻作农业的时候）多元性地出现了。

我提一个问题：《生命树》与"神话"有什么关系？请详细地指教您的看法。

高木女士的日语翻译，第七页到第八页不大顺通，请转告一下告诉我正确的译文。

我很想去北京再跟您好好交流意见。我打算2001年5月初左右拜访您，情况如何？最好请高木当翻译。

祝您健康！

稻田浩二

2000年11月8日

（高木立子 译）

刘魁立复函（一）

尊敬的稻田浩二教授：

不知是什么原因，我很晚才收到您此前的来信。随后请高木立子女士翻译（包括我的复信）。现在回复您已经很迟了，我为自己的失礼向您表示歉意。

知道您计划春天访问北京，我非常高兴，我又能有讨教请益的机会了。4月、5月我都在北京，您和北京各学术单位、各有关学者的会见我会提前安排妥当的。

秋末，在汉城年会上，听您的报告和对我的报告的评议，以及在汉城宾馆同您和您的夫人进行的整个一晚上的谈话，使我深受教益。您作为长者和学界前辈，对我的报告作了"朝闻道，夕死可矣"的评价，我实在愧不敢当。我把这看作是一种鼓励和鞭策，自当继续努力向前，竭诚将自己的中国民间故事研究做得更好些。您说，在一些问题上（包括情节基干、中心母题、树型结构等等），您也有同感，这给了我许多鼓舞，增强了我在这一课题研究中的信心。这是我要十分感谢的。

您关于"已死的狗转生于树木"的观点，虽然与我文中所论，有所差异，但我要坦白地说，我在做形态研究的时候，完全没有朝这方面去想。古老观念在口传叙事文学中的曲折和隐蔽的反映确实是值得深思和值得研究的重要问题。您在信中提到的这个论点给了我许多启示。

由此我想到，不仅要看到同一故事情节类型各种文本之间所存在的形态联系，同时还应该去发掘它们在民俗文化、思想观念、社会历史、渊源关系等各个方面可能潜在的深意和背景。在这一个故事情节类型的文化内涵研究方面，您关于灵魂转移的想法，向我提示说，还可以再去探寻社会群体制度（包括家庭承继制度、财产分割制度等等）、道德规范（包括对正义和非正义、道德与不道德、善良与邪恶等的规范标准与价值取向……）等在这一故事情节类型中的曲折的反映和体现。

由您的这个命题出发，我联想到，除灵魂转移观念之外，可能还有一个与它平行但性质不同的命题，同样应该得到重视，同样值得进行仔细深入的研究，它就是"幻化"（或称"幻变""变形"，即由一种物件幻变为另外一种物件）的观念。我觉得这一观念在民间故事中反映甚多（我们现在研究的这个故事中，也可以寻觅到一点曲折的反映，例如，在这一故事情节类型的许多文本中，从树上掉下来的不是果子，而是元宝或毒蛇等）。我没有进行过这一方面的专题研究，不敢说得很肯定，但根据早期人类思维活动的一些特点来推想，这种幻化观念也许应该比灵魂与灵魂转移观念起源更早。

另外，在这一故事类型的各个文本中，兄弟纠葛也是一个很重要的主题，应该认真寻求和诠解它的文化的历史的和社会的内涵。

总之，您的提示使我敞开思路、有了颇多联想。

关于这一次的研究课题，我在这里要做两点解释。

首先，我在确定课题任务时给自己严格地限定了探讨的范围：仅仅考察这一类型在一个具体省区里的所有流传文本的形态结构，由此而探寻故事形态结构的某些一般性规律。我和您的看法完全相同：形态的研究及结构的研究如果将来不向历史文化内涵的研究发展，不能成为后者的基础和前奏，而只是把它当作自我目的，那么这种研究只会停留在一定层面上，其价值可能是相当有限的。

但是，为了要解决民间故事分类的实际问题，即要把现有的浩如烟海的民间故事文本材料按某种标志加以清理和归纳，我就不能不根据这一工作任务的需要，使自己的出发点和工作准则简单化和封闭化，选定一个单一而具体的标准。我在实验中感到，在对众多文本进行分类时可能有许许多多角度。而且，在一个多世纪当中，各国学者也确实从各个角度进行过许多次比较成功的或不甚成功的实验。目前看来，在编制民间故事总目索引的多种实验中，我认为仍以按故事情节划分类型的经验较为实用。（我个人对 AT 编制总目索引的经验感到最不满意的地方与其说是它的分类原则，倒不如是它想囊括全世界的超大胃口。各国学者对它的修正和改造同样也是不满意的一种表示。)

编制一个地区、一个民族、一个国家的民间故事总目索引应该以每次讲述的首尾完整的单一文本作为基本单位，这一点好像是不言而喻、大家并无疑义的事，但要使这一原则真正贯穿整个分类过程也不容易。划分情节类型最重要和最首要的根据是故事本文所直接提供的（而不是隐含的和潜在的）内容。我想，不论从哪个角度对民间故事进行分类，都只能采取一个标准，而很难融合两个标准，即采取形态的标准而同时又采取内涵的标准（更何况许多潜在的内涵有时是需要研究者进行挖掘的，而且可能还是众说不一、见仁见智的）。有鉴于此，我在这篇分析形态结构的文章里，便不得不竭力回避关于文化内涵的探讨。

其次，您说"我认为您的'中心母题'（我的核心母题）是这个类型群的最初面貌，而发芽、长出树枝的部分是由后来的世世代代的讲述者生育的。"您对东亚各国，特别是日本的民间故事，多年进行全面深入和贯古通今的研究，许多真知灼见令我钦羡不已。您是日本故事研究方面的权威，您的规模宏伟的《日本昔话通观》当之无愧地是世界民间故事学界的经典。您对狗耕田故事类型生成和历史发展的上述论断，让我感到很有道理。今后我将会借鉴这一论断开展研究。

可是，我在写这篇文章的时候，不能不向自己提出另外一个严格的限定，即在共时的前提下展开话语，尽量不使历时性的思考加入目前的专题研讨中来。这也是这一课题的研究任务所决定的，所以我在本文的研究过程中，不断告诫自己要暂时放弃对故事生成和发展脉络，以及这一故事类型演化过程的推断（这和上一次年会我提出的关于螺女故事演化进程的报告完全不同）。然而，我在文中也借用了具有历时意义的个别词语（如"生长""发展"等），这种借用都是不得已而为之的，这些词语只是说明形态的变化，而不具有（或者说，我尽量使它们不具有）时间的意义。

进行形态研究，犹如在实验室里，对活的生物体做某种解剖。这种"抽去灵魂"的活动对于研究者来说虽然是一种便利，但或许也是研究者的悲哀和无可奈何。可是，面对分类这一课题，假如没有这种简单化和标准单一化，也就无法进行研究，也就不可能得出有价值的结论。

这篇论文取名《生命树》，我曾经有过犹豫。起初，我怕被误解为取自《圣经》。（《圣经》中说："上主天主使地面生出各种好看好吃的果树、生命树和知善恶树在乐园中央。"亚当和夏娃就是吃了知善恶树的果实，被赶出伊甸园的。）后来我想到，包括亚洲、美洲、非洲、大洋洲在内的许多民族都有关于"世界树"（或称"宇宙树"，）的神话，《圣经》神话也是从东方民族的神话中取材而来的，于是也就心安了。

神话中的世界树大体分为两种类型：一种是贯通天地，使之连为一体的垂直中枢，它将神的世界同人的世界联系起来，这就是所谓"智慧树"，用《圣经》的定名来说，就是"知善恶树"；另一种则是植生在世界中央的大地水平中枢，它主宰大地的繁育，也是人类的生命之源，这就是所谓的"生命树，the tree of life"，它在民众的观念中象征着世界的和平昌盛，大地的丰裕繁茂，人类的繁荣和生命力旺盛。世界各民族尽管对世界树这一神话对象的称谓彼此不同（"神树""丰收树""智慧树""知善恶树""生命树""萨满树""祭天树""梭罗杆"等），但关于它的神话却有许多相通之处。就在前几年，在我国四川三星堆还出土了一座青铜器，考古学家将之定名为"神树"，树上有十只鸟（或为乌）和龙，枝丫处还有兽、鸟、凤、蛇等饰物，树下跪有三人。这棵"神树"大约也是人和神界的一个通道，当属世界树的前一种类型。

我之选用"生命树"，仅仅是一种借喻，我把它看作是无穷丰富性、复杂性、内部机制的规律性和隐蔽性的一种象征。同时，也借来表示我对民间叙事的伟大生命力的一种赞叹，和对它的神秘性的一种感喟。

现在，我将搜集到的世界各民族二十多幅神树图像的复印件，包括青铜神树的图影，一并寄给您作为参考。

我还有一个问题，要向您请教，即关于"母题"的切分问题，我在汉城曾经向您提出过，很希望能在春天您来北京时得到您的当面指教。

在新世纪到来之际，在一元复始万象更新之时，

我祝您和您的夫人

万事如意！

福寿绵长！

刘魁立　谨上

2000年12月28日

稻田浩二教授来函（二）

尊敬的刘魁立先生：

天气一直寒冷，但我相信您还是活跃地进行着研究。我也还健康地过着日子。

前几天我非常高兴地收到了您的信和修改后的论文。在此表示感谢！！我收到以后高兴得甚至有一点不相信，每晚放在枕边一起休息的！

传说日本近世（江户时代）的国学大师贺茂真渊和本居宣长，常常相互通信交换研究上的意见，一起向往推进日本国学的大成。和您直接见面交谈也好，这样交换信件也好，都是一件又高兴又可贵的事情。

您的信和论文里有很多重要的问题。因此，从我所领会到的问题来开始讲吧。

1. 对AT的批评。

我赞同您的想法。从这个意义来说，我在《日本昔话通观28·昔话类型索引》上不加批判地接受它，现在看来是应该作自我批评的。正如您说，我也认为AT是随便混用形态和内涵（没有严格的分类标准——译者注）。

进一步表示我的看法的话，AT对世界和人类的理解和解释是以欧洲为中心的。AT的基本框架是从阿尔奈能得到的北欧到中欧的资料来形成的。汤普森接办以后，补充了南北美洲、印度、非洲等地区的资料。以我看来，这是用于欧美尤其欧洲的内容来处理全人类的民间故事。我想比较远的将来要完成的全人类民间故事类型索引应该经过以下的编辑顺序：

①按传承圈（大多是以民族为单位的）编辑的类型索引。

②按一个文化圈（比如东亚的日本、汉、朝鲜的水田农业民族）编辑的类型索引。

以后，加上东南亚地区的类型索引编成东亚的类型索引。

2.类型·母题。

关于您问的母题等的问题，我的看法如下：

母题 —— 故事中心人物的一个行为。

A.核心母题 —— 故事主角（狗耕田故事里的狗）的一个行为。

B.结构母题 —— 其他故事人物的一个行为。

一个类型是以一个核心母题为中心构成的故事。

因此，一系列故事里有两个以上的核心母题的是否认为是"复合故事"呢？（比如，我认为所谓的"狗耕田故事"里也有和"猿地藏（IT（＝通观）103）"（类似中国的"猴洞得宝" —— 译者注）的复合型。

3.您所说的"已经死亡的狗"用"被杀死的狗"来表达，是否更为合适呢？

4.我特别感动您对"生命之树"的考察和寄来的很多资料。

前几天我读过 A.D.Jensen 的《被杀死的女神》。我认为其中引用的 Frobenischen.Leo. 1989:Der Ursprung der afrikanischen Kulturen. Berln 里的两幅岩壁画也可以看作属于"生命之树"。请您看看附在信内的图片。该书说这是非洲南 Rodesia 的。

关于您修改的论文，我打算再花一段时间好好拜读。然后和我的论文（在韩国发表的论文基础上经过改订和增补后的）一起再给您写信交流。我的思想还没整理好。这项工作很可能还需要时间。在此附带着表示感谢，谈了我的一些看法。也可能还未成熟，如能受到您的指正就很高兴。

此致

敬礼！

稻田浩二

2001年1月30日

又及：

关于附在信内的图片，AD.E.イエンゼン大概说明如下：

太古时，一年里连一滴雨都没下的时候，巫师向国王说要将未婚的公主献作牺牲才会有的。选中的公主被绞死后，埋葬于长在蚂蚁窝上的大树的树根下。于是，那棵树开始成长到天上，就下了三十天的雨。（根据另一则传说：少女被活活埋葬在树根下。树顶到天上的时候，变成蛇使雨下起来了。）

（高木立子 译）

刘魁立复函（二）

尊敬的稻田浩二先生：

初春时节，阳光明媚，这几天大抵已是樱花烂漫的好日子了吧，我祝您心情愉快，身体康泰。一想到很快将同您见面，我总有说不出的高兴，不过，拜读您的信，聆听您阐发自己的学术思想，也同样有极大的益趣。

（1）我完全同意您在信中对 AT Type-Index 的分析，关于这个问题您虽然说得很概括，但却相当透辟。我想在这里做些补充和阐发。

AT Type-Index 缺点的根本原因或许不在于 Aarne 编辑的初衷（他要对北、中欧民间故事资料库中的全部资料，采用一个标准，进行分类登录，以便检索），也不在于后来 Thompson 对它的补充，因为 Aarne 已经给它设定了窠臼，他只能按照原有的体例进行工作。这个体例不能全面地和很好地反映世界各民族民间故事的实际面貌，其原因或许在于：一些不发达国家和地区的民族虽有极丰富的民间文学蕴藏，但是在当时，甚至在以后，在资料搜集和发表方面相对滞后，许多已有的材料也由于多种原因长期被欧美学者所忽略。

Aarne 和 Thompson 采取的原则，就他们当时所面对的材料来说，或许是合理的。但是，面对今天世界各国的更为全面的现实，他们的原则和根据这些原则编纂的索引就显得有些笨拙不灵了。反过来说，我们在今天从事研究工作的时候，往往对它有过高的期望，我们希望它成为一个先验的标尺，可以用来十分恰当地衡量我们的材料；希望它成为完美无缺的模式，把我们的故事流传实际都包容在内，我们的问题都能轻易地在这里找到满意的答案。这当然是不现实的。这样看来，我们对 AT Type-Index 的不满意，一半责任在他们，一半责任在我们自己。我相信，Aarne 和 Thompson 如果今天开始编索引，或许他们也不满意原有的原则，而会另起炉灶。

所以我以为，对待 Type-Index 既不能乞灵于它，也不能过多地责怪它。

您说您不加批判地接受了 AT Type-Index，要做自我批评，我看是言重了。应该不带偏见地说，从 1910 年 Aarne 发表索引开始到今天，九十多年来的历史实践说明，它的经验总体说来是有用的。它为大家提供了一个"共同语言"。虽然有笨拙不灵和不准确、不全面的缺陷，时至今日，AT Type-Index 和 Thompson Motif-index 仍然是世界多数学者所使用的一个"习惯语言"。不论这个语言是否科学、准确，舍此我们暂时还没有更为可行的、大家可以用来进行交际和相互比较的一个"共同语言"。

编纂索引要解决的问题，是把全部蕴藏进行分门别类，各归其类，可以按图索骥。当世界各国的学者要对本民族的，或者其他某一个单独民族的民间叙事作品资料库，进行总体描述和分类登录的时候，当然是以一个个完整的作品为对象的，所以情节类型（Type）应该说是可供我们选择的最好的标准之一。其他学者的一些学术发现，都很难完成这个任务。母题不是以单个的文本为对象，而是文本当中的细部组成部分；机能也是分析文本中的内部结构；原型也不能解决我们所面临的问题。正因为这些原因，所以各国学者（也包括像您这样的大家）都不能不借用它，以方便自己的研究。

（2）我非常赞赏您的设想，您说"比较远的将来要完成的全人类民间故事类型索引应该经过以下的编辑顺序：①按传承圈编辑的类型索引。②按一个文化圈编辑的类型索引。以后，加上东南亚地区的类型索引编成东亚的类型索引。"

您说得完全对。日本的情况处理起来较为简单，中国有很多不同的民族，又各自分属不同的语系语族语支，各自的传承关系，以及彼此间的影响关系，是复杂的，又有着非常悠远的历史。我很赞成首先以民族为单位来编纂故事类型索引。

在各民族的类型索引的基础上，可根据文化亲缘关系、语言亲缘关系、地缘关系等，编纂两个民族乃至多民族的比较索引。这种比较索引，当然可以跨出国界，例如，我们现在所要努力追求的东亚各民族间的比较索引即属此类。当然以后还可以扩大。Thompson 曾经说过，"类型索引暗示一个类型的所有文本具有一种起源上的关系"，这种不加分析的一元论的立场，我是存疑的和不能完全接受的。在编纂比较索引时，就更不该有这种先验的观点。

我个人想，这种比较索引，不一定非要把参比的各民族索引的全部资料都囊括进来，只把可比的部分（包括相同和相异的成分）收进来就够了。因为，无论如何各有关民族的索引，仍然是单独存在着的，随时可以拿来参考。

或许，在"比较远的将来"，在我们大体有了各民族的成功的类型索引，同时又有了相当多的比较索引的时候，要完成全人类的民间故事类型索引就不是像 AT 曾经做的那样，先验的成分过多了。那时的世界民间故事索引，或许会是比较理想的吧。

（3）您说，"'已经死亡的狗'应该用'被杀死的狗'来表达"，您纠正得是。这里的区别很大，不能简单马虎从事。

（4）关于母题和类型的定义问题，以及关于复合型故事的理解问题，我要好好地学习和思考您的看法。等四月您到北京后，我再向您面陈自己的意见。

（5）谢谢您寄来的关于"生命树"的图画。这两幅非洲图画真有意思，带给了我很多深沉的遐想。谢谢您。

我等候着同您及其他多位教授在北京会面并进行有益的学理讨论。这对推进类型研究，肯定会是大有裨益的。

谨颂

春安！

刘魁立　敬上

2001 年 3 月 19 日

关于"情节基干"与"核心母题"
的讨论

整理者按：这是亚细亚民间叙事文学学会第八届学术研讨会结束之后，刘魁立先生与稻田浩二先生的一次对话，中心话题是围绕民间故事类型索引的分类原则及其理论依据等问题。刘魁立先生曾在《民间故事的生命树》一文中提出过"情节基干"的问题，而稻田先生则在这次会议上提出了"核心母题"这一概念。他们的谈话即从这里开始切入。

从对话内容的延伸和深入中，我们可以欣赏到两位顶尖高手高超的太极功夫，以及他们思辨的犀利、原则的坚定、不断明晰的学术思路。

整理内容：会谈记录

会谈者：刘魁立（中国社会科学院研究员）

　　　　稻田浩二（日本冈山大学名誉教授）

现场翻译：高木立子（北京科技大学）

会谈时间：2004年10月17日下午3时

会谈地点：北京龙爪树宾馆

文本翻译整理者：西村真志叶（北京师范大学）

稻：首先，我想请教一下刘先生。上次（来中国讨论），当刘先生谈及中心母题的时候，提到了两个母题。一个是"狗的坟墓上长出一棵树"，另一个是"狗耕田"。后一个母题是它的中心母题，前一个母题是第二重要的。我不太了解这一点。为什么存在两个中心母题？它们之间有什么关系？它们和我所说的核心母题有什么差异？刘先生解释说，从总体上看，核心母题是一种历时的母题，而中心母题是共时的母题。我可以理解这一点。我所不能理解的，就是它为什么被分为两种，我们为什么需要去区分。

刘：当谈历时概念或历时视角的时候，显然重要的是，它的一个原发点。就像是精子和卵子的结合成为将来生命的一个原发点。对历时的研究来说，或许不可能有许许多多的原发点。从历时的观点来看，找出一个原发点是必要的。我是这样理解稻田先生的核心母题。而我自己之所以把中心母题处理成这样，是因为我是从形态的角度或共时的角度来看的。对故事的形态来说，最关键的部件可能不只是一个。那么，我为什么重视"从狗的坟墓长出树来"这一个母题？我想不必解释。因为在这一点上，稻田先生和我是完全一致的。现在的问题，是为什么我再把"狗耕田"这一点拿出来作为一个中心母题？这主要是因为：假如这只狗没有特异的本领，那么后面的"从狗的坟墓上长出树来"这个中心母题本身就不太可能存在了。它们在形态上，是同样重要的。

稻："一只神奇的狗"和"它被杀后从坟墓上长出树来"，二者之间存在关联。而刘先生分别提到它们。这令人感觉到它们之间存在一些断绝。"狗耕田""狗被杀""从坟墓长树"，故事是按照这样的顺序来发展的。为什么把它们分割呢？关于它们在重要程度上的顺序，我已经了解了。不过，在这一点上还希望继续请教刘先生。

刘：关于这一点，我是同意稻田先生的。其实，把它们分开的不是我，而是稻田先生。（笑）我完全可以把这两个母题变成一个中心母题。就像稻田先生刚才所表述的，这个中心母题是"一个会耕田的狗被杀死了，在坟上长出树来"。我是这样做的。而稻田先生认为"在坟上长出树来"是故事的中心。这样一来，您的核心母题就自然地和故事的文化内涵发生关系了。而在形态上，"狗耕田"和"狗被杀后在坟上长树"有密切关系，在您看来前一个母题的意义不像我所说的那么大。而我认为，它们在这个故事的形态上都是非常重要的。

稻："狗耕田"这个母题，在国外的很多有关"尸体化生"故事中是不存在的。它可能是应该存在的，现在却看不到。相比之下，"从坟墓上长树"这个母题是存在的。"狗耕田"这个母题在传承的过程中消失了，所以它的重要性可能相对小一些。

刘：如果从历时类型学的角度看，这种观点可能是对的。但是，上次在我的文章里，画了一个很长的大表。只有这两个母题出现在我所观察的所有故事里面。所以，我就把它们叫做中心母题。并不是说，我个人觉得它们重要。只有在传承的过程中，所有的文本中都有的时候，我才把它确定为中心母题。

稻：仅就这个狗耕田故事而言，确实是这样。但是，假如把讨论的范围扩展到整个"尸体化生"故事，那么未必是这样。

刘：您说的有道理。比如，一个小组中有两个组长和副组长。如果这个小组只能派一个代表，到一个支部里面做领导人，那么副组长就可能没意义了。假如到了政府里面，即使这个人也可能连一般的干部都不是。所以它在不同的层次上，原来的重要性可能降低了。所以在稻田先生的分类里面，那只狗会不会耕田是无关重要的，而我现在讨论的仅仅是这个故事类型本身。

稻：但是，这个故事类型最终要落实到"尸体化生"这样更大的地方去。个别的东西必须要通达整体。如果把论述范围限制在"狗耕田"这个故事类型来看，我也同意刘先生的观点。但是我们讨论个别问题的时候，同时还需要考虑整体，然后再回到个别的问题上面。我们的工作需要有这种反复的过程。

刘：好，我一定记住稻田先生的观念和视角。我将来看问题的时候，会注意到这方面的。不过，是不是有这样一个问题？在一个作品的形态结构当中，中心未必只有一个。如果我们只考虑到一个，那么会出现一些比较难办的事情。比如，如果我们把"滴血认亲"或"人祭"视为孟姜女故事的中心，那么整个故事的意义就被缩小到这一点上。可是，孟姜女故事最初说的是：一个人特别会哭。如果从历时的观点看，这是它最早发生的中心。如果我们只注意到这一个，那么可能会失掉很多东西。所以，一方面我要学习稻田先生的观点；另一方面我也考虑到它可能不只是一个。因为故事的结构及它的形成途径是多种多样的、是多渠道的。

稻：我并没有限制在一个。我把核心母题分为三种："有特异功能的狗""被杀""被杀后长树"。它们未必同时出现在所有的文本中。那么，这三个母题里面，谁会继续留下来？第一个母题易于失传，而后两个母题较容易保留下来。当然每个故事的情况有所差异。比如，叶限故事里面出现"一条鱼"。这条鱼的神秘性已经不太明显。不过，它以一种惊人的速度长大，而且被杀后它的骨头帮助叶限实现她的愿望。所以，尽管前面的部分不太明显，而且后面的部分有所断绝，我们也认为它是在"尸体化生"这一系列的过程的部分之一。如果我们不把它视为一种连续的过程，而抽出某一部分来研究，那么有可能会导致理解上的错误。昨天，我提到了欧洲的鱼骨习俗。正因为我们理解它背后的大背景，我才敢说这个鱼骨习俗是"尸体化生"观念的遗留物。

刘：昨天，我拜读稻田先生的文章，学到了一些东西。荣格只告诉我们可能有原型，但没有说清楚具体哪些是原型，这个原型到底是什么。而我们现在的工作，是要找出原型，要说清楚什么是我们的原型。而所谓"化生"或"转世"，也就是灵魂观念，是一个信仰的初始原，对一些故事来说是一个原型。我认为，稻田先生的文章，它的贡献就在于这里。在这一点上，我没有任何问题。但是，对这个故事的形态或内部结构来说，只有这个原型解决不了问题。我在那篇文章中着重谈的是故事形态这一点。而稻田先生也完全对。我赞成稻田先生，但稻田先生不赞成我（笑）。

稻：如果刘先生举例说明您所谓结构形态的视角是什么，它和我所做的有什么不同，那么我会更好理解一些。

刘：一个涉及语义方面，另一个完全属于故事情节的形态方面。稻田先生所做的，可能是深层的、语义方面的一种深一层的分析。而我所讲的是靠什么因素来组织材料，在这些材料中间，哪一个是重要的，哪一个是次要的。而稻田先生是从语义或历史根源的角度看问题。如果开个玩笑的话，我解决的是肉体的问题，而稻田先生解决的是灵魂的问题。

稻：我还不太理解，能不能说得再具体一点？

刘：比如，孟姜女传说。在组织这个比较大的叙事作品里面，如果只有灵魂观念或转世观念，叙事作品是组织不起来的。"滴血认亲"这个事情，解决不了整个形态的问题。所以我说，中心可能不只是这一个，可能有几个。这时候，我们需要具体地分析它。"转世"或"灵魂观念"在这个传说里面确实起作用。它或许是作品的本质之一，但是它在形态上却解决不了问题。

我要补充一点。在最早的时候，孟姜女最初是一个很懂礼节的女人。当她的丈夫战死后，他的长官要在郊外祭奠他。这个女的很懂礼节，告诉他要到家里祭奠，否则失礼，这是一个文本。另外一个文本说，一个女人特别会哭，哭得特别好，以后才有了她哭倒长城的部分。这个传说中原来没有丈夫代替一万个人被埋葬等。所以，如果要是核心母题的目的在于追溯它比较早的根源也就是种子的话，假如我们把这个确定为作品的种子，那么实际上走错了路。

稻：我觉得，这个原型和我正在做的工作，好像没有太大的关系。我所说的"基干"就是从神话、传说、那些由过去没有文字的人们所传承的故事等里面，经过抽象化，抽出"尸体化身"这样的核心母题，来讨论各种各样的问题。根据它来把握原型大概是不可能的。因为在它之前还有别的。

刘：将来有一天，我希望和稻田先生共同写一篇文章。比如，我先写一篇东西，然后让稻田先生去改。因为我和稻田先生围绕着三个问题，有些是相近的，但有些不同的地方。一个是刚才所说的中心母题和核心母题。

第二个问题，可能比第一个还重要，就是情节基干的问题。关于情节基干，我们始终没有很好地讨论。而做类型索引，最重要的可能不是中心母题，而是情节基干。而在鹈野先生的文章里面，关于这个部分，谈得比较薄弱，这是最根本的。一切故事类型，从根本上说，依据的是形态，都不是靠核心母题划定。靠什么？靠情节基干。而我觉得这个问题，我和稻田先生之间可能有共识。第三个问题，就是它的生长机制，就是怎么发展的问题。这也是所谓异文的部分。关于异文，我做了另外一个说明，加了一个中间环节——"变体"。我觉得它是一种生长的形态。把中心母题、情节基干、变体这些问题理清楚了之后，我们再谈类型如何划分、一个类型和别的类型之间是什么关系等问题就都可以解决了，至少好解决了。

稻：关于"核心母题"和"构成母题"，鹈野先生大概都谈过了，可他好像没有说到"要素"。当分析民间故事的时候，我们从一个核心母题，到数量不确定的构成母题，最后到要素，逐渐去进行分析。当我们的考察到了要素层次的时候，就像刘先生所说的变体（"亚类"）等问题是可以解决的。比如说，继子被杀后变成其他形式，呼叫自己的父亲报复继母。有些文本说，继子变成了竹子；有些文本说，他变成了小鸟。在情节的发展过程上，文本之间是有差异的。如果用一句话来概括这个过程，那么它们就是"构成母题"。如果我们再从它的下一个层次看，它们就是要素。但是从整体看，它们是一个类型，以"尸体化生"为中心。如果需要区分，我可以把它们细分为各种亚类。如果大家认为没有分类的必要，那么我就不分了。我和鹈野先生认为，在构成母题和要素这个层次上，刘先生所说的问题是可以解决的。

刘：我在那篇文章里，没有像稻田先生那样要解决上面这一层问题。我解决的是下面一层的问题。如果说，AT解决的是"所有的故事怎么分"的问题，那么稻田先生解决的是"所有的文本根据什么分"的问题。而我解决的是下面层次的，就是在一个类型之内，各种异文之间的关系问题。

稻：AT还没有解决"怎么分"的问题。

刘：对，还没有完全解决。但它的目的就是把这些故事分开。它分的类很大、很杂。分开了之后，现在稻田先生要解决，既然有这么多类型，那么这些类型之间究竟是什么关系。我解决的是在一个类型之内的异文的关系。

稻：AT所要做的，与其说是要区分，不如说是要给类型号码。我认为刘先生的工作非常重要。但是下一个层次和上一个层次之间存在相互关系也要。如果忽略历时的视角，而只考虑下一个层次的东西，是不是没有太多的意义？当然，中国现在连起码的基础都没有。但是，需要一步步地做。当我们编写《日本民间故事通观》的时候也是这样，从零开始做起。我们也很无奈。我们最初参考AT、柳田国男和关敬吾两位先生的分类，而在半路上，我们的理解地陷入了困境。当时，我差一点放弃了。目前，中国研究者的数量有限。但是，从事科研的研究者未必都从事实际的分类整理工作。日本也是这样。这并不是一件不好的事情。具体的分类工作，刘先生一个人是做不到的。生命是有限的，这么做不值得（笑）。研究者首先要为将来的分类工作打下基础，建立一个整体的分类体系。即使做得不完整，也没有关系。刘先生可以让别人去做。您有很多优秀的弟子。但刘先生首先必须从事理论的建设工作。现有的资料足以产生理论，但是这种理论大概不是完整的。当建立大致的框架之后，细节工作可以慢慢去做。有些人急着要分类所有的资料。我可以理解他们的心情。但是中国的故事储存量太大。我过去对日本的故事资料做了同样的工作，就花了16年的时间。如果刘先生现在开始这个工作，一辈子就这样结束了。目前，我已经不做了，只是还有人去做。这不是一件不好的事情。我认为故事的分类和整理不是我要做的。当然，只要他们问我，我就去帮忙，只是我不会直接地参与。刘先生在前线参与故事资料的分类工作。我能够理解您的心情。不过，即使稍微推迟这个工作，中方首先必须要展开理论建设工作。关键是由谁来做。

刘：日本好啊。日本有您的索引在那里。你们已经把所有的故事都安排到应有的位置上了。在这个时候，您可以回过头来看过去这样做对不对，检验自己理论体系的建设。而我们现在没有办法到上面去。目前，我们大概有了两千多卷各县的故事集，而还没有很好地分析和描述它们。我现在的想法非常简单。就是把一个省的100本、80本故事集拿来，把所有的作品，都非常认真地去分析。第一次不合适就分第二次，第二次不合适就分第三次。分完了之后，我看哪一个是最好的办法。我在一边分的过程中间，一边来验证自己的理论体系。这是一个反复的过程。所有有价值的理论都是在实践的过程中提炼的。而不是我一开始就想有一个理论体系。日本方面已经做了这个工作，而我们没有。我们现在的资料已经足以做理论工作，这没错。比方说，刚才我们所说的情节基干就还没有全部很好的提炼好。有时候，我们还仅仅用一个故事题目来解决大量复杂的异文问题。所以我觉得，在这样一个情况下，如果我们现在立即去做的话，可能仍然脱离不开原来的旧有的框架。

稻：在这一点上，日本和中国的情况是相似的。不过，我根据自己并不多的经验，想说几句。一个是，中国的现状并不坏。在日本，确实事先有了关敬吾先生和我的工作。这些工作已经渗透在每个日本研究者的心中。但是我和关先生都犯了错误，所以现在我们需要重新解构、瓦解，这反而增加了难度。我现在好不容易做了很小的修正。而今天有些日本研究者就已经很难更改原来的思路了。鹈野先生老跟我在一起，所以在这个方面要好一些（笑）。而酒井先生把关先生的和田中先生的两样都用，还不敢完全抛弃原来的东西。从这一点上看，中国和日本到底是那个情况要好一些？我并不认为中国的现状比日本坏。现在，中国可以从零做起。中、日、韩三国不能完全只顾自己。我们可以先把三国的民间故事结合在一起，从这里做起。第二点，我曾经犯了很大的错误。当编写《日本民间故事通观》的时候，我最初请求那个刚从德国回国的小泽俊夫先生一起做。而后来才发现，我们的观点很不一样。两个领导有两个头脑。我们之间就逐渐出现了裂缝。直到最后，我们实在不能继续合作了。小泽先生就半路上离开了。

然后，我组织了新的队伍，开始重新做起。经历了这些后，我吸收了很多教训。有两个头脑是行不通的，做事必须要有一个中心。中国现在还没有一个分类体系。从某种意义上来说，这是很好的。在日本，关敬吾先生的分类方法已经变成了障碍。日本研究者做研究，每次都要说明关敬吾先生说怎么怎么，稻田说怎么怎么，结果他们都被搞糊涂了。所以就说，并不是中国的现状比日本差。当然，中国的故事量太大确实是一个难办的问题。但我也觉得，刘先生只要打下基础就可以了。剩下的就将来让年轻人慢慢去做。目前，中国经过多年的调查，已经编了或者正在编制很多故事集。哪怕是朴素的，那些数量庞大的资料也已经被分门别类。《民间故事集成》多好啊，已经很不错了。再上面一层的分类问题，大家可以慢慢去做。

刘：我今天在这个问题上没有发言。这次会议不是工作会议，而是一次学术会议。现在，我们老想把我们的学术会议变成工作会议，这个很难做得到。工作会议是只让那些和这个工作相关的人们去参加的，大家仅谈这个问题。而且所有的学术观点，就是围绕着我们的中心任务来发表。所以我说这是"工程"。"工程"只能有一个工程师。因为我们只需要一个工程建设主导思想。而这个建设思想，由于涉及三国，大家需要把三国的情况放在一起去协商。否则，最后做出来的不是一本专著，而叫论文集。我们是"工厂方式"，还是"市场方式"？假定我们是市场方式"，你做出东西来，别人可要可不要，那么我们现在就做得非常好。假定我们是"工厂方式"，那么现在我们没有做到。必须在集中大家的智慧、经过协商之后，提出一个方案。

稻：对，我们必须要有一个中心。即使再困难，也必须要确定下来。关于这一点，我有所体会。

刘：我们有来自三个国家的三个人。如果只有三个人，我觉得我们的问题好解决。而除了这三个人之外，还有很多学者。我们不是联合国，不能以多数表决来决定问题。比如这里是战争。他到东边打，他到西边打，还有一个说要撤退。但是司令应该只有一个，我指的是应该只有一个实施原则、一个指导思想。这个司令的命令，大家必须都服从。当然，这个司令也要好好听取部队里面的意见。

稻：对。我们确实需要确定，当一个国家派两个人参加的时候，到底谁是代表。今后，每个国家都要根据典型的例子来提出一个具体的分类方案。在此基础上，大家一起讨论哪个是最好的方案。如果哪个方案被采用了，那么提出这个方案的人就是中心。明年，我准备提出一个方案，大家一起讨论。如果没有具体的例子，我们就讨论不起来，即使能够讨论起来，我们说的都不过是空话。今天在会上，我把明年要提出的分类方案，勉强地说到那个地步。我自己也有所无奈。因为，现在我们必须要拿出一些具体的东西来，必须开始启动，不能再拖了。

刘：好，今天就到这里结束吧。稻田先生大概已经很累了。以后要讨论的问题多着呢。比如，将来做比较索引的时候，究竟以哪国的类型或情节基干来对相同类型的叙事作品进行描述？事情很多啊。以日本的，不行。以中国的，日韩两国是不是同意。这个问题，比具体的类型还复杂。

稻：其实，在我脑子里，已经有具体的方案了。我们未必选择一个国家的。如果只是选择一国的，那么必定会引起很多问题。我们可以把那些牵涉到三个国家的东西拿出来，做索引。就东亚三国的故事来说，我认为是可以做得到的。我们将来要做的，当然不是最终成果，不免有所勉强。大家看了之后，可以有各种各样的评价。下一代年轻人，要提炼的就提炼，要修正的就修正，把这个工程继续做下去。我们现在所要做的，就是这样一种基础性的东西。每当开始做事的时候，我都会想起当年编写《日本民间故事通观》时的情景。当小泽先生离开了我之后，我就变成了一个人，孤军作战。现在我心想，既然我们都做了10年了，那么即使有所勉强，即使最后只剩下我一个人了，我也坚持要做下去。假如没有这种决心，索引这个东西是无法完成的。

（西村真志叶根据录音翻译整理）

生命树·林中路——"民间叙事的形态研究"问答、评议及讨论①

摘要：刘魁立在《民间叙事的形态研究—历史、视角与方法简谈》一文中，系统而扼要地梳理了民间叙事的研究史和代表观点，并以"生命树"为例，阐述了应用形态学方法的故事研究思路。同学们就此提出问题并展开讨论，讨论焦点集中于基本概念的辨析，共时与历时研究方法的限度，并结合实例探索了应用共时视角和形态学方法的多种可能。

关键词：母题；类型；生命树；民间叙事；形态学

一、理论与方法

马千里（中国社会科学院民族文学研究所2014级博士研究生）：普罗普对《神奇故事的历史根源》一书花费了很多精力，用人类学方法对大量民族志资料进行了讨论和分析。书中比较靠后的部分提到他和列维-斯特劳斯的论战，能否请您将他们争论的要点阐发一下？

刘魁立：普罗普为人很好，他是列宁格勒大学的教授。在20世纪20年代初期，俄国十月革命胜利不久后，他作为学生曾组织或是参加过一个学

---

① 原载《民族艺术》2017年第1期，第39—46页。

习小组。这个学习小组当时影响也挺大，其中一些人（包括他）就被克格勃抓进监狱关了约半个月。他对此事讳莫如深，从不提起，因为他是日耳曼血统的俄罗斯人。在顿河边上有一群德国血统的人，东德、西德要研究德意志古老文化的时候，还来此地做些考察。普罗普一直特别认真地做研究。在形式主义极为盛行之时，俄罗斯有一个非常著名的学术团体，参与者很多，即"诗歌语言研究会"，研究语言和诗歌的形式问题。形式主义特别盛行之时，出现了大量语言学界的成就，这是一个非常辉煌的时代，俄罗斯语言学有很高的起点。

在这样的氛围中，阿尔奈的故事索引出版了。普罗普不满意，于是开始做形态研究。当时他设计了两个题目，一部是非常严格的共时研究，另一部是历时研究，所以才有《神奇故事的历史根源》。这两部书应是姊妹篇，但由于战争原因，他的书没有立即得到译介。形式主义在此后一段时间内受到冷落和批判，他的书也没有得到应有的重视，但学校里讲到民间文化时还是会推荐它作为参考书。尽管无人追随他的研究方向，但学界都非常敬重他的创造。大家感到特别遗憾的是，很多人是通讯院士、院士，但他最终仅是教授。他还有几部重要著作，是目前苏联时代硕果仅存的对俄罗斯农业时期的节日研究成果。当俄罗斯已把东正教作为国教，将自身传统文化彻底消解的时候，他居然能对传统的俄罗斯民间节日进行研究，是很了不起的。后来他又转去研究俄罗斯民间史诗勇士歌，到今天仍然是经典文献之一。

普罗普和列维–斯特劳斯打了被动仗，列维–斯特劳斯说他了不起，因为列维–斯特劳斯在某种意义上是借鉴、发展了普罗普，然后才有"神话素"等发明。在这样的基础上，他理应对普罗普有所尊重，可是出于一种略有沙文主义味道的心态，说："如果普罗普不是日耳曼血统的话，他做不出来。"另外，他当时还没有看到普罗普的第二部著作，就指责他完全没有考虑意义。列维–斯特劳斯的"神话素"和后来荣格的"原型"已经基本靠近意义了。什么叫原型？按我个人的定义，就是历史特别悠久、在人类社会中极具广泛性、在所有的时代和民族里都有极大应用空间的母题，可以称之为原型。神话素、原型已经接近意义，不完全是形态概念，而是掺杂了其他东西。列维–斯特劳斯的指责使普罗普心里特别不平，普罗普十分激动。对于俄国要放在一定的政治背景下看待，强大的政治背景会给人无法释怀的依附感和归属感。普罗普心里可能也有这样的因素，我不知道其他更深层的背景。

吴新锋（北京大学中文系民间文学专业 2014 级博士研究生）：我读了您的《民间叙事的生命树》，您和稻田浩二的对话特别精彩。第一个问题：您为何在文中引入 20 世纪 30 年代林兰编的五个文本？如果采用更多古代文献中的狗耕田故事，材料不是更丰富吗？第二个问题是：您和稻田浩二关于中心母题和核心母题的争论，您认为有两个中心母题，稻田浩二认为"一只会耕田的狗被杀死后坟上生树"是一个核心母题，更大的母题在于"尸体化生"的背景。而我认为，"兄弟分家"应为根本的母题，它可以勾连结构形态和意义。

刘魁立：第一个问题，当时用林兰的材料主要考虑它比较实在，且都是浙江的。我希望在一个干净的环境中做实验，不要杂菌。我想一网打尽，将县卷本 99 册书一页页翻，绝无遗漏。在此之外，有关的材料相当多，但我绝不吸纳，否则就会牵涉其他民族等复杂问题。所以古代的和林兰编的其他省份材料均未采用，是出于技术原因。第二个问题，我考虑过兄弟分家，但它本身并不构成情节基干，只是一个平台。兄弟分家之后有各种开展情节的可能，而只有分得狗这个情节才能清楚地标示主干。像牛郎织女故事也有兄弟分家情节，是分到牛。兄弟分家之后还有其他各种演绎，所以它既不是类型也不是母题，而是主题，是更加庞大的范畴。兄弟分家仅仅是出发点、起始点，是基础，是一个由头。

吴新锋：按照稻田浩二的界定，母题是故事中心人物的行为，兄弟两人分家是重要行为，由此展开后面的惩罚哥哥，帮助弟弟或拯救的二元对立，它可以和意义更好地勾连。如果在此基础上考虑意义的话，兄弟分家、狗耕田的故事在民间日常生活中是包含批评或说教意味的。

刘魁立：咱们现在的讨论就有点论辩性质了。兄弟分家很难成为基干。我举另外一个例子，过去我们常说的地主和长工，也可以是两兄弟，一个不断被凌辱被损害，但每次都胜利；另一个是强权者。他们不一定非得用分家的方式。如果把分家作为中心母题的话，就会牵扯一些别的东西，比如牛郎织女或其他的分家故事。所以分家本身并不构成两人矛盾的焦点，焦点在于他手上所得的、相互争夺的对象。

李敬儒（北京大学中文系民间文学专业2015级博士研究生）：国内用形态学方法做民间叙事研究的非常少，您认为原因是什么？或者说，民间叙事形态学的难点在哪里？

刘魁立：我讲年轻时的一个故事。在第六届世界青年联欢节上，派我照顾中国的贵宾程砚秋、戴爱莲等特邀评委。同时我为评委团团长、总政歌舞团的政委胡果刚做翻译。他在评舞蹈的时候，笔记本上画的全是圆圈：出来是什么队形，进去是什么队形。他的重点并不在于内容是草帽舞还是丰收舞，现在回想起来全都是形态研究，就是队形。在音乐界和绘画界也有如此情况，重在结构。

可是一说到民间故事，好像就一定得讲意义，因为我们把意义看得远远超过了形态，其实故事本身也是形态。这大概也和习惯有关，大家都往这条路上走，这条路就比较通畅了。我个人的感觉，倒不是因为它无效、无用，而是它没有被大家关注，走这条路的人还是少。如果仔细想想，民间口头传统领域里还有非常多的对象可做形态研究。史诗篇幅很长，仔细分析起来，其实那些情节本身说来说去全在形态上转圈；可你一旦研究了以后，别人就会问："思想性体现在哪？"容易受到指责。我认为现在已经到了不仅要关注意义，而且必须关注形态的时候。

朱佳艺（北京大学中文系民间文学专业2014级直博研究生）：我们做形态学研究要注意哪些问题？您对于实践操作有何建议？

刘魁立：我自己也做得不好，只有一个建议，就是把研究范围的外延确定得小一点，认定一个故事或史诗，让材料的同质性多一些。材料太杂就无法展开，会花费很多精力，把自己弄得很疲劳。比方说，非物质文化遗产领域的门类特别多，内容也特别精彩，随便举出一种，像灯彩或是景泰蓝，如果进行形态研究就很好，且比故事容易出彩。

王尧（中国社会科学院民族文学研究所在站博士后）：第一个问题，邓迪斯说他所创制的"母题素"概念和普罗普的功能概念并不一致，两者的出发点有何差异？第二个问题，汤普森将母题分为三种类型：第一种是角色；第二种是背景、器物等；第三种是构成真正故事的类型。我的理解，第一、二种都是名词的，而第三种则是动词性的，它在真正推进叙事。邓迪斯的"母题素"也都是动词性的。汤普森和邓迪斯对母题中的名词和动词有区分吗？

刘魁立：这个问题不是我能够完全解释清楚的。我只抱准一点：普罗普特别重要的贡献在于他把主人公完全抛弃。为什么要抛弃？因为主人公可以换成无数别的人、树、神仙，也可以是无生命物，完全没有关系。问题的核心在于，他的"功能"实际上是动作、行为，这些决定了整个故事的演变、发展。"母题素"等概念基本也都是从功能引申出来的。当你涉及工具和人物的时候，最终还是要落实到行为、动作。普罗普的功能项中，除了衔接的部分，基本都是动作，如禁忌、违反禁忌。

王尧：这样是否忽略了对名词性母题的研究？

刘魁立：不是忽略，而是说这些名词可以变换。它们不重要，不要把它太过形式化。狗耕田不一定是哥哥和弟弟，也可能是两个别的人，或者一只狗和一只猫，完全没有关系，它本身没有意义，有意义的是行为的变化、递进，这是普罗普特别重要的贡献。在他之前从来没有人这样认为，过去都是围绕主人公开展，而普罗普则将主人公搁置了。

王悉源（北京大学中文系民间文学专业2014级硕士研究生）：您强调共时性和历时性不能相容，但是否在特定情况下，可以尝试将二者结合在一起？我认为邓迪斯的禁忌、违反禁忌等几项"母题素"，就是把普罗普的线性结构和列维-斯特劳斯的二元对立结合起来了。

刘魁立：我不排斥在一篇文章中结合共时和历时的方法，但一定要言说清楚：我在谈这个问题的时候，是以共时的分看法；在讲另外一个问题的时候再用历时。常见的问题是不仅用共时替代历时（或历时替代共时），而且认为它们就是一回事，混淆了两者。

蔡佩春（北京大学中文系民间文学专业2015级博士研究生）：您刚才说到形态研究应该把材料范围限制得小一些，是指地理、时间范围要小吗？如果研究不同民族之间的关系，应该怎么限定范围？

刘魁立：我的意思是，我们通常是在耶稣基督的十字架上讨论问题，它包括一个共时的横坐标和一个历时的纵坐标。由此可以发现一个特点：历时研究通常接触的是个体，范围可以很大或很小，这并没有关系，它总有一个固定的对象。而共时研究的对象显然不是一个，必须是若干个，这才能称作共时。

二、母题及其分类

刘魁立老师系统梳理了形态学相关概念和理论发展史，以下就该范畴内的一些根基问题提供几点思考。

（一）母题

《民间叙事的生命树》一文关注了母题对情节的链接能力："母题含有进一步展开叙述的能力，具备相互连接的机制。"并将母题比作"肌腱"，有的肌腱链接能力强，情节发展就有更多可能性，故事就可能从这一点开始派生出更多异文；有些肌腱链接能力弱，可能只和某一个特定的衔接，后续的情节就比较单一，故事的异文就比较少。同时，它的链接又是多指向的。那么，哪些母题会经常链接在一起，构成"固定搭配"，在故事文本中稳定出现呢？

两兄弟分家后，可能发展为狗耕田故事。但在另外一些故事文本中，兄弟分家后弟弟分得一头老牛，进而发展为牛郎织女故事。刘魁立老师将这些固定组合称为"母题链"。以上是经常组合出现的母题。反之,哪些母题不可能组合在一起?除因不合逻辑、无法搭配之外,有大量母题是可能组合的,然而在某类故事文本中却很少见到,此种情况的原因是什么?在何种条件下母题组合会变化?如何进行考察?答案可能不仅要从形态学内部寻找,还要考虑诸如民族、地域等外部因素。

刘魁立老师提出的积极母题链拥有很强的嫁接能力,甚至可以把别的故事类型整个地嫁接过来。比如,蛇郎故事讲到继母生的姐姐嫉妒妹妹,就可以和灰姑娘故事衔接。

(二)母题素

汤普森提出将故事情节切分为最小单位的"母题"概念,邓迪斯将其进一步分解为抽象和具象两个层面,并提出新概念"母题素"。它其实还有广阔的理论拓展空间。

民间故事可以定义为一系列"母题素"的连续。邓迪斯以美国印第安民间故事为例,提炼出六项"母题素",分列三对:最小的故事经常出现的是缺乏、缺乏的终止两项,构成故事最低限度的定义;更普遍的"母题素"还包括禁止、违禁;后果、试图逃避后果。一则常见的印第安故事文本就是六个"母题素"综合体。

故事既有长短繁简之别,各项"母题素"之间有弹性的叙事空间。每对"母题素"之间可插入多少情节?有些"母题素"遥相呼应,如某人没有妻子,他经过很多磨难和考验,最终成婚,故事可以抻得很长,这对"母题素"构成故事首尾。有些"母题素"之间的空间比较小,如设禁不久就会破禁。从横向的叙事进程看,"母题素"调控着情节开展的速率。

从纵向观察各项"母题素"自身的变化,其形态也并不都保持稳定。关于"母题素"变化的可能性,刘魁立老师建议译为"母题相",表示抽象与具体之关系。蛇郎故事中,姐姐害妹妹通常以推到井里淹死的方式,绝少变异,"谋害"作为一项"母题素",其"母题相"就较为单一;而妹妹的冤魂变成树、鸟等各种事物，姐妹俩可能反复发生多次斗争情节，"母题素"变形的"母题相"就相当丰富，每次变化都是"母题相"的具体表现。各"母题素"与"母题相"的对应关系有别，原因何在？如果换一处语境考察同一故事，其"母题相"的表现形式会发生较大变异吗？

（三）母题的分类：动词性、名词性

我们回顾一下汤普森对母题的定义："一个母题是一个故事中最小的、能够持续在传统中的成分。……绝大多数母题分为三类。第一类是一个故事中的角色……第二类母题涉及情节的某种背景——魔术器物，不寻常的习俗，奇特的信仰，等等。第三类母题是那些单一的事件——它们囊括了绝大多数母题。"[①] 以上三类，前两者都是名词性的，第三类关于事件的开展过程则是动词性的。这两种不同性质的母题具有相当明显的功能差异，汤普森并未明确区分母题中的动词和名词，然而他的界定一直被沿用，由此带来的混淆影响至今。

汤普森的母题范畴尚且包含名词在内，到了普罗普已全面转向以动词为中心了，功能项是纯粹的动词性概念。刘魁立老师说，普罗普对他重要的启示是"主人公不重要"，即在故事中，人、物不重要，这些是可变化的，重要的是做了什么事，这才是情节开展的动力，动作的功能是不变的。邓迪斯概括的三对"母题素"也都是动词性的。在母题概念发展历程中，名词性母题被忽略了。我们为什么不关注动词与名词的搭配？不仅限于母题，民间叙事中的其他名词性成分是否也具有形态学意义？

试举两例。一是张志娟《论传说中的"离散情节"》[②]。如果只考量动词性叙事元素，则传说与故事并无质性差异，因普罗普说"主人公不重要"，情节、功能项才关涉叙事进程。而各种民间文学概论告诉我们的传说

---

① （美）斯蒂·汤普森：《世界民间故事分类学》，郑海，等译，郑凡译校，上海文艺出版社，1991年。

② 张志娟：《论传说中的"离散情节"》，载《民族文学研究》，2013年，第5期。

区别于故事的真实感、地方性等特征，往往依托于名词性元素来实现。可是，AT分类法是依据动词性的情节来编制故事类型索引的，假如我们不更换分类标准，仍用AT分类法编制专门的传说索引，那么所得的结果将与故事索引毫无差异。如果一定要编制传说索引的话，是否可尝试从名词性元素，如主题、名词性母题等角度来设置标准呢？

第二例是我在山西洪洞调查的通天二郎传说。山西洪洞地区信奉一位地方性神灵通天二郎，其身世传说可概括如下：传说他原是清末时当地一个小孩，出生时有异象，幼年却受了很多磨难（父母双亡、生活困顿等），光绪三年（1877年）时他到亲戚家去，爬上柳树觅食或玩耍，不慎坠亡。死后先成了柳树精，经常到村民家里做些扰乱之事，人们就寻了道士或法师来，经过几番斗法，最终将他降服。当地的两位女神娥皇、女英收他为徒弟（或义子），并赐神号"通天二郎"，他从此跟随两位大神。封神之后，他开始赐福于民，对信众有求必应。因死亡时年仅十二岁，他的家人就为他与一位也是夭折的女孩配了冥婚。他还与当地其他几位男神拜为兄弟，组成"结义神团"，常以群体形象共同出现在壁画、塑像等信仰载体中。

我想从三个层面进行分析。第一层是结构性元素。如果从动词角度归纳上述情节，则包括以下9个单元：①神异转生；②幼年磨难；③攀柳坠亡；④柳树精；⑤斗法；⑥攀附/封神；⑦显示神迹；⑧阴婚娶妻；⑨结义兄弟。其中，③攀柳坠亡和⑥攀附/封神两个单元是在我搜集到的全部35则文本中都出现的，也是本个案的结构性元素。它们是动词性的，在所有村落、所有演述人口中都是必要且不变的。

第二层元素不承担结构性功能，它们可以不出现，一旦出现就必然保持稳定形态。如时间是光绪三年（1877年），小孩姓杨，死时十二岁，坠亡处是柳树而非其他什么树，死状血腥惨烈，等等。这些元素受到文本之外的地方语境所控制。如光绪三年（1877年）在当地是众所周知的饥馑之年；再如当地观念中，小孩的头骨到十二岁才发育好，成为完整的自然人，此前魂魄不全，容易夭折。

第三层是无规律变异的元素。如小孩和他妻子的名字，他的家庭成员、排行第几，等等。这些元素最易变，似乎并无制约性的力量。

总而言之，第一层元素是动词性的，后两层绝大部分都是名词性元素，它们有些附着于动词之上，构成固定组合，比如死亡方式是从柳树上坠下。而另一些名词性元素则无需搭配动词，可以独立呈现，如光绪三年（1877年）这一时间点。如果从动词、名词性元素的角度区分文本层次，我们可以尝试建立一些标准，将这些元素辨认、提取、归类，从而归纳口头叙事变异的核心法则。

三、路径与可能性

王悉源：对于将通天二郎传说元素分为三层的做法，我的理解是：在一则叙事文本中，第一层是动词性结构；第二层是名词性且稳定的部分；第三层是名词性而不稳定的部分。这三层可以理解为是相对易变的。比如，第二层比第一层易变，而第三层又比第二层易变。第一层的动词性元素，是从人类普遍逻辑或共同心理需求的角度抽绎的，是最稳定的结构，普罗普只关心这个结构，在人类文化中最具共通性，是含有最大公约数的东西。就普罗普的研究而言，他仅分析第一层是理论自足的，他追求的是文化相似性，可以忽略第二层和第三层。第二层元素在地方之内最不易变，如研究地方文化共通性需要关注的是第二层。第三层是最富个人化的因素，如关注表演、讲述、个人经历，属于第三层的范畴。所以，普罗普只考虑动词性的元素而不涉及名词，是因他的研究目的，并无区分传说和故事的必要。

宝诺娅（北京大学中文系民间文学专业2014级硕士研究生）：我很赞同刘魁立老师对"母题素"和"母题相"的区分。"母题相"是具象的，有点类似于你提到的第三层，即可变的名词。"母题素"是动词，那么可变的名词就可以归入相应的"母题相"部分。比如变形是"母题素",那么变成猴子之类的名词性元素就可以归入"母题相"。但是这个想法,在处理不变的名词的时候,就会有一点缺陷,那么不变的名词该归入"母题素"还是"母题相"?

吴新锋:我认为宝诺娅说的"母题相"应该是名词和动词结合以后的组合。

王尧:邓迪斯的"母题素"其实还是动词性的概念。

吴新锋:"母题相"其实就是它的样态,各种变异的情况。我认为"母题相"是动词和名词的组合。

宝诺娅:王尧想强调名词性,如果可变的名词加上相应的动词,就是它的"母题相",是这个意思吗?

吴新锋:假设按你刚才所说,如果按名词性元素做传说索引,得设多少个类别?怎么凝练主题?比如同一名词在不同传说里的叙事功能也是有差别的,你怎么将它在不同文本中出现的不同位置归类?又比如关于山的传说里也有其他的名词,混在一起,怎么归类?

王尧:我没有设想过非常具体的编制传说索引的方案。如果真的编制起来,一定会遇到你说的问题,这些问题在AT分类法中就已然出现了,比如动物故事与神奇的宝物、神奇的帮助者,这些就是名词性的,汤普森在编制AT时就把名词和动词性标准混在一起了。

朱佳艺:你提出的将叙事元素分成三个层面的理念,其实你强调的更多是研究方法,不一定非得做出个索引。

程梦稷(北京大学中文系民间文学专业2015级直博研究生):你对名词的划分主要针对传说吗?我理解,故事的地方性只需要黏附在物象上,如地方风物、风俗信仰。后两层的名词性元素是否专门针对传说?第一层的动词性元素比较像故事。包括刚刚你和吴新锋讨论的问题,比如神奇帮助者一项,我的理解它更多倾向于功能意义;至于帮助者具体是什么,这个名词决定了它是传说还是故事。

王尧：名词性元素不仅针对传说，故事中也有的。比如，蛇郎中的变形可以变成鸟、竹子，狗耕田中"狗"这一意象就非常稳定，这些都是名词性的，但在不同的地区也会发生并非随便而是有意义的变化。

吴新锋：故事和传说中的名词的意义还是不一样，你对名词的独立意义怎么看？

王尧：从汤普森提出母题概念之后，到普罗普、邓迪斯、刘魁立老师，都以动词为关注中心；如从名词视角窥之，会呈现出其他层次来。如刚才宝诺娅提到的，汤普森的"母题素"是动词性概念，而"母题相"是刘魁立老师提出的对其具象变化的概念翻译。如果我们认为母题也有名词性的，那么在它内部是否也存在相应的"母题素"和"母题相"之对应关系？比如通天二郎传说中，第二层的名词性"母题素"比较稳定，可变化的"母题相"就近于无；而第三层的名词性"母题素"变化比较丰富，稳定性弱，它所对应的"母题相"就比较丰富，是抽象和具体的关系。

吴新锋：比如，"母题素"是变形，"母题相"就是变树、变鸟？

王尧：我认为可以这样理解。

吴新锋：你提到，换一个民族和地域，母题的链接和延展就不一样了。历史地理学派最初就是要呈现这种变化，比如汉族故事到穆斯林地区，有关情节可能自然就屏蔽掉了，相应的情节自然就无法延展，这是很自然的。你怎么理解？

王尧：形态学考察的变异并不同于历史地理学派的做法。如果不考虑语境，只要符合逻辑，各个母题、情节之间是有相当丰富的衔接可能性的。以一个母题为常量，另外有很多可与之衔接的变量，构成多种搭配。这是叙事变异的最大可能性。然而即便将世界各地的异文搜罗殆尽，也未必会满足这种最大可能，总归有一些逻辑可能性在现实中从不出现，这是第二步，比逻辑可能性的范围缩小，是形态学研究的范畴。至于加上语境因素之后，比这个范围又缩小一步，那就不是纯粹的形态学，带有语境研究的色彩了。我们考虑的是，加入语境因素之前，生命树有多少可能的发展方向，它生长的最大潜力是什么。加上语境因素后，这些可能性肯定不会全都呈现出来，语境就会对形态的可能性进行选择。

吴新锋：范围当然是越来越小，逻辑变化是最大可能性。共时研究小了一步，是呈现出来的可能性，是人类在讲述已有故事，总共就这么多；再下一步加入语境、民族地域的变化以后，就可能涉及人类的原初状态、最基本的东西，比如家庭伦理、对待死亡的态度。故事讲述也是这样，各民族的不同讲法跟习俗有关，道德评价亦有别。共时研究理论上可以穷尽人类各个民族所走的不同的路。

陈泳超（北京大学中文系教授）：我想补充几点。①形态学的核心是要设定一个取样原则，在此原则下所有的材料都是均质的。形态学和共时研究不是同一个概念，它要求同的不光是共时历时，只是历时、共时最容易被感知罢了。形态学研究是标准化的、纯净态的研究，要注意是否足够纯净，有没有加入不均质的维度，在此前提下，它可以有各种各样的观测坐标，关键是材料的密闭程度，以及方法上的始终自律。②AT类型索引的分类标准是情节性、动词性。所以汤普森母题三类中只有第三类可以跟情节"type"对接成一套连贯的分析概念，前面两类（主人公和物品）是加不进来的。母题就是小情节，类型就是大情节，多少个母题连在一起就是故事，很多故事的核心基干一样，就是类型。③刘魁立老师的"狗耕田"价值在什么地方呢？它用个案来说明每个"类型"都必须有其存在的理据。我们都觉得全世界很多故事是同一个故事，但那只是直观感受，大多数时候大家没意见，但一旦有分歧了，就得按刘魁立老师说的，弄出一个标准（情节基干）来。所以，AT只是直观罗列，刘魁立老师这个文章是从感性到理性的操作示例。④叙事的形态学研究，尽管都是以动词性为主的，但我们也可以根据不同的目标和条件，加入名词性变量，从而呈现不同的样貌。比如，我们几个注重传说与故事的文类差别，就在于叙事中的一些名词与地方人群的关联属性，不能像普罗普那样全部去掉。而加上这一指标，就会呈现出另外一种形态风貌，比如我新书中的生命树就跟刘魁立老师的生命树不太一样，这有助于传说学的进一步研究。王尧说的三个层次，多少也有类似的诉求，她的考量似乎主要是变动性的大小。其实从这个意义上说，我们都在经典形态学分析中逐渐加入了一些意义的变量因子。⑤动词性和名词性不光是为了区分传说和故事，还有很多功能，比如命名。我认为对于类型的命名只能是动词性的，像"狗耕田""当良心"等。绝对不能纯名词性，比如"两兄弟"，"两兄弟"可以做很多事情，"狗耕田"和"牛郎织女"不都是两兄弟吗？它们怎么是一个类型呢？还有，什么叫"白蛇传"故事？是因为有了白蛇娘子、许仙这样的主人公？还是因为它的动词性情节过程？人们可以用白娘子和许仙的名义编出很多离奇的情节，那只是同一个主人公的故事，并非同一个类型的故事，而如果少数民族有一个类似情节的故事，但主人公却不叫白娘子、许仙，我们仍然可以叫它们是同一类型，因为情节基干一样。⑥"母题素"和"母题相"的问题。我认为，这是翻译的错误。本来这组概念是从语言学来的，我请教了系里研究语言学的老师，在语音学中，最简单可以分出音素和音位两个概念：音素是可以切分的最小语音单位，是自然物理性的、复杂多样的；音位是一个语言系统中能够区分词义的最小的语音单位，它比音素要概括，比如"啊"中的 a 和"汤"（tang）中的 a，其实在音素上看是不同的两个音，国际音标分别为［A］和 a。但在汉语中它们不区分意义，所以汉语拼音中可以用一个［a］来表示，这就是音位。一个音位可以有多个音素，它们属同一个表意单位。有时为了概念更严密起见，将全人类各种语言中可以提取的最小单位才称为"音素"，对应于英语的 phonetic，即国际音标；一种语言中的最小语音单位就不称音素而称为"音子"了，汉语拼音其实表示的是音位。总之，有后缀"-eme"的，都应该是"位"，是较为概括的概念，这在英语里本来很周密。但一个较为麻烦的是"morpheme"，其实应该翻译成"语位"，但因为吕叔湘最早将它翻译成"语素"，被大家长期使用，沿袭至今。其实他们语言学教学到这个概念时都会指出这里存在的问题。

相应地，列维-斯特劳斯的"mytheme"和邓迪斯的"motifeme"，就不应该翻译成"神话素"和"母题素"，而应该翻译成"神话位"和"母题位"，"位"是表示比较抽象、概括的较大概念，一个"位"里面可以容纳很多个变体，每个变体才是更小的"素"。后来从中引申"emic"和"etic"两个词，分别代表主位、客位，其理正同：一个文化的主位是实际表意的，并且其所表意相对固定；而客位则可以生发出无穷的联想和阐释。丁晓辉的《母题、母题位和母题位变体——民间文学叙事基本单位的形式、本质和变形》一文已经对这组概念做了非常详细的梳理，并纠正了译名的问题，可以参考。

在翻译问题上，刘魁立老师也从俗而称"母题素"。但刘魁立老师有个特别聪明的地方，现在我们假设"位"的概念已经确立，他把对应于"音素"或"音子"的概念加了一个"相"，组成"母题位"和"母题相"这样一对概念的话，就非常有意思。因为在一个语言系统里，音位和音子（音素）的差距不是很大，音位变体不会很多；而在民间叙事里，它的差距无限大。比如，邓迪斯说的构成故事最简单只需要"缺乏"和"缺乏的终结"两个"母题位"，但这两者之间可以很小，也可以很大，变体无限多样，包罗万"相"嘛。⑦并不是所有的民间文学作品都适合进行形态分析的，它只对相当于现在 AT 里面那些简单故事才适用，像四大传说就已经不是类型，而是类型的综合使用了，不能说弄出一个"白蛇传类型""格萨尔类型"，它太复杂了。刘魁立老师认为"狗耕田"只要两个核心母题构成情节基干，就可以划分一个类型。我觉得对于所有民间叙事的类型来说，这个数字是有限的，必须有个规定，比如不得超过五个，否则就变成复杂文学了，不适合再进行情节类型的归纳，而要进入普罗普的"功能"或者邓迪斯的"母题位"之类的分析了。⑧形态学本身有其价值，它是对世界各种现象依照形式特征进行归类，从而化繁为简地予以总体把握的方法。但形态学的目标可大可小，就民间文学而言，并非一定要去编制各种总表和索引，我更多时候愿意把它当作工具性的，即对自己要研究的某些素材进行形式解析后可以简明清晰地予以呈现，这就够了。

民间叙事的形态研究——历史、视角与方法简谈①

摘要： 在对民间叙事的研究历程中，共时和历时的分解是研究路向的一次重要转变。然而这两种视角经常被混为一谈，其间的联系却未得到充分关注。历时研究必然仅限于某一具体对象，无法将其所含的全部成分和关联都予以说明，而共时研究则能抛开时间概念，在更宽广的范围内集中所有对象。这两种研究方法是不相容的。阿尔奈的类型、汤普森的母题和普罗普的功能均是在共时视角下进行的形态研究，开辟了认识故事的新方法、新路径，至今仍具启示意义。

关键词： 形态；共时；类型；普罗普；民间叙事

笔者将从以下四方面展开关于民间叙事形态研究的讨论：

第一，关于比较。比较是人类认识事物最早、最基础的方法。

第二，回顾民间故事的研究历程，认识该领域代表性学者及其成就。

第三，在故事的研究历程中，共时和历时的分解是研究路向的一次重要转变，这和语言学的发展有密切关系。过去对时间的概念仿佛只有"历时"这一种理解，时间有顺序，这很简单，从一个端点到另外一个端点。而后来的研究者思辨地换了一种办法处理时间，即共时研究。这两方面都

---

① 原载《民族艺术》2017年第1期，第34—38页。

在语言学领域取得了很多成就。另外，在大约 1910—1920 年期间的俄国，建筑、音乐、造型艺术、文学乃至哲学等一切领域中出现了形式主义派别，其中和我们直接有关的部分叫做民间文学或民间文化的形态学。

第四，简单谈谈关于民间叙事的类型学、形态研究的一个示例。

一、比较：人类认识、辨别和说明事物的最基本方法之一

比较一事看似简单，实际上我们对于任何事物的认识、定义和表述都离不开比较，任何一句话都是在比较中呈现的，也许我们自己也没有察觉。给自己和任何事物下定义，必然是通过比较。比较是人类认识、辨别、定义事物的最基本方法，人类莫名其妙很早就使用了。"昨天打了一只大老虎"，就是比平常打的老虎要大；"昨天做的事情难极了"，当然还是比较。不过，这些都是隐含的。笔者曾在一篇文章中特别讲到，比较有三种。①以上是最普遍、最世俗的，此外还有进入科学领域的、更高层次的、专门作为一种方法论性质的，此处不再展开。

为何要先提到比较？因为下面的问题都是从这里开始，没有比较，所有的研究都变得无能为力，它是基础方法。

二、民间故事研究历程的巡礼

在民间文学领域，通过比较或其他方式，大家最感兴趣和关心的问题是什么？几乎所有研究民间故事、民间文学、民间文化的，不管他从事哪一方面的专门研究，无一例外不能绕过一个题目：为什么大家都唱同一首歌？都讲同一个故事？即民间文化不断重复的特点。这种雷同性是所有人都感到奇怪的现象。我们有时会觉得千人一面，何以千人一面呢？大家都是这样的，所有的猪都是那样的，所有的蛇又都是那样的，而蛇、猪和人在生物界中完全是不同类别。生物界的分类学很清楚，但是民间故事可以随便讲，中国人、外国人却为何也都讲同一个故事？甚至宗教领域也是如

---

① 刘魁立：《历史比较研究法和历史类型学研究》，见《刘魁立民俗学论集》，第 92—119 页，上海，上海文艺出版社，1998 年。

此，都是关于洪水滔天，人类再造，印度、两河流域的传说故事，为什么？许多贤人志士就此进行过讨论。

最初的研究应从格林兄弟谈起。1812年前后，他们出版了《儿童和家庭故事集》，即《格林童话集》。这仅是个标志，实际上当时有一批人专门研究语言。格林兄弟写过德意志语言学、语法方面的书，他们提出关于语言来源的问题：语言何以有亲属关系？他们努力要把语言的亲属关系理清楚，不断地梳理语言谱系：为什么这个语言和那个语言非常亲近？而另外一种语言又和它非常遥远？有些地方似乎可以听得明白，而有些地方完全像天书，到底语言之间是何种关系？当然，关于语言的分歧有各种说法，如《圣经》中的巴别塔等。后来神话学派的学者钻研语言谱系，逐渐把相关语系、语族、语支做了井然有序的处理，处理的过程中发生了一些非常有意思的事情。比如，在海盗时期，英国人、日耳曼人，犯罪以后被送到冰岛，在当地成为一个独立社会，相对较为封闭。二三百年之后再去观察他们的语言，两相对比之下，其与原先语言保持了较强的一致性，而欧洲大陆的语言变化则非常明显。语言的谱系研究首先是从日耳曼语系开始，然后逐渐扩大到整个印欧语系。

在此期间的一个重要事件是梵文的发现。梵语经典的出现成为一把钥匙，学者开始对较早语言和梵语之间的关系进行研究，由此才有印欧语系的发现。很多基本词汇、词根都相同，那么这些语言可能在一定时期有某种关系。研究者不满足于厘清一个谱系，而是希望努力回溯，用历史比较法构建所谓"原始共同语"，它是最早的、构拟性的语言。如果我们是子孙，那祖先什么样？假设有五百位孔氏家族的后裔，三百年前他们的先祖可能是一百位，两千年前可能仅十位，他们是什么样？或许当时的学者认为构拟"原始共同语"极具意义，但实际上意义并不很大。在这样的背景下，语言学之外，从事民间文化、故事、神话研究的学者就想，既然有"原始共同语"，为何不尝试寻找"原始共同神话"呢？于是他们就开始建构。这大概是故事研究中最早的一派，我们称之为"神话学派"。他们特别感兴趣的是为何不同民族、不同时代的故事都是雷同的，并认为雷同性是由民族或文化的同源性所决定，那么，民间故事的雷同就起于原始共同神话。这批学者的文章在故纸堆里还有一两篇值得一读，其中之一是金泽先生译的麦克斯·缪勒的《比较神话学》。其他在中国就没有翻译了，我们很难知道他们如何开展工作。

随着孔德等的实证主义逐渐抬头，有些学者认为，与其追随上述虚无缥缈的观点，不如干脆做些实证。于是有一位法国学者本菲，他将印度的《五卷书》进行分析，论证《五卷书》里的所有故事在全世界的流布途径。这个故事在印度有，看看中国有没有？德国有没有？这样他就做出了《五卷书》在世界流行的、非常详尽的说明。最终的结论是，故事的雷同性是各民族、各地域之间相互进行文化交流和影响的结果。如丝绸之路、地理大发现，其他各种战争、文化交流等，只要有人走动，文化就跟着迁移，进而产生影响，彼此借鉴、模仿。以本菲为代表的这一派被称为"流传学派"。

学者就是要不断追求真理，不满足于前人给我们的既成结论，这才是推进学科发展的动力。后来又有一些研究者认为，把所有的故事都放在一起就导致了一个问题——一源发生。按此说来，只有一个民族有创造才能，比如印度，别人都是邯郸学步，缺乏创造的智慧。从格林到本菲，弱点主要在于他们的思想背后隐藏着一源发生的观念。一源发生是不是文化发生的唯一途径？在这种情况下，泰勒提出另外一种方法。泰勒家里还算殷实，但他幼年得了肺病，就到中美洲墨西哥去治病。他对古物感兴趣，年轻时志向范围也比较广，后来结识了一位富有的银行家，两人交往中，银行家就资助他搜集骨头、石头、瓦片等古董。在玩的过程中，泰勒做了一件非常有意思的事情，与下面要谈的共时和历时有关。他搜集了许多各时期的石器，然而他的分类既不依照出土年代，也不根据制作的年代，而是按它标志的文化发展水平。假设他挖掘到一柄石斧，非常粗糙，如果用碳14化验，仅仅是五百年前制成的；还有一柄两千年前的玉斧，漂亮极了，他就一定要把两千年前的玉斧置于五百年的石斧之后。这就打乱了历时的方法。泰勒对于后世的共时和历时研究提出了一个窍门，表明了一种态度：不以绝对年代来断定事物，因为各民族在不同社会历史条件下的发展是不平衡的。泰勒一派认为相似的社会环境是可以创造相似文化的，他们以人类学观点分析文化现象，所以被称为"人类学派"。

弗洛伊德和他的学生荣格则对文化的雷同性有不同认识。笔者在20世纪50年代看过一部"十月革命"后不久出版的回忆录，里面提到弗洛伊德进行精神分析的第一个病例。一位瑞士的年轻姑娘，懂法文、德文，文化水平相当高。她每天守护病危的父亲，突然有一日她自己病倒了，口不能言，身体亦无反应，可是并未检查出疾病，别人不知道怎么办，就把她交给了弗洛伊德。弗洛伊德每天使用各种办法，像拿给她一张照片，或放一部投影，去唤醒她的反应。经过比较长的时间，他居然设想了一种可能的途径：她的病是由于强烈的抑制将所有的兴奋机制全部控制住，使其不再活动了。他们做了一个假设，比如父亲在弥留中，她已几宿没睡、极度疲惫的情况下，朦胧中会将电灯灯绳的影子当作一条蛇，自己被它缠住，然后整个人就处于抑制状态。弗洛伊德不断通过各种方法来模拟原来的场景，告诉她"那是假的，你不要相信那是蛇缠你，只不过是个影子罢了"。从此以后他就开始进行心理分析，走得越来越远，直至进入哲学领域，并发展出一套术语，包括力比多、恋母情结等，将它们提升到社会学、哲学高度，对文学也有一定影响。荣格虽然和他老师的关系不太融洽，但总而言之，他们认为人类共同的心理会生发出共有的想法，包括道德理念等心理作用。

马林诺夫斯基是费孝通先生的老师。战争期间，他被困在一个岛上，就继续做调查。他的观点也很有道理。他认为，那些对于共同的文化影响、社会心理的分析都很玄，不如就事论事：功能在起作用，也就是需求。需求创造了文化。

北欧的故事研究也很发达，主要有科隆父子、阿尔奈等。他们开始把全世界范围的故事异文都搜集到一起，并且考虑对于这些海量材料的整合方式，希望编制一个索引性质的工具，如同图书馆内的卡片箱。在此过程中，他们开始思考异文的共同点。

以上巡礼的过程告诉我们，对事物的认识是无穷尽的。随着时代变化、人类智力的提升，我们会不断挖掘出事物的本质和非本质的特点，对其有较为完整的或说更接近事物内在本质的认识。我们常问别人"你是哪个学派的？"实际上千万别以为仅仅某一条路就是绝对正确的。不断接受新知识特别必要。

三、共时研究·历时研究·形态学研究

从事故事类型和异文研究的学者手中都有一把钥匙，阿尔奈的钥匙，叫"type"——类型。丁乃通的《中国民间故事类型》所附的主要故事类型示例都是指它而言。类型是一个很大的范畴，尚无人下明确严谨的定义，如果非要笔者来解说的话，可能是故事类型是一个或一群故事，由一个或者少数几个中心母题组成的情节基干构成它的中心。假定两则文本的情节基干和中心母题不一样，它们就属于不同类型。笔者表述得还不好，尚在摸索之中。

"类型"是1910年提出的，但并没有人给它严格、科学的定义。直到今天，类型究竟是什么、有哪些，还是一笔糊涂账。阿尔奈之后，首先是俄罗斯的安德烈耶夫，他把整个俄罗斯的故事都用阿尔奈的办法编制了索引，因为北欧和俄罗斯的故事相近者非常多。他的代码叫"AA"，就是"阿尔奈–安德烈耶夫"。其他国家后来也都陆续有了故事类型索引。最好的是德国的五卷本"格林童话世界各民族异文索引"。各国在编制过程中又加上自己的东西，比如，日本的稻田浩二就有自己的索引体系，还有一位日本女士池田弘子把AT体系挪来之后也加上自己的内容。据笔者先前的统计，约有四五十个国家都有自己的AT体系，现在可能更多。

1928年，普罗普的研究得出了比阿尔奈更为抽象的结论：凡神奇故事也就是通常所说的幻想故事都只有31个功能，其中或可能缺少某几个，或偶尔发生一些转换，但顺序大体都是一致的。他所做的相当于一块神奇故事的模板，超出这个模板之外的就不是幻想故事。他的工作辛苦到什么程度？所有的材料笔记展开来，一个20平方米的地方铺满了也不够，最后却凝练为一张很简单的表。

普罗普提出31个功能项之后的1932年，汤普森被芬兰学派请去做了一项补充工作。为什么叫AT？就是阿尔奈（Aarne）和汤普森（Tompson），由汤普森把阿尔奈原来的索引加以丰富，使其更具有世界范围的权威性。在此过程中，汤普森并没有特别拘泥于阿尔奈的设计。他想，是否可以在类型之下，寻觅更小的工具或尺度，来解析故事？于是他提出"母题（motif）"。之后还有人把它更小化了，如列维-斯特劳斯提出"神话素（mytheme）"，邓迪斯也做了另外一种更细致的分析。

特别要谈到的还是普罗普。普罗普的上述工作直至30年后（1958年）才被译为英文。形式主义在20世纪20年代的俄国特别兴盛，有些人甚至按五角星形状排列诗行，导致诗歌几为文字游戏，在这种环境下，有相当一批人专门研究形式。形式本身是极其值得研究的问题，我们经常为意义所困而搁置了形式。对于民间故事，我们固然知道意义可能有同异，但彼此间真正雷同之处更多在于形式，然而我们的研究却时常抛开形式谈意义。

这就要引入共时研究和历时研究的话题。谈一切问题，时空的限制既有帮助，也使人困惑。它看似简单，好像基督教的十字架，我们讨论横坐标和纵坐标之间的交合地带。历时是我们探讨一切问题时最直接的感受，为什么？因为说到任何事情都会牵涉时间范畴。可是，我们通常都是在共时的环境中生活。过去常开玩笑："关公战秦琼，谁打得过谁？"如果叫小孩来说，"关公战秦琼"为什么不可以？都在一个舞台上，某种意义上它也是共时的。我们常把共时、历时搅在一起，却不大关注此二者的联系。其实，任何对事物的历时观察也都是要解构原有的总体结构，因此我们谈论历时问题，很难将所有的成分和关联都放在一起，必然仅限于某一具体对象。但共时不然，它能在更宽广的范围内集中所有对象，完全抛开时间概念。这两种研究方法是不相容的，如果同时使用，结论必然不准确。我们过去不太关注形态学研究。20世纪50年代时，一位不错的翻译家将普罗普的《民间故事形态学》译为《民间故事的词法》，因为在语言学中，"morphology"是"形态变化"，通常译为"词法"，是指词尾相关部分的变化。实际上它并非语言学的专有术语，而是更广阔的文化学概念。形态学并非从普罗普才开始，如果翻一翻亚里士多德的《形而上学》，其中已多次谈到形态问题，直到普罗普才正式给予它特殊地位。

《民间故事形态学》出版后，列维-斯特劳斯一方面评价说：真了不起，真是醍醐灌顶，普罗普为我们开辟了新天地；另一方面，他又有些沙文主义，说：一个俄国人，在闭塞的环境中，居然有如此发明创造，原因在哪里？思来想去，他的祖上是德国人，所以他有这般头脑，能发现出形态学。他还提出一个问题：把故事像分解积木似的拆开，那么故事的历史发展哪去了？普罗普气坏了，原来他早就设计好，到"二战"时期才完成的另一本书，叙述故事的历史根源，即谈意义的方面。历史根源和形态学两书相当于姊妹篇。

四、民间叙事的生命树

《民间叙事的生命树》怎么来的？说来也简单，中国、日本和韩国有一个"东亚民间叙事文学学会"，最初倡议的是韩国的崔仁鹤，他对日本故事学权威稻田浩二教授建议成立一个国际组织，并致信钟敬文。钟敬文表示支持，就让笔者去了，从而成立了这一学会。其宗旨是研究三国共同的故事，每次会议提一具体题目，像两兄弟、蛇郎故事等，到今天已召开过十几届了。当时还有一个奢望——编一部"亚洲民间故事类型索引"，即比较索引，因为现在虽然有世界性的索引，但东亚民族还没有共同索引。

一次开会提出"狗耕田故事"这个题目，笔者思来想去，决定与其急于写作论文，不如先把材料凑齐。于是笔者就选择了浙江的狗耕田故事，因浙江的少数民族相对不多，世居民族的成分也比较稳定，文化同质性较强。然后，笔者将所有搜集到的故事逐一分解，并写出梗概。最初，笔者将这三十余则故事信息都以横行列出，发现有一段情节在所有文本中都是一致的。一再分析研究之后，突然间将其纵向立起，凡各文本一致之处就变粗，不一致处则变细，出现一个树形图，粗者如树干，细者似树枝。而树枝上或有两则文本，它们又在某处有同异，因此又生出另一根细枝。最后发现，这是一个树状的结构。在此过程中，笔者逐渐对题目有了些想法：

什么是类型？在一个类型中，各个不同的异文之间是何关系？这些关系有什么特异之处？另外，它们是如何彼此衔接的？笔者发现，一个类型下可出现类型变体，因此从类型中可再生发出另一单元。除了类型变体，笔者又发现，有些地方的链接能力特别强，另一些则很弱。一个类型，除了最基本的要素之外，它本身如何发展？笔者就采纳共时的方法，不谈它的过去，而是强调，如果我们平面地看，它呈现何种状态。现在说来简单，当时做起来挺费事，列的表特别多，纸铺开后比这张桌子面积还大，需一点点粘贴起来。

有趣的是，崔仁鹤问，得研究狗是不是真的可以种地？笔者答："这就又涉及意义方面了。有些文本中狗不是种地，是能做别的，但实际上和种地得到的结果一样。"诸如此类。和稻田浩二也非常友好地争论了前后三年，他说："为什么是两个中心母题？我给命名叫'核心母题'。"笔者说："中心母题和核心母题不是一回事。"他坚持认为二者就是一回事，并说："狗耕田并不重要，什么重要呢？狗坟上长出一棵神奇的树才重要。"狗在弟弟这儿才能种好庄稼，在哥哥那儿种不好庄稼，哥哥打死狗之后，将其掩埋，坟上长出一棵树。弟弟来哭坟，树上就掉元宝，哥哥一看也去，结果掉下的都是鸟粪、长虫。他认为"狗坟上长树"才是核心母题。而笔者命名的"中心母题"，并不在于它能构成别的东西，因为共时研究不需要涉及历时的、将来的发展情况。但"核心母题"就会导致这个问题，"核心"一定是外围还要继续发展的。所以概念的选择很重要，需要费心琢磨。另外他问："为什么有两个中心母题？能否合并为'一只会耕田的狗'，有神奇的灵魂，它的坟上可长树。"笔者却认为，如此一来可能又陷入另外一个历时的思路中去了。笔者再三表示："我和您的分歧是您还在历时的范畴里思考问题，我同意您的历时研究思路，但您不同意我在特定时候采用共时视角。"

最后，想强调一点：我们在从事研究的道路上，不要只抱着一棵树吊死。条条大路通罗马，各种方法都可以为我所用。如果共时研究能从索绪尔那里多收获一些启迪，它将在我们的工作中发挥非常好的作用。

中国民间故事的类型研究与形态研究[①]

民间故事类型学研究的倡导和奠基，首先应当归功于顾颉刚先生。1924年顾先生发表《孟姜女故事的转变》，自此为始，十余年间，类型研究竟形成一种风气。特别是杨成志、钟敬文1928年翻译出版的《印欧民间故事型式表》、1931年钟敬文发表的《中国的地方传说》《中国民谭型式》、1937年艾伯华发表的《中国民间故事类型》，以及其他学者发表的一些重要论文，影响至今犹在。

娄子匡先生童年即醉心于民间文艺，当他于浙江绍兴中学肄业时，就已经搜集了大量的民间故事，其《绍兴歌谣》《绍兴故事》早在20世纪20年代就开始作为国立中山大学民俗丛书得到出版。

娄先生作为中国民俗、民间文艺工作的组织者与研究者，他所做的庞大的资料汇集工作，为向全世界介绍古老的中华民族文化传统做出了极大的贡献，对于发掘民族文化遗产、弘扬民族文化精神是功不可没的。娄先生投身中国民俗学、民间文学事业近八十年，著述甚丰，劳作甚勤，贡献极大。值此百年华诞之际，我谨代表中国民俗学会，致以衷心的祝福！

娄先生等老一辈学者给我们留下了丰厚的民间文学遗产，如何充分地继承和利用，是我们作为晚辈应有的承担。今天我在这里向大家汇报的是

---

① 原载刘魁立等著：《民间叙事的生命树》，北京：中国社会出版社2010年12月版。

我国的故事研究问题。作为论文，我只能在这里讲讲其中一个方面，也即故事的类型研究与形态研究。20世纪80年代始，我国的故事类型学研究别开生面，有了更广泛、更深入的拓展，虽然参与的学者尚不为多，但却孕育着蓬勃发展的趋势和潜能。

一、什么是民间文学类型研究

历来从事故事研究的学者，在对民间文学作品，特别是对故事的雷同性进行分析，对大量的雷同的材料进行比较研究时，以什么作为参数，以什么作为剪裁材料的标准，或者说他们在进行内容和形式分析的时候，如何看待这种内容和形式的本质，这是一个关键性的问题。这样说来，具有不同学术思想、学术方向的研究者，不是把他们各有特色的比较法单纯地当作一种手段和技能，同时也是作为他们方法论体系中的一个重要组成部分。从20世纪初开始直至今日，在将近一百年间，相继有很多学者在这一问题上提出独到的创造和发明。现举出其中若干荦荦大者，加以分析和评说，我想采取纪年的办法，或许可以使我们对于学术思想的发展和演进有更明了的认识。

1910年阿尔奈（Aarne）：类型（type）。

1928年普罗普（Propp）：功能（function）。

1932年汤普森（Tompson）：母题（motif）。

1955年列维-施特劳斯（Levi-Strauss）：神话素（mytheme）。

1962年邓迪斯（A. Dundes）：母题素（motifeme）。[1]

① 以上各项分别参见：Antti Aarne: "Verzeichnis der Marchen – typen", Helsinki, 1910 （FFC No.3）; B. Пропп: Морфологиясказки", Л .1928 = Propp: "Mophology of the Folktale", 1958; Stith Thompson: "Motif – Index of Folk – Literature", Vol. I – VI, 1932 – 1936, Bloomington; C.Levi – Strauss: "The Structural Study of Myth", <Journal of American Folklore>. Vol. 68, 1955; A. Dundes: "From Etic to Emic Units in the Structural Study of Folkales". <Journal of AmericanFolklore>. Vol.75, 1962。

基于"类型"的故事研究在整个故事学史上，不论是过去、现在，还是将来，都具有极其重要的意义。

"类型"这个词，至少有三层含义。第一层普通名词；第二层是在一系列学科中都广泛使用的科学术语；第三层是特定的专用术语，它有严格界定的能指和所指。比较类型学研究是在第二个层面上使用"类型"这个术语。类型学研究和情节类型研究并不是一回事。情节类型研究，仅仅是类型学研究的诸多体现之一，或许并不是它的一个主要方面。关于情节类型，存在大量疑问、分歧甚至责难，很多人另辟蹊径，从事其他性质的类型学研究。情节类型，如果有条件被算作是民间文学研究序列中的一个层次的话，那么在情节类型之上和情节类型之下都还有许许多多层次可以进行类型学研究。在情节类型之外，更还有许许多多方面可以进行类型学的比较研究。

现在我们把情节类型这一特指的术语概念放在一边不谈，从哲学的角度看，可以使用这个概念作为重要的方法论手段，借助它绘制关于客观现实的理论图像。

类型学有时也指分组归类的体系。这种分组归类方法的目的在于，从一定的角度，将各种相同的或者相近的事物和现象放在一起，使之建立暂时的和有限的关系，以便于我们把握、论证和研究这些对象。类型学研究是根据一系列事物所具有的客观的本质特点、关系和联系方式及结构属性等，来划分和组合类型的。

民间文学领域，几乎在所有方面，都可以找到大量的不断重复的事物、现象、关系、性质、状态、原因等。我们通常会看到关于形象、艺术手段、情节、母题、讲述人、听众、体裁特点、讲述过程、作品对现实的关系、传承和变异、语言和结构等方面的诸多问题的相同类型。类型学研究大有用武之地。

类型学比较研究是针对亲缘关系的比较研究和流传学派的比较研究而提出的。类型学研究看到了上述两个学派在许多问题上的，特别是在一元发生论方面的笨拙不灵，才从新的角度来改造历史比较研究法。

在历史类型学研究的范围内，比较的原则不再采用历史纪年的办法加以贯彻，不像过去一些流传学派研究者永远把古代的文献材料看作古于今天所记录的材料那样。各民族的民间文学向前发展，总体现出相似的历史阶段类型特点。因此，如果对不同民族的民间文学材料，用纪年的办法来断定它们的历史本质，那我们所获得的将是一幅混乱的图影。在历史类型学研究的范围里，针对一切对象都要根据它的历史类型来划定和说明它的本质特征。正如普罗普所指出的，古希腊罗马的材料很可能反映的是较晚的农耕社会的历史阶段，而现代的记录也有可能反映的是更早的图腾关系。

总之，历史类型学研究的目的，是为了研究和探寻民间文学及民间文化范围内一切对象、一切事物和现象不断重复的规律，研究和探寻形形色色类型的历史阶段的演进和嬗替的规律、传承的规律、联系的规律。

当然，类型学研究仅仅是民间文学研究诸多方法中的一种，如果把它绝对化或唯一化，在所有问题上都乞灵于类型学研究，让它完成它所不该也不能完成的任务，从而使它显示出自己的无能为力，其中的责任也是难以推诿给历史类型学比较研究的。

撇开类型学的重要性与是是非非暂且不论，本文接下来要讨论的是，类型依据什么来确立？从整个科学发展史的长河中看，我们目前所能知道的最好的办法就是形态学。那么，什么是形态学呢？

二、形态研究的渊源与民间故事的形态研究

科学哲学家几乎从一开始就认识到分类具有双重作用，一种是科学的（或形而上学的）作用，另一种是实际的作用。早期学者所强调的实际作用是把分类当作检索方式，现代学者则更加强调把分类看作是信息储存和信息检索系统。

分类的主要任务是区分分类单位和建立等级结构以便做出最大数量的

理论概括。生物学上分类的根据是，假定某一分类单位的几个成员，作为后裔从一共同祖先处各自分享了一份共同遗产，它们彼此之间较之没有这种关系的物种将会有更多的共同性状。因而进化论观点的分类在一切比较研究中具有相当大的启发意义。这种分类随时要接受更多性状的检验，或者是通过与其他分类进行比较来检验。

"形态学"英文来源为 morphology，最初是为了生物分类而展开的动植物机体结构形态的研究，其原意是"Scientific study of the form and structure of animals and plants.（动植物形态和结构的科学研究）"。

在生物学发生的早期，由于新的动植物及大量生物的新的内部结构的不断发现，使生物界的无限多样性不断增长。然而科学家也隐约地觉察到在大量动植物的表面之下，具有一些相对固定的结构模式。许多生物学家都在力图找出这些模式，并以之为生命世界建立秩序。

诗人歌德为了寻求生物体中的潜在本质，提出一个观点，认为植物的一切器官只不过是变形了的叶子，并试图以植物形态的区别建立一种分类体系。歌德对他的研究工作非常认真，他于1807年创造了"形态学"这个词。

形态学家在前进化阶段极力想为生物的多样性寻求一个解释性学说。在当时本质论哲学思想的影响下，形态学家试图在所观察到的大量变异性中寻找真正的本质、理想的模式，或者歌德所说的原型，他们取得了很大的成绩，当然，也有过停滞。

形态学在居维叶时代更是盛极一时，居维叶意识到只有通过研究结构和功能的关系才能真正了解结构。对居维叶来说，描述之所以必要是因为它能为普遍性的规律（概括）提供原始数据。他提出的两条著名的形态学规律是：器官互相关联规律，性状隶属规律。器官互相关联规律是指，身体的每个器官在功能上是和其他器官互相关联着的，生物有机体的和谐协调与运转是器官合作的结果。根据这一规律，居维叶认为，只要得到化石的一小部分就能够重建完整的生物原貌。性状隶属规律基本上可以看作是一个分类学原则，使他能够确立一套严格的法规来确认动物的高级分类单位。

居维叶成功的一个重要原因是他的适应性形态学观点，这种观点强调生物有机体与其生活方式有关的一切结构的功能意义。他还认为，一切适应性变异都受模式一致原则的约束。

近现代以来，当形态学研究扩展到包括显微结构时，便又开辟了一个新的领域。对细胞进行的研究显示，几乎所有动物细胞和植物细胞都是按完全相同的方式构成的。同时，对低等生物细胞的研究也表明，在高等生物（真核生物）与低等生物（原核生物）之间，存在着明显的差异或突然的断裂。

形态研究的新近发展已经延伸到了高分子领域，并且展现了一个包含无数新研究课题的广阔天地。

在人文学科，形态学作为研究方法也得到长足发展。自19世纪中叶以来，随着语言的发展和对语言研究的深入，一些语言学家引入形态学概念和方法，发展成为分析语言基础成分的一门学科，用以研究语言学领域中词的内部规则及构词规则。并使用了词素，词素的不同形态（词素变体）及其构词法来作为概念工具。这些方法，都对普罗普的故事形态学理论产生了深刻的影响。

苏联美学家卡冈在20世纪70年代初出版的《艺术形态学》中阐述了整个艺术世界的结构，这是运用形态学的手段来分析艺术世界的一个典型。一般意义上的形态学主要用于对象的各部分、要素、结构及整体形态的分析。

形态研究在民间文学领域的应用，就是大家都很熟悉的普罗普的"故事形态学"。普罗普是进行民间文学作品结构分析的卓有成就的先行者。20世纪20年代的俄国，是文学艺术及学术研究领域形式主义发展最集中、最蓬勃的地方。对于结构研究的兴趣也在渐渐地涌动着。普罗普在1928年出版的《故事形态学》中他提出了一个被他严格定义了的术语——"功能"。

普罗普认为民间故事的内容和形式是密不可分的，但抽象地谈二者之间的关系，对于具体的、深入的研究没有实质性的意义。深刻地认识对象，只有靠具体的、实际的研究。他认为情节是属于内容的部分，但组织结构总不能算内容。尽管情节和组织结构是不能分开的。于是他将自己的工作分为两步：首先，进行形式的分析，特别是组织结构的分析；其次，再进行内容的分析。《故事形态学》一书就是根据故事各组成部分及各部分之间的关系来分析和描述故事的。他的另外一部著作——1946年出版的《神奇故事的历史根源》就是这第二步工作的一个范例。

普罗普是这样解说"功能"这一术语的：功能是根据在事件发展过程中的意义来确定的主人公的行为。在英语里"function"（功能）一词，可用以表示特定的主项所具有的作用、活动或目的之类的意义。一般说来，相互联系的因素互为对方的（功能），功能的研究正是强调在事物的相互联系和相互作用的过程中来认识事物。在普罗普对阿法纳西耶夫所编《俄罗斯民间故事集》中的神奇故事进行普遍的，而并非抽样性分析时，发现了如下一些规律性的特点：

第一，主人公的功能是故事恒久性的和固定性的因素，不论这些功能是由谁来完成的和怎样完成的。功能（行动）的承担者并不重要，可以任他随机变换，重要的是功能（行动）本身。这些功能构成了故事的基础成分。

第二，神奇故事所具有的功能的数目是有限的。

第三，诸功能的排列顺序是永远一致的。

第四，由此而得出结论：所有的神奇故事就其结构而言，都属同一类型。

他就神奇故事总共归纳出三十一种功能。

普罗普的这种独创性的发现，因为历史的恶作剧被掩藏了三十年。当然我指的是在俄罗斯以外的范围而言。在作者的本土，出版时仅有两篇文章是正面评价的。这部书虽然被教授们和研究者们推荐来阅读，但却没有人循此道路前进，在此基础上将这一研究发展开去。三十年后出现英文版，这部著作立即声名大振，随后连续出版了几种文字的版本，追随者屡有所见。他的学术思想和探索方法，成了民间文化学结构主义研究史上的重要一页。那么，这种故事学的形态研究对于我们确立故事类型又有什么样的帮助呢？

三、故事类型的确立有赖于形态分析

要确立故事类型，我们首先应该探究的问题是：一个简单的故事，它主要由哪些材料所构成？它又靠什么因素来组织材料？在这些材料中间，哪一个是重要的？哪一个是次要的？不论使用什么标准来确立故事类型，这种标准都必须是唯一的，而不允许是多重的。为了要解决民间故事分类的实际问题，即要把现有的浩如烟海的民间故事文本材料按某种标志加以清理和归纳，我们就不能不根据这一工作任务的需要，使自己的出发点和工作准则简单化和封闭化，选定一个单一而具体的标准。由于文化与思想的标准无法做到单一而具体，我们只能借助于结构形态的标准。

所谓故事的形态，也就是指它的情节与结构模式。为了探讨故事形态辨别的执行依据，我尝试寻找一个可以讨论的故事个案。于是，我翻检20世纪80年代末90年代初在浙江省100个左右县区行政单位记录出版的99卷故事集，找到28篇狗耕田故事情节类型的文本（这是全部）。同时，为了方便参照起见，还择引了5个20世纪30年代记录出版的该情节类型的文本。

我对全部33个文本进行了比较，发现它们的情节都是直线发展的，一个细节（母题）的结束正是第二个细节的开始，而且篇篇如此，并无二致。如：

兄弟分家，弟弟得狗→狗为弟弟耕田→哥哥借狗耕田→狗不耕→哥哥打死狗→狗坟上长植物→植物给弟弟落金银→哥哥占有植物→植物落毒蛇咬死哥哥。

如果用图形来表示的话，那么——

横画是直线，如：→ → → → → → →；

竖画则有如竹形：I
I
I
I
I
I

经过试验，我把这32条线立起来，加以重叠，结合成一幅图形，于是就出现了一幅树形的示意图，好像生出来许多枝丫。

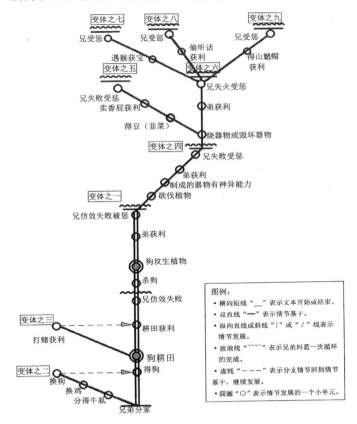

浙江当代"狗耕田"故事情节类型的树形结构图

由此我得出一些有意思的学理性的思考：

①28或33个文本都重复的情节部分我称为情节基干，这是众多文本归属同一个故事情节类型的重要标志。

②同一个故事情节类型各文本都必有的母题称为中心母题。（在这一类型里有主次两个中心母题：狗耕田；狗坟上长出植物。）

③同一故事情节类型的所有文本还可以划出情节类型分支，我称之为情节类型变体。在浙江当代狗耕田文本中我归纳出9个情节类型变体。

④因为有新的情节段或称母题链加入，才构成新的情节类型变体。母题链分消极的（演绎和替代相应母题）和积极的（可以组织和推动情节的继续向前发展）。

⑤母题作为情节的组成单位，有一系列重要特性：它特别活跃，民间作品的变异性主要体现在母题的变异性上；它有生成能力，可以带动下面的情节；它有链接能力，可以附着在情节的前一母题上；它可以组织和推进情节的发展。

⑥母题与母题的链接有的空间小，有的空间大，可以有诸多变异。有时链接是多向的，有各种可能。

⑦从深层结构的角度看，狗耕田故事情节类型具有二元对立的深层结构。仿佛是围绕一个轴心循环往复，螺旋式上升：

被剥夺→胜利→再被剥夺→再胜利……彻底的好结果。

剥夺→失败→再剥夺→再失败……直到灭亡或彻底失败。

我很想沿着这一提纲所包含的思路继续努力，不断探索，但这不是我今天想要讲的。以上讨论所要重点说明的是，每棵生命树也即每种故事类型，有且必有一条情节基干。如果某组异文不能抽绎出一条情节基干，它们就不能被视为同一类型的故事。也就是说，只有具备了这一情节基干的故事，才能被算作同一类型的故事。从一组故事中能否抽绎出一条共同的情节基干，应当被视作是否应划成同一故事类型的唯一依据。

这一结论，是我的这项研究的中心目的。我的本意即是希望通过对"狗耕田"故事类型的学理研究，摸索出一条可以用于判断故事情节类型的学理标准，并以此投入实际操作，作为中国民间故事类型索引的编制标准。

四、中国民间故事比较索引编辑方案

1.目的

为开展民间故事的比较研究提供有效的工具书，同时可俯瞰整个中国汉族民间故事的大致情况，也为将来编辑东亚民间故事全面大型的比较索引工作打下一定基础。

2.范围

中国的汉族民间故事（尤指所谓的本格故事）。中国虽有56个民族，但其中最重要的是汉族，从历史上看，汉族对其他少数民族及东亚各民族的影响较大；另从中国尚未编就现代意义上的全国性民间故事索引的现实情况来说，中国学者应首先阐明汉族的故事情况。

3.资料

主要依据中国民间故事集成的县卷本。

4.分类法

采用"情节基干"为中心的方法。按本索引的性质——工具书来看，应该完全采用共时的、形态学的立场进行分类，而在编纂比较索引阶段不必要进入任何历时探索范围。因为采用历时性的观点，就意味着已经进入了研究的领域，而要编辑的本索引应当只是开始研究工作以前的工具书。当然，在取定类型的名称的时候，可以而且有必要适当考虑其历时性。

5.具体操作

①选择一批广为人知的故事类型（例如50—100）。

②按①的类型来准备数据。

③首先聚集数据，然后进行比较，并决定典型故事等进行编辑工作。

6.成果形式

①中国民间故事情节类型比较索引范例（例如50—100）。

②各地民间故事情节类型（共时、历时）比较研究。

论中国螺女型故事的历史发展进程①

内容提要： 本文遍检现存文献，梳理出田螺女故事类型产生和演化的历史发展脉络。对这一类型产生、流传的基础和条件及其过渡形态，进行了推断和论证。通过对古代十余种重要记录文本的学理分析，归纳和总结出该类型在历史发展过程中的两大分支系统——①以西晋《发蒙记》文本为代表的"A系统"；②以唐《原化记》文本为代表的"B系统"复线型式和以宋《夷坚志》文本为代表的单线型式。通过分析20世纪的大量记录，可以看出，该类型原有的两大系统，以及B系统的两种形式，相当完好地存在于当今的口碑当中。这正是"民众记忆"之保存传统的那种持久性和稳定性的强大生命力，在民间叙事文学当中的突出体现。

关键词： 民间故事 情节类型 历史类型学研究

人类创造进取、奋斗不歇的精神，使世界变得日新月异；然而同时，

---

① 原载《民族文学研究》2003年第2期。同时载于北京师范大学民俗典籍文字研究中心编《民俗典籍文字研究·第一辑》，北京：商务印书馆2003年10月版；刘守华、白庚胜主编《中国民间文艺学年鉴·2003年卷》，武汉：华中师范大学出版社2006年1月版；刘魁立等著：《民间叙事的生命树》，北京：中国社会出版社2010年12月版。

人们的头脑对传统的依恋，在很多情况下却是非常执着的，有时甚至可以说是顽固的。民间叙事文学作品，就是这种依恋的最好证明。

对于民间叙事文学作品在传承过程中的稳定性，我们虽然可以感觉得到，但要说清它的力量究竟有多么持久和多么强烈，那也不是在任何情况下都能轻易做到的。

我在遍检浙江省各县当代（主要是20世纪八九十年代）的螺女型故事文本的时候发现，这一传统作品的当代记录同这一地区20世纪二三十年代的记录文本，从内容到形式，竟是那么地相似。仔细想来，这也是情理之中的事。可是，当我全面寻检这一故事的历代文本时，便不能不对"民众记忆"之保存传统的那种持久和稳定的强大力量，感到无比惊诧了。

螺女型故事，在我国各地、特别是在江浙和沿海各省区，流传极广。例如，仅在浙江省各县编印发行的故事集成中就有21篇记录。在福建省各县卷本中也有19篇之多。

螺女型故事流传、记录的历史也十分悠久，最早见于书面的记录，距今已有1700余年。同时，在这漫长过程中的不同时期，又多次录诸文字，刊载于典籍之中。

这一故事流传的广泛和传承的悠久，说明了历代中国民众对它的珍爱；同时也为大众文化的研究者们提供了十分有趣的研究课题和极为可贵的研究资料。

一

在浩如烟海的中国历代典籍之中，涉及螺的记载为数众多。分析这些记载，将使我们能够更清楚地理解，螺女型故事何以在民间流传得这样久远、这样广泛。原来，关于螺的信仰来源甚久，关于螺的传说也不胜其多；在螺女型故事的周围，笼罩着一层浓浓的历史文化气氛。现将有关典籍中的有关信息摘列于此，以说明螺女型故事的流传是有多么深厚的历史基础和文化积淀。

螺曾经被视为一种征兆，它可以预示吉凶：

《国语》说：

今吴大荒，其民必移就蒲蠃（螺）于东海之滨，必可伐。

类似记载也见于《魏书》。

《山海经》说：

邦山蒙水出焉，有螺，鱼身而鸟翼，见则其邑大水。

在反映螺为凶兆这一观念的许多材料中，有一组"饭化螺"的传说，流传相当广泛，应该引起我们特别的注意：

《五行记》：

晋武帝时，裴楷家炊黍在甑，或变为螺，其年楷卒。

《晋书》和《鸡肋编》说：

石崇家稻米饭在地，经宿皆化为螺。终遭灭族之灾。

《世说新语》：

晋·太康中，卫瓘家人炊饭堕地，尽化为螺，出足而行，瓘终见诛。

《传载录》称：

唐·光启年间，天下荒乱，有人围集居奇，其仓中之米，悉化为小螺。

这些都是凶兆。也有表示吉兆的：

《拾遗记》说：

莲莱山其西，有含明之国，有大螺……明王出世则浮于海际焉。

螺本身也有许多神异之处，据《异物志》称，有一种吒螺，生长在海边树上，可发出人的声音。

《拾遗记》还说：

秦皇好仙，有宛渠之民，乘螺舟而至。螺舟，形似螺，沉行海底，水不浸入。

《风俗通义》说：

公输般见螺出，头潜以足画之，螺引闭其户，终不可开，故仿之设立门户。

这样说来，我们的建造大师鲁班，似乎早就和仿生学发生了关系。

有的资料显示，当螺遇难之时，它似乎还会发出求救的信号。

《传灯录》说：

台州瑞岩师彦禅师，有村姬来作礼，师曰：汝速归去，救取数千物命。姬忽忙至舍，见儿妇提竹器拾田螺归，姬接取，放诸水滨。

生螺可以呼救，甚至煮熟的田螺也能够得救复活。

《余杭县志》说：

宋时有异僧者，乞食山家，其家获螺数升，已去尾，熟釜中，僧见而悯焉，请为放生。其家戏曰：螺今可复生乎？僧曰：可。遂与之携投放生池。越日，螺复生，仅无尾耳。

以上二例，从字面看，讲述的重点似乎在于强调僧人的神异，并未明说田螺自身是否能够发出求救的信息。然而另有一例记载却明白无误地说，田螺确实可以发出这样的信息。

《太平广记》载：

法聚寺内有僧，先在房，至夜忽谓门人曰：外有数万人，头戴帽，向贫道乞救命。急开门出看，见十余人担蠡子（螺），因赎放生。

在传说中，螺好像从很早就同少女联系在一起了：

《水经注》和《始兴记》中都有关于贞女峡的记载：

峡西有贞女山，山下有石，如人形，高七尺，状如女子。相传有女取螺于此，遇风雨，昼晦，女忽化为石。

《述异记》和《南康记》中，都收有关于螺亭的记录材料。《述异记》说：

有一少女，采螺为业，夜宿于江边亭间，群螺唼其肉，后遂称此亭为螺亭。

这一传说在《南康记》中就记录得更为详尽细致了。

以上数例，虽然说的并不是田螺化为少女，但总可以让人感觉得到，田螺终究是和少女有些瓜葛的。

在中国古籍中也不难找到讲述田螺幻化为人的资料。例如：

《珍珠船》载：

来君绰亡命，夜遇一人，自称科斗郎君，姓威名威污蠖，言：我本田氏，出于齐威王，亦犹桓丁之类。及晓，唯见污池边大蚪长数尺，及有蜗螺，丁子初有三人，一称蜗儿。

关于动物可以幻化为人的观念和信仰，以及有关传说，显然为螺女型故事一类的民间叙事文学作品的产生，提供了基础，准备了条件。

在我所见到的大量资料中，最接近于螺女型故事雏形的作品，莫过于唐代典籍《集异记》中的篇名为《邓元佐》的"传奇"。尽管《集异记》撰成的年代比起螺女型故事早期记录的时间要晚许多年，但如果仅从形态学的角度来分析，我们也不妨把《邓元佐》看成是螺女型故事的一种过渡形态。

唐·薛用弱撰《集异记》"邓元佐"条：

邓元佐者，颖川人也，游学于吴。好寻个山水，凡有胜境，无不历览。因谒长城宰，延抱托旧，畅饮而别。将抵姑苏，误入一径，甚险阻纤曲，凡十数里莫逢人舍，但见蓬蒿而已。时日色已暝，元佐引领前望，忽见灯火，意有人家，乃寻而投之。既至，见一蜗舍，惟一女子，可年二十许。元佐乃投之曰："余今晚至长城访别，乘醉而归，误入此道。今已侵夜，更向前道，虑为恶兽所损，幸娘子见容一夜，岂敢忘德。"女曰："大人不在，当奈何！况又家贫，无好茵席祗待。君子不弃，即闻命矣。"元佐馁，因舍焉。女乃严一土榻，上布软草。坐定，女子设食，元佐馁而食之，极美。女子乃就元佐而寝。元佐至明，忽觉其身卧在田中，傍有一螺，大如升子。元佐思夜来所食之物，意甚不安，乃呕吐，视之，尽青泥也。元佐叹咤良久，不损其螺。元佐自此栖心于道门，永绝游历耳。[①]

---

① 《博异志》（唐·谷神子撰）、《集异记》（唐·薛用弱撰）合集，第79—80页，"邓元佐"条，中华书局1980年版。

我们在前面检视螺女型故事背景材料的时候，发现那些材料大部分是些片段，很少有能作为独立作品存在的。《邓元佐》不仅是一篇完整的、独立的语言艺术作品，同时它还被后世的许多类书所征引，可见它曾经引起过各时代知识界的广泛注意。在某种程度上，这也可能反映了民间流行的情况。

我对这篇作品的重视，出于这样的理由：首先，此篇作品载于唐代传奇集中，那正是螺女型故事一类的民间叙事作品最盛行的时代之一。其次，故事演述的地点（甚至也可能是故事流传和记录的地点）是在吴地。江浙一带，从来都是螺女型故事最广泛流传的地区之一。最后，从作品的内容角度看，就更加使我们坚信：把它看作是螺女型故事的过渡形态，理由是充足的。

螺女型故事的一些基干母题，在这里都可以寻检得到，当然它们的表现形式是多少有些异样的。主人公邓元佐并没有拾到大螺加以喂养，而是夜醉迷路，入一荒野中的蜗居。田螺变女，并非在故事的开头述出，而是在主人公第二天一早酒醒之后，才怀疑昨夜的女子变回了田螺。但无论如何，幻化的情节还是同样存在着的。螺女为主人公准备膳食、就主人公身边而寝，这些情节也都与螺女型故事中螺女与主人公结为夫妻的情节相似。由于有了这些基干母题的存在，有关邓元佐的这篇作品，在口头传承的过程中，大约是不难演化为谢端故事或吴堪故事的。然而我们要说，就其主旨而论，这篇作品还没有脱离开有关神异变化和奇闻轶事的传说的范畴，它还没有进入讲述人情世故的故事领域。

我称《邓元佐》这篇作品为过渡形态，并不是说螺女型故事是由此而发生的。如果做出这种推断，从时间的角度看，显然是不合逻辑的。我只是想说，根据这篇作品可能提供的思考来推断螺女型故事形成的历史进程，类似《邓元佐》形态的其他艺术文本，或许在螺女型故事定型之前，就有可能曾经现实地存在过。我在本节开头所述的种种背景事例，也许能在某种程度上帮助说明，这种推断是有一定道理的。

二

就目前所知，螺女型故事最早的记录，载于西晋束皙所撰的《发蒙记》一书。束皙其人《晋书》有传。生卒年虽未详，然而他与张华（公元232—300年）是同时代人。"皙博学多闻，张华见而奇之，召为掾转佐著作郎。"据此推算，他的活动时期，当在公元260—300年前后。

《发蒙记》今已亡佚，因此不得见其全貌，难以准确断定其性质。但后世学者多将此书著录于"小学"类。用现在的话说，或许可以将之归为语文工具书或教学参考书之列吧。

书虽亡，但历代学者稽古钩沉，使其部分内容得以流传至今。唐徐坚《初学记》卷第八·岭南道第十八·〔事对〕栏"素女、青牛"条，摘引了《发蒙记》和《南越志》。

《发蒙记》曰：

"侯官谢端，曾于海中得一大螺，中有美女，云：'我天汉中白水素女，天衿卿贫，令我为卿妻。'"①

这一记录虽文字简略，但整个故事的全部主要母题俱已在焉：

①主人公得螺；

②螺幻化为女；

③螺女与主人公结为夫妻。

稍后，东晋人干宝"有感于生死之事，遂撰辑古今神祇灵异人物之变化，名曰《搜神记》。"此书一出，影响颇巨。后，有人仿其体例，撰《搜神后记》。《搜神后记》或题为晋宋时期伟大诗人、散文家陶潜所撰。

---

① 《初学记》，唐·徐坚等著，第192页，中华书局1962年版。《发蒙记》又载《玉函山房辑佚书》，清·马国翰编，湘远堂刻本，光绪十年（1884年）。

《搜神后记》中收有一篇十分重要，也十分著名的螺女型故事文本。①
这篇作品原无篇名，晚世的引者或加篇名为《白水素女》。《白水素女》比
起束晳的记录来，已经有了彻底的改观。时间、地点、人物、场景，均有
细致交代，一出活剧昭然而现。这里，我们对以上两个文本略加比较。

束晳的记录交代主人公仅用"侯官谢端"四字。而《搜神后记》则揭
示了主人公形象的丰富内涵，从身世说到近况，从邻里说到他的为人：

"少丧父母，无有亲属，为邻人所养。至年十七八，恭谨自守，不履非
法。始出居，未有妻，邻人共悯念之，规为娶妇，未得。端夜卧早起，躬
耕力作，不舍昼夜。"

这段文字比起束晳的记录来，当然是更详尽且细腻了。这或许有可能
被认为是记录者所加的文学化的藻饰。而我则以为不然，这里的详尽和细
腻，全然体现了民间叙事文学的特点，是民间叙事文学范畴中的艺术手段。

谢端是孤儿。束晳的记录并未交代他是不是孤儿。谢端得螺也不一定
非要他是孤儿不可，然而"被侮辱与被损害的"人们当中，还有谁能比孤
儿的处境更凄惨、更值得同情呢？孤儿的母题是一切民间叙事文学体裁乃
至民间抒情文学体裁中最常见的母题。

谢端"恭谨自守，不履非法""躬耕力作，不舍昼夜"。善良和勤劳是
民间叙事文学作品正面主人公最重要、最本质甚至是不可或缺的品格。

他未有妻室，邻人劝他娶妇，但没有结果。什么原因呢？不外乎是贫
穷。这样一个好人连最起码的生存条件、生活环境都不能有，这就为后面
故事的展开，提供了一个前提。天可怜见，仙女化螺，螺化美女，使他有
了完美的结局。当然，这也使一切讲述这个故事的贫贱而善良的人们在心
理上得到了某种抚慰。

整个这段文字毫无作家文学作品中为个性化而虚构的题外情节，也没
有描头画足、铺陈绘饰的细笔雕琢。这全然是民间叙事文学最典型的本质

①《搜神后记》，晋·陶潜撰，卷五，载《说郛》（宛委山堂本）卷一百十
七。又见《太平广记》卷六十二，《白水素女》条。

概括手法。

束皙文本称：谢端"曾于海中得一大螺"。《搜神后记》文本则为：

"后于邑下得一大螺，如三升壶。以为异物，取以归，贮瓮中。畜之十数日。"

束皙文本"中有美女"四字，并未详细交代螺之如何幻化为美女，甚至也未说明这女子是不是幻化而出，当然更未交代主人公又如何面对这一奇异的事实。

在《搜神后记》文本中，幻化这一母题却有曲折、详细的展开：

"端每早至野还，见其户中有饭饮汤火，如有人为者。端谓邻人之惠也。数日如此，便往谢邻人，邻人曰：'吾初不为是，何见谢也。'端又以邻人不喻其意。然数尔如此，后更实问，邻人笑曰：'卿已自娶妇，密著室中炊爨，而言吾之为炊耶？'端默然心疑，不知其故。"

民间叙事文学作品的艺术手段是多种多样的，该直白的地方，决不用曲笔；需要委婉的时候，从不简单草率。幻化的主题，在这里表现得极有情致。在这里，螺化美女的情节，是从谢端和邻里的视角娓娓道出的。

他每日回家，有人已经为他准备好了饭菜，此事虽然让人略感蹊跷，但他按常理推断，"谓邻人之惠也"。这邻人是谁呢？如果就是曾经收养过他的人，那当然不足为怪；即使不是，邻里之间相互帮助也属人之常情，所以谢端并没有太以为意。故事的情节到了这里为之一顿。

可是，事情至此并未结束。烧饭做菜，天天如此，谢端就不能不有新的考虑。然而他并非因此而生疑，而是愈加相信邻人的德惠。所以决定前往致谢。邻人说，这种好事并非他所为，因此不愿接受他的谢意。谢端此时仍未产生什么怀疑，只是认为邻人不解其意，所以仍然坚信自己当初的推断。故事至此，又为之一顿。

一再往谢，一再遭到拒绝，"数尔如此，后更实问。"到这时，他才要问个水落石出，邻人也才对他说明拒谢的理由：你自己娶了媳妇，藏在家里日日为你做饭，为什么说是我替你做的饭呢？谢端听了，并未反驳，只是心中默然生疑。从此，他将去给自己的疑问寻找答案，最后揭开幻化的谜底。故事演述究竟是谁做饭的情节，反反复复，重重叠叠，曲径通幽，一波三折。

我们在这里不无兴致地发现，这一文本正是采用了民间文学作品最常见的三次重复的手法。而且这种手法的运用，又不是简单的重复。每次都是老话题，每次都有新发展。

现在再回过头去看一看前面关于主人公谢端形象的描述，那里的几处交代，都在现在的陈述中有了照应。前面说他贫穷、勤劳，而又没有妻室，于是才有天天外出劳作，归来有人为他做饭的前提。前面有了关于邻居认为他善良、劝他娶媳妇的交代，后面才有了往谢和拒绝的照应。凡此种种，枘凿相应，天衣无缝。说这是民间智慧的匠心体现，大概不算过分。

《搜神后记》中谢端揭开谜底的具体过程，是《发蒙记》文本中所没有的：

"后以鸡鸣出去，平早潜归，于篱外窃窥其家中，见一少女，从瓮中出，至灶下燃火。端便入门，径至瓮所视螺，但见女。乃到灶下问之曰：'新妇从何而来，而相为炊？'女大惶惑，欲还瓮中，不能得去……"

接下去，螺女说了一段表白自己身份的话，原来她是天上仙女。这在束皙文本和《搜神后记》文本中，确实都存在。束皙文本是："我天汉中白水素女，天衿卿贫，令我为卿妻。"《搜神后记》文本与此并无根本性的差异，只是把天帝怜悯的理由具体化了：

"我天汉中白水素女也。天帝哀卿少孤，恭慎自守，故使我权为守舍炊烹。"

从根本上说，从开头到这里的全部故事情节，《搜神后记》文本并没有超出束皙文本的范围，只是把某些过程讲述得更具体了。

可是，接下去，《搜神后记》文本却有了超出束皙文本的进一步发展。螺女在表明了身份之后，接着说：

"十年之中，使卿居富得妇，自当还去。而卿无故窃相窥掩。吾形已见，不宜复留，当相委去。虽然，尔后自当少差。勤于田作，渔采治生。

- 198 -

留此壳去，以贮米谷，常可不乏。"端请留，终不肯。时天忽风雨，翕然而去。

本来螺女可以和他厮守十年，但是几天之中被他看破身份，不便久留，便提前回到天上去了。

我们在前面曾将束皙文本分解为三个母题，现在《搜神后记》文本又增加了一个母题，即：

④螺女离主人公而去。

这个母题十分重要，对后世诸多文本的影响很大。

至于这一文本结尾处所说："端为立神座，时节祭祀。居常饶足，不至大富耳。于是乡人以女妻之。后仕至令长云。今道中素女祠是也。"这些都是故事以外的后话了。

在《发蒙记》成书近200年、《搜神后记》成书约100年以后，南朝·梁文人任昉（公元460—508年）撰成《述异记》，这是一部志怪小说集。据《中兴阁书目》称，成书于天监三年（公元504年）。其中同样记载了谢端的故事：

"晋安郡有一书生谢端，为性介洁，不染声色。尝于海岸观涛，得一大螺，大如一石米斛，割之，中有美女，曰'予天汉中白水素女，天帝衿卿纯正，令为君妇。'端以为妖，呵责遣之，女叹息，升云而去。"[①]

这篇作品与上述两个文本相比较，显然是同一系统中的另外一个独立文本。应该说，这个文本更接近于《发蒙记》文本。作品的主旨究竟是讽刺书生的憨直（端以为妖，呵责遣之）？还是进行某种道德说教（为性介洁，不染声色；天帝衿卿纯正）？或者是二者兼而有之？关于这一点，由于本文讨论的主题并非作品思想分析，所以这里暂可置之不论。但有一点应予指出：作品中反映出的宗教观念和道德说教成分，似乎比前两种文本更为强烈。因此，我倾向于认为，这个文本的文人文学色彩可能要比其他

---

① 《述异记二卷》，梁·任昉撰，明刻本（叶万校并跋），卷上。

两个文本更多些。

从故事形态的角度看，这个文本多了一个细节、缺了一个母题。剖割螺的细节是以往文本所没有的。缺少的母题是：主人公并没有同螺女有什么瓜葛或结为夫妻。从表面上看，《述异记》文本是比《发蒙记》文本多了几句话，多了一个斥责的细节，但就是这几句话却腰斩了一篇叙事文学作品。在这一故事类型中，人和螺的结合是最重要的中心母题。缺少了这一母题，会严重地影响情节的发展，作品的故事性也就丧失了大半。从这个意义上说，这个文本是一个不完整的故事。但是，螺女离主人公而去的母题却是实实在在地存在着的。

本节分析了螺女型故事的三个文本。我认定这三个文本同属螺女型故事的一个"子系统"，我们姑且称它为"A系统"，或者也可以把它称为"谢端系统"。关于这一系统，我有如下一些总括性的思考：

第一，这三个文本的主人公都明确地指出是侯官人谢端，这是这一系统的主要标志之一。

第二，这三个文本，虽都未明确指出故事的地点，但根据几位撰录者的主要活动地区来推断，把这三个文本流传和记录的区域确定为中国的南方，特别是福建及长江流域的广大地区，或许是不会有什么问题的。

第三，早从晋代开始，这个故事就已经流传得相当广泛了，不然不可能一再地被记录下来和一再地被诸多典籍传抄和摘引。

第四，《发蒙记》文本、《搜神后记》文本和《述异记》文本，是同一故事类型的不同异文，后两个文本显然与《发蒙记》文本具有渊源关系。三个文本所包含的母题系列是相同的，尽管这一或那一文本可能缺少或增加母题系列中的某一项。

第五，《发蒙记》文本和《述异记》文本，彼此的关系更加密切。

第六，《述异记》文本的宗教和道德说教色彩似乎更浓烈些，让人感到有较强的文人加工的痕迹。

第七，《搜神后记》文本最为完整，而且较为独立，更像是接近于口传作品形态的记录，较少像是撰录者的文人文学的加工。

三

与上节所讨论的 A 系统，即谢端系统并行发展的，还有这一故事类型的另一个子系统，即 B 系统，或称吴堪系统。小吏吴堪，在十多个世纪的过程中，一直承当着这一子系统诸多文本的主人公。

B 系统，即吴堪系统，在最初的演述过程中，大约是得到了 A 系统的催化和丰富，才渐渐纳入到螺女型故事类型中来的。

南朝宋人彭城刘敬叔（？—468）曾撰《异苑》，这也是一部志怪小说集，其中有一段故事，与我们的关系甚大。《异苑》说：

"阳羡县小吏吴龛，于溪中见五色浮石，因取纳床头，至夜化成女子。"

就目前所知，这段记载当是 B 系统的源头。吴龛（堪）的故事由此而生发，渐次丰满、渐次完善。《异苑》撰成的时间，大约去陶潜在世的时间不远。

异物或异类化人的传说，当时流传颇为广泛，这可以由诸多现存的和已佚的小说文集作为证明。一块石头多种色彩，本已稀奇，而在水中不沉、浮于水面，就更为稀奇。小吏吴龛取归，放置床头，夜里化作女子，这是多么好的故事题材呀！只是限于条件，这部作品的详细情节，并没有完整的记录。

就在《异苑》成书不久，也可能是成书的同时或前后，任昉在《述异记》中也记录了这一故事。然而却比刘敬叔撰录的多了一些情节：

"阳羡县小吏吴龛[1]，家在溪南，偶一日，以掘头船过水溪，内忽见一五彩浮石，龛遂取归，置于床头，至夜化为一女子，至曙仍是石，后复投于本溪。"[2]

这两个文本，大约出自一个源头，或许不是《述异记》摘抄《异苑》

---

[1] 在我所见的明刻本中，此字误刊为"合龙"二字。
[2] 《述异记二卷》卷下，梁·任昉撰，明刻本（叶万校并跋），卷下。

的结果。两个文本都未详述五色石化为女子后与主人公的关系，似乎它们只着意于幻化的事实，而没有对作品的发展过程作全面的记录。以合乎逻辑的思考来推断，主人公在彩石化女之后，总要有所反应，总要有故事的下文。然而年代久远，未有全面交代，这固然遗憾，但当时有人能把这一母题为我们存下记录，就已经值得我们深深感谢了。

时间老人像一个隐身的神灵，我们往往只能得到他的伟大创造的结果，而很难追踪那双神奇的手改变世界的实际过程。

《述异记》文本之后，数百年间，仿佛是没有了吴龛的声息，这一篇故事仿佛是潜入了水底。然而进入唐代，这一故事突然浮出水面，这一次的出现是那样的丰满，是那样的瑰丽，使广大民众在以后上千年的日月里口耳相传，乐此不疲。

唐代皇甫氏撰《原化记》，这是一部唐代志怪小说集，其中收录了吴龛（如今已改作吴堪）的故事。皇甫氏，但知其姓，名字和身世均无可考，成书的时代或在晚唐。原书今已不传，后代文人对其佚文多有搜集，《太平广记》中就收有佚文六十余篇。《原化记》曰：

"常州义兴县有鳏夫吴堪，少孤，无兄弟，为县吏，性恭顺。其家临荆溪，常于门前以物遮护溪水，不曾秽污。每县归则临水看玩，敬而爱之。积数年，忽于水滨得一白螺，遂拾归以水养，自县归见家中饮食已备，乃食之。如是十余日，然堪为邻母哀其寡独，故为之执爨，乃卑谢邻母。母曰：'何必辞，君近得佳丽修事，何谢老身。'堪曰：'无。'因问，其母曰：'子每入县后便见一女子，可十七八，容颜端丽，衣服轻艳，具馔讫，即却入房。'堪意疑白螺所为，乃密言于母曰：'堪明日当称入县，请于母家自隙窥之，可乎？'母曰：'可。'明旦诈出，乃见女自堪房出，入厨理爨，堪自门而入，其女遂归房不得，堪拜之。女曰：'天知君敬护泉源，力勤小职，哀君鳏独。敕余以奉媲，幸君垂悉，无致疑阻。'堪敬而谢之。自此弥将敬洽。闾里传之，颇增骇异。时县宰豪士，闻堪美妻，因欲图之，堪为吏恭谨，不犯笞责，宰谓堪曰：'君熟于吏能久矣，今要虾蟆毛及鬼臂二物，晚衙须纳，不应此物，罚则非轻。'堪唯而走出，度人间无此物，求不可得，颜色惨沮。归述于妻，乃曰：'吾今夕殒矣。'妻曰：'君忧余物，不敢闻命，二物之求，妾能致矣。'堪闻言，忧色稍解。妻曰：'辞出取之，少顷而到。'堪得以纳令。令视二物，微笑曰：'且出。'然终欲害之。后一日又召堪曰：'我要蜗斗一枚，君宜速觅此，若不至，祸在君矣。'堪承命，奔归。又以告妻。妻曰：'吾家有之，取不难也。'乃为取之。良久牵一兽至。大如犬，状亦类之，曰：'此蜗斗也。'堪曰：'何能？'妻曰：'能食火，其兽也，君速送。'堪将此兽上宰，宰见之怒曰：'吾索蜗斗，此乃犬也。'又曰：'必何所能？'曰：'食火且粪火。'宰逐索炭烧之。遣食，食讫，粪之于地皆火也。宰怒曰：'用此物奚为？'令除火扫粪。方欲害堪，吏以物及粪应手洞然火飚暴起，焚燃墙宇，烟焰四合，弥亘城门。宰令及一家皆为灰烬。乃失吴堪及妻。其县遂迁于西数步，今之城是也。"①

至此，这篇故事发生了一次本质性的飞跃，在我们面前俨然出现了一篇严整的、典型的、具有民间叙事文学本质特征的作品。

这一次飞跃究竟是怎么形成的呢？它的具体过程恐怕很难全面地、详尽地回溯了。但对其大致情况，或许可以做出某些推测。

第一，吴龛的故事，作为一块坯子保留在故事的基干情节中，"吴龛"变为"吴堪"，正恰说明这个故事是在口头流传过程中发生了演化。

第二，《异苑》文本原来有两个母题：①主人公得彩石；②彩石化女子。在《原化记》文本中这两个母题毫不困难地变成了①主人公得螺；②螺化女子。早已广泛流传的A系统中关于螺化女子的故事，自然使B系统

---

① 《原化记》，皇甫氏撰，转引自吴增祺编辑《旧小说》，（乙集四·唐），第3—4页，"吴堪"条，商务印书馆，上海，1914年版。

——吴堪系统获得了灵感。人和异类结婚的母题，善良贫弱的人得到应有幸福的母题，终于在故事中得以完成。A系统也并没有完全地被《原化记》文本所接受。中道分手，终究遗憾，所以在B系统中，螺并没有离去，人螺在这里结成了长久美满的婚姻。

第三，在很多故事类型中有一个十分常见的母题系列，这就是：对手向主人公提出难题，主人公得到帮助，解决难题，战胜对手。这个母题系列被现在的螺女故事所吸收，于是就有了《原化记》文本所表现的形态。这样看来，《原化记》文本实际上已经是一个复合的故事，如果要以丁乃通AT分类法来对应的话，那就是400C类型+465类型。

这种复合形态一时间成了大家深为喜爱的作品。从摘引、传抄的次数之多可以推想，当时在民间也是广泛流传的。不仅在像《太平广记》这样的官修文集中收有，而且在其它多种私撰文集中更是广泛收存。

这里我特别要说到的是，明代著名小说家冯梦龙撰《情史》，也加以摘引[1]，并且在文字上作了部分的修饰。同时，他还改加了新的篇名：《白螺天女》。这不能不使人联想到，在A系统中，螺女型故事的《搜神后记》文本，也曾有过一个与此相仿的篇名——《白水素女》。冯梦龙把篇名由《吴堪》改为《白螺天女》，大抵是有意要与谢端故事相呼应的吧。如果不能确切地说，《原化记》的作者早曾受到过《搜神后记》文本的影响，那么至少可以说，现在在冯梦龙的心目中，对《白水素女》是有深刻印象的。

《原化记》文本除了本节上文抄录的那一种文本形式之外，还有一个简本流传于世，那就是在明代著名类书《说郛》和清代重要类书《古今图书集成》中收录的文本。这个简本说：

"义兴吴龛为县吏，家临荆溪，忽得大螺，已而化为女子，号螺妇。县令闻而求之，堪不从，乃以事虐堪曰：'今要暴蛤蟆毛、鬼臂二物，不获致罪。'

---

[1]《情史》，冯梦龙（原题：明·詹唐外史）评辑，卷十九，情疑类，《白螺天女》条。

堪语螺妇，即致之。令乃谬语曰：'更要祸斗。'堪又语螺妇，妇曰：'此兽也。须史牵至，如犬而食火，粪以为火。令与火试之，忽遗粪，烧县宇，令及一家皆焚死焉。'"①

以上两书均昭然注明，引文出于《原化记》。至于这种删节和提炼究竟出自谁手，这里就不好妄断了。

另外，大约与冯梦龙同时代的文人周揖作《西湖二记》，在第二十九卷《祖统制显灵救驾》一篇小说中，有两段"人话"，其中之一便是吴堪故事②。这篇"人话"故事，口语性极强，很可能在当时说书艺人的口中和广大民间，流传得十分广泛。故事的基本情节与《原化记》没有太大差异，但在若干小处却体现出民间叙事文学的许多独有特色。例如，在《西湖二记》文本中，县令给吴堪出难题，第一次便要三样东西：升大的鸡蛋、有毛的蛤蟆和鬼的臂膊。在"人话"的编者看来，三件比两件更符合口头传统艺术形式的要求。

在吴堪系统（B系统）中，也并非《原化记》文本所代表的复合型故事形式独领风骚。那种如A系统各种文本的单线形式，也仍然有所出现。康熙年间陈梦雷等原辑，世宗命蒋廷锡等重辑的大型类书《古今图书集成》引用了一则螺女型的故事。编者称，这故事源自《夷坚志》。宋人洪迈（1123—1202年）所撰志怪小说集《夷坚志》，卷帙浩繁，屡经刻抄，流传十分广泛，用作者的话说，几乎家家都有所收藏。《夷坚志》所收的这篇螺女型故事，也被一再抄引于各种大型类书之中。

《夷坚志》曰：

"吴湛（!）居临荆溪，有一泉极清澈，市人赖之，湛为竹篱遮护，不令污入，一日吴于泉侧，得一白螺，归置瓮中，后每日自外归，则饮食已

① 《说郭三种》卷四第1124页，上海古籍出版社影印本。
② （明）周挥纂、陈美林校点《西湖二记》第468—472页，江苏古籍出版社，1994年版。

办，心大惊异。一日潜窥，乃一女子自螺中而出，手能操刀。吴急趋之，女子大窘，不容归壳，乃实告曰：'吾乃来神，以君敬护泉源，且知君鳏居，上帝命吾为君操馔，君食吾馔，当得道矣。'言讫不见。"[①]

《古今图书集成》的编者抄录这则故事时，指出作品源出《夷坚志》。清代张英等纂修的《渊鉴类函》也收有此条，同样注明引自《夷坚志》。在元（?）人无名氏所撰《湖海新闻夷坚续志》中，也收有此文，并且加了新的未必贴切的篇名《井神现身》。文字与此几无差异。这样看来，这一文本所代表的故事形态，自宋元以来，也多所流传。这一文本似有如下特点：

第一，主人公由吴堪变为吴湛。吴湛疑系吴堪之误，因为几种文本均称吴居临荆溪，据此"湛"与"堪"显然是同一主人公。这一差异想是撰者在转抄《异苑》《述异记》《原化记》《太平广记》或其他文本时发生笔误所造成的。"堪""湛"之误，不同于"龛""堪"之误，前者表明是在口头流传和笔录过程中发生的，而后者却向我们揭示，这种情况仅可能发生在书面流传的过程当中。

第二，其他文本说螺或彩石是得于溪中，《原化记》更称是爱护溪水之故，才得到螺女，受到恩惠。而《夷坚志》文本则改说，是由于护泉，不令秽入，才得到泉神的报答。我怀疑这个转变是由于《原化记》文本中的一句话被《夷坚志》撰者引为依据而生发开去的结果。《太平广记》引《原化记》说："天知君敬护泉源"云云，那里指的还是溪水，这里则迳改为泉，或许《夷坚志》文本撰者的灵感就是由此而来的。

第三，其他文本称，天帝爱怜主人公，便派仙女助他。这里竟说是泉神报答他敬护之恩才来到他的身边。这两者似无很大区别，但在《夷坚志》文本中，泉神前来的目的绝与其他文本不同："为君操馔，君食吾馔，当得道矣。"这不单是一般的道德说教，已经升格为宗教宣传了。

① 《夷坚志》，宋·洪迈撰，转引自《古今图书集成》，博物汇编，禽虫典，第163卷，第64560页。

根据上述诸点，我怀疑，这一文本的书面文学色彩较之其他文本要浓烈得多。

　　但从形态学的角度看，它仍然延续着《异苑》《述异记》及与之相对应的A系统各种文本的单线形态的发展道路。

　　总结本节所述，我们看到，在B系统——吴堪系统中，俨然有两条线索在发展，一条以《夷坚志》文本作为代表，这一线索与A系统相近。另一条线索则是复式线索，以《原化记》文本作为代表。其形成的过程，可能较为复杂，应该另设专题加以讨论。

　　综合以上两节论述的两大系统来看，有几部类书对推动整个螺女型故事文本的演进过程，起到了很大的推动作用。这些典籍也为我们提供了某些思考的依据。唐人所纂《太平广记》的编者们，虽然没有对这一故事类型的发展提供什么创造性的贡献，但这部书把《邓元佐》《白水素女》和《吴堪》三个文本并列刊出，这说明在转引者的眼中，这三个文本是分别属于此类型故事的不同系统的。

　　其次，清人所纂《古今图书集成》，更把包括《夷坚志》在内的四种文本，尽都收入。更为可贵的是，编者们在《夷坚志》文本下，注出了自己的学术见解："按：此与谢端事相仿佛。"一句话把这一故事的A、B两个系统联系了起来。我们在这里不能不看到，在批注者的思考中已经有了类型学认识的某些因素和端倪。

　　我们可能习惯于认为，封建社会的文人们对口头文学往往采取鄙视的态度，这种认识或许是有道理和有根据的，但也不能一概而论。不少历史的事实，如我们现在所讨论的螺女型故事的文本"记录"的情况，也向我们不时地发出确凿的信息，说明历代许多文人对民间的叙事文学传统还是十分欣赏、十分爱护和有高度评价的。甚至在许多官修的重要典籍的编纂过程中，也流露出这种尊重和欣赏的痕迹来。

　　为了醒目起见，我将本文所推演的螺女型故事文本的历史发展情况，绘制成一幅示意图（见212页）。这幅示图或许还有不尽全面、不尽完善的地方，我想，在今后的研究中，在各位学者的指正和补充下，会逐渐完善，从而使我们对螺女型故事历史发展状况，会有更加明晰的了解和更为科学的阐述。

四

如果没有现、当代的大量文本作为历史传统的现实佐证，那么我们上面的种种立论，便会带有某种主观猜测的性质，那就是把文人的创作附会在口头传统上了。然而历史却是非常严正的法官，它会分辨事物乃至思想的真伪曲直。

自20世纪二三十年代始，特别是在五六十年代，民间文学工作者为我们积累了大量的螺女型故事资料，《艾伯华索引》《丁乃通索引》著录的文本总共有50多种。20世纪80年代后期至90年代，在《民间故事集成》编纂期间积累的材料，要远远超过此数。本文开头已经说过，仅浙江、福建两省诸县的当代记录文本就相当于上述两部索引著录的文本总数。

对自20世纪20年代至今的现、当代文本进行分析，是一项工程浩大、饶有兴趣，而且是深有教益的课题。当前，由于诸多原因，或许还不能毕其功于一役，做得深入而全面。这里仅就我的视野所见，做些初步的探索。

螺女型故事历史上存在的两个系统，以及B系统的两种文本模式，就其本质而言，是实实在在地存在于当今的口碑当中。而且从根本上说，这些系统和模式保存得相当完好。这也正是我对民间叙事文学强大而持久的稳定性深表惊异的原因。

在现、当代记录文本中，类似A系统及《夷坚志》型文本的单线故事形态，就数量来说远远超过类似《原化记》型的复式故事形态的文本。《艾伯华索引》著录的11种记录，全是单式文本。在浙江省各县卷本收录的21篇螺女型故事记录[1]中，有16篇属于这一形式。福建省记录的情况，也大体如此。

这些当代记录并不像晋至明清时代古典文本那样严整划一，而是在统一的母题系列下面，在若干细节中偶有差异。例如，《民间月刊》第四集所载、流传于浙江绍兴的《田螺精》故事[2]，就没有主人公拾得田螺的情节。勤劳、善良的主人公劳作归来，看见有人已为他做好饭菜，几天之后，经过寻找，他才发现是田螺化女所为。

又如，主人公之得螺，既不是拾到田螺，也不是救田螺脱难，而是田螺自己请求跟随主人公。林兰编《鬼哥哥》故事集所载《田螺娘》[3]说：一个农夫犁田，总看见有一个大田螺跟在他的后面，他拾起带回，养在缸里。

田螺化女烧饭的细节，也并非千篇一律，例如，《独腿孩子》故事集中《田螺精》[4]故事说：主人公拾螺后，有一天他在田里想，冬瓜烧肉不错，回家一看，果然锅里有冬瓜烧肉。以后每有所想，必然就有人做好，最后才发现是田螺化少女所为。

现代记录文本与古代典籍中的文本，具有重要差异的几个关键性细节是：①在现、当代文本中，螺女必同主人公结为夫妻。在我所见的各种文本中，几无例外。②为了不让螺女变回田螺，主人公往往要给螺女吃米饭或焦饭团。③一般情况下，螺女婚后都生有小孩，往往是一个孩子，或男、

---

① 《浙江省民间故事集成》杭州市上城区卷（172），余杭县卷（312），建德县卷（344），临安县卷（274），桐庐县卷（177），海宁市卷（218），桐乡县卷（294），平湖县卷（175），海盐县卷（417），德清县卷（332），宁波市江北区卷（168），鄞县县卷（285），仙居县卷（220），瓯海县卷（227），永嘉县卷（446），泰顺县卷（207），遂昌县卷（322），磐安县卷（208），义乌县卷（321），衢县县卷（223），龙游县卷（27）。在寻检浙江省县卷本文本的过程中，曾得到刘晓华女士的协助，谨此表示感谢。

② 《民间月刊》第四集，第46—47页，杭州，1933年。

③ 林兰编《鬼哥哥》第90—92页，上海，1932年版。

④ 林兰编《独腿孩子》第39—42页，上海，1932年版。

或女，以男孩居多。但也有生了几个孩子的，例如，《绍兴故事与歌谣》中所载录的《扑扑扑依娘田螺壳，金金金依娘田螺精》①。④螺女出走，往往是因为自己的丈夫教孩子歌谣，或邻家的孩子唱歌谣，奚落螺女："搏搏搏！依娘田螺壳！叮叮叮！依娘田螺精！"

以上这些与古籍文本相异之点，在绝大多数现当代文本中又几乎都是彼此雷同，成为一种最常见的模式，这一点应该引起我们的特别重视。这些与古文本相异的现、当代模式，会引发出关于现当代文本特点的许多概括性的思考来。

当然也不是所有文本都尽然是一个模式。例如，螺女出走也不全是由于受到奚落，德清县卷《田螺姑娘》②说：成亲后，夫妻恩爱，生了儿子，长到三岁，主人公起了外心，时常同螺女吵架，教儿子边敲螺壳边唱："笃、笃、笃，依姆妈是田螺壳，叮、叮、叮，依姆妈是田螺精！"在这里，玩笑和讥讽变成了忌恨和谩骂，螺女被迫携儿离去，跳进水中，重变田螺。再如，出走母题也并非在所有文本里都存在。鄞州区卷本《田螺姑娘》③说："两人成了亲，从此男耕女织，一家人过上幸福美满的生活。"故事以此作为结尾，螺女不再离去了。

自唐代就有所记录的螺女型故事复式形态，在现、当代文本中同样有较多的体现。这说明，这一传统历经岁月的淘洗，承继至今，在人民的口碑中长盛不衰，它仍然具有顽强的生命力。

浙江省民间故事集成桐庐县卷《螺蛳精的故事》④，几乎完全是《原化记》文本的翻版。当然，除了语言更加现代化以外，在细节上也有一些小的变化。县官所出的难题，是要主人公送十二条完完全全一样的雌鲤鱼。复命的这十二条鲤鱼是螺女用纸剪成的。有几条鲤鱼飞到县官脸上粘住，

① 娄子匡：《绍兴故事与歌谣》第55—57页，广州，1929年。
②《浙江省民间故事集成德清县卷》第332—333页。
③《浙江省民间故事集成鄞县卷》第285—286页。
④《浙江省民间故事集成桐庐县卷》第177—179页。

撕不下来。县官的儿子点火烧，竟烧光了县官的胡子。县官带人去抓螺女，全部人马钻进螺蛳壳，再也出不来了。

浙江省民间故事集成龙游县卷《田螺姑娘》[1]，情节依然沿着唐宋以来就存在的模式展开，并不翻出什么新的花样，但主人公的对立面却由县官变成了财主。在我所见的其他现、当代文本中，对立面变成地主、财主的，确也不少。在这篇故事里，还有一些小的变化，这大概不能不说是时代留下的痕迹。当主人公教儿子唱歌谣时，歌词虽然仍是那几句旧话："咯、咯、咯，妈妈田螺壳；叮、叮、叮，妈妈螺蛳丁。"螺女听后并无懊恼，反而感到十分高兴，她觉得这个田螺壳不知禁闭了她多少年，现在终于得到解放，这壳也早该破了。

正像当今时代变得越来越多彩一样，同一类型的民间故事，在现时代的流传过程中变得更加形态繁复、出现更多异文，好像是不完全按固定的套路施展拳脚一样。《民间月刊》第四集刊载一篇流传在浙江省萧山县的故事《蟹精》[2]。这篇故事就其情节说，当属《原化记》文本形式的螺女型故事，但是它的表现形式却有所不同。两只蟹化作两个少女，帮助主人公操持家务，原来两个蟹的父亲是龙王，曾被主人公搭救过，她们来是代父报恩的。她们被主人公发现，于是双双做了他的妻子。主人公的哥哥发现后，心生妒忌。哥哥与县官合谋加害主人公，主人公在妻子和岳父的帮助下，战胜了对手。在这篇作品里，两兄弟故事类型的某些因素，龙王公主类型的某些因素，都融合进来，使故事变得枝繁叶茂，头绪颇多。然而归结起来，仍不外是螺女型故事和难题型故事类型起着主干的作用，其他因素都带有修饰和次要的性质。

这一故事十分典型，不少文本也都采取类似的手段，在基干之上多生出些枝丫而已。

---

① 《浙江省民间故事集成龙游县卷》第27—34页。
② 《民间月刊》第四集，第37—42页，杭州，1933年。

以上，我们围绕着螺女型故事，做了一次走向历史的旅行。如果这一次旅行方向对头、路径对头，所得的观感也符合所观察事物的真面目，那我就感到十分荣幸了。

末了，我还要多说一句：这一故事类型在编入 AT 系统的类型索引时，是列在第 400 号下的。这总使人感到有些不妥，仿佛是让一个身材魁梧的中年汉子，穿上一件七岁女孩儿的彩衣，一只袖子套在胳膊上，其余的就随任它去。对中国民间故事分类和著录有所贡献的已故丁乃通教授，在编制索引时，也不得不单立一个亚类型 400C，但这样仍然使人感到未尽如意。由于处理螺女型故事及其他故事类型过程中常常会遇到一些困难，所以我关于 AT 分类法是否完全符合我国各民族民间故事实际情况的疑虑，就变得越来越浓重了。当然，这些都是属于另外一个题目的话了。

附：螺女型故事文本谱系发展示意图

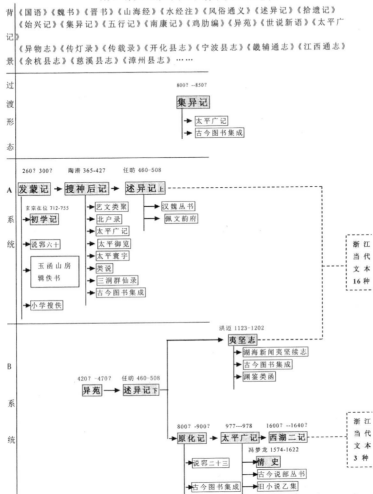

背
景
记

《国语》《魏书》《晋书》《山海经》《水经注》《风俗通义》《述异记》《拾遗记》
《始兴记》《集异记》《五行记》《南康记》《鸡肋编》《异苑》《世说新语》《太平广记》
《异物志》《传灯录》《传载录》《开化县志》《宁波县志》《畿辅通志》《江西通志》
《余杭县志》《慈溪县志》《漳州县志》……

过
渡
形
态

800？--850？

集异记
→ 太平广记
→ 古今图书集成

A
系
统

260？300？　陶潜 365-427　任昉 460-508

发蒙记 → 搜神后记 → 述异记上

玄宗在位 712-755

初学记
说郛六十
玉函山房
辑佚书
小学搜佚

→ 艺文类聚
→ 北户录
→ 太平广记
→ 太平御览
→ 太平寰宇
→ 类说
→ 三洞群仙录
→ 古今图书集成

→ 汉魏丛书
→ 佩文韵府

浙
江
当
代
文
本
16
种

B
系
统

洪迈 1123-1202

夷坚志
→ 湖海新闻夷坚续志
→ 古今图书集成
→ 渊鉴类函

420？--470？　任昉 460-508

异苑 → 述异记下

800？-900？　977---978　1600？--1640？

原化记 → 太平广记 → 西湖二记

说郛二十三
古今图书集成

冯梦龙 1574-1622

情　史
→ 古今说部丛书
→ 旧小说乙集

浙
江
当
代
文
本
3
种

关于浙江动物故事类型的若干思考
（纲要）①

　　我寻检了浙江省县卷本民间故事集成64卷（这并不是已经出版的县卷本的全部，县卷本共出版了83卷），浙江省同时还出版了11个地区的15本地区卷本，这些地区卷本选编了县卷本的故事作品，我也查看了其中的大部分。在寻检的过程中，总共发现约1100篇动物故事文本，其中有近百篇文本似乎划归到传说或者幻想故事当中更为恰当，在对约1000个文本进行分析时，有了一些思考，现在提出来向各位讨教。

　　在当今国际通行的故事分类中，大体上是把除神话、传说以外的民间故事分成三大类：①动物故事；②神奇故事；③生活故事。此外，还有笑话等类别。

　　从分类原则上看，总体说来，是根据作品的内涵及表现这些内涵的特有的艺术审美方法来分类的，唯独动物故事在分类的标准上似乎突破了这一原则。它是以占据文本形象系统中心地位的主人公来分类的。担任动物故事文本情节发展主要角色的，是动物世界的各类成员，包括野生动物和家畜、鱼类、禽类和昆虫等等。

　　由于动物故事和民间故事的其他类别在分类标准上并不同一，因此这种分类方法给动物故事范围的划定带来了一定的困难。动物故事的某些作品同样有人的形象出现；其他类别的故事同样可以由动物形象担任主人公。

---

① 原载《民俗学刊》2002年第3期。

于是就使我们有了两种困惑：第一，它和动物神话、动物传说有着不可忽视的紧密联系，如何划定动物故事同动物神话、动物传说的界限有时就成为一个不小的难题；第二，在神奇故事和生活故事当中，又有许多文本是有动物世界的成员参与而推进情节的发展的，这样的文本在神奇故事当中尤其众多，哪些只是动物故事，哪些应该划归为神奇故事，在某些情况下，也不是很容易就可以判定的。关于容易产生混淆的这两种情况，应该作较为深入的实际考察，这样既能为确定作品的性质，划分它的类别提供依据和方便，同时又能对动物故事作为独立的一个类别有更深切的本质性的理解。

动物故事与动物神话、动物传说有共同的早期人类社会的现实生活基础和信仰基础。这些以动物为主人公的作品，都建立在人类对自然界、对动物世界的认识基础上，建立在同自然界和动物世界打交道的实践活动基础上，建立在生产和生活的经验和观念的基础上。早期人类社会的思维观念和信仰活动，如万物有灵观、动物崇拜、图腾观念和图腾制度、巫术活动等，都对这些作品的形成及这些作品的性质产生了重要影响。

这里要强调指出的是，在这些观念占据主导地位、统治人们的自然观和宇宙观的情况下，动物故事是难以大量形成的。只有在动物崇拜的观念发生了动摇的时候，动物故事才有可能大量产生。

以动物为主人公的作品都在某种程度上包含着动物的属性、活动及它同人类某种关系的信息，这些属性可能是实际存在的，也可能是人们赋予的。人类在同自然世界和动物世界打交道的过程中，对它们的习性和本质有一定了解。然而，在一些情况下，这种了解也带有一定程度的主观色彩。不同历史时期、不同民族、不同群体，都可能将自己的价值观赋予自然界和动物界的这一和那一具体对象（如龟、喜鹊、乌鸦、驴、猴子、老虎等）。动物故事同动物神话和动物传说相比较，其重要特点在于，以虚构为依托，以愉悦、喻诫和解释为目的而展开情节。反映早期人类社会的自然观及动物信仰、传达与此有关的信息并非动物故事的主旨，即使有若干这样的因素，也是隐性的、附属的，或者说是次要的。这就使这些动物故事同动物神话、动物传说有了较为明显的区别。

人们在口传叙事文学传统中，还往往把人类自己的诸多优秀的品德（如善良、勤劳、诚信、谦逊、知恩图报、助人为乐等等）和不良的性格（如狡诈、懒惰、言而无信、狂妄、忘恩负义、损人利己等等），也都加之于动物形象身上，通过动物间的矛盾纠葛来反映人与人之间的诸多关系。

在神奇故事（国际学术界惯用的称呼是"本格故事"）当中，也有相当一批类型是由动物作为主要形象而展开情节的，例如，田螺姑娘的故事、蛇郎的故事、狗耕田的故事等等，都是这类故事的最突出的代表。动物故事和这些神奇故事在分类上是很容易混淆的，有时一个文本，甚至可以划在这里，也可以划在那里。我在划分具体文本的时候，注意把握两个标准：一个标准是区别"虚构"和"幻想"两个概念。超自然的、神奇的情节划归为"幻想"的范畴，而像拟人化等一些与常理并不相悖的情节虚构，仅仅是一种艺术手段。另外一个标准就是动物故事在结构上往往是极为简单的，情节并不复杂，不像神奇故事那样繁复和严谨。神奇故事经过不断锤炼，在结构体系、形象体系、艺术手段体系、语言体系等方面，都有许多定型的规范和某些程式，比较而言，这在动物故事当中就表现得较为薄弱了。

在我观察的一千多个浙江省的动物故事文本中，发现很多类型都有相当广泛的异文，几乎在全省各县都有流传。例如：关于老鼠进入十二生肖的情节类型，竟记录了51份异文；关于猫狗结仇的文本也有近20篇；"怕漏"类型有17篇之多；无尾龙（秃尾巴老李）的情节类型有11篇之多；"牛没上牙""老鼠嫁女""龟背有纹""布谷鸟"等情节类型都在10篇以上。

上述这些实例很多在AT索引中并没有包括，像这样的实例在中国的动物故事中是很多的。有一个统计说，AT的故事类型索引实际描述了140

个国际性的动物故事类型（我个人的统计是173个），俄国晚近出版的故事类型索引（《东斯拉夫民间故事类型索引》）统计说，俄国的动物故事类型为119个，其中有46.3%不同于AT所描述的国际通行的类型，而相同的或大体相同的仅仅是类型总数的一半（53.7%），另据该书作者们的统计，乌克兰动物故事的类型共有336个，显然，它们不同于国际通行类型的数目就更多了。我在遍检浙江动物故事类型的过程中，发现有一大半故事类型是难以削足适履地塞进AT体系中加以登录的。丁乃通教授根据AT体系编著的《中国民间故事类型索引》，收录了97个动物故事类型（不含亚类型），然而，其中有41个仅仅在一定程度上与AT的类型相似，只根据部分的特征才划归在这一类型下的，所以，丁先生在这些类型的号码下加了星号（*）。

由此我想到，正如稻田浩二教授、崔仁鹤教授和我，以及许多教授所一再指出的那样，我们有必要根据本民族的民间叙事文学传统的实际情况来编定我们自己的类型体系。每当进入实际研究领域时，我们总会感到使用AT的不便，这仿佛成了我们的一块心病，对于中国学者来说，这种感觉尤其迫切和深刻。

在动物故事中，担任主人公的有野生动物世界的代表，如虎、豹、狼、狐、鹿、狮、熊、兔、鹤、蛙、鼠等。此外，也有在现实中并不存在动物，如龙、凤、麒麟等，这些动物在动物故事中并不处在神圣的地位，它们和其他的动物并没有什么本质的区别，它们像其他动物一样，也会言而无信，采用欺骗的手段谋取某种利益，也为其他动物所不齿。在禽鸟中，以同农耕劳作有密切关系的布谷鸟为最常见的主人公。当然，在浙江动物故事中，出现最多的角色，还是家畜和家禽，如牛、马、猪、羊、猫、狗、鸡、鸭、鹅、蚕、蜜蜂等等。这和长期处于农业社会的历史背景是有关的。欧洲故事中，关于狐狸的动物故事数目极多，而在中国浙江，这类故事的比例并不那么大。关于鱼的故事类型，在AT系统中，仅是有几个数码。相反，以鱼为主人公的动物故事类型，在浙江大量存在。这和浙江处于沿海地带，水域十分广阔，为数不少的居民从事渔业生产有关。

在浙江动物故事类型中，有相当一部分讲到了动物间的纠葛。这些故事类型的情节或多或少都带有一定程度的喜剧色彩，从而增加了这些作品的愉悦成分。在这一类的作品中，特别引起我们注意的是一个不守规矩、制造麻烦、惹是生非、狡猾多变的角色。它或许不完全是反面角色，它更多的是一个喜剧角色，是一个违反既有规矩、准则的狂放派，有的甚至行为不端，是麻烦的制造者。对于讲述者和听众来说，也许不一定引起厌恶和憎恨。没有它的存在，没有它的制造麻烦，故事情节就难以展开。我们或许称这个角色为"捣蛋鬼"。它很像是神话研究领域中的一个形象类型，即"文化英雄"中的"trickster"。我们对于这一形象还缺少注意，更缺乏研究。

"鼠进十二生肖""牛鼠争大""猫狗结仇"，这三个情节类型中的老鼠，就是这种"捣蛋鬼"形象的典型代表。"捣蛋鬼"的属性在老鼠身上，也并非固定不变，在"盗谷种"的情节类型中，老鼠为人类盗来谷种，是一个正面形象，人们还要感激它。在一些类型中，狐狸和猴子也扮演着"捣蛋鬼"的角色。猴子在"怕漏"的情节类型中，惹是生非、弄巧成拙，把事情弄得越来越糟。

在以喻诫为主旨的动物故事中，许多动物的品质并非它们真实所有。在人类同动物打交道的过程中，对于它们的特征和属性有一定的了解，并且也有近乎真实的反映，对于它们在体能及在动物世界中等级地位的实际状况，也有相当的了解。但是，在动物故事的演述过程中，这仅仅是一个背景，也不妨碍把人类社会的诸多特征、矛盾关系放在动物形象身上加以体现，并不妨碍把自己的好恶和价值判断赋之于这些动物身上。猫比老虎聪明，驴是愚蠢的，猪是懒惰的，这些都是把人的属性加之于动物形象的例证。人们把赞赏的、提倡的和认为应该遵循的许多道德准则、人际关系准则，把鄙夷的、否定的和认为应该加以反对、使大家群起而攻之的一些品质和行为，都放在动物纠葛的情节当中加以演述、隐喻地讲述出来，使大家取得共识，以增进群体的和谐一致。

许多解释性的动物故事类型，是以晚世的虚构作为主要艺术手段，是与动物信仰、动物崇拜没有直接关联的，而且往往是单线条的，借以说明动物的这一或那一特征或属性。这些故事类型很难划入物种起源传说的范畴。它们仍然带有一定的愉悦的色彩。讲述者和听者也不会信以为真。

以上思考，是在阅读浙江动物故事文本的过程中产生的。如果有不正确和不成熟的地方，希望得到各位的指教。

中国蛇郎故事类型研究①

一

　　蛇郎故事在我国各省市区、各民族中间，广泛流传。这一类型的故事在全国从南到北各个地区都有记录。在丁乃通所编《中国民间故事类型索引》一书中著录的有近百种。而这部索引所概括的仅仅是70年代以前的情况。在《中国民间故事集成》编纂过程中，全国开展了大规模的搜集工作，动员人力之多和所取得的成就之大为前世所未有。仅四川一省，不包括大量的手稿资料，只统计印刷出版的县卷本中的这一类型的故事，便有五十种之多。②浙江省经过近十年的搜集也出版了21种异文。③此类型故事

①本文系作者1997年10月2日在日本大阪府茨木市梅花女子大学召开的"亚洲民间叙事文学学会第四届学术年会"上所作的报告，以中、日、韩三种文本发表，中文版亦载于《民间文学论坛》1998年第1期。

②成都西城区卷、龙泉驿区卷、成都东城区卷、满江县卷、都江堰市卷、三台县卷、盐亭县卷、梓潼县卷、安县卷、剑阁县卷、绵阳市中区卷、威远县卷、井研县卷、仁寿县卷、大竹县卷、内江北区卷、永川县卷、荣昌县卷、声桐矿区卷、荣经县卷、巴县卷、德昌县卷、木里藏族自治县卷、会理县卷、天全县卷、宝兴县卷、攀枝花市卷、高顺县卷、荣县卷、自贡市卷、金川县卷、中江县卷、长宁县卷、珙县（苗族）卷、筠连县（苗）卷、南川县卷、屏山县卷、甘孜藏族自治州卷、秀山土家族苗族自治县卷上册、遂宁市中区卷、忠县卷、奉节县卷、黔江土家族苗族自治县卷。

③海宁市卷216页、湖州市卷608页、绍兴县卷401页、上虞县卷247页、宁波市江北区卷166页、象山县卷239页、舟山市定海区卷299页、临海市卷362页、三门县卷252页、黄岩市卷321页、洞头县卷218页、平阳县卷213页、泰顺县卷209页、乐清县卷318页、苍南县卷282页、青田县卷342页、遂昌县卷253页、东阳县卷363页、淳安县卷216页、衢州市卷395页、龙游县卷381页。

流传较少的省份，如辽宁省也有六种异文印刷出版。①就全国而言，目前尚无准确的统计，但就我个人估算，恐怕在全国各省市已印刷出版的所有县卷本中，此类型当有数百种异文发表。

早在20世纪二三十年代，中国学者就特别注意这一类型故事的搜集。在不长的时间里就有近三十种异文印出。1931年钟敬文在《民俗学集镌》第二期中就发表了《蛇郎故事试探》的论文。

蛇郎故事作为一个类型，约略地可以分成五个组成部分。

① "开头"：交代故事展开的条件，为进一步叙述作准备。

② "婚配"：男女主人公的结合是理想的状态，为下一步的打破理想和惩罚谋害者的情节提供前提。

③ "谋害"：谋害者谋害正面主人公，打破理想状态，以己代之，造成虚假的理想。

④ "争斗"：谋害者和正面主人公多次较量，真善美同假恶丑反复斗争。

⑤ "结局"：谋害者受到最后惩罚。

这一故事类型的稳定性和变异性的特点和状况，在以上五个组成部分中有较为复杂的体现。以下各节将就此而缕述之。

二

蛇郎故事类型 "开头部分" 的常例是：一老汉有若干女儿。这一背景的交代，点出了故事发展的中心矛盾将围绕两位女主人公同男主人公（通常是蛇郎）的婚姻而展开。

这一类型的故事，虽然通常被冠以 "蛇郎" 的名称（这里我所指的主要不是搜集者的定名，而是大多数讲述者自己的定名），但是核心主人公却是善良的和丑恶的两姊妹，纠葛将在她们之间展开。

---

① 本溪市补遗卷第234页、铁岭县卷第510页、辽阳市张岭区卷第361页、大连市西岗区卷第74页、269页、沈阳市和平区卷第689页。

开头部分的变异情况较为复杂：孤老有二女；[①]一父有三女；[②③]一农夫有老母及三女；[④]老夫妻有七个女儿；[⑤]一个货郎有六个女儿……；[⑥]如此等等。此外，还有四女、五女的，有时是一位大娘有两个女儿，[⑦]有时在开头部分暂不交待女主人公，而径直说父亲被蛇精绞住，[⑧]而在后文中则交代有四女。

女儿的数目，虽然有时多达七个，但最常见的是三个，这是由于在汉文化的概念中，三者为众，三又是阳数。而从世界各民族的民间文化传统来看，三也是最广泛应用的数字。就故事的情节发展来说，起核心作用的仅仅是代表真善美和假恶丑的两个女儿，所以在故事开头部分，女儿的数目以三个为最常见，以两个女儿的异文为次多。

在以往研究者的著述中，曾经提到这一类型同其他类型的组编情况，其中提到灰姑娘类型（AT510）。我个人认为，"继母"母题在蛇郎故事类型中仅是作为故事开头部分的扩展而组编进来的。这种组编自然是后加的，[⑨]但对于强调正面主人公的真善美和谋害者（恶妹加继母）的假恶丑、突出两者的功能，却起到更大的作用。这实际上是为两者的本质和两者在情节发展中的行动，作扩大的展示和详尽的注解。这同大多数故事中简单的交

---

① 《广州民间故事》，《花蛇的故事》刘万章编，中山大学出版，1929年，第17—19页。
② 《渔夫的情人》，《菜瓜蛇的故事》林兰编，北新书局，1931年，第45—49页。
③ 《蛇郎精》，《菜瓜蛇的故事》林兰编，北新书局，1931年，第55—64页。
④ 《绍兴故事》，《蛇郎》娄子匡、陈德长编，中山大学，1929年，第34—45页。
⑤ 《海龙王的女儿》，《嫁蛇》清水编，中山大学，1929年，第6—18页。
⑥ 《中国民间故事集成·吉林卷》，《蛇郎与三姑娘》所附异文1992年第421—422页。
⑦ 《广西民间故事集成》三江县卷本《蛇郎》。
⑧ 黄绍年编《蛇郎》，第66—70页，广东民风社出版，1931年。
⑨ 《广州民间故事》，第1—8页《牛奶娘》；第9—16页《疤妹和靓妹》。

代（一个善良，一个丑恶），作用意义虽然相似，但阐述更加复杂，影响更加深刻了。

也有货郎换得大白菜（三棵、七棵……）、大白菜变为货郎女儿的情况。这是常例的一种变体，仅仅是对常例的一种延伸，使故事的幻想氛围更加浓重，从而为故事确定一个基本调式。

三

"婚配部分"是故事情节的真正开始，具体说，可以划分成三组细节：

①求婚；

②允婚；

③晓示幸福状况。

在说明这三个细节之前，首先要说明男主人公在不同异文中的复杂表现形态。或许在一定的历史时期，这一类型曾经较多地以蛇的原有形态表现男主人公。究竟其历史状况如何，以及它的文化历史根据如何，由于本文不作历时的考察，而仅只对当代的记录文本进行共时的探索，所以关于这个形象的历史状况和演变状况及其历史内涵，姑置不论。在多数情况下，男主人公已经在很大程度上丧失了蛇的特征，尽管在称呼上还习惯地保留着"蛇郎"的叫法。以我所见的大约一百个异文为依据，男主人公的表现形式有如下数种：

第一，蛇（缠住老人），后变为美少年，再后将这种形态保持到故事结束。[1]也有这种形态的另外一种形式，菜瓜蛇蜕皮变大网，网住父亲，此后未再谈到形变的情况，但从故事发展过程的叙述中可以理解为已经变成了美少年形象。只有在故事结尾时，重又出现菜瓜蛇认出大姐并把她吞下的情节。[2]类似这种直接描述蛇形象的异文，约占总量的40%左右。也有的虽然称为蛇郎，甚至在故事的结尾也会变形为蛇、吞下谋害者、救活

---

①例如黄绍年编《蛇郎》，广东民风社出版，1931年。

②例如《渔夫的情人》。

善良者，但在前面的叙述中只说他是一个姓蛇的少年而已。[①]这一特例大约可以看作是一种向现实性倾斜的预兆形态。也有以蟒的形象出现的（实为龙太子）。[②]其他未见有蛇形象出现的异文，也有很大一部分暗示与蛇有关联，例如家在石板底下、家在洞内等，这或许是蛇形象残留的遥远的回声吧。

第二，相当多的异文，仅仅保存了蛇郎的名字，而绝无任何蛇的痕迹，特别是近十年的记录资料尤其如此。这类异文占总量的43%，超过了蛇性主人公的异文。有时这个名称还发生了音变（"齐郎"，可以理解为一个姓齐的少年）。[③]这样就和异类的蛇全然脱离关系了。

第三，男主人公与蛇郎完全脱离关系，不留任何痕迹，或为秀才，[④]或为种花人，[⑤]放牛郎（神仙），[⑥]还有的简单的称主人公为"丈夫"[⑦]，或为其他人物或动物，不可尽数……

俄罗斯著名学者普罗普在其《故事形态学》一书中，强调"功能"的载荷均在动作、行动当中，而主人公则是一个并非重要的可变项。普罗普的整个立论是为其结构主义的形态分析服务的，但这一论点却有相当的道理，所以我们这里也不必对主人公的变换过多地分神了。

首先，我们要说到"婚配"部分的"求婚"细节。它在各种异文中表现形态不尽相同。由于主人公的不同，求婚方式也就不同，即便同是蛇郎，求婚方式也千差万别：

---

① 《成都民间故事集成》，第1150—1155页，四川人民出版社，1990年。
② 例如《广州民间故事》《广西民间故事集成》中的《花蛇的故事》《蛇郎》。
③ 《中国民间故事集成·吉林卷》，《蛇郎与三姑娘》所附异文。
④ 《广州民间故事》，《牛奶娘》《疤妹和靓妹》。
⑤ 《中国民间故事集成·辽宁卷》，《异文》（一），第400—402页，1994年。
⑥ 《中国民间故事集成·辽宁卷》，《异文》（二），第403—408页，1994年。
⑦ 《怪兄弟》《两姊妹》，林兰编，上海北新书局，第2版，第19—22页，1932年。

①缠住（或网住）父亲，以娶其女儿为条件，方允释之；

②父亲为女儿采花，而花却为蛇所有，蛇借此要求娶其女儿为妻。或许，在持有人类学派观点的学者看来，花应该是蛇的灵魂的寄存物，戴花人应该同花的主人——蛇相结合。

③蛇为父亲服各种形式的劳役，提供各种形式的帮助，或为女儿解除病痛或其他危难，就此求婚。

④没有任何前提条件，直接求婚。

⑤由媒人（在较多的情况下是蜜蜂、马蜂等）代为求婚。

⑥女方（由父亲或本人）主动提出。

此外尚有多种表现形式。

至于主人公为其他人物或动物的，则求婚形式更是多所不同。放牛郎以唱山歌形式提出求婚，秀才为女主人公穿鞋，女主人公愿嫁……如此等等，多种多样。

其次，再说"婚配"部分的"允婚"细节：凡是遇到询问若干姊妹谁愿出嫁的情节，其形式相当稳定，彼此大致相同，姐姐（一个或数个）均不嫁（宁愿父亲受苦），小妹愿嫁，凡是遇到灰姑娘类型组编进来的异文，都是非继母所生的长女出嫁。也有除上述两种形式以外的异文，但为数绝少。

最后，晓示幸福状况。这是婚配的结果，在常例的蛇郎故事中，幸福的结局是出乎所有姊妹（包括出嫁者在内）的意料，尤其出乎姐姐们意料之外的。而这种和美状况的宣示，又为妒忌和谋害的情节，提供了前提。其宣布的方式也多种多样：

①通过出嫁者的穿戴而暗示；

②出嫁者自己说明；

③故事讲述人客观交代；

④亲人（姐姐、或父亲、母亲）探访，亲眼所见；

⑤姐姐通过询问得知；

⑥男主人公赠送大量礼物。

晓示的细节，虽然很单一，但是却有极大的变异性。

美国著名学者阿兰·邓迪斯（Alan Dundes）关于母题素的母题素常数和母题素变数的理论，对于我们认识和分析上述细节，以及这一类型的所有细节和母题，都有很大的启发。

四

"谋害部分"的中心情节是推被害者下井。被害者处于绝对消极被动的地位，谋害者是这一活动的发动者。这一情节全部围绕谋害者而展开。

这一个中心母题的形态超常稳定，绝少变异。究其原因，可能有：①水井为一切地区所常见；②加害的方法也简便；③便于解释；④不易为被害者所防范……

至于其前其后换衣过程中的变异，以及骗妹过程的繁简和变异，这里就不一一细说了。在谋害和争斗两大部分之间，有一个过渡的细节，即谋害者乔装改扮成被害人，尽量用谎言解除男主人公疑虑的细节。这一细节，根据逻辑理应划入谋害部分，因为这是谋害的目的，骗婚是谋害之后出现的新状态。这一状态是前一理想状态的复位，但只是形式上的复位，而在实质上却是前一种状态的"反面"，与前一状态完全对立。

解释疑虑的细节，也在很大程度上是稳定的（麻面、粗手、大脚）。当然有时也附加若干无关宏旨的细节（嘴大、为男主公揉脚方式不同……），但疑虑的内容和解释疑虑的方法，最骨干的部分却是一样的。

有时这一过渡细节告阙（男主人公并不怀疑假妻），但这并不影响新状态的确立。

五

"争斗部分"的关键性基础在于形变。

在此前的情节发展中，除去蛇变美少年一处细节之外，故事并无神奇、幻想的色彩。叙述均在现实的基础上展开。嫁给异类——蛇，固然出于幻想，但姊妹们及父亲均感为难，均有疑虑，这就为这一幻想的细节提供了现实性理解的基础，减少了它的幻想色彩。在大多数情况下，蛇郎又以美少年形态出现，就更减少了幻想成分。至于主人公不是蛇而是各种人物的那些异文，就更具有现实的特征了。

"争斗"由被害者死后变形为鸟开始。有的异文指明，是被害者的灵魂变成鸟，多数异文并不特意指明是灵魂所变。变形是不是灵魂观念的反映，在多数作品里并不清楚。我们大约也不可以作这样简单的推断。

变鸟的细节是这一类型故事的常例，同样很少例外。各异文中鸟的形态因地区、因民族、因讲述传统之不同，而多有差异（小翠鸟、乌黑小鸟、八哥、盂商鸟、麻雀……），来到夫家的方式也各有不同：男主人公喜爱小鸟的情况、验明小鸟身份的情况，在不同异文中也各有区别。

谋害者害死鸟的情节也是各异文所共有的，然而对于死鸟的处理，则有所变异：烧吃、掩埋、遗弃。处理者也不一定就是谋害者本人。

死鸟再次变形的情况，以及三变、四变的情况，从表现形式的角度看，是非常复杂的。形变的对象，从动物、植物到各种各类的器物，花样繁多，不可尽数。变竹，变树（枣树、枇杷树、多刺灌木……），变荨麻，变牡丹，变白菜；变蛇，变鸡，变牡蛎；变竹床，变小船，变摇篮，变门槛，变鱼钩，变剪刀，变石头，变木梳，变棒槌……

所有这些形变的目的，均在于被害者针对谋害者进行争斗和复仇。争斗的过程同时也是某种意义的惩罚（虽然不是彻底的清算）。

变为小鸟，针对谋害者的斗争方式是羞辱她。而再次被害后的争斗方式，便升级为惩罚。落粪到口中，击打，绊倒，刺伤，乃至加害谋害者的儿女，一次次充分发挥变形物的本质特征。

作为争斗复仇行动的参照，作为对复仇效果的强调和反衬，同样的变形物，对谋害者和其他的人物的态度迥然不同。小鸟辱骂谋害者，但对男主人公表示亲善，落在肩上，左袖进右袖出，这既是情感的流露，也是回应男主人公的认同。

其他变形也尽如此，这就加倍地强调了争斗和惩罚的含义，使之具有了双倍的效果：一次次地更加激化了矛盾，同时也更强调了谋害者的歹毒和险恶。这种对正面人物的亲善，有的异文还用扩大的情节，使之更加突出。组编田螺姑娘类型进入本故事，就是为此目的而完成的。

谋害者将女主人公的变形物烧为灰烬，使故事的叙述告一段落，就此可以展开新的一轮变形，新的一轮争斗，也可以就此把故事推向结局，完成整个故事。然而在一些异文中，突兀地出现一个隔壁老太婆，一个毫不相干的形象，前来借火，或拿走其他物件，从此生出新的情节。场地和变形（有时是金菩萨）的含义，与此前全然变换，田螺姑娘的情节移入其中，如果把以前变形物对不同人的不同态度联系起来，反观这一情节，便不会觉得它是突兀的和毫无来由的了。再联系到灰烬中的火星儿崩瞎了谋害者的眼，或者烧死了谋害者，这种对比就更加明显、更加强烈了。

争斗部分的主要行动者已经转换到被害者身上，她不断变形，不断以可能的新方式进行复仇。而谋害者只能相应地应对，显然已经退居被动地位，这是与"谋害部分"的情况全然不同的。

六

像通常的故事讲述一样，结局总是简短而明快的，叙述绝无拖沓和繁复的赘疣。最终的惩罚多有变异，形态不一，对这些变异可以用最终惩罚执行人的不同，来加以阐述。这主要是出于叙述的简便。

第一，谋害者自身作为执行人。自惩的理由也有多种：无地自容，羞愧而死；走投无路，逃跑中丧生；还有其他各种缘由。有时就是简单地逃跑，有时是彻底地毙命。毙命又有投火自焚、上吊自缢、投水自溺等多种形式。

第二，被害者作为最后惩罚的主动执行人：变火星崩瞎谋害者的眼，或者火星变赤练蛇盘死谋害者、用火烧死谋害者、变形咬死谋害者，如此等等，不胜枚举。

第三，男主人公主动执行惩罚：恢复蛇形咬死或吞下谋害者、遗弃谋害者（并不一定以死来惩罚）、设置严重考验（例如设置断命桥）使谋害者毙命。有的异文中使谋害者变猪、变狗加以惩罚。凡是男主人公作为主动执行者施行最终惩罚的异文，一般通例是必然伴有识破假妻、认明真妻的细节。

结局部分通常是以最后惩罚为中心，在相当多的情况下，最后惩罚的完成，也即故事情节的结束。部分异文（在比例上大约占总量的一半）明白地交代出：原来的夫妻继续过起和美的生活。这是理想状态的彻底恢复，是对于前一种状态的否定，也是争斗部分的目标实现。没有明白交代的那些异文，在讲述者和听众的心目中，自然也隐含着这种状态的复现。

但是我们看到，不论隐喻也罢，简短一句话的交代也罢，这种和美生活的重建，都不是结局的中心。回想此前在故事叙述中，关于最初美好生活的说明是那样的"轻描淡写"，没有特意地强调；相反地，对于谋害和争斗两部分的加意渲染，反复展开，就可以印证：我们的推断或许是有一定道理的。

综合上述，涉及蛇郎类型，我认为有几点结论是较为重要的，应该加以强调。

第一，这一类型的中心主人公，不是蛇郎，而是两姊妹。她们作为被害者和谋害者，是真善美和假恶丑的代表，是主要矛盾的两个对立方面。蛇郎在中心情节里，往往并不出现，在结局的最后惩罚中，有时也不是主要行动者。

第二，这一类型的情节中心在于"谋害"—"争斗"—"最后惩罚"。

第三，在这一类型中，各个母题的变异程度和稳定性彼此不同，即各

母题中的 "emic" 同 "etic" 的对应关系彼此有很大的差异，例如，推妹下井、乔扮后的辩解、变鸟羞辱谋害者等母题，都有极强的稳定性。而求婚母题、变形争斗、最终惩罚等母题，则变异性更强。

第四，在情节展开的各个组成部分中，主要行动者的角色由不同的主人公分别担当。也就是说，情节叙述的展开，在不同部分分别围绕不同的主人公进行。例如，谋害部分的主动者为谋害者，被害者完全处于消极被动地位；争斗部分的主动者为被害人，谋害者处于应付地位；结局部分，最后惩罚的主动者因异文不同而有所变换，或为谋害者自己，或为男主人公，或为被害人。

第五，一切异文的结局必有最后惩罚，但不一定非有夫妻团圆和美，由此可以看出这一故事类型的主旨所在。当然每个具体异文，各有其主题内涵，因此不可一概论之。

第六，不同类型的故事并不是可以随意组编的。被组编到基干故事中去的有关情节，各有其功能。这一点，通过灰姑娘情节、田螺姑娘情节被组编到本类型故事中来的实例，可以看出明显的端倪。民间讲述家通过历史的传承过程，对于民间故事进行组编，应该是有其内在的理由和依据的。分析这些理由和依据，考察其本质，应该成为类型研究的重要课题之一。

欧洲较少有异类结婚的故事流传，与此有关的类型如 AT328、AT330、AT332、AT333、AT440，均是王子或少年被施魔法，变为异类（狼、驴、鹰、蛇、蛙等），后来通过结婚解除魔法。寻妻情节的故事（如青蛙公主、美人鱼等），也与东方的故事大相径庭。433C 类型，在阿尔奈和汤普森所编的故事类型索引中仅载录了印度的故事，欧洲各国均无著录。蛇郎故事，正如我在文前所说，中国拥有大量记录。其他一些国家也多所流传。这一事实就要求我们对这一类型的故事，以及与此性质相同的其他故事，要多加注意。在这棵丰茂的参天大树的枝头，多有艳花和鲜果，等待东方各国的学者去采撷，以献世界共享。

老虎的故事

　　虎，被称为百兽之王。人类对虎可谓既畏惧又崇拜，自古以来，虎作为形象的"力量美"受到人类的赞美和推崇，作为威风和驱邪的代表。人们希望自己的孩子茁壮成长，就为他们取名"虎娃"或"虎妞"，还将"虎子"用来夸奖别人的儿子；而帝王则把爱将誉为"虎将"。此外，民间有人喜欢给小孩戴虎帽、穿虎鞋；还有人家在厅堂中悬挂虎画，端午佩虎符，以驱逐邪恶，趋吉避凶。总之，虎在人们的心目中，是威武、勇猛、雄健和生气勃勃的象征。据说虎起源于亚洲的东北部，所以亚洲人对虎的感情比起西方人更加深厚。

　　在中国历史文献记载中，虎的形象充满了神奇。《说文解字》卷五上曰："虎，山兽之君。从虍，虎足像人足，象形。凡虎之属皆从虎。"虎为山兽之君，不仅"虎足像人足"，而且威力无边，高尚神圣。康熙的《御定渊鉴类函》，对虎有如下描述："虎，山兽之君也。状如猫而大如牛，黄质黑章，锯牙钩爪，须健而尖，舌大如掌，生倒刺，项短鼻魀，夜视一目放光，一目看物，声吼如雷，风从而生，百兽震恐。"

　　在唐代李肇的《国史补》中，记载了这样一则故事，可借以说明老虎的威风：

　　裴旻是龙华军使，镇守北平。北平那地方老虎很多。裴旻善射，曾经在一天之内射死过三十一只老虎。然后他就在山下四处张望，显出自得的样子。有一位老头走过来对他说："你射死的这些，都是彪，像虎而不是虎。你要是遇上真虎，也就无能为力了。"裴旻说："真虎在哪儿呢?"老头说："从这往北三十里，常常有虎出没。"裴旻催马向北而往，来到一个草木丛生的地方，果然有一只老虎跳出来。这只老虎的个头较小，但是气势凶猛，站在那里一吼，山石震裂，裴旻的马吓得倒退，他的弓和箭都掉到地上，差一点儿被虎吞食。从此他又惭愧又害怕，不再射虎了。

虎与人的共生关系

虎是大自然的杰作，是天生最出色的猎手、最威武的斗士，它不仅优雅美丽，又神秘而凶猛，体现了力与美的完美结合。它处在食物链的顶端，不仅在自然生态系统中具有关键性的作用，而且也是自然保护中的旗舰种。中国有许多与虎有关的成语，而且常常与中国人最崇尚的"龙"相提并论，譬如："虎啸龙吟""虎踞龙盘""龙潭虎穴""龙韬虎略""龙行虎步""龙腾虎跃""龙争虎斗"等;用来形容老虎威风的成语更是数不胜数，譬如："虎视眈眈""如虎添翼""虎背熊腰""虎怒震堕""虎头虎脑""虎口拔牙""狐假虎威"等。

"人变虎"和"虎变人"的故事在《古今事文类聚》和《广博物志》等类书中多有记载。《博物志》曰："江陵有貙人能化为虎，俗云貙虎化为人，好着紫葛衣，足无踵，有五指者。人化为虎。"《括地图》曰："越俚之民，老者化为虎。"《国史补》曰："俗言四指者，天虎也;五指者，人虎也。"《侯鲭录》曰："虎变为人，惟尾不化，须为焚除乃得。"

在彝族的宇宙观中，虎是产生天地万物的始祖。至今仍流传于云南楚雄彝族自治州乌蒙山区的彝族创世纪史诗《梅葛》，即体现着这种观念。例如诗中说的：

天上没有太阳;天上没有月亮，

天上没有星星，天上没有白云彩。

天上没有红云彩，天上没有虹，

天上什么也没有。

地上没有树木，地上没有树根，

地上没有大江，地上没有大海，

地上没有飞禽，地上没有走兽，

地上什么也没有。

那么，世间万物何来呢？诗中说：

虎头作天头，虎尾作地尾；

虎鼻作天鼻，虎耳作天耳；

左眼作太阳，右眼作月亮；

虎须作阳光，虎牙作星星；

虎油作云彩，虎气作雾气；

虎心作天心地胆，虎肚作大海，

虎血作海水，大肠变大江，

小肠变成河，排骨作道路，

虎皮作地皮，硬毛变树林，

软毛变成革，细毛作秧苗……

最后，"天上撒下三把雪，落地变成三代人"，便是彝族先民。人从雪出，雪来自水，而"虎血作海水"，因而彝人先民以虎为氏族图腾，自称为虎或虎的后裔。这种虎崇拜信仰，实际是对其先人将虎作为氏族由来的一种解说。依其解说，虎不仅是彝族人的祖先，也是人类始祖。于是，在彝族语言中"罗罗"便成了彝家人的自称，而且是充满敬意与自豪的称谓，而"罗罗"即虎的彝语译音。其男人称作"罗罗颇"，女人称作"罗罗摩"，亦即"雄虎"和"雌虎"。

古代汉族人也有这个观念，认为虎和人是可以相互转化的。北宋赵令畤的《侯鲭录》说，"虎变为人，惟尾不化，须为焚除，乃得成人"，此说与《西游记》传说神猴孙悟空变人而尾不变何其相似乃尔。"虎人"类型传说中，多以虎皮作为其保持本性的还形之本，例如《虎荟》所记虎女嫁为人妻故事便是。

相传唐德宗贞元九年（公元793年）有个叫申屠澄的人，在奉调赴任濮州尉途中，行至贞符县东约十里处，适遇风雪，天寒而马不能行，见路旁有个茅屋有烟火冒出，便前去取暖。屋里一对老年夫妇和一位女孩围火而坐，那孩约十四五岁，蓬散着头发，衣裳也不很洁净，但雪白的皮肤、花脸，举止妍丽妩媚。老夫妇见他进来，就起身请近前烤火取暖。申屠澄坐了好些时候，见天色不早而风雪未住，而此处离所去的县还很远，就想在此投宿。老夫妇便说，若不嫌简陋就请住下。饭后，那女孩出来见申屠澄时，刚刚化过妆，更加美丽动人。晚上大家围火饮酒取暖闲聊中，他谈到自己尚未婚娶，引起了那女孩的关注。经试探，又知女孩很是聪明敏慧，便向老翁请求要娶女孩为妻，获允。第二天，申屠澄便用马驮着妻子前往任所。他官职低且薪俸微薄，亏得妻子的力量维持生活，并广交宾客，不久便名声大振，夫妻情义越发深厚，亲族、仆佣亦无不欢心。到任期已满归去时，已生有一双儿女，也都十分聪慧，他对妻子更加敬重。

申屠澄辞职还乡途中，路经利州走到嘉陵江畔临泉石在草地休息时，妻子忽然怆然泪下，似有所眷恋。申屠澄说，山林岂是弱女子向往之处，倘怀念父母，如今就要见到了，如何又突然悲伤起来，人生因缘诸事怎么会是一成不变的呢！20多天后，他们来到了妻子家，茅屋依旧但没有人，便住了下来，妻子眷恋思念之情日重，整天以泪洗面。忽然在墙角的旧衣服下面发现一张满是灰尘的虎皮，突然大笑说，不知这东西原来还在。说罢便披在身上，变成一只老虎，咆哮着冲出门去。申屠澄见状惊跑躲避，带着一双儿女望着山林大哭多日，后来便不知去哪里了。

虎变人形做人妻、人母，然终恋山林，不失本性，亦可谓"江山易改，本性难移"。事虽荒诞离奇，却寓有人世情思，隐示凶猛兽类也曾欢喜人类伦理生活，还是人生美好。兽为本性所限难以尽享，而为人者自当珍惜。

唐代载孚的《广异记》则讲述了一个老虎丈夫的故事：

唐开元年间，有一只老虎娶了一个人家的女儿为妻，在深山里盖房子居住，过去两年，那女人也没发觉丈夫是只老虎。后来忽然有一天，来了两位客人。客人自己带着酒，就与丈夫聚饮起来。丈夫警告她说："这两位朋友与别人不太一样，你可千万不要偷着看他们！"不多时他们全喝醉了睡在那里。她去一看，全是老虎，心中大吃一惊，却不敢说出来。过了一些时候，虎又恢复成人样，回来问她道："你大概偷看了吧？"她说她根本就不敢离开半步。后来她忽然说想家，想回去看看。十天之后，丈夫带着酒肉和她一块回娘家。将要走到娘家的时候，遇到一道深水，妻子先过去了。丈夫脱衣服的时候，妻子戏耍地说："你身后怎么有一条虎尾巴伸出来呢？"虎很羞惭，于是就不渡水，回头奔入深山，再没有回来。

直到现在，湖北的土家族还流传着这样的虎丈夫故事：

古时候，有个放羊的土家族姑娘，到竿放羊，住在半山岩洞里。竿这个地方的羊经常遭到豺狗的侵袭。一天姑娘说："哪个能帮我赶走豺狗，守护好羊，我就嫁给哪个？"话刚讲完，突然跑来一只白虎，将豺狗撵得无影无踪。这个土家姑娘见了，很惊奇，说："你是只虎，不是个人，我怎么与你成亲呢？"晚上，将羊赶回岩洞，那只白虎也跟着来了。眨眼之间白虎变成了英俊的小伙子，姑娘好喜欢，与他成了亲。从此，白天白虎与她到坡上守护羊；夜里，变成小伙子与姑娘住在岩洞。这只老虎与土家姑娘生育了七男七女。土家姑娘教他们称呼白虎为"利巴"。一天白虎与土家姑娘正在坡上放羊，突然一声炸雷，白虎化成一颗白亮亮的星星飞上天去。土家姑娘这才恍然大悟，原来白虎是天上白虎星君变的。竿这个地方没有人烟，于是兄弟和七姊妹成亲，繁衍了称呼白虎为"利巴"的土家族。①

这则古老叙事涉及人虎婚姻、七兄妹成亲、神异白虎等信仰母题，它们构成了土家族文化传统的重要内容。

在中国古代笔记中，人虎和平共处的故事比比皆是。明代著名的散文家归有光《震川集》曾经记载了如下一则传奇故事：

① 杨昌鑫编著：《土家族风俗志》，第13—14页，北京，中央民族学院出版社，1989年。

郭义官曰和者，有田在会昌、瑞金之间，翁一日之田所，经山中，见虎当道，策马避之。从他径行，虎辄随翁，驯扰不去。翁留妾守田舍，率一岁中数至，翁还城，虎送之江上，入山而去。比将至，虎复来，家人呼为"小豹"。每见虎来，其妾喜曰：小豹来，主且至，速为具饭。语未毕，翁已在门矣。至则随翁，帖寝处，冬寒，卧翁足上，以覆暖之。竟翁去，复入山，如是以为常。翁初以肉饲之，稍稍与米饭，故会昌人言郭义官饭虎。镇守官闻欲见之，虎至庭咆哮，庭中人尽仆，翁亟将虎去。后数十年，虎暴死，翁亦寻卒。

义虎的故事

老虎之所以被称为百兽之王，除了它的威武和壮丽，还因为它的头上有一个清楚的汉字"王"。那么，这个"王"字是怎么来的呢？《虎头上的"王"字》回答了这个问题。

传说老虎封王的故事发生在刘邦和项羽争帝的时候。有一天，刘邦带领着五千人马去攻打项羽，谁知在半路上，被项羽埋伏在树林子里的部队打得落花流水，死的死，逃的逃。刘邦只好带着几千人没命地逃。项羽带着一万多人在后边追。一直追到一片深山老林里。这时，刘邦和他手下的人都跑散了，只有刘邦一人在深山老林里东窜西躲。他一不小心，只觉脚一滑，掉进一个山洞里。这山洞里住着一只老虎。这只老虎，听到"扑通"一声，吓了一跳，仔细一看，有一个什么东西在爬动，嘴里还说着："谁要救了我，我做皇帝后，就封它为王。"老虎一听，谁救他谁就能被封为王，心里就有意救这个人。这时，项羽已经追上来了，老虎就走到洞口，瞪着两只大眼愣看着项羽。项羽见了，心想，即便刘邦逃进洞里，也被老虎吃了。于是，项羽就带领人马走了。

再说刘邦这次死里逃生，回城后，就赶紧招兵买马，不久就把项羽打败了。项羽一气之下在乌江边自杀了。这样，刘邦就做了皇帝。满城官员拜见刘邦以后，就各自回家了。这时有人来报告，说外面有一只老虎要求拜见刘邦。刘邦一听有一只老虎求见，就想起那次兵败死里逃生的事，就让人把老虎带上堂来。刘邦想起自己曾答应封王的事，就找了一支毛笔，在老虎头上写了一个"王"字。这只老虎见刘邦封它为王了，就高高兴兴地走了。从此，老虎头上就有了一个"王"字。

老虎与汉王室之间，发生过许多类似的故事。《独异志》记载：

汉景帝喜欢打猎。他发现一只虎却不能猎得，就准备了许多好吃的东西祭祀那只虎。汉景帝就做了一个梦，梦见那只虎对他说："你祭我，目的就是想要得到我的牙和皮。我自杀，从你所愿，你来取吧。"第二天，汉景帝进山，果然在祭虎那个地方有那只虎。于是他就让人剥了虎皮，拔了虎牙。剩下的虎肉又变成一只虎。

这些看似荒诞不经的记载中其实反映了人们对虎的看法——虎和人尽管习相远，但却性相通，不论施恩或知恩，都说明了他们具备与人相通的品性。

据《甄异记》记载：

历阳人谢允，字道通，小时候被贼人掳去，被卖在蒋凤家做奴仆。他曾经在山中见到陷阱里的一只老虎饿得很厉害，就把虎弄出来放了。后来他到县里去说明情况，要求恢复回家，县令不给他审理，还不择手段地拷问他。他做了一个梦，梦见一个人对他说："这地方进来容易出去难，你对我有恩，我得把你救出去。"梦醒，他看到一位年轻人。这位年轻人全身穿黄色衣服，远远地站在牢房铁栏外边和他说话。狱吏把这事告诉了县令，县令从此再不敢侮辱他了。谢允回到家乡之后，就上了武当山。县令庾唐亮听说了他的遭遇，很同情他，给他一些资助。他在襄阳见到了一位道士，道士说："我师父戴先生，是个成全人的君子，曾经说有个有志气的人要来见他，大概就是你吧？"他跟着道士进山，斋戒三天，进去见戴先生，原来就是之前梦里的那个人。戴先生问谢允想不想见见那位黄衣童子，遂后把三丸神药赐给他，吃了之后不饥不渴，没有一点别的需求了。戴先生也没有在这里长期逗留。那时有祥光紫气照耀在那里，芬芳之气遍于山谷。

与此相应，作为仁兽的虎，因为其威猛有力，常常成为正义的化身。老虎凶猛，具有令人望而生畏的虎威，因而它也有武士那样行侠的资本，人们期冀它专害歹人而不伤好人。于是，一些偶然的巧合，便使人们的善良祈愿获得一种满足，猛虎便被赋予助良除奸的武侠风采，人格化的见义勇为品格。

明代蔡潮《义虎传》所赞颂的，便是这样一只见义勇为、扶危救难的"义虎"。

太平陈氏，17岁时嫁给王义寅为妻。仅七年里，公婆和丈夫就都相继去世了，留下个儿子王云还在哺乳怀抱之中。她哀痛欲绝，几番想要自尽，却不忍抛下尚需抚育的幼子。

陈氏是正当年华的少妇，一户有钱有势人家便想把她强娶过来，多次请媒人来说亲，陈氏矢志不从，发誓宁愿以身殉夫。于是，那富豪便收买了一些地痞，想伺机抢亲。这天夜里，他们按事先的策划，半夜时抬着花轿、提着彩灯来到陈氏门前，准备动手抢亲。就在这个当儿，突然从山上咆哮着冲过来两只猛虎，众地痞吓得落荒逃散。两只猛虎竟然在陈氏门前一直守到天亮，方才离开。

人们听说此事均感惊异，赞叹这两只虎真可称是"义虎"。前任县令为此写了一篇《义虎传》，继任县令也向朝廷奏报旌表陈氏。50年后陈氏故去，死时已73岁，其子王云是乡里善士。有位君子感叹道："违反道德规范者为不义，不义者为禽兽，将人比作禽兽似乎是一种侮辱、轻贱，孰知还有人不如禽兽呢。"

有趣的是，陈氏的丈夫叫王义寅；"寅"在中国的十二生肖中，就是"虎"，"义寅"也即"义虎"。其身后竟有两只"义虎"救助矢志守节育孤的寡妻，是巧合呢？还是《义虎传》作者的刻意安排？不得而知，这个关于人和兽的故事确实耐人寻味。

明代江南著名才子祝允明也有一篇《义虎传》传世，记述的也是义虎助良除奸的传奇故事。

从前荆溪地方有两个自小就要好的好朋友。长大成人后，一个成了富人，一个成为穷人。穷的那个生活贫苦，却有个异常美貌的妻子，生活很快乐。那富的见穷朋友的妻子这么漂亮，早就垂涎三尺了。于是，他处心积虑地想了一个诡计。他谎称某山有个藏宝洞，要带穷朋友夫妇一同前去探宝。穷朋友很感激他的关照，就答应下来。

一行三人乘船走了很远，来到一座山脚下。富者说山路难行，还可能有毒蛇猛兽，不妨让嫂子留在船上等候，由他们两人上山。富者在前引路，他们来到一处地势险恶的溪林中，趁穷者坐下休息之际，富者踢倒他又砍了几斧子。见穷者死了，富者便佯作悲哀地哭着跑回船上，告诉穷者妻子说，你丈夫给老虎吃了，我是侥幸逃回来的。现在哭也没用了，我们去找找吧，找不到时再作打算。

穷者的妻子只好止住哭泣，随他进山去找，却被带到另一处险恶的溪林。一见已四处无人，富者便强行拥抱那女人，说："我爱慕你很久了，总是不得机会，现在就让我满足一下吧!"穷者的妻子百般不应，两个人扭打在一处。

就在这时，树林里蓦地窜出一只咆哮猛虎，直逼富者，之后把他叼走了。穷者的妻子先也十分害怕，见虎离去之后，便想到寻夫无望，往回走，又迷了路。忽然路旁有人指点她，把她带到船边，正要回头感谢，那人已无影无踪了。这时，却见山路上哭着走来个人，很像是自己的丈夫。走近后，果然不错，于是各说自己的经历，感到十分庆幸，然后双双平安回了家。人们听说了两人的遭遇，都感叹说，"这真是一只义虎啊"。

老虎报恩的故事

由于老虎过于凶猛，古代常常有老虎伤人的故事流传。但即便如此，还是发出了"苛政猛于虎"的感叹。人们常常借助老虎的故事，来影射人间社会的许多丑恶行径。老虎报恩的故事，就是这样一类寓言。

藏族平安县流传的《老虎报恩》故事是这么说的：

从前，有娘儿两个，儿子每天打柴变钱来供养阿妈。一天，儿子上山打柴，走着走着，到了一个石崖底下，他忽然看见前面不远处一棵树的枝丫中间夹着一只老虎。他看了好久，想把它救下来，又怕反被它吃了。思来想去，最后还是下决心救下那只老虎。他攀上树，砍断树枝，"嘭"的一声，老虎掉到了地上，只是趴在那里静静地一动不动。他看了一会儿，见老虎不会伤害他，这才下树砍柴去了。

　　他打了柴，收拾停当，准备往回走。这时平地刮起一阵风，把满地的树叶枯枝吹得"沙沙"作响。他一回头，见是那只他救下的老虎。不好！他心里一惊，吓得魂都掉了，真后悔救它。他背上柴紧走几步，老虎也从后面远远地尾随着。他走快老虎也走快，他走慢老虎也慢。就这样一直到了他家门前，他一跨进门就大声喊："阿妈，阿妈，我后面跟来了一只老虎。"阿妈出门一看，不要说老虎连个影儿也不见。阿妈责怪他看花了眼，仔细一问才知道儿子救虎的事情。

　　有一个晚上，娘儿俩听到有个东西在推门。儿子壮着胆子到了门上，开门一瞧：老虎嘴里衔着一只羊。老虎见了他放下羊，点点头消失在黑夜里。娘俩不管三七二十一把羊肉煮着吃了。又隔了几天，老虎又抬来了一头牛。阿妈感到很奇怪，对儿子说："儿啊，这只老虎怎么只会给我们家抬牛羊？你年纪也不小了，要是它能给你抬个媳妇多好啊！"没过几天，老虎真的抬来了一个美貌的姑娘。这次，老虎还开口说话了："往后你们有什么事情要我帮忙，就到山上喊三声'虎大哥'，我就会出来。"说完就消失了。

　　可娘俩哪里知道，老虎抬来的原来是一位公主。王宫里发现公主失踪，四处张贴布告，挨家挨户搜查，找来找去，最后找到了他家。这下可闯下大祸了，拐骗公主有杀身之罪啊！国王手下的人不问青红皂白，就把小伙子捆走了。

　　阿妈见儿子被抓走，急昏了头，不知该怎么办？她猛地记起老虎说过的话，急忙磕磕绊绊地爬来山顶，连喊三声"虎大哥"！一阵风刮过，老虎随风跃出，阿妈痛哭流涕地给老虎把发生的事情说了一遍。老虎听了朝大山深处大吼三声，震得山摇地动，不一会儿，千万只老虎从大山深处汇聚在一起，洪水般涌向京城，把个京城围得水泄不通。这下，国王和大臣们都慌了手脚，整个京城混乱一片。

再说那个小伙子，抓去后立即被下到了死牢里。一天，守牢的人们在小伙子牢房旁谈论老虎困城的事情，小伙子听了个一清二楚。他急忙把狱中守监的人叫到跟前说："你去禀告国王，要是放了我，我自有退虎的办法。"

国王听说那个小伙能退虎群，亲自来到死牢里对他说："你要是在三天之内退了虎，我封你为驸马，若是退不了，那只有死路一条。"小伙子满口应承，他谢过国王，出了死牢，登上城墙，从城头上往下一看，啊！数不清的老虎。再细眼一看，在数不清的老虎群中正对城门当中站着一只斑斓大虎，正龇牙咧嘴地大声吼着。他认出那就是自己救过的那只老虎赶紧下了城墙，出了城门，来到这只虎的跟前。老虎见到救命恩人，眼睛里流出了泪水。他不知对老虎说些什么，可老虎好像懂了他的意思，只见那只大虎回转身大吼了三声，甩了一下尾巴，带头向后撤去。其余的老虎都跟着它纷纷退去了。

国王看得惊呆了，没想到这个小伙子竟有这么大的本事，连老虎也听他调遣，就高高兴兴地把小伙子召进宫里，叫公主和小伙子结了婚。从此，娘儿俩过上了幸福的生活。

无独有偶，在唐代牛肃的《纪闻》中有一则虎送新妇的故事：

勤自励，少以勇闻。路过一山，闻虎哮声，四处寻觅，见一虎堕阱，勤不忍，救而出之。后勤投军，五载不归，讹传已死，妻父以女另择婿焉。迎娶之夕，道经一山，暴风四起，突出一虎，从者惊散，虎衔新人而去。不三日，勤以军功授职回家，过此山中，见虎驮一女子，奔至其前，舍之而去。勤细询之，乃所聘妻也，殆虎来报恩欤！相视惊异，回家成婚。诗曰：五载从军返故都，山前放虎记哀呼。报恩雄快多情甚，怜汝罗敷自有夫。

在冯梦龙的《醒世恒言》卷五《大树坡义虎送亲》中也记载了相似的故事。虎主宰了人间道德审判，被看成是神明的化身。正如冯梦龙议论道："方才说虎是神明遣来，剿除凶恶，此亦理之所有。看来虎乃百兽之王，至灵之物，感仁吏而渡河，伏高僧而护法，见于史传，种种可据。"然后，冯梦龙又讲述了勤自励救虎，后来老虎报恩的"义虎送亲"的故事。一正一反，正说明了老虎疾恶如仇，主宰了人间道德正义的形象。可见，虎为"至灵之物"的看法，乃是明人相当普遍的看法。

自古以来，在中国农村社会，与女人的生殖系统相关的接触都被认为是不吉利的，因此助产接生行当一向为社会所轻贱。尽管"收生婆""老娘婆"者责任重大，每次接生都关系两条以上的性命，却仍然社会地位很低，难登大雅之堂。然而，凶猛的老虎却不这样势利。《搜神记》卷二十有个《苏易助虎产》故事：

庐陵郡有个妇女叫苏易，长于接生之术。有天夜里，苏易突然被老虎抓到六七里外的二个大墓穴中，那虎把她放在地上，便蹲在一旁守候。这时，她看到另一只母虎正临产，却死去活来地生不下来，躺在那仰视着似乎求救似的。苏易便明白了，于是伸手过去，接生下来三只虎仔。母虎生完崽，另头老虎就把她驮着送回了家，并且接二连三地把那些野味送到她家门里。

元代佚名氏《湖海新闻夷坚续志》后集卷二《精怪门》亦载有一则类似的传说，比《搜神记》所记这则更为玄妙离奇。

元世祖忽必烈至元二十一年（1284），温州城外有位姓吴的收生婆。一天夜间二更时分，有乘轿子抬到门前，有人敲门说："请老娘收生。"收生婆打开门，很高兴地坐进轿子。只见两位轿夫疾步飞奔，路有荆棘难行，也全然不顾。赶到一户人家，只见房屋高大宽敞，灯火通明，一个妇女正在临产。老娘为她接生下一个男孩，洗净后，回到家已经是半夜了。家里人问起来，她就像做了场梦似的，也不知去接生的是谁家。这时，又闻两只老虎在门前咆哮，非常惊恐。第二天开门一看，篱笆上挂有一半猪肉和一角牛肉，左邻右舍无不感到奇怪。原来，她昨晚接生的是虎崽，这些肉是老虎的谢礼。

故事的记录者讲完故事之后，感慨地说："谁谓禽兽无人心哉！"

三国至唐代有一种"虎报拔刺之恩"的故事，流传非常广泛。这类故事中，较早的是晋代人"郭文举与虎探去鲠，虎送鹿来报"。据明代王穉登所辑《虎苑》记载，唐代文学家刘禹锡在给人的一封答信中，讲了这样一个故事：

从前有位老妇，走山路时遇见一头老虎。老虎举足给她看，原来上面有根芒刺，便为它拔下来，老虎很感激地走了。等这老妇回到家，老虎便扔来狐狸、野兔、麋鹿等，每天如此。有一天，竟扔来个死人。村里人把老妇送进官府，告她杀人，老妇述说了前后原委便获释回家了。于是，她上墙对老虎说，感谢就感谢吧，但叩请大王别再扔死人进来。

晚唐五代于逖的《灵应录》亦载有一个类似的"虎报拔刺之恩"的故事：

长兴县有位姓邸的老妇，上山采桑时，被一只老虎叼进深谷，但未加伤害，只是同她面对面地蹲着，从早上一直这样到中午。老妇就说，我这么大年纪了，一向未做过什么坏事，如今却困在这不能吃饭，请大圣怜悯我这老太婆吧，老虎似乎听懂了什么，把一只脚伸给老妇看，原来爪上扎了一根竹签。老妇说，是要我帮你拔下来吧！老虎又是点头又是摆尾，似乎表示感谢的样子，老妇便拔掉了爪上的竹签，那虎当即连续跳跃了四次。然后，把老妇叼回原处，毫无伤害。这天夜里，老虎往老妇门前丢了一只鹿，而后离去。

此后，为虎拔除足上之刺而得报答的故事便逐渐丰满起来，且广为流传。

唐德宗李适建中（公元780—783年）初年，在青州北海县北，相传为秦始皇的望海台侧的别渟洰附近一座小草房里，住有一位叫张鱼舟的渔夫。有天夜里，张鱼舟剐睡着，有只老虎闯进房中。到天将拂晓时，他才觉得有生人似的，但开始还不知是虎。天亮了，一见竟是一只老虎，吓得躺在那不敢动。但是老虎轻轻用爪摸他，未免奇怪，就坐起身来。这时老虎举起左前爪给他看，只见那掌上扎着一根五六寸长的刺，就为它拔了下来。老虎一下子跃出草房，伏在外面地上的样子像是在拜谢他，并又把身子靠近他许久，然后一边回头看一边走了。

当天夜里，张鱼舟被一种沉重的声音惊醒，出去一看，房前扔有一头约300斤的野猪。那老虎看到鱼舟，又把身子靠了他好一会儿才离去。自此以后，或是野猪，或是鹿，那老虎每天晚上都送东西来。村里人见此情形，以为他是什么妖怪，给扭送到县衙去了。鱼舟陈述了事情的本来情形，县官便派一名属吏随他去验证一下，至夜间二更时分，果然有只老虎送了一头麋鹿来，鱼舟就被释放了。为此，他为老虎做了百日斋功德，那天夜里老虎叼来一疋绢。忽然有一天，他这草房被老虎拆塌了，那意思是不想让他在这住下去。于是，他另找了个住处，以后老虎也就没再来。

印度也流传许多类似的老虎报恩的故事：

据说有座村庄旁住着一位达姆大叔。一天，他到山上砍柴，碰上一只大灰狼从山洞里拖出一只斑猫，那猫还挣扎着，惨叫着。达姆立即举刀砍死了狼，救下了猫。

仔细一看，达姆不禁吓得两腿发抖！原来那不是猫，而是虎崽！正巧这时母虎觅食回来，虎崽立即向母虎奔去。达姆很怕立即逃回家中，幸好母虎没有追来。

半个月后的一个早晨，达姆开门一看，不知谁在门前放了一只山狸子，颈被咬断了。既是送上门的礼物，达姆便吃了。不料半个月后，又有半只小鹿送来。为了弄个明白，达姆便在晚上侦察。终于有一天晚上，他看见一只母虎叼着一只山兔，慢慢走来，将山兔放在门口，然后仰起头，望了一会达姆的房子，悄悄地走了。达姆明白了：他救了虎崽，母虎来报恩了。

在中国古代的医药行业，供奉的行业祖师往往因时因地而异，并不统一。但是，"虎守杏林"的传说，却在医药界广为称颂。

据说三国时吴国的董奉隐居庐山时，义为人治病，不收报酬，治愈后，重者五棵，轻者一棵，植杏树即可，久则成为一片杏林。因此，后世便以"杏林"代指为民谋益的隐士或良医。晋代葛洪《神仙传·董奉》载："奉居山不种田，日为人治病，亦不取钱，病重愈者，使栽杏五株，轻者一株。如此数年，计得十万余株，郁然成林，乃使山中百禽群兽游戏其下，卒不生草，常如芸治也。后杏子大熟，于林中作一草仓，示时人曰：'欲买杏者，不须报奉，但将谷一器，置仓中，即自往取一器杏去。'……奉每年货杏得谷，旋以赈救贫乏，供给行旋不逮者，岁二万余斛。"其"使山中百禽群兽游戏其下"，后来便衍为虎感其义而守杏林，如《虎苑》所说："董奉为医，术甚神，种杏成林，人来谢者，使益种杏。杏实时，虎守杏不去。"显然，系因虎为百兽之长而言。

董奉"杏林"传说，虽然见诸文字记述较早，其人又入籍于葛洪《神仙传》之列，但于后世影响不广，更未被传统医药业奉为行业祖师。

唐季以降，药王孙思邈的成就影响颇大，并逐渐被神化，成为医药业的行业祖师之一，香火甚盛，传说极多，"虎守杏林"的传说逐渐被附在了孙思邈的身上。

有说孙思邈出诊时，随身驮药兼坐骑的毛驴被虎吃了。于是，他画了一张符，召来山中众虎，要吃驴的那只虎留下，其余的散去。结果，真就有一只虎伏在那里听他发落，从此便成了他的坐骑脚力。

还有说孙思邈隐居五台山时，经常赶一头小毛驴驮着药出诊为人治病。有一天他忙着给人诊病、抓药之际，小毛驴跑到山上去了，结果被一只猛虎给吃掉了。山神见此很生气，便运用法术教训老虎。他让一根骨头卡住虎喉，疼得翻身打滚，只好向山神求救，山神指示它去求孙思邈。于是，老虎便在山路口等到了诊完病找不到毛驴而用扁担挑着药囊下山的孙思邈。孙思邈发现是一根骨头卡住了虎喉，但不便探手去拔，只怕它疼痛时一闭嘴把手臂咬伤。他灵机一动，把一只铁环套在腕上用来撑虎口，然后探进手去拔出卡在虎喉的骨头来。老虎获救后，为报答孙思邈的救命之恩，便自动代替毛驴充当了他的脚力；同时，也好保护孙思邈不受其他野兽伤害。可是，老虎随身却给求医的人带来了不便，谁见老虎不害怕呀！后来，孙思邈便吩咐老虎："你看到谁家门口有药渣，就知道我在那给人看病呢，不要上前打扰，在村头远处等着就行啦！"从此以后，吃过中药的人家都把剩下的药渣倒在门外，成为一种风俗。民间流动行医的郎中，便也手摇"虎撑"作为招徕，同时也是对祖师孙思邈的纪念。在纪念孙思邈的药王庙里，也塑有一尊老虎神像。

清代石渠《葵青居诗录》中，有《虎撑》诗云："一幅白帘标姓名，一围圆相摇且行。活人哪有好身手，毒口偏能为虎撑。"那一围圆相摇且行的"虎撑"具体什么形制呢？其诗前有小序说："外圆中空，范铁为之。相传孙真人遗制，以撑虎口，探手于喉出刺骨者。"所谓孙真人，也即被后世中医业奉为行业祖师的唐代著名医学家孙思邈。虎撑，即串铃。

《切口大词典》释"推包"云："手摇虎撑，踯躅街头，且捐长布治病招牌者。"又释"推子"云："虎撑也。虎撑形如手镯，大过倍之，中虚，实铁丸，套在手中，摇之琅琅作响。"

事实上，串铃亦即虎撑，不只是走街中医的招徕响器，还是医家与民间信仰所相互认同的厌胜趋吉物品。串铃之所以兼具厌胜趋吉物品的性质，源自旧时医药业的行业祖师崇拜和虎崇拜，是两种崇拜民俗的合一。民间关于孙思邈与虎的传说，是这一行业民俗事象的活的口碑文化史料。

还有一说，也与虎、孙思邈有关。

相传孙思邈学医未出师之前就已开始行医，并有了相当的名气。有一次，一位老画师的儿子宝儿，患上一种四肢乏力、日显消瘦的怪病，经孙思邈诊治投药一个多月仍未见效。他只好愧疚地请老画师另请高明，以免贻误。

两年后，孙思邈外出学医还乡，一进村口就被一位健壮的少年拦住，跪下磕头，谢他救命之恩，这就是当年患怪病的宝儿。原来，当初临别时，孙思邈曾关照老画师，今后要多让孩子消遣玩耍。平素约束甚严的宝儿像获释了似的，得以同小朋友们一块游戏消遣。有一回，他们在南山腰摘了不少野杏子，宝儿尝了觉得格外爽口，就每天去摘吃，等野杏吃完，他的病也就好了。

在此之前，孙思邈还未见医书上说过酸杏治什么病的记载。他向小宝要了儿棵亲口尝尝，也觉酸甜可口。这时，老画师闻听孙先生回来，便设宴为之接风，并赠了他一幅早已绘好的《啸虎》中堂画轴。回到家，他挂上这幅《啸虎》，并在宅子四周栽了几棵杏树。往来的患者见孙思邈酷爱杏树，每当有人病愈便都亲手为先生栽活一棵杏树，以作纪念和表示敬意。多年之后，孙思邈的房子周围便出现了一片杏林。

有天夜里，后村一个老财背个麻布口袋来孙家杏林偷杏。当他刚刚摘了半口袋时，突然间狂风大作，杏枝摇曳，猛一抬头，只见两盏灯笼直奔他冲来，不待他多想，一头白额大老虎已扑将过来，吓得他趴在地上抱着脑袋大呼救命。正在灯下著书的孙思邈，突然听有虎啸和有人喊救命，忙丢下笔跑出去一看，见一只猛虎正要吞那老财，他急忙大喝一声："畜生！"说来也怪，那猛虎当即拖着尾巴逃窜而去。

当孙思邈把老财扶进屋，灌下药去，他刚一睁眼便又大叫，"不好，老虎又来了"。说着满头大汗还要往外跑。孙先生安稳住他，问是怎么回事，他指着《啸虎》中堂画轴说，刚才就是这只老虎。从此，"虎守杏林"的故事便流传开来，许多中医世家都喜欢悬挂《啸虎》图，成为一种行业民俗。

另外一则异文则将故事的主人公换成了春秋战国时候的名医扁鹊，故事类型也与前述报恩故事进行了复合：

一天，深山里的一只老虎吃食时一块骨头正好卡在喉咙眼里，咽也咽不下去，咳也咳不出来，那个难受呀，过了几天，伤口就化脓了。

这天夜里，它来到扁鹊家门口，用爪子挠了挠门。扁鹊听见动静，就端着灯，披着衣裳起来了。他听见门外边的喘气声很粗，心想，一定是个上岁数的重病号，赶紧打开了门。可是他端灯一看，门口站着只老虎，一下子把他吓了个半死。等他醒过来时，见那老虎还老老实实地趴在他身边，也没吃他，就壮着胆子说："你一个老虎，黑天半夜地闯我的门干啥？"老虎不会说话，只是把嘴张开，用前爪往里指了指。

扁鹊说："怎么？你找我治病？"老虎点了点头。扁鹊这下壮了胆，回屋里重新点上灯，端过来照着，朝老虎喉咙里一看，有块骨头卡住了，伤得还不轻，有的地方还化了脓。扁鹊没怠慢，先把卡住的骨头取出来，又往伤口上洒了点药，对老虎说："去吧，不好再来。"那老虎点了点头，走了。

过了两天，老虎又来了，又是那样，先挠门，见了面就张大嘴，扁鹊又给它上了药。如此三四次，老虎的伤好了。

这老虎也有良心，想报答扁鹊。恰好，扁鹊门前有片杏林，夏天杏子熟了，小孩子乱摘；还有猴子什么的，一到夜里就来糟蹋，扁鹊一夜起来好几次都看不住。老虎就帮他看杏林。于是，白天、黑夜，老虎只要吃饱了就来守看杏林，省了扁鹊许多麻烦，杏熟得又好又多。

打那起，凡是干中医的，都记得他们的祖先帮过老虎的忙，老虎也帮过他们的忙。一到年节写对子的时候，都在门首里写上"虎守杏林"几个字，一来是借借虎威，图个吉利；二来也显示自己的医术高明，有神医扁鹊那样的本事。

虎孝的故事

老虎的凶猛特性，使它成为许多宗教或伦理说教的故事素材。比如，唐代的《法苑珠林》记载了许多高僧以佛法降猛虎的故事。

晋沙门释法安者，庐山之僧远法师弟子也。义熙末，阳新县虎暴甚盛，县有大社树，下有筑神庙，左右民居以百数，遭虎死者，夕必一两。法安尝游其县，暮投此村，民以惧虎，早闭门闾，且不识法安，不肯受之。法安遥之树下坐禅通夜，向晓有虎负人而至，投树之北，见安如喜如跳，伏安前，安为说法受戒，虎踞地不动，有顷而去。至旦，村人追死者至树下见安，大惊，谓其神人，故虎不害。自兹以后，而虎患遂息。众益敬异，一县士庶，略皆奉法。

高僧降龙伏虎固然说明了佛法无边，但也从一个侧面可看到虎之灵善。类似记载，充斥历代文献。

虎性凶猛，一啸显雄威。虎啸生风，本谓其啸之威。但因《易经》的乾卦有"云从龙，风从虎"之言，故在孔颖达疏中则有"同感相感"的解说："虎是威猛之兽，风是震动之气，此亦是同类相感。故虎啸则谷风生，是风从虎也。"梁朝刘孝标《辩命论》亦云："夫虎啸风驰，龙兴云属，故重华立而元凯升，辛受生而飞廉进。"刘孝标的比喻亦属感应之说。

说来似乎风马牛不相及，古人许多忠孝事迹竟同猛虎联系起来，使其具有了同本性相悖的孝道之德，成了"善虎""孝虎"。古人以天为万物的主宰，因有"天人感应"之说。虎为百兽之长，虽非人类，却曾是远古氏族的图腾迷信之物，亦曾视若神灵，加以崇拜，西王母即一副虎神风采，故亦有人虎感应。

孝可感动天地，当然亦可感动神虎。将"虎啸"与"虎孝"联为一义，并衍化出许多故事，可谓是一种特殊的"语言巫术"。

将老虎人格化、神化并赋以人伦品格的用意显然在于倡导孝道，弘扬孝德。虎既通人性，尚孝道，当然也会以其虎性惩治不孝。依反证逻辑，老虎那么凶猛都能为人伦孝道所感化，人若不孝则远莫如虎，岂为人乎！当然，这往往是不为道破的潜言。俗语说，"虎毒不食子"，虽非言孝，亦用以反喻人伦。于是，便产生了许多"孝虎"事迹。

《搜神记》卷十一有一则"衡农梦虎啮足"，说的就是一则"虎报应"故事，不过，却因有孝德而为虎所救。

衡农字剽卿，是山东东平人。他少年丧母，但对继母也非常孝敬。有一天，他住在别人家的房子里，夜里刮风打雷，于是，他连连梦见老虎咬他的脚。于是，他连忙把妻子喊起来到院子里，磕了三个头。就在这时，房子突然坍塌下来，压死了30多人，仅衡农夫妇幸免于难。

故事的立意很显然，老虎有感于衡农孝敬继母，因而于难中托梦相救，可知老虎"尚孝"。亦不外是一种"孝虎报应"。在《宋史·孝义传》中记载了一则史事：

湖州武康人朱泰，家中贫困，以卖柴为业奉养母亲。他经常到数十里外的地方为母亲换点美食，而自己却吃穿都很俭朴，并要妻子经常观察母亲颜色喜怒。有一天，鸡刚一啼晓他就进山打柴，天亮时，正在山脚休息并睡着了，结果被一只老虎驮去。老虎驮着他走不多远，他忽然醒过来，厉声说："你这个害人的东西，若吃了我，我那老母亲就失去依靠了。"不知怎的，老虎听罢忽然把朱泰丢在地上不管了，像人那样急忙离去。朱泰爬回家，母亲哭着把他扶起来。邻居们听说朱泰孝顺感化了老虎，纷纷送来许多钱物。

有明以降，儒家伦理的说教故事极为盛行。类似的虎孝的故事数不胜数。

据《明史·列传第三十八》记载：师逵，字九达，山东东阿人，少年丧父，很孝敬母亲。他13岁那年，母亲病危，想吃藤花菜，但在当地却不常见。师逵便急忙赶到城南20多里的地方寻觅。找到这种菜时已是夜里二鼓时分，途中遇见一头老虎，师逵大惊，一劲儿喊天，老虎便舍他而去。回到家，母亲吃了那菜病就好了。

又据明代陈继儒的《虎荟》记载：南宋景定年间（1260—1264年），鄂州（今湖北武昌）某村，有姊弟二人以打柴卖柴来奉养母亲。有一天，姊弟俩背柴回家，一只老虎抓住了弟弟，姐姐拽住虎尾巴说："老虎你要吃就吃我吧，你吃了弟弟谁奉养老母呢!"老虎回头看了看，像听懂了什么似的，把弟弟放开就走了。

老虎既然不食孝子，那么是否食不孝子呢?《虎苑》记述了一则因不孝而遭虎食的事。

南宋乾道年间（1165—1173年），江西闹水灾，丰城一个农夫带着老母和妻子逃往别处求食。在路过一条小溪时，他暗暗对妻子说，粮食太贵吃饭困难，都活下去是困难的，莫如我们抱着孩子先过河去，母亲年纪太大过不来就扔下不管她了。但妻子不忍这么做，就搀着婆婆过河。不想脚陷河底泥中，弯身去取鞋时，竟在水里拾得一块光灿灿的白金。于是，她高兴地对婆婆说，因为穷才被迫到外地求食，如今幸好得到上天赐予，就回去吧。上岸后，却发现丈夫不见了，只有小儿坐在沙滩上玩儿。一问，孩子说是被一只"黑牛"叼到林子里去了。妻子赶到林子里一看，只见满地是血，丈夫已遭虎害。原来，孩子不识虎，以为是头"黑牛"。

这则故事的潜言显然是说，妻孝得天赐，夫不孝遭虎害，都是报应。乾隆《安远县志》也记载了一个有趣的故事：

顺治己卯，知县牛天宿病游八殿冥府，见有二猛虎各衔一死人尸，心甚战栗。冥司主曰："无畏，此不孝不弟人也。一姓郗，名枭，乃黄州人，父母只生此子，恣睢不服训诫，饮酒、蹴鞠、赌雉致父母伤气而死，有此不孝，是以命虎食之；一姓岳名仁，乃浙江人，听妻室长舌蛊惑，日凌轹其兄，兄不胜与之分理，仁以棍击兄首而死，此不弟之大者。纵虎食之，二人冥诛，固所宜耳！"

古代的"孝道"，不仅指亲长在世要尽心竭力地孝敬奉养，其死后也要以重孝相守，颇重孝服之礼。于是，便也相应产生了虎助孝子守孝的种种事迹。如《宋史·陈思道传》记载：

江阴人陈思道，丧父后奉伺母亲、兄长无微不至，颇有孝名。母亲病时，他数月不脱衣，整日在旁伺候，以至双目生疮溃烂，直到母亲病故，他七天水米不进。安葬后，他把卖酒挣得的钱十万送给兄长，然后自己在母亲墓旁结庐守祭，日夜悲痛，妻子不时偕儿女来劝，他拒不见面。白天有白兔在附近又跑又跳，夜里虎豹则卧守其茅庐四周。

唐代宋居白的《幸蜀记》记载：

汉州奏水西县令范羲死了，他儿子范文通居丧，很有孝名。有盗墓贼要盗范羲之墓，被一群老虎给赶跑了。文通便在墓旁结庐守祭，老虎见了则俯首帖耳而去。

宋代太平兴国年间的《太平寰宇记》记载：

东汉时平郡有个欧宝，丧服期间，在墓旁茅庐中为父守孝。邻居打虎，老虎跑到茅庐中，他用蓑衣把虎掩藏起来。当邻居追过来问时，他用谎言给搪塞了过去。此后，老虎不时送来禽兽给欧宝让他用来祭祀亡父，欧宝的孝慈之志因此出了名。

在《昌平州志》中还记载了一个老虎代人行孝的故事：据说狄仁杰到昌平（今北京境内）任职之初，境内山中多虎。有位老妇的儿子进山打柴被老虎吃了，母子相依为命，老妇痛不欲生，便告到官府。官府发公文要山神召集山中的老虎，这天，老虎都被如期召集来，狄仁杰命吃老妇儿子之虎留下，其余散去。狄公当众宣判那虎吃人之罪不容赦免，又见那虎哀号，便问它是否愿意将功补过，代被食者孝奉老妇，老虎俯首表示愿意。于是，就放了它。从此以后，那老虎每天都给老妇送来些獐、鹿等野兽奉养她。老妇死后，老虎便把她驮到野外，用土埋了，然后离去。

这则故事后来被蒲松龄采写到了他的《聊斋志异》中。故事中，吃人的老虎自己来到东岳庙自首受缚，并以"颔首"的方式承认吃了老妇的儿子，并同意给老妇当儿子赎罪。后来，老虎经常衔肉和金帛给老妇，老妇也因此生活优裕，得安享晚年。后老妇死，虎来拜，咆哮而去。里人在老妇坟旁立"义虎庙"以纪念之。

凡此种种，多奇幻怪异，或因偶合而附会，或无中生有，无非在于警喻世人莫忘孝道，否则难免报应之患。

尚义知恩，是人们历来崇尚的社会基本道德规范之一。然而，却也并非任何人和任何条件下都能够严格恪守的。

在中国传统文化中，老虎既具备凶猛的攻击力和破坏力，还具备一定灵性，老虎这两个特点给人们提供了充分的想象力进行道德说教。其背后的逻辑是，凶猛的老虎竟然不攻击人，必然是这个人的"孝义"，也就是高尚的道德，让充满灵性的老虎受到了感化，从而变得温顺。

可以肯定地说，即或自身不想身体力行各种社会公德的人，他也希望别人都能够遵守，因为一旦失去了这种无形但必需的调解、制约机制，人际关系、社会秩序等社会基本生存环境将遭到破坏，谁都难以生存。因而，即或自己一时做不到，也要极力推崇、倡导。于是，即如仁与孝那样，也赋予某些"虎事"以尚义知恩的人格化理念与品格。尚义知恩，成了老虎凶猛本性之外的又一层面形象。

另外，《艺文类聚》还整理了大量与"白虎"相关文献。根据现代动物学，白虎非常少见，或正因为少见，白虎的出现就成了"仁政"和"德治"的象征。当然，是否真的有白虎出现，其实对于古人来说也并不重要，重要的是人间出现了"仁政"和"德治"。

大量所谓标志着"仁政"和"德治"的"白虎""魋虎""酋"之在文献中出现，实际上只是寄托着传统时代的道德标准。与此相应的则是，老虎伤人的"虎患"和"虎暴"在文献中频繁出现，尤以明清时期为甚。面对虎患，人们还是很习惯对虎患进行道德上的解释。冯梦龙的《醒世恒言书》在讲完义虎的故事后，有一首诗，特别值得玩味，曰：

伪言有虎原无虎，

虎自张稍心上生。

假使张稍心地正，

山中有虎亦藏形。

透过以上论述，可以看到，虎尽管凶猛，但在中国传统文化中，虎又被认为是仁兽，具备和人类相通的灵性，同时也常常被看成是神明的化身，主宰了人间的道德审判。相比之下，其他动物尽管也凶猛有力，但是却不被认为具备这样的灵性，明代钱一本所著的《像象管见》卷四上就说："豹似虎，圜文。虎有文而能神，豹有文而不能神，此虎豹之别。"

叠进故事初探①

摘要：我们把那种层累式重复、渐次展开的故事类型称为叠进故事。叠进故事的独特性主要在于它的结构形式而不是故事情节，所以这类故事往往只有场景，而没有连贯的情节，没有围绕"他"而展开情节的主人公。其中也有一部分民间叙事作品是有一定情节的，但它们的叠进结构的特点极为突出，故而一并纳入这一类别进行形态分析。叠进故事大体上可以分为三种类型：链接式；递增式；递进式。

关键词：故事学；叠进故事；故事结构；AT分类法

一

我们过去曾经多次指出过，AT故事情节索引与东方的，特别是我们中国，以及日、韩等国的民间叙事的现实状况，有相当大的距离。就索引本身而言，虽然给故事登录、查询的操作带来一定方便，但也有诸多原则性的缺陷。例如它的分类标准不一就是大家多年来一直批评的焦点之一。在这一索引中，动物故事的单独列出，是以主人公作为依据的；神奇故事、

---

① 原载《河南教育学院学报》(哲学社会科学版)2007年第3期，第1—5页。

生活故事和笑话，又是根据作品的情节内容、叙事性质来划定的。因此，许多作品的分类往往发生分歧。AT索引在世界范围广为流传，影响颇巨，所以它所带来的负面影响也同样不小。

我们现在所要探讨的这一部分叙事作品，在世界各民族中间都大量流传，而且具有十分明显的形态特点：语句或结构上的重沓、叠加、循环、反复，是这些民间口头叙事最基本、最核心、最醒目的艺术手段。

阿尔奈在最初编制索引时对这类故事并未给予正式名称，1928年汤普森为它做增补工作时才给予了正式名称："cumulative tales"，并且在AT索引中将这些故事在"程式故事"这一大类里专门辟出一栏，予以列出，编号为2000～2199。他还在自己关于民间故事的著作《世界民间故事分类学》中专门设了一章，加以探讨。

"cumulative"一词源自拉丁语的"cumulare"，有"积累""叠加""增添"的意思。这一部分作品专列一类，其标准又不同于其他故事类别，是从故事的形态着眼，以它的结构方式为依据。

1929年，在赫尔辛基曾出版过哈维欧（Haavio）的一部著作"*Kettenm rchen studien*"（FFC88），对此类作品的研究史有过详尽的描述。此外，俄罗斯著名学者普罗普也多次论述到这类作品。

中国的此类作品自明清以来就有所记录，近百年的记录尤多，但比较起它在民间流传的广泛程度来说，显然是未被搜集者所特别关注。至于说到研究，就几乎完全没有被学术界纳入视野。以这类作品的独特性而言，这种搜集和研究的状况不能不说是令人感到特别遗憾的。本文的立意就在于开启话题，以引起相应的注意。

二

这类作品的独特性在于它的结构形式，不论是讲述者，还是听众，他们作为故事演述的现场主体，最关注的首先是演述的结构形式。

示例一：

踤踤蹺，挨把刀；

刀不快，切青菜；

菜儿青，换把弓；

弓没头，换个牛；

牛没用，换匹马；

马没鞍，上南山；

南山上有窝兔儿，

剥了皮儿换条裤儿。[①]

由于这类作品的叙事结构是层累式的重复，渐次展开，所以，我们给它一个拟用的术语名称："叠进故事"。

在叠进故事中有相当一部分，如上面所举的实例，只有场景，而没有连贯的情节，没有围绕"他"而展开情节的主人公。如果从这一视角来观察和判断它们，仿佛很难把这样的作品纳入故事当中。然而，对此讲述者和听众则另有判断：

示例二：

……

缸里有个盆，

盆里有个碗，

碗里有个碟，

碟里有个豆，

我吃了，你馋了，

我的故事讲完了。

这里的重点号是我加的，为的是强调，在讲述者乃至听众看来，有无完整复杂的情节是无关紧要的。虽说如此，但实际上，大量的叠进故事确

[①]（意大利）韦大列（GuidoVitale）编辑：《北京儿歌》(*PekineseRhymes*)，北京，意大利使馆中英文对照读本，1896年编印。

确实实具有十足的情节。例如广泛流传的《老鼠嫁女》：

示例三：

老鼠不愿把女儿嫁给老鼠，想嫁给一个最伟大的女婿。嫁给太阳，太阳说我怕云。嫁给云，云说怕风，风说怕墙，墙说怕老鼠。于是最后还是嫁给了老鼠。

还有的异文说：

示例四：

……老鼠说怕猫，最终把女儿嫁给了猫，猫一口把老鼠姑娘吃掉了。[①]

由于AT分类法的影响，许多类似的有情节的叠进故事被放置在动物故事、神奇故事、生活故事、笑话等类别当中。以情节的性质作为分类标准，这样做自然不能说没有道理，然而在我们关注民间叙事的形态时，就不能不看到并且指出，这类作品最鲜明的特点正恰在于它们的叙事结构方式，在于这些故事的叙事形态特征。

三

叠进故事的显著特点在于层层累进的叙述形式，以我所见到的材料，大体上可以分为三种类型：链接式；递增式；递进式。

下面以实例来说明我的这种归纳。

1. 链接式

这一类叠进故事的形态结构特点，与常见的链条相类似，一环套一环，环环相接，错落伸展。第一环和第二环相接，在语言韵律上或者事理逻辑上找到关联；但第一环和第三环则互不相涉。

示例五：

> 一颗星，挂油瓶；
>
> 油瓶漏，炒黑豆；

---

① 曹廷伟：《中国民间寓言选》，第167—168页，沈阳，辽宁少儿出版社，1985年。

黑豆香，卖生姜；

生姜辣，造宝塔；

宝塔尖，戳破天；

天哎天，地哎地；

三拜城隍老土地；

土地公公不吃草，

两个鸭子囫囵吞。[①]

示例六：

先生，先生，

我要告个状，

我告老鼠偷我糖。

老鼠呢？老鼠被猫拖去了。

花猫呢？花猫溜上大树了。

大树呢？大树被木匠锯掉了。

木匠呢？木匠被老虎衔去了。

老虎呢？老虎逃到山洞了。

山洞呢？山洞被潮水淹没了。

潮水呢？潮水被太阳晒干了。

太阳呢？太阳被乌云遮住了。

乌云呢？乌云被大风吹散了。

风呢？风息了[②]。

前一篇作品天马行空，随性而发，除了它的音乐性之外，好像在各个组成部分之间没有什么内在的逻辑联系。后一篇作品则具有了一定内在的事理联系。

这种链接在许多情况下是通过问答的方式把第一个环节带入第二个环

---

① 选自清代郑旭旦编《天籁集》，上海印书局1876年排印本。

② 阮可章：《儿歌三百首》，上海，上海文艺出版社，1990年。

节，再把第二环节带到第三个环节。

这种问答式的链接在许多民族的民间叙事当中都是大量存在着的。在饮誉世界的阿法纳西耶夫所编《俄罗斯民间故事集》里也收入了同样一篇作品。它与中国作品极其相似，仿佛同出一辙。我将之翻译如下：

示例七：

山羊，山羊，你去哪儿啦？

去放马了。

马呢？尼古拉赶走了。

尼古拉呢？去仓房了。

仓房呢？让水淹了。

水呢？让牛喝了。

牛呢？上山坡了。

山呢？让蚯蚓吃了。

蚯蚓呢？让鹅啄了。

鹅呢？钻进花丛了。

花呢？让姑娘摘走了。

姑娘呢？嫁给汉子了。

汉子呢？全死光了。[①]

2. 递增式

这一类叠进故事的形态结构特点，是主人公数量的不断增多。增量的过程在对象的大小、强弱、好坏等方面可能是无序的，也可能是循着上行或下行的路线有序的。

最经典的实例是世界许多民族都流传的《拔萝卜》：

示例八：

爷爷拔不动，请来老奶奶帮着拔，拔不动，孙子帮着一起拔，……最

[①] 阿法纳西耶夫：《俄罗斯民间故事集》（俄文）卷三，第307页，第535号，莫斯科，国家文艺出版社1957年。

后爷爷、奶奶、孙子、孙女、小狗、小猫、小老鼠一起拔，就拔出来了。

这篇作品严格地说，只有一个极为简单的情节，即拔萝卜。但是，它的引人入胜之处就在于不断地重复，每一次都增加一个主人公，增加一个在形体和气力上渐次弱小的主人公，不断地积累、叠加，直到拔出萝卜结束为止。

有时这种叠加可能是一个开放的体系，可以无休止地、无穷尽地进行下去，例如《咕咚》：

示例九：

从前，有一口湖，湖边有片木瓜林。木瓜林里住着六只兔子。有一次，一个木瓜熟了，从高高的树上落进湖水里，"咕咚"一声。兔子听见了，不知道是什么，吓得连忙逃跑。一个狐狸看见兔子跑，就问："你们跑什么？"兔子答道："'咕咚'来了！"狐狸听见，也连忙跟着就跑。猴子看见狐狸跑，就问："你们跑什么？"狐狸答道："'咕咚'来了！"猴子听见，也连忙跟着就跑。这样一个传一个：鹿、猪、水牛、犀牛、大象、狗熊、马熊、豹、老虎、狮子……一个跟着一个，都跑起来了。大家闷着头拼命跑，越跑越害怕。山脚下有一只毛狮子，看见大伙这样跑，就问："你们有爪子，有牙，力气最大，跑什么？""'咕咚'来了！""'咕咚'是什么？在哪里？"长毛狮子问。"不知道。"跑的狮子回答。"别乱跑！要打听明白了！这是谁跟你们说的？"长毛狮子问。"老虎说的。"跑的狮子回答。长毛狮子又问老虎，老虎说："豹说的。"问豹，豹说："马熊说的。"问马熊，马熊说："狗熊说的。"于是，又向狗熊、大象、犀牛、水牛、猪、这样一个一个地追问，最后问到狐狸，狐狸回答道："是兔子说的。"长毛狮子又问兔子，兔子回答道："这个可怕的'咕咚'，是我们六个亲耳听见的。你跟我们来，我们指给你看。"于是，兔子把长毛狮子领着到了木瓜林旁边，指了一指，说："'咕咚'在那里"。恰巧，这时候又有一个木瓜从树上落下来，落进湖水里，发出"咕咚"的一声。长毛狮子说道："你们这些傻瓜！现在都看见了，这是木瓜落到水里的声音，有什么可怕的？看，把你们四只脚

- 260 -

都要跑掉了!"

大家这才松了一口气, 白受了一场虚惊。[1]

3. 递进式:

这一类叠进故事的形态结构特点, 是在故事演述中, 根据事物的形体、能量、性质等特点, 渐次增进或减弱, 而错落有致地向前推延, 其路线或为上行或为下行。有时, 像大家十分熟悉的《十兄弟》故事那样, 也不一定非要有序; 当然, 若以排行而论, 仍然算是有序的。再例如:

示例十:

姑娘拿了一筐鸡蛋到集市去卖, 走在路上, 心中幻想: 卖了蛋, 买猪, 猪长大, 卖了猪买牛, 牛长大, 卖了牛盖房。盖好房, 嫁个人, 生儿育女好幸福, 陪儿女嬉戏好快活。她蹦啊跳啊, 不注意就把一筐鸡蛋摔碎了, 美好的幻想也就随着破灭了。

示例十一:

狮子大王贪吃各种动物, 但处世伪善, 装作吃素。它手下有三个大臣——老虎、猴子、小兔。一天, 吃过动物之后, 问老虎嗅到什么气味, 老虎说血腥味, 于是杀了老虎。又问猴子, 猴子说一股香味, 又把猴子杀了。再问小兔, 兔子说感冒了, 嗅不到, 要求告假, 三天之后回答。小兔终于逃脱, 再不回到大王身边了。[2]

如果说链接式的民间叙事作品以机械的、形式的叙事联系作为作品的形态结构基础, 而不关心情节, 不关心内在的叙事的逻辑推进, 不关心事件的演述; 那么, 我们业已分析过的第二类递增式和第三类递进式, 则往往以情节的展开作为演述的主轴, 这种情节往往也不复杂和曲折, 而讲述者和听众最关注的依然是讲述的过程、文本的节律和最终的结局。

---

[1] 曹廷伟:《中国民间寓言选》, 第187—188页, 沈阳, 辽宁少儿出版社, 1985年。

[2] 曹廷伟:《中国民间寓言选》, 沈阳, 第193—194页, 辽宁少儿出版社, 1985年。

四

叠进故事上述三种形式的作品，在链接、递增和递进的叙事结构中，如果完全舍弃语义方面的考量，单纯从形态的视角提出问题，我们就会发现，仿佛有一些固定的模式在规范着叙事结构的重复方法。我把这些重复的模式归纳为下列三个公式。这三个公式对于叠进故事来说，是它们特别鲜明的形态结构特征。

1. A→B→C→D→……

前面所举递进式当中的示例十一的结构即属这一公式。我们十分熟悉的《十兄弟》《问佛祖》等故事也属此类。

2. A→（A+B）→（A+B+C）→（A+B+C+D）→……

前面所举递增式的示例八、示例九都是按照这一公式安排叙事结构的。

3. A→（A+B）→（B+C）→（C+D）→……

这是所有叠进故事在叙事结构中最常用的一个公式。前面所举出的诸多示例中大部分都属于此类结构。示例一、示例二、示例三、示例四和在"链接式"一节中所举出的示例五、示例六、示例七，以及在"递进式"一节当中所举出的示例十都是这种顶针连锁的结构方式。

这里要特别指出的是，这三个公式仅仅是基础性的公式，它们在作品中会有若干变化。例如，最常见的一种结构形式是回到原点：

A→B→C→D……→A

A→（A+B）→（A+B+C）→（A+B+C+D）→……→A

A→（A+B）→（B+C）→（C+D）→……→A

如果我们用一个圆周来图解这种结构的话，或许更能体现这一叙事形态的本质特点。

如示例三《老鼠嫁女》：老鼠姑娘从不愿嫁给老鼠，到最终还是嫁给老鼠，不是回到原点了吗？

A→B→C→D……→A

其他许多文本，如果仔细推敲，也未尝不可作回到原点解。

此外，一些文本还呈现为双向的叙事结构。顺行路线的叙事形式可能仅仅是结构的一半，同时还连带有对应的逆行路线的叙事形式，两者结合在一起，构成完整的文本。例如示例九《咕咚》：从听到"咕咚"到明了"咕咚"，绕了一圈，是一个回到原点的循环：

$$A→（A+B）→（A+B+C）……→Z→……C→B→A$$

一般来说，一个故事总是围绕着问题的提出和问题的解决来展开演述。回到原点的循环结构，顺行叙述是问题的积累，而逆行叙述是问题的依次不断解决。示例九《咕咚》就是问题的提出和不断积累，到了一定限度，便倒过头来逐步回溯、渐次解决。示例三《老鼠嫁女》也是一个链条式的圆周结构，但又不同于示例九《咕咚》。《咕咚》仅仅是由形式的倒叙所构成的循环，而《老鼠嫁女》则是从语义角度说已经具有实质意义的链式圆周结构了。

说到结局，叠加故事的结局多数是诙谐性的，是幻灭，是徒劳，是竹篮打水一场空，所以往往具有喜剧效果。示例四：一个老鼠从妄想伟大，沦落到极其渺小被猫吃掉，从一个极端滑到另一个极端，当然十分可笑。示例六、示例七：不断追问，问到穷尽，无可再问，叙事自然也就走到尽头了。示例九：偌大一群威风凛凛的动物被一个臆造的莫须有的怪物吓得抱头鼠窜，到头来发现，作祟的原是一个微不足道的幻觉，于是威严扫地，变成滑稽。示例十：卖蛋者的幻想，在世界各个角落异文极多，千变万化，但其形态结构又十分一致。从这一故事类型的结局看，都像是一个被吹得极度膨胀的气球，一针戳破，荡然无存。

当然，有的叠进故事并不都是这种坏的结局。示例八：大家齐心协力终于拔出了萝卜，结果如愿以偿，皆大欢喜。

最后，我认为应该指出，民间故事形态中的叠进结构同时也是一种思维方法的结晶和体现。它的起源或许很早，这种重复排列认识对象、看到事物联系，以及事物间互相制约关系的思维方法是被人们广泛运用而且逐渐纯熟起来的。这类作品多见于起源较早的以动物为主人公的故事中是很耐人寻味的。叠进故事对于儿童启蒙教育颇为有益，所以成为给孩子们讲，以及孩子们自己讲的最大宗的故事。

另外，还应该指出，我们所论述的所有这些叠进故事的叙事形式既可以是完成一个完整作品的叙事结构，同时在许多情况下也可以作为一种手段，成为某一民间叙事作品结构中的一个部件。

以上这两点，由于牵涉问题较多，而且在一定程度上也超出了初探的范围，请容以后再深入探讨。

我还要重复地说一句：许多有情节的叠进故事在通常分类时往往被放置在动物故事、神奇故事、生活故事、笑话等类别当中。以情节内容作为分类标准，这样做也许是有道理的；然而，在我们关注民间叙事的形态时，就不能不看到和指出，这类作品最鲜明的特点在于它们的叙事结构方式，在于这些故事的叙事形态特征。我不受AT分类法的局限，对这些根据情节可以做另种分类的民间故事，比如依据其形态结构特征做出自己新的归纳，应该也是有道理的。

论中国文献载录的和口头流传
的笑话纲要①

　　中国笑话是极为丰富的，历史也是非常悠久的，并且很早就载录于各种文献以及笑话专辑中。

　　笑话起源甚早，这一点虽然可以推想而知，但是关于它发生时代的状况，以及早期口头流传的具体情景，我们并没有可以借之做出明确判断的实际材料。

　　笑话之载录于文献，时间是很早的。其历史情况也大致可考。先秦时期的著作（如《孟子》《庄子》《韩非子》《战国策》《吕氏春秋》等）就曾"记录"过笑话类的资料。诚如清代著名学者俞樾所言，"浏览古书，知古文章家自有此一体"（《一笑引》引文）。当然，这位学者在这里说的仅是文人的创作或者他们在茶余饭后的消遣资料，全然没有强调地指出，笑话首先大量来自人民大众的口传艺术。

　　"笑话"一词，在汉文典籍中出现并不早。虽然"话"早在唐代就指讲述者所讲的历史或故事而言，但它和"笑"字结合在一起，构成一个词，统指一类体裁的作品，则可能是在明清之际，在16～18世纪。清代扬州石成金撰《笑得好》一书《自序》（乾隆四年刊本）云："……正言闻之欲睡，笑话听之恐后，今人之恒情。夫既以正言训之而不听，曷若以笑话怵之之为得乎。予乃著笑话书一部，评列警醒，令读者凡有过愆偏私、蒙昧贪痴

① 本文为作者于1996年11月1日在韩国汉城举行的"亚洲民间叙事文学学会第三届年会"上宣读的论文。

之种种，闻予之笑，悉皆惭愧悔改，俱得成善良之好人矣。"

明代的一位极有影响的著作家——冯梦龙（1574—1646年），在这一民间文学体裁的宣扬乃至在"笑话"这一术语的确立方面曾起过重要的作用。他编撰了不止一部笑话集，他在《笑府·序》中说："古今来莫非话也，话莫非笑也。……不话不成人，不笑不成话，不笑不话不成世界。"

在"笑话"这一定名被普遍使用之前，各家对这一类作品的称谓驳杂混乱，而且很多，有："调谑"（晋·孙楚《笑赋》："信天下之笑林，调谑之巨观。"以下出处略。）"诙谐""调笑""嘲诮""笑言""谐噱""滑稽""嘲谑""漫笑""谐""笑谈""善谑""优语""雅谑""谐语""戏言""谑浪""嘻谈""雅浪"等。

笑话编撰成为专集，至晚是在3世纪的三国时代。魏邯郸淳撰有《笑林》三卷，原书虽佚，但现有辑本。自此为始，直至清末，凡约1700年间，刊行于世的笑话专集，包括传世的和佚书存目的，总数110余种。由于笑话是所谓"不登大雅之堂"，有时甚至被认为是"有伤风化""有悖道统"或"语涉禁讳"，所以往往被轻贱、蔑视，而没有得到珍重和保护，因此散失的一定不少。例如，明初《永乐大典》目录第四十四卷载16888至16891号笑韵，全都是"笑谈书名"，可是这卷著录明初以前笑话作品集的目录今已佚失，这是很可惜的，不然就可以更明晰地了解明代以前笑话出版的情况了。在现在传世的和存目的民国以前的笑话集中，以明代编撰刊印的为最多，近总数的三分之一，清代又次之。

"与君一席话，胜读十年书。"中国历来是把"话"与"书"相对立而言的。笑话是说给人听的，而不是写给人读的。然而考察分析历代笑话集的资料可以发现，虽然大多数是根据口传作品而写录的，但也有相当一部分是历代知识分子在书面文化的影响下编撰的。这些作品有的也可能在一定的时间、一定的范围内口头讲述过，而且其创作的方法和手段也都是仿照民间笑话的规律，但它们往往缺乏深刻清新的幽默，多在文字的范围里摘取笑料，或者就是某些有名之士的逸闻趣事，所以，与人民大众所讲的笑话相比，生命力要弱多了。

民国以后，特别是自中华人民共和国建立以来，出版了大量的笑话集，而且多为口头流传作品的记录。

笑话的分类，历来没有固定的范式。清代以前大都是根据作品内容的性质来分类的。例如：

隋代侯白撰《启颜录》敦煌卷子本分为四类：论难、辩捷、昏忘、嘲诮。

明代冯梦龙编《笑府》共分十三类：古艳、腐流、世讳、方术、广萃、殊禀、细娱、刺俗、闺风、形体、谬误、日用、闺语。

冯梦龙编《古今谭概》（又名《古今笑》《笑史》）分三十六类：迂腐、怪诞、痴艳、专愚、谬误、无术、苦海、不韵、癖嗜、越情、佻达、矜漫、贫俭、汰侈、贪秽、鸷忍、容悦、颜甲、闺诫、委蜕、谲知、儇弄、机警、酬嘲、塞语、雅浪、文戏、巧言、谈资、微词、口碑、灵迹、荒唐、妖异、非族、杂志。

清代游戏主人纂辑《笑林广记》分十二类：古艳、腐流、术业、形体、殊禀、闺风、世讳、僧道、贪吝、贫窭、讥刺、谬误。

丁乃通著《中国民间故事类型索引》系根据AT分类法编撰而成，他按阿尔奈和汤普森创制的惯例，将笑话分为五类：笨人的故事、夫妻间的故事、女人的故事、男人的故事（又细分为聪明人、笨人、僧侣、其他各种人）、说大话的故事。丁乃通所采用的AT分类法，同所见的一切笑话集分类不同。笑话集往往是根据作品的主题思想将作品分门别类加以编排，若从作品情节的角度看，彼此重复的并不少见。而丁乃通所采用的AT分类法则是对所见的全部民间笑话作品按情节内容提炼、归纳出独立的类型来。所有笑话情节类型的总编码为800个，但中间有很多空码。丁乃通归纳中国民间笑话总共有350个左右的情节类型，这是在各种故事体裁中类型最多的一种。但是不能不指出，AT分类法的不足在笑话的分类编排上表现得最为明显和突出。我认为，就作品的结构而言，在所有故事当中，笑话可能是最简单划一的一种。在艺术手法上也有比较有限的和比较固定的程式。

笑话历来以讥讽见长，也有用以教训劝诫的，所以有时同讽刺故事难以严格地划分清楚。在一些时候，又与寓言有些瓜葛。

笑话不同于传统的神奇故事等作品，它有很强的随机性和现实性。这里指的是：①根据现实情况，可能被随时创作出来，并且能很快地广泛流传开去；②有更强的生活现实性和社会针对性。在20世纪70年代广泛流传的关于"四人帮"的政治笑话，就是最好的例证。

笑话虽与一定的历史时代和地域环境有一定的联系，但这种联系往往是虚拟的。有的笑话还假托是发生在某个具体人身上的，但这种假托也往往是虚拟的。古代笑话中的宋人、徐文长等，以及当代笑话中的某些反面人物，也同呆女婿一样，是所谓"箭垛式"的人物，一切可能的笑料都附丽在他们身上。

1996年10月

论寓言①

我们身边时时有故事在搬演。故事又是多种多样：别人的、自己的、大的、小的、现实存在的、虚构加工的、社会的、日常的、独特的、重复的、奇异的、平淡的、伟大的、琐屑的、庄严的、可笑的、喜的、悲的、不喜不悲的⋯⋯在千差万别的故事当中，唯有最意味深长的才能进入寓言，成为寓言中的素材。寓言以其幽默、深刻、简约而隽永的教益，受到所有时代、所有国度的所有人的喜爱。

寓言，大抵是人类创造的历史最悠久的文学体裁之一，也是迄今在世界各国仍然盛行不衰的文学体裁之一。它固有的品格从古至今变化较小，人们的喜爱也一如既往。这个精粹选本所选译的作品，从古希腊到沙皇俄国，从公元前到19世纪，历史跨度达2500年之久。可是这些作品在趣旨和特点上是那么相近，以致使我们感到，仿佛伊索和克雷洛夫就像同一时代的人。他们的作品一脉相承，今天读来同样地意趣盎然、发人深省。寓言佳品涉时代之变迁而不朽，世世代代成为喻世醒人的口碑。

寓言大约最初是由人民群众口头创作和口耳相传的动物故事演变而来的。所以，主人公以动物为多；但是，人、植物、其他无生物也都可能成为它的主人公。动物、植物、无生物进入寓言，自然不能原样照搬。广大

---

① 本文系作者为《世界寓言大师作品精选》所作的序。《世界寓言大师作品精选》，刘保端等译选，中国少年儿童出版社，1988年。

群众和作家们运用拟人化手法，使它们同人一样，能思想、能说话、有性格、有活动。善良的招人同情和喜爱，作恶的令人讨厌和憎恨。不过，话应该反过来说：寓言作家不是用人的行为、品德去描绘动物；而是相反，用动物的形象来表现人类的智或愚、善或恶、美或丑、真或假。

寓言的主旨在于劝喻和训诫。幽默和讽刺是它的重要特点。寓言以凝练集中的情节，以少量人物的矛盾纠葛，表现了各种各样的人情世态和品质、性格，劝诫人们去恶向善、抑暴扶良。

寓言离不开智慧，质朴而深刻的智慧。没有智慧就没有了寓言。寓言同样离不开幽默，深沉而隽永的幽默。没有幽默同样也没有了寓言。我好像记得有这么一段故事；一天，一头驴子去质问伊索：你在寓言里总把我写成是愚蠢的，这很不公道。伊索说：如果我不这样说你，人们就会说我是驴子。

寓言往往是通过借喻的方法，把它蕴含在故事之中但不直接道出的思想，暗示出来。当然，正像大家在阅读寓言作品时所看到的，作家有时会在作品的前面或末尾，点出主题。但是我们看到，寓言所暗示的思想常常比作家界定的主题更深沉、更广阔。所以，对于这样的点题不必过分拘泥。正像匈牙利的寓言作家希默尔所说的："森林对于旅行者是休息所，对木工是材料供应地，对狐狸是巢穴，对诗人是灵感，对学生是教材，对市民是星期日的游地，对盗贼是逃薮，对罪犯是犯罪的场地。可是，它什么都不是，而是这一切以及其他的总和。"对寓言也当这样看，仅仅把它理解为格言的演绎，那就限死它了。

寓言要求质朴和简约。视藻饰为累赘，天生与烦琐浓艳无缘。简约的故事，简约的形象，简约的场景和脉络，简约的陈述和语言。然而其蕴含却深沉、浓烈、隽永，使人永远咀嚼不尽、体味无穷。那蕴藉、那道理又极富概括力，它把人们性格中的最普遍、最典型，或许也是最内在、最本质的诟病、弱点、美德、优长……都极朴实、鲜明、幽默、诙谐地演示出来。

伊索虽说是传说人物，但极可能是实有其人。公元前5世纪的希腊大哲学家柏拉图说他是生活在公元前6世纪的一个奴隶。希腊的大艺术家还为他塑过像。他当初怎样讲述寓言，这些作品原来形式如何，今天都已无法稽考了。他的作品是经后世的寓言作家们搜集整理起来的。这里面有多少是他本人创作的、有多少是以他的名义流行于世的，同样也很难稽考了。整理期间，贡献较大的有公元1世纪的古罗马诗人费德鲁斯和公元2世纪的古希腊诗人巴布里乌斯。在若干世纪之后，所谓"伊索寓言"便不胫而走，风靡整个欧洲，乃至整个世界。

东方国家，也有很丰富精彩的寓言创作。我国先秦的寓言，起源甚早，极富特色。在印度，大约产生于公元1世纪的故事集《五卷书》，也包含了大量的寓言。

东西方寓言故事，在情节上有很多相似之处，这使一些研究者做出各国寓言同出一源的推断。但要证实这些推断，却是很不容易的事。

17世纪的法国作家拉·封丹吸取了伊索寓言和东方故事集《五卷书》所提供的极为丰富的滋养，把寓言创作艺术提高到一个新的水平。有人称拉·封丹为法国的荷马。他的寓言使人联想到法国景色的优美和法国人民的开朗性格。这里有亲切的调侃，也有辛辣的讽刺；劝谕里带着鞭策，幽默中透着感伤；用饱含着爱的笔触述说痛心的事，让人在笑声里闪出泪花。

自此为始，寓言创作遂在欧洲形成泱泱大潮。18世纪德国作家莱辛的简洁深刻、19世纪俄国作家克雷洛夫的极富民族特色和深沉的机智幽默，都给寓言创作增添了新的活力，使这朵艺术之花开得更加鲜艳夺目。

和平与劳动的颂歌——纪念芬兰史诗《卡勒瓦拉》出版150周年①

一百五十年前芬兰人民的宏伟史诗《卡勒瓦拉》的出现，是一件具有世界意义的历史事件。《卡勒瓦拉》和组成《卡勒瓦拉》的诗歌——鲁诺，是芬兰人民以自己的艺术天才为世界文化宝库所做出的最珍贵的贡献，是人类在自己的文明史中所创造的重大的艺术瑰宝之一。

世界上还没有这样一面镜子，能够把不同时间的画面，重叠地反映在同一个镜面上，而史诗《卡勒瓦拉》正是这样的一面镜子，它把芬兰人民从氏族公社以来所经历的各个时代的历史旅程，通过艺术形象集中地反映出来。世界上还没有这样一面镜子，它不仅映照出外界的事物，同时还反映出这事物的内在的精神和灵魂，而史诗《卡勒瓦拉》正是这样一面镜子，它不仅反映了芬兰的自然景色，反映了它的苍茫的森林、布满乱石的山岗、波涛汹涌的大海和数不清的沉静的湖泊，而且它还把这大自然的底蕴和芬兰人民对这大自然的深挚的情感，体现得淋漓尽致。在这一块蕴含着雄浑的美的土地上发生的社会历史事件、人民的创造、人民的奋争，都形象地涌进了这部宏伟史诗的广阔的画面。

史诗《卡勒瓦拉》中的各篇鲁诺汇编成一个统一的情节，它讲述了空

① 本文系作者1985年2月28日在文化部、中国文学艺术界联合会、中国人民对外友好协会和中国民间文艺研究会联合会联合召开的芬兰史诗《卡勒瓦拉》出版150周年纪念会上所作的报告，并获得芬兰颁发的奖章和获奖证书，原载《民间文学论坛》1985年第2期。

气的女儿，作为大水的母亲，创造了海洋、海岸、深水和浅滩，并且生下了人民的英雄万奈摩宁。史诗歌颂了万奈摩宁等英雄的光荣事迹。万奈摩宁是一位智慧的长者，是一个神奇的歌手，他第一个在卡勒瓦的土地上培育森林，垦荒播种，编唱歌曲。他建造了船只，他先用鱼骨后用桦木创造了民间乐器——弦琴甘德勒。这件民间乐器在他手中具有神奇的力量，它的优美的乐声可以使人、野兽乃至自然万物迷醉。史诗歌颂了铁匠伊尔玛利宁。他是一位出自人民的能工巧匠。他铸造了神奇的、能够磨出粮食、金钱和盐的神磨"三宝"，甚至还锻造了人工的太阳和月亮。史诗讲述了奴隶牧人古勒沃的被奴役的一生和他最终的反抗复仇行动。史诗还讲述了英雄勒明盖宁协助歌手万奈摩宁和铁匠伊尔玛利宁从敌国夺回神磨"三宝"的情景。

《卡勒瓦拉》歌颂了农民、猎手、渔民、铁匠这些普通的劳动者，歌颂了他们的创造性劳动。劳动是他们生活的基础。他们喜爱艺术，喜爱鲁诺，喜爱音乐，喜爱歌唱，喜爱美。他们勇于发现，勇于创造，勇于抗争。他们竭力想认识自然的本质，征服自然。他们期望美好的生活，他们向着未来英勇奋进。《卡勒瓦拉》当之无愧是一部歌颂和平和劳动的史诗，一部赞美芬兰人民民族性格的史诗，一部反映芬兰人民历史道路的史诗。

芬兰在一段相当长的历史时期里受异族统治，甚至连绝大多数居民所使用的芬兰语，都没有资格成为正式官方语言。在这样的历史条件下，芬兰的进步作家和民间文学工作者，深入人民群众，搜集人民的口头艺术作品，发表宏伟的史诗，这就不仅是一项宝贵的文化贡献，而且在鼓舞和动员群众维护民族尊严、发扬民族文化、争取民族独立方面，具有重大的社会政治意义。

早在16世纪，就有人注意芬兰神话和史诗的存在。16世纪芬兰宗教改革家、芬兰文学的奠基人阿格里科拉（1510—1557年），曾经列举过万奈摩宁、伊尔玛利宁等神话形象的名字。17、18世纪逐步出版了一些叙事歌的片段。19世纪，人们对史诗《卡勒瓦拉》的兴趣大增。芬兰文学著名作家和诗人扎卡里阿斯·托佩利乌斯的父亲扎·托佩利乌斯，就是芬兰叙事歌和其他民歌的著名搜集家。他首先发现不仅在芬兰本土，而且在卡累利亚地方蕴藏有大量的民间创作。他所搜集的大量资料发表在1822—1831年印行的《芬兰的古老鲁诺和现代民歌》三卷集中。这一项巨大的搜集民间创作珍贵遗产的工作，后来由杰出作家和学者埃利亚斯·隆洛德（1802—1884）承担起来，并且创造出光辉的成就。

1827年隆洛德在土尔库大学学习文学期间，便写了题为《万奈摩宁——古代芬兰人的神》的论文。次年转入赫尔辛基大学后，他深入芬兰东部的农村，开始搜集鲁诺和其他民间文学作品的工作。转年，出版了第一本民歌集，这本歌集的其他三册，也相继在1830—1831年出版。歌集的名字是《甘德勒》，又名芬兰人民的古老和当代鲁诺及民歌。他在这部歌集的第五版序言中，曾经这样说过："很多人或许以为我把很多时间和极为有限的钱财，花在收集和出版鲁诺上是不合适的。我自己有时也想甩手不干，这件事带给我的只是劳累和开销。但是江山易改，禀性难移。"

优美的叙事诗和抒情歌强烈地吸引着这位搜集家。他在学习期间和毕业后行医期间，一次又一次地深入民间。1833年9月，他在卡累利亚地方进行了为期三周的搜集工作。他在沃伊尼查村发现了两位非常好的歌手：玛里宁和凯列万宁。从这两位歌手口中记录下来许多篇鲁诺。转年他再次来到这一带进行搜集工作，这次他发现了卡累利亚最杰出的歌手彼尔图宁，从他口中记述了五十篇叙事诗歌。后来，隆洛德曾经这样记述过他和彼尔图宁会见的情景："这位老人如今已八十岁了，但他记忆力极好。两个整天和第三天的大部分时间，我都忙于从他的口中记录鲁诺。他唱鲁诺一丝不乱，几乎没有什么省略的地方。其中大部分是我过去没有听到过的。我也怀疑在其他地方是否还能找到。因此，我非常庆幸我访问了他。天知道，如果我下次来的话，他是否还活在世间。毫无疑问，我们的相当大的一部分鲁诺，会随着他的故去而消逝。"

隆洛德从歌手那里记录了大量的散篇的鲁诺。在这过程中，他的脑海里逐渐形成了一个想法，他要将这些个别的鲁诺辑成为一部统一的史诗。他后来在1849年曾经这样回忆说："不能把歌手歌唱鲁诺的次序全然置之不顾，但也不能完全遵循这一点，因为歌手们彼此间有很大的差异……此外，因为在了解鲁诺方面没有别的歌手能超过我，所以我觉得既然多数鲁诺歌手可以按照他们认为最好的次序编排鲁诺，那么我也和他们一样，应该有同样的权力，或者如一首民歌中所唱的：'我自己开始吟诵，我自己开始歌唱。'就是说，我认为自己也像他们一样，是一个出色的鲁诺歌手。"

与隆洛德同时代的一位芬兰杰出诗人鲁内贝格（1804—1877年）也提到隆洛德的搜集和编辑史诗的工作，他说："一次次新的搜集工作，使他的逐渐搜集起来的民歌资料越来越丰富。当他认真研究这些叙事歌记录的时候，很快在他的脑海里就形成了一种看法，即在这些歌曲之间有着紧密的联系。他得出结论说，原来曾经有过一个完整的、宏伟的史诗，长时间只是口耳相传，保存在记忆当中，最后在群众当中逐渐地破碎了、散失了，因此现在在任何地方都已经不知道它的完整的规模。寻找所有这些散碎的部分，并且恢复在它们中间曾经存在的原始的联系，这就是当时隆洛德为自己确定的目标。"

隆洛德以在当时历史条件下最珍重的态度对待人民群众所创造的艺术作品，将他所搜集到的叙事歌的大量材料加以整理，并且从抒情民歌中描取一部分，加以补充，辑成统一的一部长篇史诗，于1835年交芬兰文学协会出版，这就是著名于世的《卡勒瓦拉》。第一版由32篇鲁诺组成，共12078行；1849年在大量新材料的基础上又印行了第二版，包括50篇鲁诺，22795诗行。正是第二版在全世界引起巨大反响，成为人民文化的一座丰碑。

鲁内贝格在《卡勒瓦拉》出版后，曾经这样说过："我的同胞隆洛德，由于发现了史诗《卡勒瓦拉》，而使自己在芬兰的史册流芳千古。"

这里我想讲一段小小的插曲。我曾经有幸到芬兰东部的卡勒瓦拉博物馆去参观。在博物馆工作的一位中年妇女穿着芬兰民族服装，坐在芬兰的纺车前纺着线，同时演唱着古代流传下来的鲁诺，然后她从一个封筒里，拿出一个反复包了几层的纸包，里面包着几根头发。她说：当年隆洛德搜集民间文学作品，住在一位农民的家里，在他理发的时候，女主人珍藏了他的几根头发，这位女主人早已去世，这几根头发是她的孙女儿送到博物馆来的。看到这位女工作人员对待这几根头发的虔敬态度，我感到好像在她手里的就是佛牙，就是舍利子一样。但我立刻又否定了自己这种联想，因为在她的眼神和态度里，使我体会到的、深受感染的不是那种盲目的信仰，而是她对自己的民族文化、民族传统的一种深刻而炽热的珍爱感情。芬兰友人的民族自豪感，他们对人民群众的文化创造的高度尊重态度，对伟大诗人的景仰，对《卡勒瓦拉》的热爱，深深地感动了我。

《卡勒瓦拉》出版以后，在芬兰搜集鲁诺的工作，受到更加广泛的重视。到近年为止，所搜集到的各种鲁诺、民歌，包括异文在内，远在百万首以上。

《卡勒瓦拉》的出现不仅对芬兰文学艺术的发展产生了重大影响，而且很快引起了全世界的瞩目。欧洲国家的许多著名学者，迅速地作了反应。俄国革命民主主义者别林斯基、著名学者维谢洛夫斯基、德国著名神话学家雅可·格林等，都曾经指出《卡勒瓦拉》的珍贵价值。著名学者马克斯·缪勒认为《卡勒瓦拉》是世界上几部最伟大的民族史诗之一。美国诗人朗费罗深深受了这部史诗的感动，并在这部史诗的影响下，以印第安民间传说为依据，创作了《海华沙之歌》。

对我们说来极为有意义的是，马克思早在青年时代就对这一部史诗深感兴趣。他曾经将一本他手抄的各民族民歌集献给他的未婚妻燕妮·威斯特华伦，在这一本民歌集中马克思抄了三首芬兰的鲁诺，其中一首就是关于制造弦琴甘德勒和弹奏甘德勒的鲁诺。马克思的女婿和学生、著名社会活动家拉法格，也十分重视《卡勒瓦拉》，称它是"伟大的英雄史诗"，是"人类精神的骄傲和花朵"，并且他还在一系列有关文化史的论文中多次引证这部史诗的情节，用以说明社会发展的进程。他说："《卡勒瓦拉》这部芬兰民族的史诗，讲到一个兄弟相残的故事。这故事，这描写，就其残酷性而言，或许给我们指出了《创世纪》避而不谈的东西。"拉法格还以这部史诗的情节为例，论证人类早期关于"处女母亲"的观念。拉法格的这些论述，对于我们以马克思主义的观点和方法分析这部史诗的历史基础问题，具有十分重要的意义。

苏联社会主义文学的奠基人高尔基，早在1908年就在《个人的毁灭》一文中写道："数百世纪以来，个人的创作就没有产生过足以与《伊利亚特》和《卡勒瓦拉》相媲美的史诗，个人的天才就没有提供过一种不是植根于民间创作的概括，或者一个不是早已见于民间故事和传说中的世界性典型——这点就极其鲜明地证实了集体创作的力量。"高尔基还在其他文章中高度评价《卡勒瓦拉》这部史诗及隆洛德的巨大功绩。他说，隆洛德的工作具有历史意义，他不是在改造人民的传说，而是对它们进行再创造。

这部史诗在全世界广为流传，受到各国读者的欢迎。已经全文翻译成三十三种文字，用上百种文字出版了简写本或片段。许多学者写了大量的关于《卡勒瓦拉》的学术论文和专著，并且促进了民间文学研究和文学研究的流派的形成。关于《卡勒瓦拉》的研究似乎已经成为一门专门的学问了。

正如大家所熟知的，中国人民也十分喜爱芬兰史诗《卡勒瓦拉》。早在20世纪20年代初，中国杰出作家沈雁冰和郑振铎主编的《小说月报》就曾向中国读者介绍了这部史诗。沈雁冰还把鲁内贝格、托佩利乌斯、康特、阿霍、基维、埃尔科等芬兰作家和诗人介绍给中国读者，还亲自翻译了鲁内贝格的诗作。鲁迅先生也在1921年翻译了芬兰作家康特和阿尔基奥的小说。正是鲁迅和茅盾这两位伟人为中芬两国人民的文化交流开拓了道路。在鲁迅的影响和教导下，著名翻译家孙用开始从事人数较少的民族的文学翻译工作。他在晚年全文翻译了芬兰史诗《卡勒瓦拉》。一个简单的事实足以说明我国广大读者对《卡勒瓦拉》所怀有的热情：在我国已经出版了两种不同的全译本，此外还出版了简写本。这些译本出版后，很快就销售一空，现在为纪念《卡勒瓦拉》出版一百五十周年又特地重版了这部史诗，以满足我国广大群众的要求。

隆洛德的伟大贡献不仅在于发掘了芬兰人民的一部伟大史诗，为世界文化宝库提供了一件珍品，而且他还架设了一座文化的桥梁，使世界各民族都对这个人数不多但却是伟大的民族，投以赞佩的目光，同它进行和平的、友好的交往。

《卡勒瓦拉》的出现，再一次地证明了人民的伟大的创造力量，正如高尔基所说："人民不仅是创造一切物质价值的力量，人民也是精神价值的唯一的永不枯竭的源泉，无论就时间、就美还是就创作天才来说，人民总是第一个哲学家和诗人：他们创作了一切伟大的诗歌、大地上一切悲剧和悲剧中最宏伟的悲剧——世界文化的历史。"

隆洛德在给友人的信中曾经写道："我记得有一次在沃克那沃罗克地方，在我问到神磨'三宝'的含义时，一位鲁诺歌手这样回答我：大概神磨'三宝'指的是整个大地吧……"这是多么意味深长的回答啊！是的，为了建设一个美好的、和平幸福的生存环境，为了战胜邪恶势力，为了实现千百年来所追求的理想，各国人民正在努力奋斗，改变着整个世界的面貌，正在携手建造着共同的神磨"三宝"。那象征着美好幸福生活的神奇的"三宝"，终将属于团结起来的世界人民。

1985 年 2 月 28 日

19世纪下半叶俄罗斯北方的
史诗歌手和故事讲述人①

摘要： 19世纪下半叶的俄罗斯北方，是"上帝赐予"俄罗斯民俗学者、搜集者，用来与史诗歌手和故事讲述人之间有效开展工作的活动场所。经过民俗学者多年的努力，民间口头创作及其大量的表演者赢得了自己应有的位置。关于史事歌的典型惯用语句观点，不仅有助于揭示史诗歌手表演技巧的秘密，阐明史诗歌手共同的个性特征及其作品的诗学特征，同时它又为阐明固定体裁诗歌的区别性特征及其历史过程提供了一把钥匙。

关键词： 史诗歌手；故事讲述人；表演；典型惯用语句；程式

俄罗斯北方是俄罗斯民族传统文化遗产的真正宝库。当年德·谢·利哈乔夫（Д.С.Лихачев）院士曾写道：

俄罗斯北方！我很难用语言来表达对这一区域的赞赏和对它的景仰。当我还是十三岁小男孩的时候,我曾去过巴伦支海、白海和北德维纳地区,住在沿海居民家里,看到了这些不平凡的高尚的人,他们那么朴实优秀,很令我吃惊。似乎只是在那里才可以真正地生活:既有节奏又简单,只是劳动并享受着由劳动带来的满足！我有机会乘坐那么坚固的大渔船航行(沿海居民说

---

① 原载《民族文学研究》2006年第1期。

成"走"),捕鱼和狩猎活动让我觉得很奇妙。语言、歌曲、故事……都那么不同寻常。现在,六十多年过去了,我敢发誓:没见过比这更好的地方。它使我终生着迷……

北方不能不触动每一个俄罗斯人的心灵,主要在于它正是俄罗斯本身:不仅体现俄罗斯的精神,而且在俄罗斯文化中发挥了突出作用。它使我们无法忘却俄罗斯的史事歌,俄罗斯的古老风俗、木制建筑、音乐文化和俄罗斯浓郁的抒情环境——抒情的歌曲和文艺作品,以及俄罗斯农业、手工业和航海业的劳动传统。[1]

"发现"俄罗斯北方及其优美民间诗歌的丰富蕴藏和大量的民间表演大师,对民间创作学科来说,是非常重要的。没有这一发现,俄罗斯民俗学的历史和俄罗斯民间创作的历史将完全被改写。

在这个偏远的角落,民俗环境的丰富积淀保存得如此完整,其原因何在呢?

从16世纪中叶到彼得大帝时期,俄罗斯北方一直是国家最活跃的地区之一。它境内的河流和湖泊是联系俄罗斯国家中心与国外的重要的交通枢纽,同时它又将古罗斯的莫斯科大公国和诺夫哥罗德大公国两者的经济与政治中心的各种文化紧密联系起来。这对于发展俄罗斯北部地区的传统文化是重要的保障。

但是自从18世纪初,自波罗的海沿岸被占领的时刻始,北方商路失去了先前的意义,北方开始萧条,生活似乎"中止"在半路,对此,引用尤·马·索科洛夫(Ю.М. Соколов)院士的描述是:"丰富优美的史事歌像被制成罐头那样被封存起来了"。[2]甚至还可以说,北方地区的自然历史条件有助于这个被封存的"罐头"。

---

① 利哈乔夫:《俄罗斯北方》,载克谢尼娅·格姆坡(Ксении Гемп):《白海地区民间故事的前言》,第7页,阿尔汉格尔斯克,1983年版。

② 索科洛夫:《俄罗斯民间创作》,第228页,莫斯科,1941年版。

多湖泊和密林①迫使北方居民或者完全不做庄稼人，或者在农耕之外，兼做捕鱼、狩猎、伐木等工作。与农耕相比，从事这些工作为表演和听取史诗、传奇故事和其他口头诗歌作品提供了比农民更多的余暇时间。

北方农民的生活与俄罗斯其他地区农民生活的本质区别在于，北方居民遭受的农奴制压迫更少些。当年阿·弗·吉尔费丁格（А. Ф. Гильфердинг）阐释了在北方农民的民间记忆中保存了丰富的口头创作遗产的原因，某种程度上在于这个地方的"自由"，他写道："这里的人民一直免受农奴压迫。"②与此同时，俄罗斯中心地区和黑土地带的农民都承受着农奴制的重压。

地方的偏远孤僻③和民众的"愚昧"（引用上流社会的说法），不仅为口头传统艺术作为文化遗产的保留提供了机会，而且为发展它们的生命力提供了机会。

由此，北方农民传统的文化生活，未受制于上流社会的态度和评价，一直持续繁荣到引起我们兴趣的时期。我应该预先说明，我不怂恿将文化

---

① 根据19世纪中叶资料，俄罗斯欧洲部分的三个地区，即这些北方省份的森林覆盖率分别是：沃洛格林省88.3%，奥洛涅茨省78%，阿尔汉格尔斯克省63.7%。参见弗·布罗卡蒙斯（Ф.Брокгауз）和伊·叶夫龙（И.Ефрон）主编：《百科辞典》，第27卷a册第252页，圣彼得堡，1899年版。

② 吉尔费丁格：《奥洛涅茨省及其民间狂想曲》（绪论），载于《吉尔费丁格1871年夏天记录的奥涅加地区的史事歌》第1卷，第29—85页，莫斯科，1949年第4版。

③ 比如，据1987年资料，在阿尔汉格尔斯克省全境（742 050平方俄里）内居住着347 589人，即每平方俄里只有0.5人，当时在莫斯科每平方俄里有83.2人，阿尔汉格尔斯克省居民当中，学生的数量（5 489人在人民教育部学校，7 124人东正教教会学校）只占全部居民的3%。在俄罗斯北方的广大地区（阿尔汉格尔斯克省、奥洛涅茨省和沃洛格林省）直到20世纪初期才建成了唯一一条连接它和俄罗斯中心的铁路（莫斯科—雅罗斯拉夫尔—沃洛格达—阿尔汉格尔斯克），而且从雅罗斯拉夫尔到沃洛格达、从沃洛格达到阿尔汉格尔斯克路段的窄轨单线铁路。

断然分成民间的和上流的两种，违背历史事实地使其中一个与另一个相对立，但是也不能否认，在一定发展阶段，在同一种文化结构中会逐渐形成既相互联系又相互影响的两个基本方向。农民的文化生活，对其自身而言不需要记下来，不需要广告宣传。传统按照自身的规律被继承、发展。

关于俄罗斯北方民间创作的搜集者

在19世纪下半叶，特别是19世纪60年代以来，人们对民间创作的兴趣异常浓厚。

斯拉夫主义者用"民族精神""人民灵魂"和美化民族史事歌的思想观点，加强搜集、研究民间创作的工作。可以举例证明，比如，斯拉夫流派杰出的代表人物伊·瓦·基列耶夫斯基（И.В.Киреевский）在搜集研究民歌方面的工作，其结果产生了俄罗斯民俗流派的经典作品集《基列耶夫斯基搜集的歌谣》（别索诺夫编辑，1—10卷，1860—1874年）[1]；当时农奴制的衰落加快了革命的民主的民俗学的形成进程。所有这些唤起了民俗学者对俄罗斯北方的空前兴趣。在这里所取得的首批重大成果本身，激发了人们对北方的更大兴趣。俄罗斯史诗《冰岛》的"发现"，主要与19世纪下半叶的情况相吻合，巴·尼·雷布尼科夫（П.Н.Рыбников）[2]、阿·弗·吉尔费丁格[3]、叶·弗·巴尔索夫（Е.В.Барсов）[4]、恩·叶·奥恩丘科夫（Н.

---

① 别索诺夫编辑，1—10，1860—1874年。发表的这些是史诗歌（古事歌和历史歌）、仪式歌和抒情诗资料，是后来20世纪发表的：斯佩兰斯基（Сперанский М.И.）编辑的《基列耶夫斯基搜集的歌谣》。其中新集，莫斯科，1911年第1版；第1卷，莫斯科，1918年第2版；第2卷，莫斯科，1929年第2版。

② 雷布尼科夫：《雷布尼科夫搜集的民歌》，第4卷，1861—1867年；格鲁金斯基编辑：1—3卷，莫斯科，1909年第2版。

③ 吉尔费丁格：《奥涅加地区的古事歌》，圣彼得堡，1873年第1版。

④ 巴尔索夫：《北方哭歌》，1—3卷，莫斯科，1872—1886年版。

Е.Ончуков）①等人最重要的、经典的作品集，都是在这些年在俄罗斯北方各地搜集到的资料的基础上整理而成。

雷布尼科夫（1831—1885年）还是大学生时，就在切尔尼戈夫省搜集了民歌和民间风俗方面的资料，在那里他由于参加革命活动被拘捕，并被流放到奥洛涅茨省。在那里他展开了广泛的活动，搜集史诗作品（史事歌、历史歌）、哭歌和民间创作其他体裁的作品等等最丰富的资料。由于雷布尼科夫本人不可能出版作品集，他把这些资料转给奥列斯特·米勒（Орест Миллер）和巴·阿·别索诺夫（П.А.Бессонов），后者在出版中不考虑搜集者的愿望和提示，就像不久前问世的基列耶夫斯基的史诗集那样，根据情节编排资料。只是在格鲁金斯基编辑的1909—1910年再版的三卷本中，才根据搜集地和史诗作品表演者编排资料，这很适合雷布尼科夫的创新思想。②

著名的斯拉夫学家阿·弗·吉尔费丁格（1831—1872年），受雷布尼科夫搜集作品的成绩鼓舞，在1871年（也就是在雷布尼科夫之后的10多年以后）追随着他的足迹来到了奥洛涅茨省搜集史事歌。到北方工作之前，他征求了雷布尼科夫的意见，并从后者那里得到了史诗歌手地址的全部清单。他不仅对雷布尼科夫的史诗歌手的表演进行了再次记录，而且补充了新名单，记录了大量新文本。他亲自整理，并在死后不久即出版了的作品集中，刊载了三百多篇史事歌，资料的编排上，不是根据情节和其他诸如此类的原则，而是根据表演者——文化遗产的具体持有者进行编排，这对于俄罗斯，甚至是世界民俗学科的历史而言都是首次。

由吉尔费丁格引入学科的，关于史诗歌手及其表演的节目的重要原则，从他那时起就成为科学搜集的必要规则和标准。他为作品集《奥洛涅茨省

---

① 奥恩丘科夫：《北方民间故事》，圣彼得堡，1909年版。
② 参见他为古事歌作品集写的文章：《搜集者札记》，文中高度重视民间创作表演家的个性和艺术。雷布尼科夫：《雷布尼科夫搜集的歌曲》第1卷，第60—102页，第2版。

及其民间狂想曲》写的绪论，是民间文化与地方自然条件、与农民社会劳动生活紧密联系的典型著作，是对史诗歌手和说唱艺术的特征的卓越研究，直到今天仍不失其意义。

叶·弗·巴尔索夫（1836—1917年）在高校毕业后成为奥洛涅茨省教会中学的一名教师，在那里他结识了雷布尼科夫，在后者的影响下，他开始了自己的搜集工作。他的著名的《北方哭歌》（第1卷是送葬歌，第2卷是士兵送别歌，第3卷是哭嫁歌）是对俄罗斯民俗学极大的贡献。这个作品集中多数文本，记录自杰出的"哭手"伊丽娜·费多索娃（Ирина Федосова）。

稍晚一点，在19世纪和20世纪之交，奥恩丘科夫（1872—1942年）几次来到北方沿海地区和伯朝拉流域搜录史事歌。在搜集工作期间，他除了搜集史事歌，还记录了一些故事，到20世纪初，他已经积累了相当多的故事文本。在准备出版这些资料时，他加入了阿·阿·沙赫马道夫（А.А. Шахматов）院士1884年在奥洛涅茨省做的语言学的准确记录，加入了著名作家米·米·普里什文（М.М.Пришвин）在那里做的记录，还加入了地理协会档案馆的资料。

在这些资料的基础上，奥恩丘科夫于1909年出版了作品集《北方民间故事》，其中刊载了303篇阿尔汉格尔斯克省和奥洛涅茨省的故事。仿效吉尔费丁格的做法，奥恩丘科夫在早期的俄罗斯民俗学的故事集中，引入了根据故事讲述人进行资料编排的原则。同时，他还增补了每个故事讲述人简要生平的讲述文本，以及对其表演风格的评述文本。这个作品编排原则后来实际上成为俄罗斯民间故事学的标准。

总结上面列举的学者的功绩，我们可以发现，他们不仅是记录并发表了大量有意义的民间创作文本的优秀的搜集者，还是拥有原汁原味的民间文化遗产的俄罗斯北方的首批发现者，他们的新的作品编排原则，不单单是资料分配组织的某种例行的方法，在这一点，他们实际上提出了对民间创作的新的概念和新的观点。除此之外，他们使学术界与北方史诗歌手和故事讲述人的一代杰出人物第一次结识。之后，对于民俗学家来说，人民不再是愚昧的、不辨是非的、无秩序的和无个性的群体。毫不夸张地说，上述民俗学家、搜集者在理解和研究民间创作方面，以自己的革新活动开辟了新的阵地，为俄罗斯民俗学历史的新时代奠定了基础。

关于表演者

多亏了雷布尼科夫、吉尔费丁格、巴尔索夫、奥恩丘科夫及其他搜集者，我们才得以认识那些民间口头艺术的行家，比如，史诗歌手特洛费姆·格里戈利耶维奇·梁宾宁（Трофим Григорьевич Рябинин）、伊万·特洛费莫维奇·梁宾宁（Иван Трофимович Рябинин）、瓦西里·彼得洛维奇·谢科列诺克（Василий Петрович Щеголенок）、伊·阿·卡西亚诺夫（И.А.Касьянов）和玛利亚·德米特丽耶夫娜·克力娃波列诺娃（Марья Дмитриевна Кривополенова）、"哭手"伊丽娜·费多索娃、故事讲述人丘普洛夫（Чупров）等其他人。他们的名字闻名全俄罗斯，甚至国外。这里，我们只简述其中几人。

据历史学家最近的研究资料，特洛费姆·格里戈利耶维奇·梁宾宁出生于19世纪初，他很小就成了孤儿，少年时就已经走村串巷，靠给人修补渔具以挣钱糊口。这期间他结识了伊利·叶鲁斯塔费耶夫（Ильй Елустафьев），后者除了打猎外，还是一位演唱古事歌的大师，特洛费姆·梁宾宁从他那里学会了说唱古事歌的艺术。（他是19世纪外奥涅加地区特·耶夫列夫（Т.Иевлев）、科·伊·罗曼诺夫（К.И.Романов）等史诗歌手的老师）后来，特洛费姆·梁宾宁从自己的舅舅——著名的史诗歌手伊戈纳基·伊万诺维奇·安德烈耶夫（Игнатий Иванович Андреев）那里进一步学会了许多古事歌，此外，梁宾宁多年生活在熟悉古事歌艺术的老一辈大师中间，这些大师是18世纪中期史诗传统的代表人物。

在特洛费姆·格里戈利耶维奇·梁宾宁古事歌艺术的表演技巧方面，同乡们认为，他是俄罗斯北方最优秀的歌手之一（"在整个外奥涅加地区不会有人反对"）①。雷布尼科夫这样描述他的演唱："梁宾宁65岁了，他的嗓音不很清脆，因此演唱的史事歌有些单调；但是他能够令人惊奇地做到使演唱的每一句诗具有特殊的意义……梁宾宁在演唱中掌握了发音吐字的技巧：他演唱的每一个对象都在现世，每一个单词都有自己的意义！"②

特洛费姆·格里戈利耶维奇·梁宾宁自己也把史诗表演技巧传给儿子伊万·特洛费莫维奇·梁宾宁。后者随后也成了演唱史事歌体裁的史诗的出色歌手，借用著名的民俗学家米·斯佩兰斯基（M.Сперанский）教授的话说就是，他是"保持传统的沉稳风格的表演者的榜样"，虽然"在表演经验的丰富性方面和在对传统文本的创新方面逊于父亲"。③

瓦西里·彼得洛维奇·谢科列诺克出生于19世纪初期，他很长寿。他的古事歌是从祖父，特别是叔叔那儿学来的，雷布尼科夫、吉尔费丁格和其他搜集者都记录过他的古事歌。在史事歌的表演中，他不是特别遵循情节发展的固定线索，而是常常即兴创作，把各种情节组合到一个作品中。因此，雷布尼科夫认为他的史事歌不是高质量的，从他那儿只记录了四篇文本。但与此同时，谢科列诺克基本上把每一个被组合的独立的情节保留得相当完整。

谢科列诺克是个宗教徒，虽然识字不多，但是从宗教"书本"中了解了许多。由于向往宗法思想，他认识了伟大的作家列夫·托尔斯泰，1879年夏天，他住在雅斯纳雅·波良纳列夫·托尔斯泰那里。在他讲述的传说的基础上，列夫·托尔斯泰创作了自己的短篇小说《人何以为生》《两个老人》、大概还有《三个老人》《科尔内伊·瓦西里耶夫》。④

---

① 雷布尼科夫：《雷布尼科夫搜集的歌曲》第1卷，第75页，第2版。
② 雷布尼科夫：《雷布尼科夫搜集的歌曲》第1卷，第76页，第2版。
③ 斯佩兰斯基编辑：《俄罗斯口头文学》第2卷，《史事歌、历史歌》，第36页，莫斯科，1919年版。
④ 斯列兹涅夫斯基（Срезневский В.И.）：《列夫·托尔斯泰笔记中的语言和传说》载《纪念奥尔登堡（С.Ф.Ольденбург）从事社会科学活动五十年作品集》，列宁格勒，1934年版。

在列夫·托尔斯泰和著名的艺术理论家弗·弗·斯塔索夫（B.B. Стасов）的支持下，谢科列诺克在圣彼得堡多次演唱史事歌：在地理协会、在考古学院、在著名人士的家里、在为著名的作曲家巴拉基列夫（Балакирев）、穆索尔克斯基（Мусоргский）、里姆斯基-科尔萨科夫（Римский-Корсаков）、鲍罗丁（Бородин）等人专门举办的晚会上。

阿里克谢·瓦西里耶维奇·丘普洛夫（Алексей Васильевич Чупров）是个盲人。19世纪末20世纪初，当奥恩丘科夫记录他的故事时，他已经70岁左右了。他故事讲得非常好，又很严肃，讲述时严格按照传统，独立的场面、情节描述重复三遍不变，使用固定的修饰语。关于他，搜集者奥恩丘科夫写道："在伯朝拉流域我找到了这样的故事讲述人，他给我讲故事时，大概是按照故事最初的古老的编排方式，完好地保存了故事的风格，阿·恩·阿法纳西耶夫（А.Н.Афанасьев）称之为故事'程式'。我的故事讲述人阿里克谢·瓦西里耶维奇·丘普洛夫，对我而言，是唯一的尽可能像古人应该讲述的那样传承故事的人。"[1]

最著名的"哭手"伊丽娜·安德烈耶夫娜·费多索娃（1831—1899年），生于奥洛涅茨省，从几岁起她就会唱哭嫁歌和送葬歌，甚至会唱史事歌和其他史诗作品。1867—1868年，教会学校的老师叶·巴尔索夫（Е.В. Барсов）从她那儿记录的送葬歌、哭嫁歌和士兵送别歌作品文本共超过三万首。在这些资料基础上出版的三卷本作品集《北方哭歌》（1872—1885年）出版后不久，立即给读者留下了非常惊人的印象。

费多索娃善于巧妙地传达无权农民的苦痛和抗议的沉重感觉。在那些哭歌中，比如《哭老人》《哭单身士兵》等许多作品中流露出尖锐的社会问题。尼·阿·涅克拉索夫（Н.А.Некрасов）在自己的叙事长诗《谁在俄罗斯能过好日子》中引用了费多索娃的哭歌。作为最出色的表演者，费多索娃在彼得罗扎沃茨克、圣彼得堡、莫斯科、基辅、奥德萨和喀山等城市，多次演唱了

---

① 奥恩丘科夫：《北方民间故事》第1册，第27页，奥恩丘科夫的绪论：《北方民间故事和故事讲述人》。

她的哭歌。

1896年，费多索娃在下诺夫哥罗德演唱了哭歌和史事歌，高尔基出席了这场演唱会，在她演唱的强烈影响下，高尔基创作了著名的特写《女歌手》，高尔基写道："接下来是出嫁女哭喊。费多索娃振奋起来，沉醉于自己的歌曲中，所有的人都被她吸引了，她颤抖着，用手势和表情突出语言。听众沉默着，都被这独到的触及心灵的哭喊征服，这哭喊满是凄凉的旋律，饱含痛苦的眼泪。哭诉自己沉重命运的俄罗斯妇女的全部哭喊都由这位女诗人脱口唱出，唱出来，唤起人内心那些敏感的忧郁和痛苦，这些旋律的每一个音符都那样逼近心灵，这些真正的俄罗斯的旋律，情境不多，没有各种变奏区别，——是这样！——但是充满感情、真诚和力量……费多索娃的哭唱浸透着俄罗斯人的呻吟声，这种呻吟声贯穿了她将近70年的生命，她在自己的即兴作品中唱出了别人的痛苦，在古老的俄罗斯歌曲中唱出了自己生命中的痛苦。"[1]

一百多年来，关于她的文章很多，俄罗斯科学院通讯员奇斯托夫（К.В. Чистов）的有重大价值的学术著作《民间女诗人伊·阿·费多索娃》[2]，仍是经典的全面的著作。

据科·弗·契斯托夫的研究结果，自19世纪70年代起，至以后的40年间，俄罗斯民间创作大师至少为听众演出了70～80次，许多著名的学者出席了这些演出，有拉曼斯基（Ламанский）、阿·马伊科夫（А.Майков）、索博列夫斯基（Соболевский）、别斯图热夫-留民（Бестужев-Рюмин）、奥·米勒（О.Миллер）和谢苗诺夫-天山斯基（Семенов-Тян-Шаньский）等院士，还有特别出名的艺术活动家：列夫·托尔斯泰、涅克拉索夫（Некрасов）、科利佐夫（Кольцов）、高尔基、斯塔索夫（Стасов）、弗·马伊科夫（В.Майков）、列宾（他给伊·梁宾宁和谢科列诺克画了像）、穆索

---

① 《高尔基作品集》第23卷，第233—234页。
② 奇斯托夫：《民间女诗人伊·阿·费多索娃》，彼得罗扎沃茨克，1955年版。

尔克斯基、里姆斯基-科尔萨科夫（他们俩记录了史诗歌手演唱的乐谱）、沙里亚平（Шаляпин）等许多人。一些史诗歌手甚至到国外演出，1902年，梁宾宁在君士坦丁堡、菲利普波利斯、索菲亚、贝尔格莱德、布拉格和华沙演唱他的史事歌。[①]

大量获得好评的出版物的出现令人信服地证明了，这些演出受到了学者、职业听众和普通听众的热烈欢迎。只费多索娃一人在1895—1896年，在俄罗斯各城市就演出了30多次，"这些年里，关于她的演出的文章和札记有200多篇"。[②]

当然，这些演出，在发扬民间传统和提高民间语言艺术家的创作才能方面，起了非常重要的正面作用，甚至为民间文学的专业艺术化的迅猛发展提供了强劲动力。毫无疑问，所有这些都是正确的，但是不妨从另一个角度来看这些演出，也就是从否定意义的角度看。首先，在这些演出中，不可能得到完全的民间创作的日常生活情境，民间创作的有价值的生命只蕴涵在固定的民众的生动的日常生活里，只蕴涵在固定的日常情境中，比如在固定的仪式上。脱离了自然生活的表演，不可能提供对民间创作的确实可靠的认识。在最好情况下，这些表演只是部分地、相近地反映生活，不是生活本身。其次，处于孤立的舞台上民间歌手会不由自主地改变对听众和作品的态度。很难想象，民间"哭手"费多索娃在舞台上演唱送葬歌（比如《哭老人》）或者哭嫁歌时，那种激奋和情绪，会像她在自己的村庄里，在亲属中间，以妻子的名义面对死去的丈夫哭唱时那样；或者，像她以新嫁娘的名义离开娘家时的哭唱那样。

接下来，为着重指出民间表演者的特性，我打算简要地分析一下，民间创作文本和作家文学文本之间的几个本质区别。当我们阅读民间创作文

---

① 契斯托夫：《民间传统和民间创作》，第102页，列宁格勒，1986年版。

② 契斯托夫：《作为变革时期农民人生观代言人的伊丽娜·费多索娃》，载《俄罗斯民间诗歌创作》（用于研究人民社会政治观的材料），第91页，莫斯科，1953年版。

本和作家文学文本时，觉得它们似乎是一样的，事实上它们有本质区别。作家在创作自己作品的过程中，未来的读者可能在他的头脑中占据了某个位置，而他未必是特意考虑到他们，也就是说，这里的读者没有直接参与到作家的创作中，多半是作家个人的创作想法、审美追求和作品的内容与形式之间的内在逻辑等等操纵着作家的笔。当他结束了创作，并把完整的作品呈现给读者时，他的作品似乎立即凝固，不可改变，彻底成为社会历史事实，那一时刻，作家似乎与自己的作品分开了，因为他已经不能再对它做什么了，像人们所说的："用笔写成的东西，用斧头都砍不下来"。甚至读者也不能对这作品做什么，虽然每一个读者都能按自己的观点去理解它，不问这种理解是否符合作者的思想，还能够想象着去"改写"它，不看这种"改写"有多少与作家总的创作精神相符。人们说的对："有多少读者，就有多少谢克斯平（Шекспир）"。作家创作的文学文本联系了作家和读者，但同时也分开了他们，就像房间里的某个玻璃间壁。

而民间文学作品在创作过程中，呈现的完全是另一番景象。

民间文学作品的"创作"文本（多是把形式比较固定的史诗、仪式歌改成比较自由的体裁，比如故事）是在表演现场产生的，在这个"创作"过程中听众起了一定作用。没有听众，就不会有民间文学创作的说法，而且民间文学作品的听众，在演出过程中不是被动的客体，正相反，他们反应积极，与史诗歌手和故事讲述人相互交流，艺人们自身注意到相应的反应，就会考虑人物内容谁多谁少的相互关系，改写、修正、改变讲法。在这个意义上我们说，听众也参与了这个或那个民间创作文本的创作过程。仅有极少情况，民间史诗歌手或故事讲述人在第二次演唱或讲述作品时，与第一次的方法相比完全一样。吉尔费丁格和史诗歌手阿·巴·索罗金（А.П.Сорокин）关于这一点的谈话很有趣："有一次，在记录我以前听索罗金唱过的史事歌时，我发现他在演唱与上次同一个情节时，唱得不一样，索罗金回答'啊，这都一样，我能够根据您的需要这样或那样唱！'"①由此可以得出结论，每个固定的民间创作文本，都只是同类定型作品的大量异文中的一个，但换个角度看，它同时也是悠久传统中新出现的环节，这个传统不仅为演员，也为听众所熟悉。在作家文学界，平庸的重复、抄袭被谴责，而在民间创作实践中却正相反，演员和听众一起都避免脱离传统。

稳定性和变异性、传承性和民间语言艺术家的个人首创性，在同一作品的每一个新的生活文本中，在史诗歌手或故事讲述人每一次新的演出中得到有机结合。

这里，再次强调研究民间艺人的个性及其表演技巧问题，对于认识民间创作艺术本质的重要性所在。

关于史诗歌手的"流派"

提及民间创作的传承性及其世代相传的传统，我们不应该忽略关于史诗歌手"流派"的重要问题。这个问题是由尤·马·索科洛夫院士提出来的，但很遗憾，至今未得到很好的研究，虽然对这一问题的有些研究取得了很大成就②。但同时，与此相关的民间创作生活的一系列典型现象，早就一直需要更基础的更深入的研究。

特洛费姆·格里戈利耶维奇·梁宾宁"老师"和享誉俄罗斯北方的史诗歌手伊利·叶鲁斯塔费耶夫，他们有耶夫列夫、罗曼诺夫等一些"学生"，"学生们"的作品甚至被雷布尼科夫和吉尔费丁格记录过。对这些学生辈史诗歌手史诗表演技巧的认真的比较研究，使我们对"叶鲁斯塔费耶夫流派"的特征有了一定的认识。

著名的谢科列诺克教会了他的两个女儿演唱古事歌，1926年从她们那

---

① 吉尔费丁格：《奥洛涅茨省及其民间狂想曲》，载《吉尔费丁格1871年夏天记录的奥涅加地区的古事歌》第1卷，莫斯科，1949年第4版。

② 比如，契切罗夫（Чичеров.В.И.）：《外奥涅加地区史诗歌手流派》，莫斯科，1982年版。

儿记录了古事歌。据索科洛夫院士考证："19世纪下半叶，开创了自己说唱'流派'的著名的史诗歌手西夫采夫–波罗姆斯基（Сивцев-Поромский）住在克诺泽罗（以前的沃洛格达省）。"[①]当索科洛夫院士写下这些字的时候，这一"流派"最后的代表人物还健在。

在史诗歌手梁宾宁的家谱中发现了更有意思的现象。特洛费姆·格里戈利耶维奇·梁宾宁从耶鲁斯大费耶夫和自己的舅舅那儿学会了"说唱"的表演技巧，后来又传给了儿子伊万·特洛费莫维奇·梁宾宁，后者同样又把这门艺术教给了他的继子伊万·盖拉西莫维奇·梁宾宁–安德烈耶夫（Иван Герасимович Рябинин-Андреев）。后来，梁宾宁家族的说唱传统从伊·戈·梁宾宁–安德烈耶夫那儿传给了儿子彼得·伊万诺维奇·梁宾宁–安德烈耶夫，这已经是苏维埃时期，最后的说唱技巧被传给了他的侄女。

上述民间创作艺术按地域或血缘路线传承的例子不是个别的，而是一定程度上具有共性。同时，应该考虑到那种情况，即散文体裁的民间创作的传承过程和路线要复杂许多，"流派"问题的一种状态，远不能囊括历史传承过程的所有复杂性，但无论如何，关于民间艺人"流派"问题的研究，当然有助于我们发现民间创作的传承本质和传承的具体路线。关于艺人问题，其中包括其"流派"问题等一系列相关问题非常重大，多方面解决这些问题，需要大量积累可靠的资料，需要长年的集体努力。

关于典型惯用语句——程式

130年前，吉尔费丁格在研究了民间创作文本，并发现了史诗歌手掌握、表演古事歌的特征之后，提出了关于古事歌中典型惯用语句和过渡语句的天才的观点。

吉尔费丁格把每一首史事歌分成两个组成部分：典型惯用语句和过渡

---

① 索科洛夫：《俄罗斯民间创作》，第242页，莫斯科：国家教育出版社，1941年版。

语句。第一部分多为叙述的内容，或者包括主人公的话语；而第二部分是将典型惯用语句彼此连接，或者推动事件的进程。史诗歌手将典型惯用语句背得很熟，无论多少次，他不用复习，但演唱得完全一样；而过渡语句背得不是很熟，只在头脑中记下总体框架，每一次演唱时，都做现场修改，或者增加，或者缩短，或者改变诗歌的顺序和表达方法。

　　每一个史诗歌手的典型惯用语句都有自己的特征，每一次，当出现合适的时机时，甚至有时是不合时宜地挂上某句话之后，每一个史诗歌手都运用同一个典型惯用语句。因此，同一个史诗歌手演唱的所有史事歌呈现出许多相似、相同的惯用语句，尽管在内容方面彼此没有一点共性。每一个史诗歌手都练习、储备好自己的典型惯用语句。[1]

　　尤·马·索科洛夫院士接受了典型惯用语句的观点，他把这观点用自己的术语表达出来："多数史诗歌手是在叙述中运用传统的程式，而不仅仅是在引子、开头和结局中运用。对于在各种史事歌中见到的每一个典型情节而言，每一个史诗歌手那里都有，或多或少的完整的形式表现出来的史诗程式，程式是这样的：备马鞍或者描述英雄来到宫廷，并走进富丽堂皇的房子。"[2]

　　20世纪50年代，史事歌研究者巴·德·乌霍夫（П.Д.Ухов）在吉尔费丁格之后，试图弄清楚史诗歌手在运用典型惯用语句方面的个性手法，并试图制订出使用这些典型惯用语句的教授法，作为史事歌的身份验证。他的早逝使他的工作没能进行到底，但是他取得的成绩，直到今天仍具有独特的意义。[3]

---

[1] 吉尔费丁格：《奥洛涅茨省及其民间狂想曲》，载《吉尔费丁格1871年夏天记录的奥涅加地区的古事歌》，第1卷，第57—58页。

[2] 索科洛夫：《俄罗斯民间创作》，第235页。

[3] 乌霍夫（П.Д.Ухов）：《作为验证古事歌身份的典型惯用语句（loci communes）》，载《俄罗斯民间创作、材料与研究》，第2卷，第129—154页，莫斯科-列宁格勒，1957年版。

在他看来，不同于过渡语句的典型惯用语句与固定的情节没有关联，能够在不同的史事歌中转换。

他在自己研究的基础上得出结论：史事歌文本中典型惯用语句的数量很大。据他统计，典型惯用语句占全部史事歌口头文本的20%～80%，作为例子，他引出特洛费姆·格里戈利耶维奇·梁宾宁的史事歌《伊力亚·穆罗梅茨和"魔怪"索洛约伊》（Илья Муромец Соловей-разбойник），整个史事歌文本274行中，典型惯用语句大约占120行。

据地理分布迹象，典型惯用语句被分成4类：①全俄罗斯的；②某一地区史诗歌手特有的（比如，北方史诗歌手特有的）；③还在小范围局部地区分布的典型惯用语句，或者为一个流派特有的典型惯用语句；④个别的。

谈到典型惯用语句时，乌霍夫完全摆脱术语"通用语句"，但有时转换成术语"典型程式"或者只是"程式"，这一术语当时由吉尔费丁格和尤·索科洛夫提出，与国际民俗学发展趋势相吻合。

像我们现在清楚地了解的那样，在俄罗斯境外也出现了吉尔费丁格的同道者，有天赋的美国学者米尔曼·帕里（Мильман Пэрри）和艾伯特·洛德（Альберт Лорд），从20世纪30年代中期开始了他们的研究工作，寻找史诗歌手文本的秘密。多年来他们在南斯拉夫做了大量的田野工作（1935年帕里去世后，洛德继续这个工作），积累了录自史诗歌手的多得令人难以置信的笔记（超过一万三千本）。的确，他们与吉尔费丁格和尤·马·索科洛夫的出发点不一样，研究了"荷马"问题后，帕里确信，口头叙事传统是以荷马命名的叙事长诗的基础。对史诗歌手文本的细致分析，使他有可能在一定程度上看清叙事诗的技巧。

他们称自己的观点为"口头理论"或"程式理论"。典型惯用语句观点和程式观点在他们的科学实践中，成为阐明现存的叙事传统的叙事技巧的严谨而系统的方法论。他们多年的研究，一定程度上弥补了俄罗斯学者们留下的空白。只有这样的工作才能成功地深入理解史诗歌手的"创作实验室"，并看清他们说唱技巧的操作秘密。

简短的结论

在这篇某种程度上具有历史民俗学性质的报告的最后，我做出如下总结。

第一，19世纪下半叶的俄罗斯北方，是"上帝赐予"俄罗斯民俗学者、搜集者，用来与史诗歌手和故事讲述人之间有成效地开展工作的活动场所。对于俄罗斯，甚至是世界民俗学而言，这几十年都是发现民间创作杰出代表的独有的、极为重要的时期。俄罗斯民俗流派之前的全部历史，为迎接这一历史时刻培养了相应的学者、搜集者。要是没有这些敏锐的职业搜集者，历史就会遗漏掉这些著名的史诗歌手，就像她当初遗漏掉古俄罗斯的流浪艺人或古俄罗斯的盲人歌手一样。很遗憾，关于他们，我们现在拥有的资料少得可怜。同时，要是没有北方这种充满生机的民俗生活，没有这一大批杰出的史诗歌手和故事讲述人，也不会有雷布尼科夫和吉尔费丁格在这一地区的成就。对于北方的史诗歌手、对于搜集者和研究者来说，这个"黄金时代"，需要进一步更全面更深入地历史了解与阐释。

第二，神话流派的代表人物视民间创作为某种自发的民族精神的表现形式；外借说流派的研究者认为，民间创作作品是全世界流传的情节在某地出现的一次变体；种种学说实际上导向的不是关于出类拔萃的表演者问题。我们只是满足于表演者的歌曲和故事，含糊地认为这些作品是"集体"创作，是历史财富，而不去结识表演者，我们一直以来认为正常的这种做法是完全不合理的。实际上，一直到我们的研究时期以前，民间创作只是作为余暇时阅读的"文学"作品出版，和通俗小说在一个系列里，很少例外。① 只是现在，经过民俗学者多年的努力，将民间创作的特征阐述为混合艺术的一种特殊形式之后，民间口头创作及其大量的表演者赢得了自己应

---

① 笔者所指的是阿·弗·阿法纳西耶夫（А.Н.Афанасьев）1855—1866年出版的八卷本：《俄罗斯民间故事》，但是阿法纳西耶夫本人，为符合神话学派观点的要求，也宽容地对待了文本中编辑的改动。

有的位置。民间创作文本的表演者，熟悉那些无署名的民间创作文本的杰作，他们是珍贵的民间文化传统的传承人，甚至是名副其实的研究对象，理当赢得普遍尊重。现在对大家来说这是显而易见的。

第三，民间创作传承的途径和方法多种多样。史诗歌手流派的观点指给我们的，只是这个历史过程中最直观、易感受的现象之一种。该流派再次指出，这个过程虽然特别复杂，但不是不可知的。为了强调它的难以辨认性，人们将这一过程生动地比作习习微风。现在借助于多种方法，包括史诗歌手流派的研究在内，已经可以在一定程度上确认这一微风的发出地和以后的风向。

第四，像所有的搜集者证实的那样，史事歌（甚至大量的其他民间创作体裁）没有被熟练地掌握。传统诗学传承的秘密包含在代代相传、口口相传的细节和典型惯用语句（"程式"）里。史诗歌手的民族性、地方性特征和个性风格，在细节和他的典型程式的积累之外得以实现。我称前景广阔的典型惯用语句的观点为天才的观点，其根据是，它不仅有助于揭示史诗歌手表演技巧的秘密，不仅有助于阐明史诗歌手共同的个性特征及其作品的诗学特征，同时它又为阐明固定体裁诗歌的区别性特征及其历史过程，提供了一把钥匙。

综上，我们述及了19世纪下半叶的俄罗斯北方，述及了北方不可多得的史诗歌手和故事讲述人的发现。

俄罗斯民俗学流派的巨大功绩不仅在于，其优秀的代表人物通过自己出色的田野作业，积累了不可估价的民间创作资料，而且在于他们在了解评价这些资料的同时，又就这些资料提出了卓有成效的见解。科学没有政治的、地理的界限，因此这些成就已经成为世界民俗学的财富。其实，帕里和洛德的工作，在一定意义上是吉尔费丁格和索科洛夫探索的继续，但其本身也必然为俄罗斯民俗学进一步研究典型程式问题提供了推动力。日本的民俗学家、斯拉夫学家迅速地响应俄罗斯民俗学重要的学术创举，并为这一创举的顺利完成倾注了自己的努力。其中，大部分日本学者在自己的作品中强调指出，在对歌手和史诗歌手集约化开展田野调查的今天，关于民间创作表演者问题的重大意义。世界各国学者通过共同的努力对民间史诗歌手问题的深入研究，为阐明一系列重要的民俗学学术问题提供了巨大的推动力。

（原文为刘魁立先生俄文版论文，这里发表的是由中国艺术研究院艺术人类学研究中心的杨秀翻译的中文稿。）

世界各国民间故事情节类型索引述评^①

一、编纂索引的缘起和最初尝试

格林兄弟于1812—1814年发表以《格林童话集》闻名于世的德国民间故事记录（《儿童和家庭故事集》），在民间故事搜集史上开辟了一个新的科学的历史阶段。从此，建立在科学基础上的民间故事搜集工作，几乎在世界的每一个角落里都相继开展起来，并且达到了前所未有的规模。19世纪下半期和20世纪上半期在欧洲搜集和印行了不可胜数的故事资料，在亚洲、非洲、拉丁美洲，这一项工作至今仍方兴未艾。除掉出版了大量的民间故事之外，还在学术单位的档案馆里和有关的私人手中积累、保存了难以统计的民间故事资料。从整个历史发展的过程来看，这一百余年在全世界范围内确实是民间故事搜集工作的"黄金时代"。

19世纪前半期格林兄弟除以科学的方法搜集和出版民间故事之外，还著书立说，研究民间文学问题，使民间文艺学逐步成为一门独立的科学。如果把他们及其追随者的活动算作是欧美民间文艺学史的第一章的话，那么民间故事研究作为民间文艺学的一个部分已经存在近两个世纪了。

在这一段时间里，世界各国的为数众多的学者和研究人员，就民间故

---

① 原题《世界各国民间故事类型索引述评》，载《民间文学论坛》1982年创刊号。

事的各个方面，从理论角度，提出并探讨了大量的课题。在整个民间文学领域中没有哪一个门类像民间故事研究这样景象繁荣。

几乎从第一次尝试对民间故事进行科学探索时开始，人们就发现，每一个国家所搜集的故事资料都有成千上万，而就全世界而言，这个数目更会大得惊人，并且随着时间的推移，数目还在不断增长，但是这并不意味着故事的情节或类型也有这样多。往往同一个故事在许多不同的地区或不同的国家都有流传，也就是说情节类型的数目是较为有限的，许多资料不过是某一共同情节的变体和大量异文而已。根据一些国家的统计资料，一个民族所流传的故事至少有三分之一以上属于多民族性的、国际性的或世界性的。人们发现，有一些故事不仅在亚洲及欧洲的不同国家流传，而且还可以在全世界范围内许许多多的民族中间都找到它们的踪迹，于是学者们就从方法论的角度提出了比较研究的问题。为了认识民间故事的本质，为了探求民间故事的形成、演变、流传的规律，不能不对大量的现存资料从各种角度进行历史的或地理的、历时的或共时的比较研究。不论从一则故事还是从一类故事入手，不论从一个地区、一个民族、一个国家的范围出发，还是从若干民族乃至从世界范围出发来进行民间故事的研究，都必须了解：在某个地区、某个民族、某个国家有哪些故事流传；某一个故事流传的广泛和频繁程度如何；流传过程中的历史的和地理的变异情况如何；等等。而为了在更广阔的范围内进行民族间、国际间的双边的或多边的比较，就还要了解某个故事或某类故事在不同国家的状况和相互关系。如果对已经记录的和已经发表的民间故事资料缺乏切实的全面的了解和掌握，那么欲达到上述目的就是虚妄的、不可能的。

随着科学研究的日渐深入，特别是由于比较研究法的广泛运用，国际民间文艺学界在最近半个多世纪里深切地感到有必要探索出一条简捷的道路和方法，对世界各国浩如烟海、难以计数的民间故事资料，依据其相对有限的情节类型、主人公或其他特征进行分类、统编，以利检索和研究。各国学者在这一领域做出了极大的努力，并且在五六十年的时间里编辑了大量的民间故事情节索引，数目不下百十余种。从科学发展的趋势来看，关于情节类型的研究，以及类型学研究正在发展成为文艺学领域中的一个重要分支，因此在今后若干年中索引的数目还将大大增加，而且编辑索引的角度和原则亦会有更多的变化。

实际上，早在一百多年以前，民间文艺学界就已经开始在编纂情节索引方面进行探索和尝试了。从19世纪下半期起就有很多学者先后制定出各自的民间故事资料统编、分类原则。德国学者哈恩于1864年在《希腊及阿尔巴尼亚故事》一书中，把所有的故事统一归纳为四十种型式。流传学派的一些著名研究家，如法国学者柯思昆英国学者克劳斯顿等都曾对民间故事进行过统编分类的尝试。俄国学者弗拉基米洛夫曾将所有的故事分为三部分（动物故事、神话、生活故事），总计列出四十一种类型。①其他学者，如巴林·古尔德、斯蒂尔、坦普尔、戈姆、雅各布斯、乔文、哈宙、马卡洛夫、萨哈洛夫、柯尔马切夫斯基、斯米尔诺夫。都曾致力于民间故事的分类统编工作。这些学者都试图把千差万别的情节划归成有概括性的、有一定限量的类型。他们的观点不同，方法各异，列出的类型及名称也迥然有别，特别是他们的这一工作仅仅建筑在极为有限的材料的基础上，而且也没有进行到底，所以他们并没有获得令人满意的成果。然而这些学者的探索却为以后大规模地编纂类型索引开辟了道路，提供了可资借鉴的方法。

二、芬兰学派和阿尔奈的类型索引

20世纪初，斯堪的纳维亚各国的民间文学理论家致力于民间故事研究，形成了史称的"芬兰学派"。芬兰学派的研究家们在编纂民间故事类型索引方面做出了重要贡献。1907年，芬兰学者卡尔·克伦同瑞典学者卡尔·西多夫、丹麦学者阿克赛尔·奥利克在赫尔辛基组织国际民间文学工作者协会"Folklore Fellows"（简称FF），并于1909年创办不定期的机关刊物《民

---

① 普·弗拉基米洛夫：《俄罗斯文学史概论》，基辅，1896年(俄文版)。

间文学工作者协会通报》（*Folklore Fellows Communications*，简称FFC，在七十年间已出版约230期，其中有许多期是某一国的或综合的民间故事类型索引）。关于芬兰学派的诞生、发展、代表人物、主要论著以及历史功过等，应当另有专文加以评述。这里仅在本题的范围内简要介绍芬兰学派的研究方法和基本原则。

芬兰学派的研究家以19世纪下半期盛行于欧洲的流传学派的理论为出发点，认为每一个故事都是由一个地方流传到另一个地方，同时由简明的形式向繁细的方向发展。这些学者的理论原则和研究方法深受达尔文进化论和斯宾塞的实证主义的影响。他们认为，协会的重要任务之一就在于广泛地、详尽地研究故事情节，具体确定这些故事情节最初的发祥地及其流传的地理途径。他们通过对散见于世界各地的某一情节的各种异文的比较研究，根据纯粹形式方面的特征，来探寻它的所谓"最初形式"和所谓"最初国家"，同时力图指明它产生的时间和流传到其他地方的先后时序，他们还常常在自己的著作中绘制大量的图表和地图以标明流传的路线等。他们将自己的这种研究方法称作"地理历史比较研究法"。他们忽视作品的思想和艺术的实际内容，而更多着眼于情节的类型，他们对作品的创造者劳动人民以及社会历史条件的重视不足，而把作品往往作为一种自生的现象来对待，所以他们在实际上并没有接触到民间文学作品历史发展的真实过程。1933年卡尔·克伦逝世之后，芬兰学派由于其形式主义和片面性愈益受到其他一些学者的批评，而日渐衰微，这一学派后起的研究家们的立论和观点也有了很大的变化、演进和发展，距离学派创始人最初制定的方向、原则也日渐其远了。

然而，芬兰学派学者由于他们的研究方向和研究方法所决定，在民间故事的情节划分、统计分类、编纂索引方面，在世界范围内建树极多。虽然远非所有的研究家都赞同其原则和方法，但他们的工作却受到普遍的称道。

1910年作为FFC第3期出版了芬兰学派的主要代表者之一，后来成为芬兰科学院院士、赫尔辛基大学教授的安蒂·阿马图斯·阿尔奈（1867—1925年）的《故事类型索引》一书。阿尔奈分析比较了芬兰和北欧其他国家以及欧洲一些国家所出版的或保存的民间故事记录，把同一情节的不同异文加以综合，以极简短的文字写出了它的梗概提要，并根据一定的原则对这些故事情节进行了分类编排。

阿尔奈将所有的故事分为三大部分：

①动物故事；

②普通民间故事；

③笑话。

每部分当中又分若干类。动物故事是根据故事的"中心人物"来划分细类的，如：野生动物（又分为"狐狸""其他野生动物"两组）、野生动物和家畜、人和野生动物、禽类和鱼类等。

普通民间故事则根据故事的性质分为四类：

①神奇故事；

②传说故事；

③生活故事；

④关于愚蠢的魔鬼的故事。

以上四类故事各类之中又依题材内容之不同划分成若干组，如神奇故事类便按"奇异"因素的性质，分为：神奇的敌手，神奇的丈夫（或妻子或其他亲属），神奇的难题，神奇的助手，神奇的物件，神奇的力量或技能等。

最后一部分笑话也按主人公之不同分为若干细类。

阿尔奈分析比较了所有的民间故事，抽绎出大量的基本类型（有时是整个一个故事，有时是一个情节，有时是一个片段的细节），同时分门别类，系统编号。

1～299号为动物故事；

300～1199号为普通民间故事；

1200～1999号为笑话。

尽管总编号为2000，但在他的索引中列出具体内容仅有540个类型。原因是他在编号中间留下许多空白号码，以待发现新资料之后再行补充。

阿尔奈在索引的前言中写道，他的故事情节分类体系是为了对大量的不可能全部印刷出版的民间故事记录资料进行分类、编目和登记而用的。他建议，为了这些宝贵的记录资料能为进行故事比较研究所广泛利用，希望能对每个民族的故事资料都按这一分类体系进行编目。他的建议很快在欧洲各国引起反响，他的分类体系也成为民间故事情节类型编目的一个国际性的模式了。

继阿尔奈之后，各国学者纷纷以阿尔奈情节索引的体系为基础，将各国的民间故事资料按其情节依例分类，利用阿尔奈的统一的编码，根据具体情况进行增删或修订，刊行了各个国家的故事情节索引。从便利技术性工作的角度看，应该说阿尔奈的开创性的工作及遵循阿尔奈体系所编纂的大量的索引，对民间故事的统编分类起了良好的作用。在民间故事分类归档时，在刊印民间故事撰写注释时，在论述民间故事或查找故事资料时，特别是在对具有共同情节的民间故事进行比较研究时，常常会遇到种种不便，并且很难转述有关故事的情节梗概，因此依照阿尔奈的体系给每个民间故事以简明的梗概提要和相应的编码，就可以免除或减少在检寻和描述民间故事资料时必然会产生的诸多困难和不便。正如每一个人都有一个名字一样，名字虽不能反映人的实质，而仅仅是一种代号，但是经大家约定俗成，它的确为彼此交际带来极大的便利。

然而应该看到，阿尔奈的索引存在着一系列重大的缺陷。阿尔奈及他的多数追随者主要着眼于研究所谓"国际性的"故事，即在许多民族中间流传的具有共同情节类型的故事。他们认为"国际性的"故事是古代和近代文明民族（所谓文化民族）人民群众的创作结晶，而生活于社会发展低级阶段的民族（所谓自然民族），其故事情节大都不与文明民族中所流传的故事相雷同。芬兰学派的研究家没有专门从事这方面的研究，因此阿尔奈没有把这些故事的情节列入索引之中。此外，阿尔奈分类体系还具有很大的主观随意性，这当然是由于在20世纪初学术界对各大类民间故事的体裁特征和相互界限还缺乏深入研究的缘故。遗憾的是阿尔奈体系的出现依然没有促进这方面的研讨，相反却使这种学术探索在相当长的时间内变得更加迟滞了。至于说这种分类方法漠视了民间文学作品的思想艺术内容，那更是我们有目共睹的事实。

大多数民间故事研究家虽然对阿尔奈的学术研究的观点和方法各持不同的，甚至相反的态度，但多数人仍然将他的分类法当作是一种约定俗成的技术手段而加以利用。到目前为止作为这样的一种检索工具，阿尔奈的索引，特别是由他后继者编辑印行的增订本，确实还没有被更为理想的索引所代替，因此仍然具有重要的实用价值。

三、汤普森的增订和AT分类法

阿尔奈的索引问世之后，他本人及他的同志很快便十分强烈地感到，在他的索引中民间故事的情节类型遗漏较多，有必要在新材料的基础上予以补充。在短短的十余年间，仅阿尔奈本人就在FF的机关刊物上就芬兰等地的民间故事资料做过多次重大的增补，如FFC第5期（1911）、第8期（1912）、第33期（1920）等。

但是阿尔奈索引主要以芬兰民间故事资料为基础，充其量可以概括北欧国家的一般情况。尽管他在增补的过程中力图把自己的视野扩大到欧洲，但事实上他并没有实现这种愿望，欧洲南部和西部许多民族的民间故事，包括印度、中国在内的亚洲各国的民间故事都没有包括进去，更无须说美洲、非洲、大洋洲各民族的民间故事了。

针对这一情况，美国著名民间文艺学家、印第安纳州立大学教授斯蒂斯·汤普森（1885—1976年）在1926—1927年，在芬兰学派创始人卡尔·克伦的指导下，进行了大量细致的研究工作，对阿尔奈的索引作了重要的补充和修订，并于1928年出版了英文版的《民间故事类型索引》。此后在整个世界范围内许多国家不仅又出版了大量的民间故事资料，而且也编印了为数不少的民间故事情节索引。鉴于这种新的情况，对1928年版的索引进行重要的增补便成为十分必要的了。这一工作又委托给了汤普森，他根据世界各国所出版的民间故事的新资料，并且根据匈牙利、南斯拉夫等许多国家的档案资料再次进行增订，并于1961年印行了该索引的第二版（FFC No184）。这一版本后来又曾于1964年、1973年重印过。汤普森在编制索引方面所付出的辛劳和所作出的贡献，使他能够同这一索引体系的创始人阿尔奈双名并列。世界各国的民间文学研究家通常把他们的分类编排方法称作为"阿尔奈——汤普森体系"或"AT分类法"。

现将汤普森分类和编码的情况列举如下：

1. 动物故事

1～99　野生动物

100～149　野生动物和家畜

150～199　人和野生动物

200～219　家畜

220～249　禽鸟

250～274　鱼

275～299　其他动物故事和物件

2. 本格民间故事

300～749　A. 神奇故事

300～399　神奇的敌手

400～459　神奇的或有魔力的丈夫（妻子）或其他亲属

460～499　神奇的难题

500～559　神奇的助手

560～649　神奇的物件

650～699　神奇的力量或知识

700～749　其他神奇故事

750~849　B.宗教故事

750~779　神的奖赏和惩罚

780~789　真相大白

800~809　人在天国

810~814　许身于魔鬼的人

850-999　C.生活故事（爱情故事）

850~869　公主出嫁

870~879　女主人公嫁给王子

880~899　忠贞和清白

900~904　恶妇改过

910~915　忠告

920~929　聪明的行为和聪明的话

930-949　命运的故事

950~969　强盗和凶手

970~999　其他爱情故事

1000~1199　D. 愚蠢的魔鬼的故事

1000~1029　雇佣合同

1030~1059　人和魔鬼合作

1060~1114　人和魔鬼比赛

1115~1129　企图谋杀主人公

1145~1154　吓坏了的魔鬼

1170~1199　人把灵魂出卖给魔鬼

3. 笑话

1200~1349　傻子的故事

1350~1379　夫妻的故事

1380~1404　愚蠢的妻子和她的丈夫

1405~1409　愚蠢的男人和他的妻子

1430～1439　愚蠢的夫妻

1440～1449　女人（姑娘）的故事

1450～1474　寻求未婚妻

1475～1499　老处女的笑话

1500～1524　其他关于女人的笑话

1525～1639　关于男人（男孩）的故事（聪明人）

1640～1674　幸运的机遇

1675～1724　愚蠢的男人

1725～1850　关于牧师和教会的笑话

1851～1874　关于其他人的笑话

1875～1999　谎话

4. 程式故事

2000～2199　连环故事

2200～2299　圈套故事

2300～2399　其他的程式故事

5. 未分类的故事

2400～2499　未分类的故事

在新版索引中，汤普森在阿尔奈原有的类型基础上补充了大量的新的类型，并且还借助于各国已有的故事索引和大量的民间故事出版物，详细地列举出每一类型在世界有关国家记录的情况。阿尔奈1910年的索引主要依据芬兰和北欧国家的民间故事资料，而汤普森却将自己的视野扩大到芬兰和北欧（瑞典、挪威、丹麦、冰岛）以外的俄国、立陶宛、拉脱维亚、爱沙尼亚、罗马尼亚、匈牙利、波兰、捷克、斯洛伐克、塞尔维亚、希腊、英国、苏格兰、爱尔兰、西班牙、法国、德国、意大利、土耳其、印度、中国、日本、印度尼西亚、加拿大、南美、非洲等国家和地区。尽管如此，在这部阿尔奈—汤普森的索引中仍然还有很多极为重要的国家和地区的民间故事资料没有被收纳进去；有些国家和地区的资料虽然在这部索引中得到一定的反映，但由于记录出版工作落后、研究工作薄弱等原因，索引并没有概括出民间故事在这些地方流传的实际状况。资料不全问题集中地反映了对民间故事流传十分广泛的亚洲、非洲、拉丁美洲、大洋洲的许多国家缺乏深入研究的客观事实。从事这一工作的汤普森本人也明确地意识到了这一点。他在1961年出版的索引前言中写道，严格地说应该把这部著作称作《欧洲、西亚及其民族所散居的地区的民间故事类型索引》。

汤普森在增订时改写了阿尔奈的某些类型的梗概提要，使之变得较为具体而明确。为了便于读者了解AT索引的基本原则和提要方法，特举一、二实例加以说明，例如在他单独划类的所谓程式故事中有这样的类型：

AT2018："仓库在哪儿呢？""火把它烧了。""火在哪儿呢？""水把它浇了。"……（下面列举了芬兰、爱沙尼亚、立陶宛、英国、西班牙、匈牙利、斯洛伐克、俄罗斯、阿根廷、波多黎各等国家和地区的资料索引出处，本文从略。）

AT2044：拔萝卜。程式的结尾是：小老鼠拽着小猫，小猫拽着玛丽，玛丽拽着安妮，安妮拽着老奶奶，老奶奶拽着老爷爷，老爷爷拽着大萝卜，他们大家一齐拽，就把萝卜拔出来了。（下引各国资料出处从略。）

以上二例为连环故事。

关于"圈套故事"汤普森在AT2200项下有一解释：这是一种讲故事的方式，这种方式逼得听者提出一个特殊的问题，讲故事的人便用一种滑稽可笑的答案来回复他。

AT2204：狗的雪茄烟。一个男人在火车上吸雪茄烟（或烟斗），烟掉在车外，狗随之跳出。稍后，狗也赶到车站。"你猜它嘴里是什么？""是雪茄（烟斗）吧？""不是，是舌头。"

汤普森在增订索引时，不仅修正了故事情节提要，增加了世界各国的资料出处，而且还对一些流传较广、情节较为复杂的故事类型进行了进一步的分解，例如：

AT852：主人公迫使公主说："这是谎话。"

（1）比赛。公主向一男人提出，看谁能说一个弥天大谎，迫使她说出："这是谎话。"

（2）谎话。这青年讲了：①大公牛的荒诞故事；②一夜之间一棵树长上了天、他顺着一根稻草绳升上天又降下来的故事；③一个人把自己的头割下来又安上了，以及诸如此类的故事，

3.胜利。当青年编了一些使公主本人感到羞辱的谎话时，公主才说出了"这是谎话。"

汤普森对这样一些故事的情节作详细分解之后，还就每一细节列出"母题"，同时标明他本人所编的母题索引（详后）的编号，以备查检。

汤普森在增订索引时做出了巨大的努力。但是他的工作囿于阿尔奈原定的规范，对阿尔奈的划型、分类、编码在原则上和总体上没有进行重大改革。因而阿尔奈索引所固有的某些根本性的缺点在这部已经通行世界各国的AT索引中仍然继续存在。前面已经提到，这部索引虽然在征引资料方面有了明显的改进，但对某些重要国家和民族的民间故事情况仍然反映不够或根本没有反映。此外，在民间故事内部分类问题、具体作品的划类问题、独立单位的划定问题、类型编排顺序问题及其他问题上，汤普森也未能跳出原有索引的窠臼。关于这部索引的总的研究对象或体裁范围问题，汤普森在增订中依例作了一些限定（如不收地方传说及历史上著名文集中未见于口头流传的故事等），但对阿尔奈原有的该收而未收、不该收而收进的某些驳杂情况，并未从正面彻底地科学地予以解决。当然，究竟什么是严格意义的民间故事，民间故事（或英语的"folk-tale"、德语的"Marchen"）的内涵和外延如何，这些问题几乎对每一个国家或民族来说都是十分复杂难解的问题，如果放到国际范围内加以考察研究，它就变得日益复杂了。然而这又是编纂多国索引时首先必须明确的。我们希望在各国分别进行深入的理论研究的基础上，在今后的多民族、多国家的索引中，这一问题能够逐步得到更为理想的解决。

综上所述，阿尔奈—汤普森的这一索引虽然存在许多缺点和不足，但

仍不失为一部有价值的、具有很大概括性的国际通用的检索工具书。

四、根据AT分类法编纂的其他索引

自汤普森增订索引出版以后，在之后半个世纪的时间里，出现了为数众多的民间故事情节类型索引，这些索引大都以AT索引的体例、分类、编号作为依据。

几乎在汤普森索引出版的同时，尼·安德烈耶夫依据阿尔奈的分类和编号，编纂了俄罗斯民间故事情节索引。[①]他删去了俄国未曾记录和出版过的情节类型，增补了俄罗斯人民群众流传的新的情节类型，同时还根据俄罗斯民间故事的具体特点对原有的梗概提要作了相应的改动，并且在每一种类型下面，详细列举了此前印行的全部民间故事资料的书目。阿尔奈-安德烈耶夫的类型编号系统，以及安德烈耶夫所作的资料索引早已为俄罗斯民间故事研究家所广泛利用。这部索引以后又经著名民间文艺学家弗·普洛普增补，附印在著名的阿法纳西耶夫故事集的卷末。

其后，世界各国学者分析归纳了各地区或民族的民间故事的类型，出版了大量的索引，如捷克（1929—1937）、西班牙（1930）、立陶宛（1936—1940）、中国（1937、1978）、意大利（1942）、爱尔兰（1952）、土耳其（1953）、西印度群岛（1953）、印第安（1957）、古巴、波多黎各、多米尼加和南美西班牙语区（1957）、乌克兰（1958）、法国（1957—1976）、印度、巴基斯坦、锡金（1960）、奥赛蒂亚（1960）、日本（1966、1971）、英国和北美（1966）、冰岛（1966）、东北非（1966）、中非（1967）、卡累利亚（1967）、墨西哥（1973）、拉脱维亚（1977）、格鲁吉亚（1977）、白俄罗斯（1978）等国家、地区或民族均有民间故事类型索引出版。各种民间故事索引的总数实难精确统计，大致不下百十余种。本文由于篇幅的限制和作者识见的限制，只能挂一漏万，略举其要而已。

---

① 尼·安德烈耶夫《根据阿尔奈体系编纂的民间故事情节索引》，列宁格勒，1929年(俄文版)。

这些索引的规模不尽相同，有的仅三四十页，有的则长达377页（池田弘子所编日本民间文学情节类型索引）。一部分索引较为简略，很多索引则十分详尽完备，有的还附有若干地图，以标明某一民间故事在各地流传的广泛情况。另外，每一个民族都有一些较为复杂的、由若干个基本情节类型拼配组合而成的民间故事，因此很多索引还附录了拼配组合格局表。多数索引都还列出该索引和其他有关索引的编号对照表等等。

大多数编者在汇集各有关国家或民族的大量民间故事资料，进行分析排比、按部编类、开列索引时，花费了很多心血和精力。例如，波兰学者尤·克尔日阿诺夫斯基所编波兰民间故事索引第一、二卷（动物故事，神奇故事）出版于20世纪40年代末期。编者又经过十五年的辛勤劳作之后才将全书（包括生活故事、笑话、传说等部分）彻底完成。他查阅了大量的书籍、期刊和未印行的档案资料。他利用波兰民间故事资料补充了很多新的情节类型，根据本国情况改写了情节类型提要，突出了民族特点。他在附录部分不仅列出常见的情节拼组格局表，并且还说明了故事的搜集地点和搜集（记录）者的情况。此外，还列出了许多民间故事情节被中古以至现代、当代作家改写为文学作品的情况。这一附录本身便是研究文学与民间文学相互关系的科学成果。

许多国家的学者在编纂民间故事情节索引的过程中，或者考虑到本国的特殊情况，或者考虑到AT体系的分类和编码的复杂不便，或者由于其他原因，通常都在AT分类法的基础上做出部分调整，有的不划分大的部类，有的则按自己的新的原则划部分类，有的则采用了新的编号。例如，崔仁鹤所编《朝鲜民间故事类型索引》即不同于原来的部分，而将所有民间故事分为六大部：①动物故事；②普通民间故事；③笑话；④程式故事；⑤神话民间故事；⑥未分类的故事。编者把所有的民间故事情节类型依以上六部分作了新的统一的编号，情节类型的总数为766型（在每一部分的末尾留有为数不多的空白编号，以待将来补充新的材料）。这一类索引虽然与AT编号不同，但书末列有详明的编号对照表，换算极为方便。

迄今为止，有一些国家或民族编纂过不止一本情节类型索引。新材料的不断发现，经过一段时间后，需要对原来的索引做相应的补充，这是很自然的事。有些国家的学者参考民间故事类型索引的体例编纂了传说情节类型索引。还有的国家依据不同体例、不同方法编纂了若干种民间故事类型索引，并且在索引之外还配合进行了关于故事类型的研究。例如，芬兰及日本的情况便是如此。

国际民间文学研究组织FF于1971年在赫尔辛基出版了池田弘子以AT分类法为基础编纂的《日本民间文学类型和母题索引》。在这以前，世界闻名的日本民间文学研究家关敬吾先生就在《日本昔话集成》及《日本昔话大成》中编纂了日本故事情节类型索引。现将他以及野村纯一、大岛广志在《日本昔话大成》第11卷资料篇①所作的对日本民间故事的分类和编号引录如下：

①动物故事：1～6动物纠葛；7～10动物分东西；11～19动物赛跑；20～24动物争斗；25～31猿蟹交战；32山灵（胜胜山）；33屋漏；34～45动物社会；46～62小鸟的前世；53～83动物由来；动物新1—动物新21—动物故事新类型；

②本格故事：101～109婚姻·异类女婿；110～119婚姻·异类媳妇；120～133婚姻·难女婿；134～148诞生；149～163命运和致富；164～172宝器的故事；173～183兄弟的故事；184～196邻家老爷爷；197～204除夕的客人；205～222继子的故事；223～227异乡；228～239动物报恩；240～251逃跑的故事；252～269愚蠢的动物；270～287人和狐狸；本格新1—本格新46—本格故事新类型；

③笑话：301～458傻子的故事；461～474说大话；480～546机智故事；550～626狡猾者的故事；635～642程式故事；笑话新1—笑话新26—笑话

①关敬吾、野村纯一、大岛广志《日本昔话大成》，第11卷，资料篇，东京，1980。

新类型；补遗1—补遗38。

日本的其他研究家例如正在继续编辑出版的《日本昔话通观》的编者稻田浩二等，在分析、研究和厘定日本民间故事情节类型方面也有自己的贡献。由于中日两国一水之隔，文化交流具有悠久的历史，所以我们在研究我国民间故事的时候，倘能注意到日本民间故事的情况，倘能借鉴日本学者在类型研究、母题研究等方面所取得的成果，那么必会有很多新的问题涌现出来供我们思考。

五、专题索引和区域性比较索引

除就某一国家、某一民族的民间故事编纂的情节索引之外，我们还可以举出一种专门为某一部民间故事集所编纂的类型索引。这就是有关格林兄弟所记录的民间故事的情节类型索引。格林兄弟在民间文学研究领域内做出了重要贡献，他们搜集出版的德国民间故事（1812—1814年）在世界范围内产生了广泛的影响。为纪念《儿童和家庭故事集》出版一百周年，捷克著名的民间文学理论家尤·波利夫卡同德国民间文艺学家约·鲍尔特编纂出版了五卷集的《格林兄弟故事索引》一书。鲍尔特和波利夫卡在索引中就格林兄弟故事集中的二百个故事中的每一篇故事，都列举出当时已经记录下来的流传于世界各国的同一情节异文的篇目，详尽地标明国别和出处。这部索引以"BP"作为代号，在欧洲各国为所有民间文学工作者所广泛利用，成了他们不可或缺的工具书。汤普森在修订阿尔奈索引时，以及其他学者在编纂各国索引时，都曾大量援引过BP索引中的丰富资料。

近年来，国际性的比较研究的兴盛，有的民间故事研究家已经不满足于编纂一个国家、一个民族的索引，而是打开国家和民族的界限，把具有一定联系的几个国家或民族放在一起，统一考虑，编纂区域性的民间故事情节类型索引。《东斯拉夫民间故事情节比较索引》①即这一类索引的最初尝试之一。这一索引概括了东斯拉夫三个民族（俄罗斯、乌克兰、白俄罗斯）民间故事流传的情况。这一类区域性的比较索引可以为各有关民族民间文学的比较研究提供较大的方便。从严格意义上讲，应该说它在体例上是汤普森索引的一种变体，它将概括的范围由汤普森的着眼于世界大部分地区改变为只描述若干有限的、密切关联的民族的民间故事情况，但是这种范围的缩小却给有关学者提出了新的研究课题，为他们进行更加深入的理论探索开辟了途径。

上述各种索引尽管在细节问题上存在着差异，有时甚至是较大的差异，但以总的编纂原则而论，性质是相同的，即以情节类型作为编纂索引的基础。迄今为止，我们所见到的民间故事索引中绝大部分都属于这一种，而且从趋势上看在今后一段时间里，这种索引仍会继续增加，据知有许多国家和地区（如波兰、捷克、保加利亚、马其顿、斯洛伐克等）正在编纂或已经完成了民间故事的、民间传说的、民间叙事诗的，以及其他民间文学体裁的情节类型索引。因此可以说，AT分类法的原则在目前编纂民间文学索引方面占有压倒的优势。

然而应该指出，以情节作为分类的基础绝非就民间文学作品编制分类索引的唯一方法。早在20世纪初，即在阿尔奈确定他的分类原则的同时，保加利亚的民间故事研究家阿尔纳乌多夫就曾从另外的角度对保加利亚的民间故事进行了分类。他在《保加利亚民间故事分类尝试》②一文中，以故事中所出现的形象（主人公）作为分类的基础。尽管阿尔纳乌多夫作出许多努力，但他的尝试存在着一系列缺点，最终没有被大家所接受，这一段历史也较少为人所知。但是以主人公作为基础进行民间故事的分类在一定

---

① 勒·巴拉格等，《东斯拉夫民间故事情节比较索引》,列宁格勒，1979年(俄文版)。

② 米·阿尔纳乌多夫《保加利亚民间故事分类尝试》,民间创作、科学及文学论文集，第21卷，索菲亚，1905年(保加利亚文)。

情况下，特别是在进行某些专题研究时，仍不失为可供考虑的分类原则之一。

六、母题索引

20世纪30年代中期，由于世界各国民间文学资料的大量发掘，对这些资料的系统分类问题一时成为民间文学理论研究的中心。自1935年以后举行过一系列的国际性会议，专门或主要地讨论了这一问题。如上所述，由于民间文艺学历史发展的迫切要求，斯蒂斯·汤普森完成了增订阿尔奈索引的任务。在完成任务的过程中，他深深感到以情节为单位对民间故事进行分解编制索引，仍不能满足寻检和研究的需要。他认为应该把情节再进一步地分解为更细小的单位"母题"。

"母题"这个中文译名，大约是20世纪30年代下半期开始使用的。这一译名一半音译，一半意译，很符合我国翻译的传统习惯。如果我们在使用中能给它一个确定的科学的内涵，不使它引起歧义，那么它未必不是一个好的译名。然而"母题"一词常常会引起一种与本质无关的错误的联想，仿佛在"母题"之外还有"子题"似的，仿佛"母题"是与"子题"相对而言的。然而，只要我们大家约定俗成，使它变成一个确切的科学术语，久而久之终可排除这种错误的联想，正如当我们说"主题"的时候，并不想到在"主题"之外，还有一个什么"副题"。所以，在我们找到更好的译名来代替它之前，只好暂且使用"母题"这个术语。所谓母题，是与情节相对而言的。情节是若干母题的有机组合而构成的；或者说，一系列相对固定的母题的排列组合确定了一个作品的情节内容。许多母题的变换和母题的新的排列组合，可能构成新的作品，甚至可能改变作品的体裁性质。母题是民间故事、神话、叙事诗等叙事体裁的民间文学作品内容叙述的最小单位。关于母题是否可以作进一步分解，一些学者）如世界著名的民间故事研究家普罗普）提出了不同的意见，这是一个专门的问题，不属本文范围之内。但是我们必须指出，对于民间文学作品进行深层的研究，不能不对故事的母题进行分析。就比较研究而言，母题比情节具有更广泛的国际性。鉴于科学研究的这种实际需要，汤普森于1932—1936年花费了巨大的劳动，完成了六卷的《民间文学母题索引》。①这部书曾经多次翻印和再版，成为对文学作品及民间文学作品进行艺术分析的一本常备工具书。

这部书不仅是民间故事的母题索引，而且包括了口头流传的故事歌、神话、寓言、笑话地方传说等许多民间作品的母题在内。这部书还包括了像《五卷书》《一千零一夜》、中世纪小说等书面形式的群众创作的母题。索引中母题分类排列的顺序是以作者所谓的"从神话和超自然到现实和幽默内容的演化"为依据的。首先，列出的是神话内容的母题，进而是关于动物形象、禁忌、魔法、奇迹、妖怪及其他关于超自然力的观念；其次，才列举有关人类社会、人与人之间的矛盾关系等方面的母题。现将汤普森的母题索引的大的部类列举如下：A.神话母题（共3000号）；B.动物（共900号）；C.禁忌（共1000号）；D.魔法（共2200号）；E.死亡（共800号）；F.奇迹（共1100号）；G.妖魔（共700号）H.考验（共1600号）；J.智慧和愚蠢（共2800号）；K.欺骗（共2400号）；L.命运的变化（共500号）；M.预言未来（共500号）；N.机遇和命运（共900号）；P.社会（共800号）；Q.奖赏和惩罚（共600号）；R.捕捉和逃跑（共400号）；S.异常的残忍（共500号）；T.性（爱情、婚姻等等）（共700号）；U.生活的本质（共300号）；V.宗教（共600号）；W.个性的特点（共300号）；X.幽默（共1100号）；Z.各种无法分类的母题（共600号）。

在这些大的部类之下，又分若干分部和更小的细类，每个母题均各归其类，有一序码，每一细类和每一母题下大都列引了文献书目。例如，在"神话母题"部类中有一细类为"人的创造"，包括了自A1200号至1299号的100个左右母题（有空白号码，同时也有分号码），其中开头的若干母题是：

A1200　造人

---

① THONPSON S. Motif-index of folkliteature［M］.Bloominglon, vol.Ⅰ—Ⅵ, 1932—1936。

A1201 造人以统管大地

A1205 不称心的诸神是大地最初的居民

A1210 造物主造人

A1211 用造物主的躯体造人

A1211-0·1 神只凭其想象便用自己的躯体造出人来

A1211·1 用泥土和造物主的血液造人

A1211·2 用造物主的汗造人

A1211·3 用造物主的吐沫造人

A1211·3·1 用诸神的吐沫创造人类

A1211·4 用造物主的眼睛造人

A1211·5 模拟造物主的躯体用泥土造人等

（每个母题下面所列的书目索引均从略。）

母题索引的设想从理论的角度认识，应该说是必要的和有益的，汤普森在这方面做了不懈的努力。仿效汤普森编制这一类的索引的也不乏其人。然而汤普森在索引中兼收并蓄，巨细无遗，开列母题总数不下两万余条，而引用世界各地的资料虽然繁多，但难以搜罗尽致，因此就使得研究者在使用这部索引时，既有不便之处，又时而感到不能尽如人意。这样看来，倘能由泛杂而返于简约，或可对研究者有更多裨益。

七、中国民间故事类型索引

中国民间故事的丰富是举世闻名的。中国民间故事类型索引编纂工作的发轫应当追溯到20世纪20年代末。1928年，也即在汤普森出版其英文增订版阿尔奈类型索引的同一年，钟敬文和杨成志二位先生合译出版了《印欧民间故事型式表》一书。这并不是一部专门的民间故事类型索引工具书，而是夏洛特·索菲娅·博尔尼所著《民俗学手册》（*The hand book of folklore*）一书的附录。它提供了印欧故事70个类型的情节提要。该文翻译刊行后引起了我国民间文学研究界的很大注意。但大家所持的态度并不尽然一致，正如钟敬文先生在1931年的文章中所说，"有些人珍爱备至，常用以为写作民谭论文援引的'坟典'。但有些人，却很鄙薄它，以为全无用处，甚至把它视为断送中国民俗学研究前途的毒药。"

此后数年内，中国民间文学界中一些以此为是的同道，便沿着这一方向，就故事类型比较研究做了许多探索。内中有一些较有影响的论文，如赵景深《中国民间故事型式发端》（载广州中山大学《民俗周刊》）；钟敬文《中国印欧民间故事之相似》（载广州中山大学《民俗周刊》）、《狗耕田型故事试探》（载宁波《民俗周刊》）、《呆女婿故事探讨》（载广州中山大学《民俗周刊》）；曹松叶《泥水木匠故事探讨》（载广州中山大学《民俗周刊》）；娄子匡《搜集巧拙女故事小报告》（载《开展月刊》《民俗学专号》）；清水《中西民间故事的比较》（载广州中山大学《民俗周刊》）等。

1931年，钟敬文先生在《中国的地方传说》一文中，[1]列举了中国地方传说的某些类型：鸡鸣型、动物辅导建造型、试剑型、望夫型、自然物或人工物飞徙型、美人遗泽型、竞赛型石的动物型、物受咒型。作者写道："除上述九个'类型'之外，还有许多也是很普通或颇普遍的……待将来有机缘草写《中国地方传说型范》的专著时，再较详细地缕述吧。"[2]但是由于诸多原因，作者关于整理中国传说资料、编纂类型汇集的设想，迄今未能实现。

上述学者的局部探索为归纳和整理我国民间故事类型做了一定的准备。

1930—1931年钟敬文先生撰写了《中国民谭型式》，先在杭州《民俗周刊》连载，后于《开展月刊》之《民俗学专号》（或称《民俗学集镌》第1

---

① 钟敬文：《中国的地方传说》，载《开展月刊》第十、十一期合刊：民俗学专号，1931年。
② 钟敬文：《中国的地方传说》，载《开展月刊》第十、十一期合刊：民俗学专号，1931年。

辑）集中发表。①作者所归纳出的中国民间故事类型的名称是（原未分类，亦无编号，编号为本文作者根据原有顺序所加）：1.蜈蚣报恩型故事；2.水鬼与渔夫型故事；3.云中落绣鞋型故事；4.求如愿型故事；5.偷听话型故事；6.猫狗报恩型故事；7.蛇郎型故事；8.彭祖型故事（共二式）；9.十个怪孩子型故事；10.燕子报恩〔型〕故事；11.熊妻型故事；12.享福女儿型故事；13.龙蛋型故事；14.皮匠驸马型故事；15.卖鱼人遇仙型故事；16.狗耕田型故事；17.牛郎型故事；18.老虎精型故事；19.螺女型故事；20.老虎母亲（或外婆）型故事；21.罗隐型故事；22.求活佛型故事；23.蛤蟆儿子型故事（共二式）；24.怕漏型故事；25.人为财死型故事；26.悭吝的父亲型故事；27.猴娃娘型故事；28.大话型故事；29.虎与鹿型故事；30.顽皮的儿子（或媳妇）型故事；31.傻妻型故事；32.三句遗嘱型故事；33.百鸟衣型故事；34.吹箫型故事（共二式）；35.蛇吞象型故事；36.三女婿型故事；37.择婿型故事；38.呆子掉文型故事；39.撒谎成功型故事；40.孝子得妻型故事；41.呆女婿型故事（共五式）；42.三句好话型故事；43.吃白饭型故事；44.秃子猜谜型故事；45.说大话的女婿型故事。

为使读者了解《中国民谭型式》的编写原则，特举第5型"偷听话型故事"的情节提要如下：

①两兄弟（或两朋友），兄以恶心逐出其弟。

②弟在庙里或树上，偷听得禽兽的说话。

③他照话做去，得了许多酬报。

④兄羡而模仿之，卒为禽兽所吃，或受一场大苦。

作者在编写中国民间故事型式时，"本拟等写成一百个左右时，略加修订，印一单行本问世"，但是"写到原定数目一半的型式"，便"中断"

---

① 钟敬文《中国民谭型式》（目录中写作《中国民间故事型式》），载《开展月刊》第十、十一期合刊，《民俗学专号》，1931年。

了。①就我国民间故事资料编纂情节类型索引，在20世纪30年代初期是一项开拓性的工作。因此，便难免一切处于初创时期的事物所具有的简约的特点。同时应该看到，这项工作更多带有尝试的性质和举要的性质。作者的立意与其说是要编纂一部反映中国民间故事类型全貌的索引，毋宁说是要为民间故事搜集家、研究家指出一条概括和分析情节类型以便于进行比较研究的新途径。这项工作因故中辍，并未最后完成，尤其是由于四十余年来，特别是新中国成立以来记录和发表了大量的民间故事资料，所以它已不能满足今天查检的实际需要。然而，从科学史的角度来看，这一著作无疑是具有其历史意义的。早在20世纪30年代，这一著作即被译成日文发表，在日本学界也受到相当的重视，产生了一定的影响。

1937年发表了沃·爱本哈德（艾伯华，Eberhard）在曹松叶的大力协助下编纂的《中国民间故事类型》一书。这是关于中国民间故事的第一部大型索引。这部索引在刊行后的四十年间，几乎成了欧洲民间文艺学界认识和研究中国民间故事的唯一的类型检索工具书。该索引正文部分长达355页。引用的书籍、期刊等，总数为三百余种，搜罗之广，远及《山海经》《战国策》《吕氏春秋》等古籍，近逮20世纪30年代中期出版的民间故事集及民俗杂志等书刊。编者从这三百余种书刊里辑录了大量的民间故事资料，从中归纳出故事类型215种、笑话类型31种，共246种类型。

爱本哈德所编中国民间故事情节类型的分类和编号与AT索引有很大的不同，其具体情况如下：

故事：动物（1~7）；动物和人（8~19）；动物或鬼怪帮助好人，惩罚坏人（20~30）；动物或鬼怪嫁给男人，或者娶女人为妻（31~46）；造物、开天辟地、初人（47~65）；万物起源和人的起源（66~91）；河神和人（92~102）；仙人和人（103~111）；鬼怪和死神和人（112~124）；天神和人（125~142）；阴曹地府和起死回生（143~149）；天神和仙人（150~

---

① 钟敬文《中国民谭型式》(目录中写作《中国民间故事型式》)，载《开展月刊》第十、十一期合刊，《民俗学专号》,1931年。

168）；魔法、有魔力的宝物和有魔力的事（169～189）；人（190～209）；勇士和英雄（210～215）。

笑话：傻子（1～10）；机智的人和狡猾的人（11～31）。

爱本哈德索引的体例是：首先，在每一类型下按母题分述故事情节类型的提要；其次，在资料来源部分列出有关的书目、卷次、页码等；最后，分别列出关于该类型的各种说明，如关于其中某些母题的说明、关于故事中人物的说明、情节的延伸、补充、替代、变异、历史情况、比较对照、分布情况、附注等等。附列第三项是爱本哈德索引的重要特点之一。编者的这些说明是在对有关民间故事资料进行比较分析之后提炼得来的，因而对于进一步的比较研究具有一定的参考价值。

爱本哈德编纂索引的年代距今已远，与迄今已经印行的中国民间故事资料相比，它所引用的书目已显陈旧，已不能概括我国近世民间故事流传的实际情况。此外，编者在编纂索引时对于"中国民间故事"这一概念的理解似嫌过宽，因而在选材上便出现性质不一、繁芜驳杂的情况。国外学人研究我国民间文学问题虽可能有"旁观者清"之长，但又难免有"雾里看花"之殆。随着时间的推移，这部索引中的使人感到应该增补和修正的地方会愈益增加。然而，对于爱本哈德所编的这一部严肃的民间故事索引工具书，我们应当遵循"他山之石可以为厝"的古训，不妨翻译刊印，以为我国广大民间文学工作者之借鉴与参考。

1978年，继上述1937年刊印的FFC120德文版《中国民间故事类型》之后，FF刊印了丁乃通所编《中国民间故事类型索引》。①这部索引所概括的书刊资料达500余种，几乎超过爱本哈德索引的资料来源近一倍。资料较全，而且较新，大致包括了1966年以前我国中央和地方所刊印的绝大部分主要民间文学资料。

丁乃通所编索引的分类和编辑原则以AT索引为基础采用了国际通用的

---

① Nai tung Ting：《A type index of chinesefolktales in the oral tradition and major works of non-religious classical literature》(FFC223),Helsinki,1978。

编码。这不仅是对所谓东方故事特殊论的一种有力的驳辩，同时也为各国学者进行民间故事的国际间的比较研究提供了极大的便利，即对我国民间文学工作者来说，也不失为一部有价值的工具书。

这部索引分类编码的情况是：

①动物故事：1～299动物故事；

②普通故事：300～749神奇故事；750～849宗教故事；850～999生活故事（爱情故事）；1000～1199愚蠢的魔鬼的故事；

③笑话：1200～1349傻子的故事；1350～1439夫妻的故事；1440～1524女人（姑娘）的故事；1525～1874男人（男孩子）的故事；1875～1999说谎的故事；

④程式故事：2000～2199连环故事；2200～2299圈套故事；2300～2399其他的程式故事；

⑤未分类的故事：2400～2499未分类的故事。

现举其动物故事部分的第一型故事，以便了解该索引的一般编写体例：

NO.1、狐狸偷篮子

①兔子、狐狸、鸟或者其他动物装死、装瘸或者唱歌，引起过路人注意。

②当过路人、喇嘛、商人、姑娘或其他的人或动物，停下来去捡装死的动物时，狐狸、兔子或其他动物，偷掉他的装有食物或衣服或其他物件的篮子。

丁乃通先生用功最勤之处，也即此索引特长之处，在于资料出处罗列详尽，因而令使用者极感检索之便。至于提要部分，编者或因考虑到使用者可以借助于其他同类索引，所以在归纳和表述时，部分类型似有过分简略之嫌。倘译为中文供我国民间文学工作者使用，或应略作增补和调整为是。

本索引在附录中除刊有与爱本哈德索引（FFC120）的编码对照表之外，还附列了与池田弘子所编日本民间文学作品类型索引（FFC209）的编码对照表，从而为中日民间故事比较研究提供了一定的线索。

八、关于编纂索引的浅议

在做过关于索引的概略评述之后，我们想再简括地谈几句关于索引的认识和关于编纂索引的建议。

民间故事作为人民群众集体创作的、传统的口头的语言艺术，是一种复杂的现象。民间故事不仅具有它特殊的艺术形式，而且还饱含着各自不同的思想内容。不论从形式方面，或是从内容方面，又都有多种因素在相互作用，以构成完整的、有机统一的艺术作品。民间故事在它的本身中蕴含着集体的因素和个人的因素，传统的因素和即兴的因素，古代的因素和现实的因素，乡土的因素和更广阔的地域的因素，民族的因素和世界的因素，等等。

思想深刻的民间故事研究家不能对上述诸因素采取漠视或回避的态度。此外，他还必须对民间故事的实质、民间故事的想象的特点、民间故事的语言艺术的结构和特点、民间故事的价值、功能、在社会生活中的地位等问题，进行认真的、深入的探索和研究。民间故事的所有这些方面，固然都不可能脱离开情节而单独地、抽象地存在，但是关于情节的研究决不应该，也决不能代替对于蕴含于情节之中的其他因素的分析和研究。正如大家所知道的，单纯的情节归纳，不仅不能向我们提供一幅明晰的历史发展的画面，不仅不能为我们描述民间故事反映历史现实的图景，不仅不能使我们哪怕是最一般地认识民间故事创造者和讲述者的面貌，而且单纯的情节分类连民间故事本身的主题、形象、语言色彩、内部结构、思想倾向也不能向我们提示。

正是由于上述诸多原因使得我们只能把编纂索引看作是研究工作的手段，而不是研究工作的目的；看作是研究工作的准备，而不是研究工作本身。尽管如此，为便于掌握和利用无法数计的民间故事资料，类似AT索引的存在仍是十分必要的。我们利用这些索引，既不说明我们对它所存在的诸多缺点的迁就，也不意味我们对其编者的理论原则的苟同，我们利用这些索引手段仅仅是为了工作的便利和使大家在工作时能有一种共同的语言而已。一位学者曾经说过，一种语言的词汇在辞典中可以根据不同的原则，有多种排列方法，但是大家选定了按字母表来排列的方法，实际上这是一种最皮相、最不说明词汇本质的方法，但它最简便实用。我想，情节索引也与此相类似吧。但这只是比喻而已。

新中国成立以来，在我们辽阔的国土上，在我国各民族中间，进行了大量的搜集工作，出版了大量的民间故事资料，这些珍贵的作品分载在不同的出版物中，分散在不同的机关、单位和个人手中，为了确切了解我国民间故事的蕴藏情况和搜集工作的现状；为了搜集工作和科学研究工作的方便；为了进一步规划和开展民间故事的搜集、出版工作；为了搞好民间故事资料的档案保管，都需要对我国已经出版的（包括公开出版的和内部印行的）民间故事资料进行全面的统编分类工作。这项工作的现实迫切性是十分明显的。为了使这项工作能够取得良好效果，必须具备两个前提：①搜罗要全；②材料要真。第一点或许在付出相当的努力之后较易于做到；至于第二点由于在一段时间里一些人从不同的认识和不同的需要出发在记录和出版方面要求不够严格，因此现在要做好剔抉辩正的工作大略并非容易。但对既往的搜集和出版工作应该看到它的成绩和主流，而不能求全责备。一般来说，作情节索引或许并不要求民间故事必须是准确忠实的记录，而只要基本情节内容保持原样就可以了。但是我们不是把索引看成为目的，而仅仅认为是发扬人民群众的文化艺术、加强对民间文学的认识和研究的一种工具和手段，因此才特别强调"材料要真"的这一前提。我们希望今后会有越来越多的科学版本出现，根据忠实的记录，选择精粹的故事，完全保持人民创作原有的面貌和语言，从而为人民群众的艺术天才留下真实的摄影。

如前所述，比较现有的几种中国民间故事情节索引，丁乃通先生所编索引搜集资料较新、较全，似可适应当前参考的急需，据知目前正在翻译之中，希望它能较快地出版。但据说在翻译出版时，只拟保留情节类型提要部分，而欲将故事出处的书目索引部分略去。这样做恐未允当。索引的价值正在于可以借助它按图索骥，便于查检。倘使略去书目部分，自然要减少这部工具书的实际价值的大半，而有悖于作者的初衷和读者的期望。当然，视今后的人力和条件而定，或许有必要在这部索引的基础上进行新的增补和订正，甚或有必要另起炉灶，重新编纂新的情节类型索引，以便进一步适应我们的要求。但这都是将来的话了。目前，我们还有许多空白需要填补。

例如：

第一，我国是一个传说极为丰富的国家，每一山水风物、名人巨匠、习俗节日，无不有瑰丽奇妙的传说伴随。传说之多、之美直如闪烁于夜空的万点繁星。我们急需有一部关于传说的类型索引，以便于我们更好地掌握和研究我国的传说资料，就像我们在浩瀚的星海之中要辨明方位，知其所指，就必须有一张给每一颗星起一个名称，并把它们划分为若干星座的星空图一样。

第二，我国地域辽阔、人口众多。我国的许多民族的人数和许多省份的疆域，比起其他大陆的一些国家来还要多、还要大。而我国各民族各地区的民间故事又极为丰富。倘能就一个民族或一个地区的民间故事编成类型索引，那也将是一种具有开创意义的很有价值的工作。

第三，我国是一个多民族的国家，各民族人民在长期的历史过程中创造了绚丽多彩的优秀文化。五十六个民族的民间故事和传说各放异彩而又相互映照。如果能根据各民族的密切的历史文化关系编纂不同民族的双边的或多边的乃至全国性的民间故事类型比较索引，那将是我国各民族民间文学研究工作中的一个可喜的成果，将对各民族民间文学的比较研究产生良好的影响。

第四，我国与许多国家接壤或隔水相望，文化的相互交流和彼此影响具有悠久的历史。对我国和日本、朝鲜、越南、印度、泰国、缅甸、蒙古等国家及阿拉伯国家的民间故事作比较研究，可以帮助我们探索出各民族文化交流的历史规律，同时也可以帮助我们更加深刻地认识我国民间故事的特点和本质。因此，编纂各国民间故事比较索引将是一项很有意义的工作，对世界民间故事研究来说也是一种有益的尝试和有价值的贡献。

至于编纂除情节类型索引以外的其他种类的索引，也应该有适当的专人在适当的时机开始探索。

第五，我国历史悠久，搜集故事的传统也甚为久远，以记录民间故事的时间的迟早而论，恐怕在世界各国很少能找到先于中国文献的。魏晋南北朝时期的《搜神记》《异苑》《幽明录》《续齐谐记》等，撰录的年代距今约有十三、十五个世纪之久；即使唐代的《酉阳杂俎》，辑录的时间至今也已经过去一千一百多年了。以后的记录工作始终连绵未断。对民间故事进行历史研究在我国具有极为优越的条件。如果在编纂索引的宗旨、原则和体例上能够另辟蹊径，从历史的角度来分析若干故事，把在不同历史时代记录下来的同一类型的故事编成索引，或将为我国民间文学研究者开拓一片新的田地。

第六，人民的口头创作与作家的文学作品是不同范畴的艺术现象，既有联系，又有区别。我国不仅有很长的记录民间故事的历史，同时还有从文学角度改编、整理民间故事的传统。如果把一系列故事从古到今经不同作家、整理家用自己的艺术手段和艺术语言进行改编和重写的情况，多方寻求，详加稽考，分类编纂，著成索引，那必将为我们提供一部有重要学术价值的工具书。

此外，如母题索引等其他种类的索引，乃至建筑在新的分类原则基础上的新型索引，都未始不可成为某些有志于此的民间文学工作者的工作项目。

应该看到，我国的民间文学研究工作具有很多有利的条件：资料的丰富，历史的久远，现实环境的可贵，这些都是不言而喻的。更为重要的是我们有历史唯物主义和辩证唯物主义的思想体系和方法论作为指导来观察和认识民间文学现象及它的内部规律，这使我们能够摆脱唯心论和形而上学，从而可以避免歧途和少走弯路。但同时也应该看到，目前我们的工作距离人民的要求，距离四个现代化的要求，距离现代科学的发展，还相差很远，我们必须迎头赶上。我个人觉得，应该精于思，勤于做，不犹豫停顿，不原地踏步，不亦步亦趋，也不走弯路，更不后退，要选择捷径，加快速度，只有这样才能迎头赶上。说到这里使我想起一段往事：1958年民间文学工作者第一次代表大会期间，我曾向当时还健在的我国民间故事搜集家李星华谈起过编译AT情节类型索引的问题，1962年以后她又提起过此事，并且寄予了很大的期望。于是我在1966年以前的一段时间里，在其他工作的余暇，断断续续地积累了许多卡片，然而后来竟全部散失了。时日蹉跎，事犹未成。今天在写这篇关于索引的述评的时候，我不能不以一种抱愧的心情来追思这位优秀的民间文学工作者。"往者不可谏，来者犹可追"，有感于此，便说了上面这样一段题外的话，以作为本书之结。

1982年2月